ウィザーズ・ブレインX
wizard's brain
光の空
三枝零一
reiichi saegusa
illustration 純珪一
keiichi sumi

contents

カバー・口絵・本文イラスト◎純 珪一
デザイン原案◎km.©
デザイン◎AFTERGLOW Inc.

苦痛にあふれたこの世界に生まれ落ち
悲しみに濡《ぬ》れる地平を泥《どろ》にまみれて這《は》い回《まわ》り
傷つき、疲《つか》れ、倒《たお》れ、やがては死に
それでも、空を見上げることをやめない者たちの賛歌

第零《れい》章　残響《ざんきょう》　～ Recollection ～

ようやく修理を終えたばかりの非常灯が、天井《てんじょう》で不規則に明滅《めいめつ》を繰《く》り返《かえ》している。

頼《たよ》りない小さな光は、部屋に一つきりの机と椅子《いす》と立体映像で描《えが》かれた色とりどりのディスプレイと、机の向かいで困ったように微笑《ほほえ》む青年の姿を照らし出している。

「……シティとの講和？」

いかにも不機嫌《ふきげん》そうに机に頬杖《ほおづえ》をついて、自分は上目遣《うわめづか》いに青年を睨《にら》む。呟《つぶや》く声は不審《ふしん》と刺々《とげとげ》しさに満ちていて、青年は視線を逸《そ》らして肩《かた》をすくめる。

「それは、今進めているシンガポールとの同盟の話ではないのか？」

「まあそれもなんだけど……もしかしたらこの調子で全部のシティと同盟が結べるかもしれないなっていうか……」青年はますます困った様子で灰色の天井を見上げ、指先で何度か頬《ほお》をかいて「……不満、みたいだね」

「確認《かくにん》が必要か？」精一杯《せいいっぱい》の悪意を込《こ》めて青年を睨み「我々が彼らと手を結んだのはあくまでも戦力の不足を補うため、他のシティとの戦いを優位に進めるためだ。シンガポールにマザーシステムを廃止《はいし》する意思が無い以上、潜在《せんざい》的な仮想敵であることに変わりは無い。まして、人類全体との講和など有り得ないことだ」

「それは、まあそうなんだけどね」青年は、うーん、と口元に手を当て「もちろん僕も最終的にはマザーシステムをなんとかしたいと思う。けど、現に人類のほとんどがあのシステムに頼ってどうにか生きてるんだ。変えていくには時間がかかる。だから……」

「それは彼らの都合だ！」いかにも子供っぽい動作で机を叩《たた》き「私は私の、賢人会議《けんじんかいぎ》の都合で話をしている！　各国で虐《しいた》げられる子供達を救い、この世界に魔法士《まほうし》の権利を確立する。それが人類の生存を脅《おびや》かすというのならそれは彼らの問題であって私の関知するところでは——」

「いちおう、僕もその『人類』なんだけど」

言葉に詰《つ》まる。

自分がとんでもないことを言ってしまった気がして、自然とうつむき加減になる。

「……貴方《あなた》は、違《ちが》う」自分でも聞こえない小さな声をどうにか絞《しぼ》り出《だ》し「貴方は賢人会議の協力者で……組織にとって重要な存在だ。シティに住む者たちとは違う。だから……」

不意に、頭に柔《やわ》らかい感触《かんしょく》。

見上げた先には、穏《おだ》やかに微笑む青年の顔がある。

小さな子供をあやすように、青年の手が何度も髪《かみ》を撫《な》でる。大きくて、けれども繊細《せんさい》な指が、リボンで束ねた長い髪をすくい取る。

「真昼《まひる》、私は……」

「大丈夫《だいじょうぶ》だよ」青年はうなずき「僕はずっとサクラの味方だよ。……だから、焦《あせ》らないで。変わらない物を変えるには時間がかかる。そのためには味方は多い方がいいんだ。たとえ相手が最後には自分の敵になるとしてもね」

「そういう、ものなのか？」

「うん、そういうもの」青年は笑い「もちろん、シンガポールだってずっと味方とは限らないし、最後は戦うことになるかも知れない。だけど、全部のシティが味方になって、みんなで協力してマザーシステムの廃止を進めていくっていう道だって同じくらいあるんだ。だから、どんな可能性だって否定しちゃいけない。君が本当に世界を変えたいのなら、ね」

目の前に差し出される大きな手。

少し迷ってから、その手に自分の手を重ねる。

「納得《なっとく》した？」

「……全てに、とは言えないな」顔を上げ、どうにか笑《え》みを作り「だが、考えておこう。他ならぬ、貴方の言うことだからな」

よろしくね、と青年が微笑む。

天井で明滅する非常灯の明かり。

自分はうなずき、大きな手に引かれて椅子から立ち上がり――

＊

頬をくすぐる風の感触に、目が覚めた。

サクラは柔らかな草の上に身を起こし、周囲に揺《ゆ》れる色とりどりの花々をぼんやりと眺《なが》めた。

ふと目元に手を伸《の》ばし、濡《ぬ》れた感触に驚《おどろ》く。手のひらで何度も涙《なみだ》を拭《ぬぐ》い、頭上を覆《おお》う透明《とうめい》のドームを見上げる。

降り注ぐ陽光が、ぼやけた視界に滲《にじ》んでプリズムのように七色に煌《きら》めく。

背後の大きな木の幹に背中を預け、息を吐《は》く。

懐《なつ》かしい夢を見た。シンガポールとの同盟の話が持ち上がった直後の、まだ北極での事件が起こる前の記憶《きおく》。たった一年足らず前の出来事のはずが、今では遠い昔のことのように感じる。

青年の手の感触をなぞるように、右手のひらに左手の指を這《は》わせる。木の幹に頭を押し当て目を閉じる。都合良く書き換《か》えられた「もしも」の夢。考えておこう、などとあの時の自分は言わなかった。ただ怒《いか》りに任せて青年を睨み、聞かなかったことにする、と言い捨てたはずだ。

あの時、違う言葉を返していたら、青年はもう少し自分に胸の内を明かしてくれたのだろうか。

そうすれば結末は変わったのだろうか。

青年は今も、この世界のどこかで笑ってくれていたのだろうか。

「……少し、寒いな」

呟き、体を引きずるようにして立ち上がる。庭園の中央、歪《いびつ》に積み上げられた尖塔《せんとう》のような機械と、円筒《えんとう》ガラスの生命維持槽《いじそう》の前に歩み寄る。

羊水に浮《う》かぶ母、アリス・リステルは今日も曖昧《あいまい》な笑みを浮かべたまま。

雲除去システムの巨大《きょだい》な装置を取り囲む無数の立体映像ディスプレイに、雲を構成する遮光《しゃこう》性気体と内部の論理回路の状態を表す膨大《ぼうだい》なデータが絶えず流れ落ちる。

父は、アルフレッド・ウィッテンはどうしてこんなシステムを残したのだろうと、何度繰り返したかわからない問いを今日もまた繰り返す。研究を葬《ほうむ》り去《さ》るのが忍《しの》びなかったから。画期的な応用につながるかもしれないと考えたから——遺書に残されたそれらの言葉は本当だったのだろうか。いや、たとえ本当だったとしても、それ以外の感情は無かったのだろうか。

アリスを虐げた人類に対して。

自分の愛する人を追い立て、こんな場所にまで押し込めた者たちに対して、滅《ほろ》びてしまえという気持ちがほんの少しもありはしなかっただろうか。

「ここは寒いよ、真昼……」

外套《がいとう》の裏から取り出した携帯端末《けいたいたんまつ》を胸に強く抱《だ》きしめる。もう一度深く息を吐き、周囲のディスプレイの一つを引き寄せて映像記録を呼び出す。ノイズにまみれた画面の向こう、黒髪《くろかみ》の少年が世界に向かって毅然《きぜん》と胸を張る。真紅《しんく》のナイフを天に突《つ》きつけ、少年は雲除去システムの破壊《はかい》を宣言する。

生命維持槽に寄りかかるようにして、草の上に座り込む。

傍《かたわ》らに生えた小さな白い花を指先でそっと撫でる。

陽光に煌めく空をぼんやりと見上げたまま、手元に小さな通信画面を呼び出す。地上に残る賢人会議の同胞《どうほう》達に対して、作戦会議の招集を指示する。

少年が宣言した決着の日まで、あと三日。

終わりの時は近い。

第一章　夜想　～ This fleeting yet beautiful world ～

地下区画の通路を満たす静寂《せいじゃく》の中に、少年の声が高らかに響《ひび》いた。

エドは少しだけ歩調をゆるめ、闇《やみ》を四角く切り取るディスプレイの光を真《ま》っ直《す》ぐに見上げた。

『――みんな、はじめまして。僕は天樹《あまぎ》錬《れん》――』

シティ・ロンドン地下、飛行艦艇《かんてい》格納庫内、実験用機密区画。金属剝《む》き出《だ》しの細い通路の両側には小さなディスプレイが等間隔《とうかんかく》にどこまでも並び、その全てが等しく少年の姿を映し出している。

ベルリン南方の雪原で今まさに行われている演説の様子。

ウイルスによって制御《せいぎょ》権を奪《うば》われたディスプレイは警備兵のための情報共有端末《たんまつ》という本来の役目を放棄《ほうき》し、少年の雄姿《ゆうし》を闇の中に鮮《あざ》やかに描《えが》いている。

低い天井《てんじょう》に同じく等間隔に埋《う》め込まれたスピーカーの向こうで、少年は全ての世界に向かって語りかける。自分が賢人会議《けんじんかいぎ》の参謀《さんぼう》の弟であり、シティ連合と賢人会議の戦争を止めた張本人であることを告げる声。複数のスピーカーから同時に発せられた声は混ざり合い、複雑な揺《ゆ》らぎを帯びて、緩《ゆる》い勾配《こうばい》で下る通路の闇の奥へと消えていく。

「エドワード・ザイン、こっちだ。急ごう」

少し先の分かれ道から少女の声。片刃《かたは》の騎士剣《きしけん》を鞘《さや》から抜《ぬ》いたソフィーが、チタン合金の隔《かく》壁《へき》を情報解体で切《き》り裂《さ》く。

自分とこの人、潜入《せんにゅう》部隊はただ二人。

目的は、いまだにロンドン自治軍が確保している自分の船、ウィリアム・シェイクスピアを奪取《だっしゅ》すること。

『——僕は人類と魔《ま》法士《ほうし》がお互《たが》いに滅《ほろ》ぼし合う未来を認めない。……僕らはみんなが手を取り合う世界を望む』

駆《か》け出す寸前、見上げたディスプレイの向こうで少年が真紅《しんく》のナイフを天に突《つ》きつける。

自治軍の兵士と賢人会議の魔法士、数日前まで互いに滅ぼし合っていたその双方《そうほう》の人々を共に従え、少年は自分の目的を、雲除去システムの破壊《はかい》を宣言する。

肩《かた》に羽織った白いコートが風にはためき、舞《ま》い落ちる雪の結晶《けっしょう》を払《はら》う。防弾《ぼうだん》に防刃《ぼうじん》に防爆《ぼうばく》に電磁波からのステルス機能——とにかくありとあらゆる機能を詰《つ》め込んだ特注品のコート。リチャードと月夜《つきよ》が最後の決戦のために作ったその装束《しょうぞく》は少年にとてもよく似合っていて、少しだけ嬉《うれ》しくなる。

「どうなってる！　司令部との通信は！」

「依然《いぜん》として回線途絶《とぜつ》！　制御を回復できません——」

行き過ぎる通路のそこかしこを切羽詰《せっぱつ》まった兵士達の声が流れ去る。蟻《あり》の巣のように複雑に枝分かれした地下区画の通路は緊急用《きんきゅう》の隔壁によって寸断され、複数箇所《かしょ》に配置された警備兵の詰《つ》め所《しょ》はこちらも緊急用のシャッターによって厳重に封鎖《ふうさ》されている。

数千人単位で配置されている兵士達のほとんどは、閉ざされた壁《かべ》の向こう。

今回の作戦を手引きしてくれた「協力者」のおかげだ。

「いたぞ！　正面——！」

「ひるむな撃《う》て——」

通路のずっと先から声が響き、同時にソフィーの姿が視界からかき消える。かすかな打撃音《だげき》が七つ同時にあって、人が倒《たお》れる重い音がその後に続く。

慌《あわ》てて駆け寄《よ》り、少女の背後から様子をうかがう。

ソフィーは倒れ伏《ふ》した兵士達の首に順に手を当てて状態を確認《かくにん》し、

「気絶しているだけだ。大した怪我《けが》もない」振《ふ》り返《かえ》り、小さな笑《え》みを浮《う》かべて「そういう作戦だろう？……この戦いで、これ以上誰《だれ》かが死ぬ必要は無い」

はい、とうなずき、少女と並んで駆け出す。通常の五十倍速で駆ける少女に追いつくために、足下《あしもと》の床《ゆか》から生み出した無数の螺子《ねじ》で体を運ぶ。

突き当《あ》たりには重厚《じゅうこう》な五重の隔壁。ゴーストハックで中央に穴を生み出し、少女の後に続いて中に飛《と》び込む。

同時に、視界を真っ白に染める眩《まばゆ》い光。

何度か瞬《まばた》きして目を慣らし、ゆっくりと周囲に視線を巡《めぐ》らせる。

金属質の白い壁に一面を覆《おお》われた飛行艦艇の格納庫が目の前に広がる。およそ一キロ四方の空間には小型の粒子《りゅうし》加速器を手始めにありとあらゆる種類の実験機器がかろうじて秩序《ちつじょ》を保った形で押し込められ、格納庫というより大規模な実験室のような空気を漂《ただよ》わせている。

数百メートルの高い天井からは先端《せんたん》の爪《つめ》だけで人の身長を遙《はる》かに上回る巨大《きょだい》なアームがぶら下がり、複数のセンサーが組み合わさった巨大な検査装置を忙《いそが》しく動かしている。

中央の一段高い場所には巨大な円形の反重力生成装置が設置され、鳥のようなシルエットの黒い小型艦《かん》が一隻《せき》、その上に浮かんでいる。全長五十メートルほどの艦と台座となる装置の周囲を半透明《とうめい》の床に覆われたドーナツ状の広いプールが取り囲み、揺らめく銀色の流体金属がその内部を目一杯《ばい》まで満たしている。

二百メートル級特務工作艦『ウィリアム・シェイクスピア』。自分の手足であり、剣《けん》にして盾《たて》。

駆け寄るエドに、周囲で作業していた老人達が歓声《かんせい》を上げて手を振る。

「おお、本当に時間どおりじゃ！」

「よう来てくれたね。元気にしとったかい？」

一番近い位置に立つ老人と老婆《ろうば》が、歩み寄ってこっちの頭を撫《な》でる。くすぐったさに目を細め、はい、とうなずく。

ずっと前に北極衛星をめぐる事件で出会った、転送システムが隠《かく》された地下施設《しせつ》で暮らしていた老人達。

彼らがこの作戦の協力者だとリチャードに聞かされた時は驚《おどろ》いた。

「本当にねぇ……ベルリンには変な塔《とう》が出来るし、政府は魔法士を滅ぼすなんて言い出すし、あんたらがどうしてるか心配しとったんよ」老婆は相好を崩《くず》して何度もうなずき、視線を傍《かたわ》らのソフィーに移して「嬢《じょう》ちゃんも、生きとったんだね。良かった。本当に良かったよ……」

「ああ。この通り、元気でやっている」

涙《なみだ》ぐむ老婆の手を取り、ソフィーが自分も泣きそうな顔で笑う。

が、少女は不意に表情を曇《くも》らせ、

「だが……本当に良《い》いのか？　これであなた方は私達と同様、追われる身だ。たとえ戦争が終わっても、ロンドンには二度と戻《もど》ることは出来ないだろう。それは……」

「いいんだよ」周囲の老人達の一人が笑い「わしらもずいぶん穴暮らしが長かったからな。それがあと少し、天国に召《め》されるまで続くだけのことだ。……だから気にすることは無い。最期《さいご》に一花咲《さ》かさせてくれ」

他の老人達がうなずき、口々に賛同の意を示す。

「それにな」中の一人が背後を視線で示し「大変なのはわしらじゃない。あの人達の方さ」

老人の後を追って視線を頭上に向け、あ、と声を上げる。

黒い機体の側面に開いたハッチから降り立つ、白衣の一団。

かつて自分とウィリアム・シェイクスピアの担当者であった何十人かの研究員が、エドの前に整列する。

「調整は完了《かんりよう》した。自治政府の指示で取り付けていた追跡《ついせき》装置や緊急停止用のシステムも一つ残らず解除してある。いつでも飛び立てるよ」チームの責任者であった初老の男が格納庫の入り口に視線を向け「急いだ方が良い。そろそろここの指揮系統も正常に戻る。おそらく、警備部は真っ先に地上につながる発艦《はっかん》ルートを封鎖するはずだ」

どうして彼らが世界再生機構に協力してくれることになったのか、詳《くわ》しいことはエドは知らない。ただ、雲の上の南極衛星を攻《せ》めるには一隻でも多くの雲上航行艦が必要で、そのためにリチャードがファンメイを仲立ちにして老人達に連絡《れんらく》を取ったということだけは聞いている。

その後で老人達がどうやって研究員に接触《せっしょく》し、そこでどんなやり取りがあったのかはわからない。

だが、現に彼らはこうやって自分達を手助けし、警備兵の動きを封《ふう》じるための工作に加えて船の調整まで行ってくれている。

「……本当に殴《なぐ》って大丈夫《だいじょうぶ》かい？」

「お願いします。出来るだけ派手に血が出るように。その方が時間が稼《かせ》げますから」

作業を終えた研究員達が格納庫の隅《すみ》に集まり、老人達の手を借りて自分で自分の両手を壁の手すりに拘束《こうそく》する。老人達が何度もためらい、とうとう目をつぶって手にした棒を研究員の頭に振り下ろす。

血まみれの研究員が、大丈夫、と言うように小さく笑う。

老人達が周囲の機器に同じように棒を振り下ろし、あるいは銃弾《じゆうだん》を撃ち込んで、格納庫が何者かに襲撃《しゆうげき》されたという偽装《ぎそう》工作を施《ほどこ》していく。

「それと……良ければ、この子達も連れて行ってやって欲しい」

目の前に立つ男がうなずき、背後のカートを引き寄せる。

浮上《ふじよう》式のカートの上にはエドの両手に余るほどのコンテナが二つ。

首を傾《かし》げて中を覗《のぞ》き込んだとたん、にゃあ、と小さな声が上がる。

「七匹《ひき》。元気だよ」驚いて顔を上げるエドに男はうなずき「君達が世界樹《せかいじゆ》で飼っていた猫《ねこ》だ。……何とか手は尽《つ》くしたけど、餌《えさ》も薬も足りなくてね。他の子はかわいそうなことになってしまったけど、何とか七匹だけは守ることが出来た」

コンテナの蓋《ふた》に取り付けられた透明な窓の中で、白い子猫《こねこ》が不思議そうに首を傾げる。

男の顔をもう一度見上げ、今の気持ちをどう伝えれば良いのかわからなくなってただ、はい、とうなずく。

「あなた方も一緒《いっしょ》に来ないか？」背後から駆け寄ったソフィーが男の顔と頭上の黒い機体を交《こう》互《ご》に見比べ「あなた方全員を乗せる程度のスペースはまだあの艦には残っているはずだ。このままロンドンに残っていては、いつ工作が露《ろ》見《けん》しないとも限らない。そうなれば……」

エドも同じように男を見つめる。老人達は自分と一緒にこの場を離《はな》れる算段だが、計画通りなら研究員達はこのままロンドンに留まることになる。

「私はロンドン市民だからね」

が、返るのは静かな声。

かつて自分の研究チームのリーダーであった、長い時間を共に過ごした男は格納庫の高い天井を見上げて肩をすくめ、

「このシティで生まれ、育ってきた人間だ。妻も、子供も、両親も、妹も、友人もいる。捨てるわけにはいかないよ」

そう息を吐《は》く男を、エドはまっすぐに見上げる。

それならどうして自分達を助けてくれるのかと。

視線で問うエドに、男は苦笑《くしょう》し、

「私達にはね、わからないんだ」何気ない所作でエドの短い金髪《きんぱつ》に手を触《ふ》れ「人類と魔法士は戦争を続けてどちらかが生き残るべきなのか、あるいはいつか滅びるかも知れないとわかっていても手を取り合うべきなのか、本当にいくら考えてもわからないんだ。だから、祖国を裏切

ることも世界再生機構に協力することも出来ない。……ただ、この船は君に返すべきだと判断した。本当に、それだけなんだ」

そうか、とうなずいたソフィーが手を差し出す。少し考えてエドも同じ動きをし、男がうなずいてそれに応える。

重なり合う三つの手。

男はぬくもりを確かめるように目を閉じ、

「そうだね、本当に戦争が終わって、人類と魔法士が手を取り合わざるを得ない日が来たら、その時はまた会おう。……いつか、どこかで」

はい、とうなずき、男の傍《そば》を通り過ぎる。頭上の黒い機体からのびる無数のケーブル。その一つに指を触れ、ゴーストを流《なが》し込む。

機体を取り囲む銀色のプールが残らず解放される。

時間を巻《ま》き戻すように、ゆっくりと。水面から立ち上ったおびただしい量の銀色の螺子——流体金属『メルクリウス』が空中で互いに融《と》け合い、寄り集まり、黒い機体にまとわりついて丸みを帯びた揺らめく白銀色の装甲《そうこう》を形成する。

隔壁の向こうから無数の足音と機械の駆動《くどう》音。老人達が慌てたように顔を見合わせる。白銀色の装甲の一部を変形させ、搭乗《とうじょう》口に通じるエスカレーターを形成する。二五〇人の老人が残らず艦内《かんない》に収まり、その後にソフィーが、最後に自分が続く。

見下ろした先には研究員の穏《おだ》やかな笑顔《えがお》。

右手を掲《かか》げて敬礼する男に見様見真似《みようみまね》で敬礼を返し、艦の中央へと走る。

I―ブレインに命じて艦の制御システムとのリンクを確立。円形の制御室に飛び込み、服を脱《ぬ》ぎ捨《す》てるのももどかしく操縦槽《そう》に入る。脳内に描き出された仮想視界の向こう、周囲に広がる格納庫の光景が急速に旋回《せんかい》する。

見上げる研究員達の穏やかな視線と、吹《ふ》き飛んだ隔壁の向こうからなだれ込む警備兵の群れ。滑《すべ》るように加速した機体が格納庫の無数の機材を飛び越《こ》え、ガイドランプの向かう先、地上につながる円筒《えんとう》形の発艦用サイロに突入《とつにゅう》する。

激しい鳴動が艦の外装を震《ふる》わせる。サイロの内壁《ないへき》に立体映像の緊急警報が浮かび、幾《いく》つもの小爆発《ばくはつ》が起こる。崩壊《ほうかい》を始めた内壁から瓦礫《がれき》が次々に落下し、流体金属の装甲に激突《げきとつ》する。焦《あせ》らず、落ち着いて。流体金属の装甲の一部を数千の螺子に変え、落下する瓦礫を片《かた》っ端《ぱし》から空中に縫《ぬ》い止める。

巨大な隔壁が行く手に次々にせり出し、進行ルートを塞《ふさ》ぐ。機体の後方で一際《ひときわ》大きな崩落《ほうらく》が発生し、噴《ふ》き上《あ》がった土煙《つちけむり》と炎《ほのお》が高速で迫《せま》る。正面、間近に迫る隔壁の表面に螺子を突き立《た》て、ゴーストハックで制御下に置く。一つ、また一つ。砕《くだ》けた無数の瓦礫と隔壁の残骸《ざんがい》と、ありとあらゆる物が仮想視界の中を瞬く間《ま》に流れ去っていく。

機首の向かう先、頭上の遠くに、円形に切り取られた鉛色《なまりいろ》の空。

エドは脳内の演算に意識を集中し、流体金属の翼《つばさ》を闇に羽ばたかせ、そして——

＊

融けた鉛のような沈黙《ちんもく》が、仮想の円卓《えんたく》に落ちた。

リン・リーは深く息を吐き、向かいに座るシティ・ロンドンの指導者を見据《みす》えた。

「……では、ウィリアム・シェイクスピアは奪取されたと？」

円卓に浮かぶ立体映像の地球の上、旧イギリス地域を飛び立った小さな光点が海を越えてヨーロッパ本土に上陸する。シティ連合が駐留《ちゅうりゅう》するベルリン跡地《あとち》周辺の空域を大きく迂回《うかい》した光点はそこから南に三百キロ、五日前の決戦の舞台《ぶたい》となった広大な雪原へと到達《とうたつ》する。

『そう申し上げました』サリー・ブラウニング首相《しゅしょう》は長い金髪を苛立《いらだ》たしげにかき上げ『非難であればご随意《ずいい》に。私もうかつでした。まさか、あの茶番が全て雲上航行艦を奪取するための陽動とは』

茶番とは三時間前にあの少年、天樹錬が行った演説だろう。雲除去システムの破壊を宣言し、世界の全てに自分に協力するのか敵対するのか、いずれかの決断を迫る言葉。あれがロンドンに手勢を送《おく》り込むための工作とは自分にも読めなかった。その点について目の前の女を責めるつもりは無い。

だが、現実問題として三隻の雲上航行艦が世界再生機構の元に集まってしまった。

これで彼の組織は準備を——十分では無くとも、現状で望みうる全ての戦力を揃《そろ》えたことになる。

円卓の上の映像を拡大し、光点の周辺の詳細《しようさい》な現状を映し出す。ほんの数日前まで荒涼《こうりよう》とした銀世界が広がるばかりであったはずの雪原は今やすっかり様相を変え、無数の仮設の兵舎と生産施設が整然と並ぶ駐屯《ちゆうとん》地、というより巨大な一つの町が形成されている。

町の中央は軍用機を駐留させるためのポート区画として利用されているようで、モスクワ軍を離反《りはん》した二十七隻の飛行艦艇と数万の空中戦車、軍用フライヤーが広大な円形の雪原にひしめき合っている。町はその周囲を取り囲んで直径数キロの歪《いびつ》な放射状に広がり、今この瞬間《しゆんかん》にも拡大を続けている。町の周囲には哨戒《しようかい》用の航空機が絶えず旋回し、小さな点のような人の群れがあらゆる場所を片時も休むことなく動き続けている。

『……兵の士気は高く、布陣《ふじん》にも隙《すき》が無い、か』

円卓を囲む三つの椅子《いす》の残る一方、モスクワのセルゲイ元帥《げんすい》が呟《つぶや》く。先日の戦いで一日にして全軍の半数を失った男は、その事実を微塵《みじん》も感じさせない悠然《ゆうぜん》とした態度で息を吐き、

『我が軍の将兵十万に、賢人会議の魔法士およそ四百五十名。さらにはこの五日の間にロンドンとシンガポールからも多くの兵士が彼の組織に下ったと聞く。戦力はすでにシティ一つを凌駕《りようが》しよう。攻め落《お》とすのは容易ではあるまい』

『……何を落ち着いておられるのでしょう』サリー首相が、ぎり、と通信回線越《ご》しに音が聞こえてきそうな所作で奥歯《おくば》を噛《か》みしめ『そもそもの問題は、モスクワ軍からあれほど多くの離反者が出たことだとご理解いただけているのでしょうか。いったい、貴国の軍律は――』

『それほどあの者の、幻影《イリュージョン》No.17という魔法士の為《な》した功績が常軌《じょうき》を逸《いっ》していたということだ』セルゲイはどこか愉快《ゆかい》そうに肩をすくめ『これほどの難局にあって一人の英雄《えいゆう》の行いが国を動かすとは……まこと、戦争とは、人心とは分からぬものよ』

サリーが握《にぎ》りしめた拳《こぶし》を振り上げ、椅子を蹴《け》って立ち上がる。

「問題は――」その拳が振り下ろされるより早く、リン・リーは言葉でロンドンの指導者の動きを制し「問題は、我らはいかに動くべきかということだ。あの小僧《こぞう》、天樹錬が指定した作戦決行の日まであと三日。すでに賢人会議との決戦など夢物語となり、ニューデリーの協力も望めぬ今、互いの立ち位置をはっきりさせておくべきだろう」

円卓の左隣《ひだりどなり》の空席に視線を向ける。かつてその席を占《し》めていたシティ・ニューデリーの代表、ルジュナ・ジュレ主席執政官《しっせいかん》は賢人会議との決戦の直後に連合からの離脱《りだつ》を宣言した。艦隊《かんたい》を引き連れて自国に帰還《きかん》し、拘束していた魔法士三百人を解放してマサチューセッツに送った後は、呼びかけに応じることなく沈黙を貫《つらぬ》いている。

飢《う》えと寒さで危機的な状況《じょうきょう》にあったマサチューセッツの難民の暮らしは、魔法士達のサポートを得て劇的に改善したと聞いている。機能停止していた生産プラントの幾つかは稼働《かどう》を再開し、医薬品や食糧《しょくりょう》の不足によって命を落とす者の数は目に見えて減少している、と。

その事実はシティの指導者に重い課題を突きつける。

第一級《カテゴリーA》を含《ふく》む多数の魔法士が数千万の難民と共に野放しになっている状況を危険視する声と、シンガポールもニューデリーに協力すべきではないかと訴《うった》える声。その双方が、リン・リーの元には日々届けられている。

『先ほどの演説を受けて、ニューデリー自治軍の一部がヨーロッパ方面への移動を開始したとの報告も受けている』セルゲイが腕組《うでぐ》みして息を吐き『攻撃《こうげき》部隊ではあるまい。おそらく、世界再生機構に合流し、彼らへの賛同の意思を明確にする腹だろう』

『言うまでもありませんが、ロンドンは退きません』サリーがようやく椅子に腰《こし》を下ろし『先ほど議会で正式に決を採りました。我がシティはあらゆる手段をもって世界再生機構を攻撃し、雲除去システムの破壊を阻止《そし》すると』

言葉を切って息を吐き、問うような視線を隣席《りんせき》のセルゲイに向ける。

その意図は明白。

世界再生機構に協力しているモスクワ軍の半数、十万の将兵を攻撃することに対して、了承《りょうしょう》を求めるものだ。

『モスクワは、この件について中立の立場を取る』視線を向けられたセルゲイは目を閉じ『世界再生機構に協力はせぬが、彼らを攻撃することも作戦を妨害《ぼうがい》することもせん。……日和見《ひよりみ》と笑いたければ笑うが良い。彼の組織に下った将兵はもちろんだが、モスクワに残った者たちからも幻影《イリュージョン》No.17と彼の者に従う将兵達に対する助命嘆願《たんがん》の声が多く上がっている。兵士からも、民間人からもだ。下手に動けば軍どころか、今度はシティその物を二つに割りかねん』

では、とサリーの視線がリン・リーに向く。すでに残存戦力のほとんどを自国に引き上げたモスクワと異なり、シンガポールはまだロンドンと共に戦力の大部分をベルリン跡地に留め置いている。

円卓の上に再び下りる沈黙。

リン・リーは息を吐き、会議室の仮想の天井を見上げ、

「この場での返答は控《ひか》えておこう」

『……は？』サリーの表情が瞬時《しゅんじ》にすさまじい怒気《どき》を孕《はら》み『それは……どういう意味でしょう。シンガポールもニューデリーと同様、雲除去システムの破壊に賛同すると？』

「そうではない」リン・リーは口元に手を当て「いや、結果としてそうなるかもしれん。だが、その前に一つ確かめねばならぬことがある。……我が国《くに》が世界再生機構に与《くみ》するか、敵とするか、あるいは中立を貫くか。それを定めるには、一つ解を得る必要がある」

解？　とセルゲイが怪訝《けげん》な視線を向ける。

男の無言の問いに、リン・リーはただ沈黙をもって応えた。

──あの小僧は、天樹錬は、世界に対して雲除去システムの破壊を宣言した。

人類と魔法士の戦争における最大の焦点《しょうてん》であり、現状の世界における唯一《ゆいいつ》の希望であるシステムを否定し、そんな自分に対して協力と敵対、いずれかの立場を明確にするよう世界の全ての者に呼びかけた。

その呼びかけ自体がウィリアム・シェイクスピアを奪取するための陽動であったというのは確かにその通りなのだろう。だが、本当にそれだけだろうか。衛星を直接攻めるなどという大それた作戦、本来なら誰にも知られることなくひっそりと進めるべきだ。船を奪取したいだけなら方法は他に幾らでもある。いかに雲上航行艦が貴重な戦力であろうと、ただそれだけのために最も重要な手札を明かすほどあの少年は愚《おろ》かでは無いはずだ。

ならば、目的は何か。

世界に対して自分の行いを宣言した少年の意図は、どこにあるのか。

＊

磨《みが》き抜かれた巨大な金属の装甲が、作業灯の白光に鈍《にぶ》く煌《きら》めいた。

真紅と、銀灰と、白銀。堅牢《けんろう》な城壁《じょうへき》のように頭上のはるか高くにそびえる三様の機影《きえい》を見上げ、錬は小さく白い息を吐いた。

HunterPigeon、FA-307、そしてウィリアム・シェイクスピア。この世界に三隻だけ存在する雲上航行艦。その全てが手元に揃った今、準備のほとんどはすでに整ってしまったと言える。もちろん戦力は多いに越したことはないが、なにしろ相手は雲の上に浮かぶ衛星だ。他に用意できる武器などないし、小細工の類いが効く相手でもない。だからこれで全て。どんなに心《こころ》許《もと》なくても手持ちのカードで勝負するしかない。

引き返すことは出来ない。

三日後。自分は雲の上に——少女が待つあの衛星に向かって出撃《しゅつげき》する。

「不安かい？」

唐突《とうとつ》に投げられる声。慌てて振り返り、つなぎ姿の老婆を認めて息を吐き、

「……本当言うと、ちょっとだけ」どうにか呟き、あらためて真っ直ぐ老婆に向き直り「サテイさん、ありがと。船のメンテナンスとか全部やってくれて」

「前にも言ったろ。あたしはただ出来ることをやるだけさね」サティは大仰《おおぎょう》に首を左右に回し「それに、大したことはやっちゃいないよ。何しろモスクワ軍の連中はよく働くし、もっと働くのもいるしね。指示出すだけなんだから気楽なもんさ」

そう言って唇《くちびる》の端《はし》をにやりと釣《つ》り上げるサティに、錬はもう一度感謝の言葉を呟く。三隻の雲上航行艦に加えてモスクワ自治軍の数十隻の飛行艦艇にフライヤーや空中戦車などの航空機数万の整備。その「指示を出すだけ」のために老婆がこの数日間不眠《ふみん》不休で働いていた

ことを錬は知っている。

そんなサティだが、先日の決戦の時には仲間達の前に顔を出さなかった。

後で話を聞いて驚いた。

自分がシティ連合と賢人会議を相手に一世一代の大勝負を繰《く》り広《ひろ》げている間、この老婆は、地下施設の自室でなんと寝《ね》ていたのだという。

『あたしが起きてたってどうなるもんじゃないからね。あんたに全部賭《か》けるって決めたんだから、後は果報を寝て待つだけさね』

戦いの翌日にそう言って笑った老婆は今、ライトの明かりに煌めくウィリアム・シェイクスピアの白銀の流体装甲を見上げて大きく一つうなずく。

周囲で作業していた数千人の整備兵を目の前に集め、立体映像の点検表を指の動きで消去し、「よくやってくれた。これで雲上航行艦の準備は完了。後は他の艦艇の最終調整だ」両手を何度か景気よく叩《たた》き「作戦まではあと少しだ。みんな、もうしばらく気を入れとくれ」

整備兵達がまずサティに、それから錬に敬礼して次の作業場所へと走り去っていく。どうにも居心地《いごこち》の悪い気分で敬礼を返し、兵士達の姿が見えなくなったところでようやく手を下ろしてため息を吐く。

演算機関の低い駆動音と、それよりも大きな人々のざわめきが周囲のあらゆる場所から幾つも重なり合って聞こえる。飛行艦艇と航空機がひしめき合うポート区画の周囲には画一的な灰色の建物が整然と並び、人々はその間を慌ただしく駆け回《まわ》っている。

生産プラントの整備を担当する兵士と研究員の一団が、幾つもの機材を抱《かか》えて出来たばかりのプラント用の建屋に飛び込む。大柄《おおがら》な兵士に肩車《かたぐるま》されて、作業の手伝いをしている炎使いの女の子が歓声を上げる。そのすぐ近くでは別な炎使いの少女が地表の雪を取りのけて土台になる土を押し固め、人形使いの青年がその上に五階建ての兵舎を組み上げていく。

世界再生機構に協力を申し出る声は五日前の戦いの後から少しずつ集まっていたが、六時間前に自分が行った演説を受けてさらに増えたと聞いている。兵士として直接この場に馳《は》せ参《さん》じる者だけではない。たとえばウィリアム・シェイクスピアの奪取に協力してくれたあの老人達やロンドンの研究員のように。密《ひそ》かに手を貸したいという声は世界中から届けられ、このベルリン南方の駐屯地には今も物資や生産プラントがどこからか持《も》ち込まれ続けている。

兵舎の建設作業を終えた魔法士の青年と少女にシンガポール自治軍の兵士が駆け寄り、食糧と飲料水のパックを差し出す。ポートの外れの空き地に降り立った騎士《きし》の少女が、同じくフライヤーから降り立った数名の兵士と互いの労をねぎらう。この駐屯地に集った全ての人々は、世界再生機構の同志であることを示すために夜間雪中迷彩《めいさい》色のくすんだ灰色の防寒着を羽織っている。「揃いで数を集められる物がこれしか無かった」と作業を担当した光使いの少女は不満そうだったが、白でも黒でもなくぼんやりとしているようでありながらも確かに存在しているその色は自分達の進む道を象徴《しょうちょう》しているようで、錬は気に入っている。

対して、自分が肩に羽織っているのは、鮮やかな装飾《そうしょく》が施された純白のコート。組織の旗印として目立つようにと用意された物で、戦闘《せんとう》での実用性も兼《か》ね備《そな》えた逸品《いっぴん》なのは間違《まちが》いないのだが、これを着ているとなんだか見世物になってしまったみたいで落ち着かない。

いや、ただ目立つだけならまだいい。問題はここにいる人のほとんどが自分を見かけると作業の手を止めて敬礼してくることだ。通常人も魔法士も、軍人も民間人も区別なく、本当に誰も彼もが自分に敬意を示し、親しげに、あるいは緊張《きんちょう》した面《おも》持ちで話しかけてくる。

もちろん、良いことだというのはわかる。

だけど。

「慣れない、って顔だね」

人の悪い笑みを浮かべるサティ。上手《うま》い答を見つけることが出来ず、うつむいて指先で頬《ほお》をかく。ほんの数日前まで、自分の戦いは自分と、ごく少数の仲間だけの物だった。人類と魔法士の戦争を止める——そんな途方《とほう》もない夢に賛同が得られる日はきっと永遠に来ないのだろうと、心のどこかで諦《あきら》めに似た思いを抱《いだ》いていた。

そんな自分の戦いが、今ではこんなにもたくさんの人に支えられている。

嬉しいことのはずなのに、少しでも気を抜くと足がすくんでその場に座り込んでしまいそうになる。

「そう気負うもんじゃないよ」

独り言のような老婆の声。驚いて視線を向けると、サティはいつになく真面目な顔で鉛色の雲に覆われた空を見上げ、

「あの衛星に乗《の》り込むって決めたのはあんたでも、そいつに全部賭けるって決めたのはあいつら自身だ。あたしもそうさ。どいつもこいつも自分で納得《なっとく》して、自分のためにここにいるんだ。……だから気にすることたぁない。あんたは、あんたのやりたいように好きにすりゃいいんだよ」

そう言って笑う老婆に、錬はただ、うん、と小さな呟きを返す。

小柄《こがら》な老婆は錬に比べてもさらに少し背が低い。にもかかわらず、こうして向かい合っていると自分の方が見下ろされているような気がしてくる。

(高密度情報制御を感知)

不意に、頭上でI－ブレインのメッセージ。見上げた先でウィリアム・シェイクスピアの流体装甲の表面に幾つも細かい波紋《はもん》が生じる。数万枚の小さな羽根が擦《す》れ合《あ》う鈴《すず》のような音。一対《つい》だけ生じた白銀色の翼がこれまで見たこともない複雑な形状に次々に変形し、すぐに融けて船の装甲へと巻き戻る。

「調整終わったわよ、お婆《ばあ》さん」

白銀色の装甲の表面に小さな窓が出現し、月夜が身を乗り出して手を振る。その後ろにはエ

ドの姿。二人は船の表面から生じた数百本の螺子に支えられて錬の目の前に降り立つ。

「言われた通りに設定したわよ」見慣れたつなぎ姿に防寒着を羽織った姉は多種多様な工具をぶら下げた作業用のベルトを締《し》めて頰に工業オイルの染《し》みを幾つもつけたまま「安定性限界まで削《けず》って出力三割増し。この子にもちゃんと飛ばせるのは確認してもらったから、本番でも使えるけど……」

後ろのエドがこくこくと首を縦に振る。

月夜は立体映像の作業報告をサティの目の前に押しやり、周囲で飛行艦艇の整備に走り回るモスクワ自治軍の整備兵を見回して、

「なんであの人達には普通《ふつう》の作業やらせて、私だけこんなヤバい調整なわけ？　私、飛行艦艇が専門ってわけじゃ無いんだけど」

「適材適所ってもんがあるんだよ」老婆は報告に目を通し「普通のことをきっちり間違いなくやる奴《やつ》と、普通じゃないことをやる奴。けど、普通じゃない方はめったに居なくてね。いつもならあたし一人でなんとかするとこだけど、任せられるんならそれに越したこたぁない」

そう言ってスパナで自分の両肩《りょうかた》を叩き、にやりと笑って、

「どうだい。例の話、ちっとは真面目に考えてくれる気になったかい？」

例の話？　と首を傾げる。

月夜は、ああもう、と頭をかき、

「弟子《でし》になれって話なら昨日断ったわよね？　私はこれ終わったらやること山ほどあんのよ。この子と一緒にフィアを起こす方法探さなきゃなんないし」

「え、待って月姉。弟子？」

飛行艦艇の母、ニューデリーの守護神と呼ばれた、世界で最高の航空技術者の、弟子。目を丸くする錬にサティは「そうだよ！」と勢《いきお》い込んでうなずき、

「ちょうど良いからあんたも説得しとくれ！　あたしも七十五年生きていろいろ才能のある連中を見てきたけどね、あんたの姉ちゃんはピカイチだ。十年、いや五年でいい。工房《こうぼう》を継《つ》げなんて野暮《やぼ》は言わないから、技《わざ》だけでも盗《ぬす》んでいってくれりゃあたしも安心して墓に入れるってもんだ」

「――あら、それは困ります。サティ様」

穏やかな声に振り返る。雑多に並ぶ軍用フライヤーの隙間《すきま》を縫うようにして、シスター服姿のケイトが歩み寄る。その後ろにはイルの姿。体のあちこちを固定していたギプスはすでに外れているが、まだ本調子ではないようで足の運びがどこかぎこちない。

「月夜さんには今後の世界再生機構で陸戦部隊の指揮をお願いしているところです。抜け駆《が》けは困ります」

そう言ってさりげない所作で月夜とサティの間に割《わ》り込み、ケイトはこっちを見下ろして少し真面目な顔を作り、

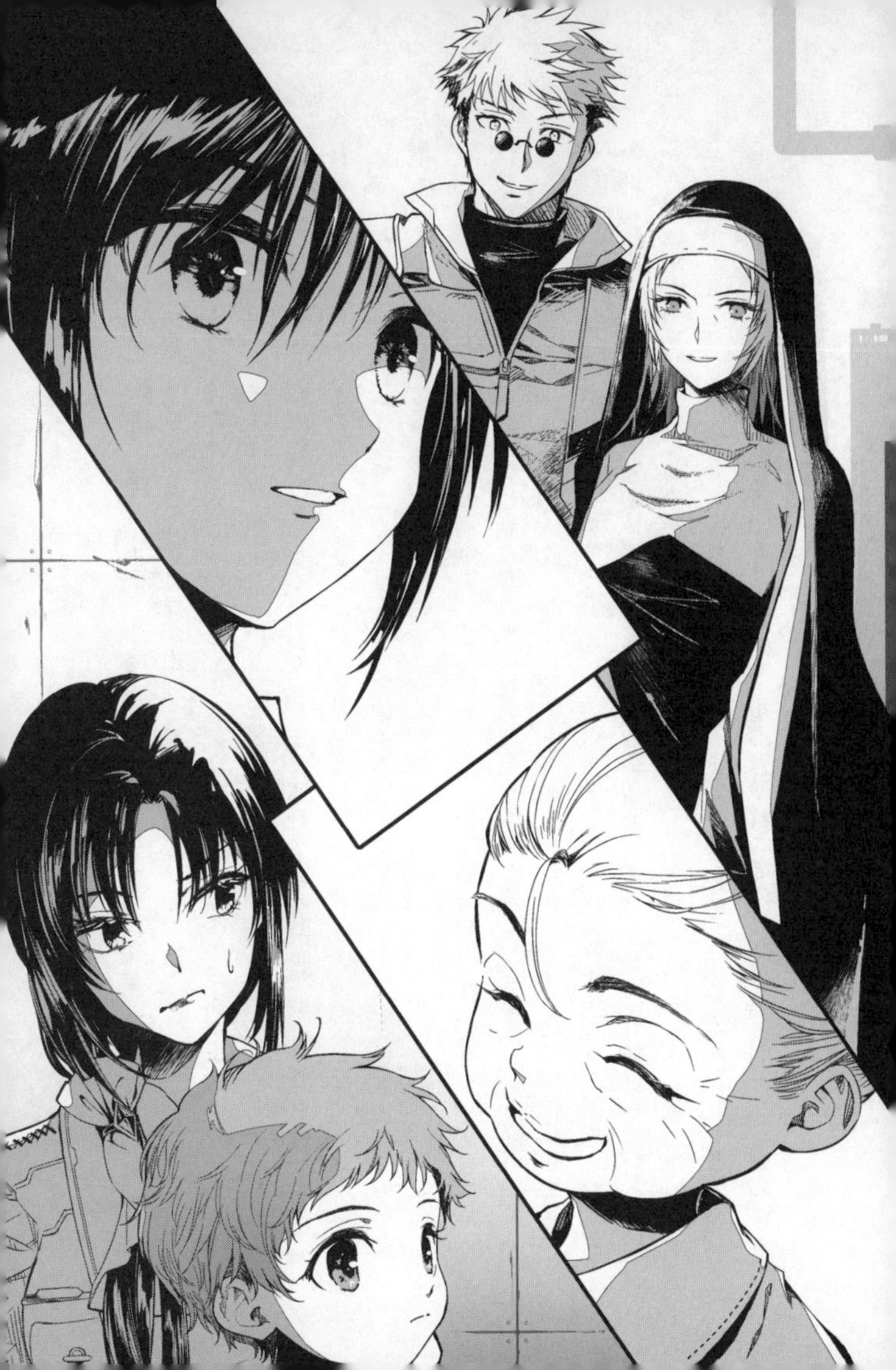

「ルジュナさんから連絡がありました。間もなくニューデリー自治軍艦隊と共にここに到着《とうちゃく》されるそうです。……それで、フェイさんが出迎《でむか》えをして欲しいと」

「あ、うん」もうそんな時間かとうなずき、ふと気になって「今後の世界再生機構、って？」

「うちのシスターとリチャード博士と、あとフェイのおっさんで話してたんや」とイルが応えて錬の隣《となり》に立ち「お前の作戦が上手くいって、シティ連合と賢人会議が戦争続けられへんようになったとして、ここの人らをどうするか、てな」

たぶんモスクワの孤児院《こじ》でよくそうしていたのだろう。少年はごく自然な動作でエドの体を抱え、よっ、と肩車にする。

男の子が驚いた様子で何度か瞬きし、少し嬉しそうに少年の白い頭に両手でつかまる。

「彼らをそのまま軍に戻すのは新たな軋轢《あつれき》の種となりかねませんし、雲除去システムが破壊されたからといって直ちに全ての人々が和平に傾《かたむ》くとも限りません」ケイトは手を伸《の》ばしてエドの短い金髪をほわほわと撫で「ですので、ここの戦力をそのまま世界再生機構の戦力とし、戦争抑止《よくし》のための中立の軍隊として運用する。その前線指揮官を月夜さんにお願いしたいと先日から何度かお話ししているのですが……」

「だーかーらー、そっちもパス」月夜は両腕《りょううで》をバツの字に交差させ「シスターとその馬鹿は心配だし、何かあったら助けるつもりだけど、指揮官やれってのは話が別。向いてないのよ、そーいうのは」

　まあそうおっしゃらずにとケイトが笑い、軽口の応酬《おうしゅう》が続く。

　それをぼんやりと眺《なが》め、錬は、そっか、と息を吐く。

「そうだよね。戦って、戦争をなくして、その後のこともみんなちゃんと考えてるんだよね」

　全員の声が同時に止まる。

　視線を逸《そ》らす月夜の隣でイルが首を傾げ、

「そらお前、あの女ぶっ倒して衛星止めたかて、それで万事《ばんじ》めでたしいうわけにはいかんやろ」

「そうですよ、錬君」少年が言い終わると同時にケイトが口を開き「今度こそ人類と魔法士を再び一つに束ね、全ての力を結集して空を覆う雲の問題に立ち向かう。途方もない難題です。私達も、錬君も、やるべきことは数え切れないほどありますよ」

　イルの頭の上のエドがこくこくうなずき、少し心配そうな顔をする。

　と、サティがわざとらしく大きな息を吐き出し、

「いいかい？　こいつはあんた一人の戦いじゃない。さっきも言ったけど、あたし達みんな、好きであんたに協力して好きでここにいるんだ」

　分厚く硬《かた》い手が労《いたわ》るように何度か背中を叩き、

「一人で背負《せお》い込むこたぁない。こいつは世界全体の、あたし達全員の問題なんだ。……だから、あんたはちゃんと生きて、ちゃんとここに帰ってくるんだ。いいね？」

意味が分からない様子でイルがもう一度首を傾げる。

隣の月夜が肩をすくめ、困ったように微笑《ほほえ》んだ。

＊

「――総攻撃、だと？」

低く抑《おさ》えたつもりで発した声は、地下拠点《きょてん》のホールの天井に思いがけなく強く反響《はんきょう》した。

人形使いの青年、カスパルはとっさに手のひらで口を覆い、頭上に展開された立体映像の通信画面を見上げた。

『そうだ。賢人会議の全戦力をもって、世界再生機構に総攻撃をかける』

ノイズにまみれた画面の向こう、サクラは木々の梢《こずえ》を背景に傲然《ごうぜん》と胸を張る。リボンで束ねた長い髪《かみ》が飾《かざ》り羽根のように揺れる。南極衛星内の庭園に降り注ぐ陽光。その柔《やわ》らかな光を一身に受けて、少女は目の前に浮かんでいるのであろう数十の通信画面の一つ一つに視線で覚悟《かくご》を問う。

『天樹錬が指定した衛星への攻撃予定は三日後。シティ連合もそれを黙《だま》って見過ごすつもりは無いはずだ。我々は彼らの動きを注視し、その動きに協調する形で世界再生機構の拠点を南北から挟撃《きょうげき》する』

　ホールに集った百人近い魔法士と、周囲の通信画面に映る他の拠点の仲間達──つまりは賢人会議に残った千五百人あまりの魔法士全員から驚愕《きょうがく》の声が上がる。シティ連合と協調する、という言葉に動揺《どうよう》を隠せない仲間達を前に、サクラは表情をほんの少しも動かすことなく、

『総攻撃と言っても、世界再生機構の全戦力を撃破《げきは》する必要は無い。目的はあくまでも彼らが保有する三隻の雲上航行艦だ。あの船さえ無力化できれば、彼らはこの衛星を攻撃する能力を失う。雲除去システムが健在である限り、人類を滅ぼし世界に青空を取《と》り戻すという我々の目的は継続《けいぞく》される』

「それは……そうかも知れないけど」

　ホールの隅から別な声。ロッテという騎士の少女が意を決した様子で毅然《きぜん》と顔を上げ、

「サクラ、これまでの戦いで仲間がたくさん死んで、たくさん組織から離れていったわ。拠点の生産機能だって、ここも、他の場所も限界が近い。雲上航行艦を破壊して世界再生機構の計画を止めて、その後は？　そのままもう一度ベルリンの塔を攻めるなんてとても……」

『そうだな。確かに戦い続けることは難しい。我々には一度組織を立て直し、戦力を整える時間が必要だろう』

　静かに言葉を返すサクラ。

　が、ロッテが安心した様子でうなずくより早く、少女は再び胸を張り、

『だが、それも長い時間ではない。戦力を失っているのはシティ連合の側も同じだ。我々は速《すみ》

やかに戦力を回復し、敵が防衛線を再構築するより早くベルリンに攻撃を仕掛《しか》ける。雲除去システム起動の障害となるあの塔を破壊し、四つのシティに戦力を分散。無抵抗《むていこう》で残された人間達を今度こそ滅ぼし尽くす』

具体的な行動計画と、部隊編成に関する幾つかの指示があって、通信画面が消失する。

ホールに下りる重苦しい沈黙。

近くに座っていた騎士の少年が、ぽつりと口を開く。

「……本当に、やるの？」呟き、自分の声に押されるように立ち上がって「世界再生機構を攻めるって……だって、あそこにはディーもセラも、サラさんもソニアさんも、他にもたくさん……」

「だから、雲上航行艦を破壊できれば良いのよ」隣の炎使いの少女が少年の腕《うで》を引き「サクラも言ってたでしょ？　とにかく衛星への攻撃さえ防げればそれで良いの。雲除去システムさえ残ってれば戦いは続けられる。青い空だっていつか取り戻せる。そうしたら、みんなも戻ってきてくれるはずよ」

ホール内や他の拠点から幾つかの賛同の声があがる。その通りだ。戦おう。世界を取り戻そう。今度こそ人類を滅ぼそう——だが、それらの声はいずれも散発的で後に続く者はいない。

多くの者は下を向いたまま、それぞれに苦悩《くのう》の表情を浮かべている。

誰もが、心の底では気付いている。

今の賢人会議に、人類との全面戦争を維持《いじ》できるだけの力は残されてはいない。単なる戦力で言うならば、シティ連合軍ともう一度正面からぶつかり合い、これを撃破することは不可能ではないだろう。展開次第《しだい》では有利に事を運ぶことも出来るかも知れない。だが、セラが去り、ディーが去り、多くの仲間が去った今、組織は急速に結束力を失いつつある。各地の拠点の生活を支えるインフラはすでに限界に達しており、戦争を一時中断したとしても再建の目処《めど》は立たない。

それでも、サクラがこの場にいれば、仲間達を鼓舞《こぶ》してもう一度最終戦争に向かわせることも可能だったかも知れない。

だが、少女は空の上の衛星に旅立ったまま。

魔法士が勝利し、世界が青空を取り戻すその日まで、地上に戻ることは出来ない。

「とにかく、出来ることをやろう」

立ち上がって手を叩き、仲間達に呼びかける。指揮官を務めてくれていた仲間達の幾人かが死に幾人かが組織を去った今、その役目はカスパルにも回ってくる。

「『三日後』って宣言自体がフェイクで、今すぐに状況が変わる可能性もある。世界再生機構とシティ連合軍に対する監視《かんし》を強化。いつでも出撃できるようにI－ブレインの調整を急いでくれ」

ホールの仲間達が立ち上がり、出口に向かって歩き出す。多くの仲間は疲《つか》れたようにうつむいたまま。一部の戦意が旺盛《おうせい》な者だけが殊更《ことさら》に陽気に振る舞う。

そんな喧噪《けんそう》もすぐに通路の奥に遠ざかり、ホールに静寂が下りる。

深く息を吐き、両手で自分の頬を強く叩く。

……そうだ、戦うんだ……

ホールを横切って通路を足早に進み、フライヤーの格納庫にたどり着く。軍から鹵獲《ろかく》した機体が雑然と詰め込まれた広い空間。拠点と拠点をつなぐ転送システムは機能不全でもはや使い物にならず、北アメリカ大陸東岸にあるこの拠点からもう一度ベルリン南方の戦場に向かうにはこのフライヤーだけが頼《たよ》りだ。

機体の表面に浮かぶ立体映像のエラーメッセージを消去し、整備用のメニューを開く。システムの指示を頼りに人形使いの能力でどうにか修理を行っているが、実のところ、自分がフライヤーの何をどういじっているのか、カスパルにはまるでわからない。

……真昼《まひる》がいればな……

タッチパネルを操作する手が止まる。

格納庫の天井に淀《よど》んだ闇を、見るともなしに見上げる。

天樹真昼はI―ブレインを持たないただの人間で、賢人会議の最も旧《ふる》いメンバーの一人で、カスパルにとっても他の多くの魔法士にとってもこれまでの長くも無い人生で得た唯一の「人間の」仲間だった。彼が死に、色々なことがあって、自分達は「人類を滅ぼす」という道を選《せん》択《たく》した。

あの青年は、今の自分達をどう思うのだろう。

いつかそうしたように、困った顔で笑うのだろうか。

それとも、仕方ないと肩をすくめるのだろうか。

「……誰だ？」

遠くでかすかな物音。格納庫の一番奥、地上に通じる隔壁の傍で、幾つかの人影《ひとかげ》が驚いたように動きを止める。

先ほどの会議で発言した騎士の少女ロッテと、ルッツという人形使いの少年、それに何人かの子供。

この時間、出撃の予定は無い。

……ああ、そうか……

立ち上がり、一歩踏《ふ》み出す。

騎士の少女が手にした剣を鞘から引《ひ》き抜き、人形使いの少年が手近なフライヤーの操縦席に飛び込む。

「今なら見なかったことにする」足元の床にゴーストを流し込みながら、さらにもう一歩前に進む。「回れ右して部屋に戻れ。それで寝て起きて、明日からの作戦に備えてくれ」

子供達が怯《おび》えた顔で騎士の少女を見上げる。

　少女は大丈夫、と言うようにうなずき、

「そういうわけにはいかないわよ」剣の切っ先をゆっくりと正面に構え「カスパルさんも一緒にどう？　ディー君もセラちゃんも他のみんなも、きっと喜ぶわよ」

「ふざけるな」チタン合金から生み出した二十七本のゴーストの腕を周囲に展開し「戦いはここからが正念場だ。人類を滅ぼして、青空を取り戻す。まだ何も終わっちゃいない、始まってもいない。俺達の戦いは……」

「本気で言ってる？　それ」

　割って入る少女の声。

　ロッテは剣先《けんさき》をかすかに逸らして息を吐き、

「確かにみんなで攻めれば世界再生機構は止められるかも知れない。こっちの方が魔法士の数は多いし、シティ連合だって攻撃するはずだしね。でも、そのためにみんなと戦うの？　みんなと戦って、怪我して、誰かが死んだり殺されたりするの？」

　それは、と口ごもるカスパル。

　騎士の少女は剣の切っ先を床に下ろし、

「それに、戦ってその後は？　もう一度人類と全面戦争やって、今度は何人死ぬの？　ううん、その前に、拠点を一から作り直してもう一回戦える所まで組織を戻すなんて本当に出来ると」

「……それでも、だ」

「え？」

「それでもだ――！」

叫《さけ》ぶ声で、自分の中の迷いを押し潰す。

強く、足を砕かんばかりに、少女に向かって一歩詰め寄る。

「お前は良いのか？　ここで終わって。全部無かったことになって。……俺達には夢なんか無かった。シティの道具として作られて、兵器として育って、望みも無く、明日良いことがあるかもしれないなんて考えたことも無かった。そんな俺達に居場所をくれたのがサクラだ。賢人会議だ！　お前はそうじゃないのか！」

少女がびくりと身を震わせる。

カスパルは胸に溜《た》まった空気を大きく吐き出し、

「俺が作られた研究室には、他にもたくさん子供がいた。みんな名前も無くて、番号で呼ばれていた。お前も知ってるだろう？　軍では成績の悪い実験体はすぐに『作り直し』になる。何十人かいた俺の友達もそうやってどんどんいなくなって、最後は俺一人になった。……たくさん、本当にたくさん、死んだんだ」

賢人会議に集った魔法士達の半数以上は、誰も彼も似たような経験を持っている。シティに人として扱《あつか》われず、いつ訪《おとず》れるかもしれない死に怯えた記憶《きおく》。もちろん、人類の側にも相応の理由はあったのかも知れない。この滅び行く世界で「魔法士」という最も高度な兵器の品質を維持し向上させ続けるために、やむをえない選択であったのかも知れない。

だが、それでも。

それでも、瞼《まぶた》の裏には今も、別《わか》れ際《ぎわ》に手を振る友人達の姿が。

殺処分にされて、再利用のために物資生産プラントに投げ込まれる数多《あまた》の亡骸《なきがら》が——

「ここで戦いを放棄して、未来を捨てたら、あいつらの無念はどこに行けばいい？」

少女は何も応えず、ただ唇を噛む。

カスパルはその姿をしばらく見つめ、ゴーストの腕を全て消去する。

「え……？」

「行きたいなら行けばいい」少女と子供達に背を向け「俺は最後までここで戦う。仲間のために、魔法士の未来のために。お前達はお前達の好きにすれば良い。……そうやって戦って、勝った方が自分の意思を押し通す。世界はいつだって、そういう風に出来てるんだ」

少女が聞こえないくらい小さな声で何かを呟く。幾つかの足音とフライヤーの駆動音、それから地上に通じる隔壁の開放音。演算機関の低い唸《うな》りが次第に遠ざかり、一気に加速してすぐに聞こえなくなる。

青年は、一度も振り返らなかった。

格納庫の天井に淀んだ闇を、ただ、静かに見上げ続けた。

＊

飛行艦艇の生み出す巨大な影《かげ》がポート区画の雪原を覆った。

ニューデリー自治軍の旗艦《きかん》から降り立ったルジュナを見上げ、錬は手を差し出して微笑んだ。

「ようこそ……で良いのかな？　こういう時って」

「はい、おそらく」ルジュナは小さく笑ってその手を取り「改めてよろしくお願いします天樹錬君。今から三日間、作戦決行の瞬間まで、シティ・ニューデリーはあなた達を守りその行動を支援《しえん》します」

手を放してうなずきあう錬とルジュナの周囲に、都合十六隻の飛行艦艇が次々に降下する。艦の側面に開いた幾つもの搭乗口からニューデリー自治軍特有の灰色の雪中迷彩をまとった兵士達が数千、数万と降り立ち、見渡《みわた》す限りの雪原に整然と列を成す。

完璧《かんぺき》に整えられた動作で掲げられた数万の右手が、まず離れた場所で見守る他国の兵士や魔法士達に、それから正面に立つ錬に向かって最敬礼の姿勢を取る。

……うわ……

やっぱり落ち着かない。

ぎこちなく敬礼を返す錬の前で、数万の兵士がまた完璧な動作で右手を下ろす。

最前列に立つ将官らしき数人の男女が、最後にルジュナに敬礼して着任を報告する。ルジュナはふわりと笑みを浮かべて敬礼を返し、見渡す限りの雪原を覆う兵士達に視線を巡らせる。

「皆さま、よろしくお願いします」傍らに立つ錬を右手で示し「言うまでもありませんが、私どもの任務は雲除去システムの破壊作戦が行われる三日後までこの地を守《まも》り抜き、彼の旅立ちを支援することです。……今日まで多くの命が失われ、多くのわだかまりが生まれた。その事実を消し去ることは出来ませんが、過去にすることは出来るはずです」

ニューデリー自治軍のみならず、他国の兵士も魔法士も、その場にいる全ての者が居住まいを正す。

数万の視線を一身に集め、ルジュナは右手をゆっくりと掲げて闇空の彼方《かなた》、南極衛星が存在するはずの方角を示し、

「ですから、どうか皆《みな》さまの力を。この戦いを、この星で起こる最後の戦いとしましょう」

兵士達が一斉《いっせい》に右手を掲げ、もう一度最敬礼をする。ニューデリー自治軍はもちろん、他国の兵士や賢人会議の魔法士達までもが目の前の女性に敬意を示す。モスクワ自治軍の指揮官が周囲の人垣《ひとがき》から進み出て、当面の指示と状況の説明を始める。ルジュナはそれを確認したようにうなずき、護衛の兵士数名を伴《ともな》って歩き出す。

小走りにその隣に追いつき、感心のあまり思わずため息を漏《も》らしてしまう。

ルジュナは不思議そうにこっちを見下ろし、すぐに、ああ、と小さく笑って、

「そう大した物ではありませんよ。演説というのは技術ですから。少し学べば誰でも出来るようになります」

「……ほんとに？」

「ええ、本当です」訝《いぶか》しむ錬にルジュナはわざとらしく顔をしかめ「私も慣れてきたのは最近で……。以前はよく兄に叱《しか》られたものです。『ルジュナ、君の演説には戦略《ストラテジー》がありません』なんてあの顔でことあるごとに言われるものですから一時期はすっかり表に出るのが嫌《きら》いになってしまって……」

ため息交じりに遠くを見上げるニューデリー自治政府の指導者の姿に思わず吹き出す。ルジュナは、なんですか、とこれまたわざとらしく恐《こわ》い顔をし、すぐに堪《こら》えきれなくなったように忍《しの》び笑《わら》いを漏らす。

そうやって、二人で顔を見合わせ、しばらく笑う。

離れた場所を付き従う護衛の兵士達が戸惑《とまど》ったようにその光景を見つめ、少しだけ表情を和《やわ》らげる。

ポート区画を横切って駐屯地の西の区画へ。整然と並ぶ仮設の兵舎の間を抜け、臨時の司令部として利用されている建物にたどり着く。防寒のために二重になった入り口の扉《とびら》をくぐり、気密仕様の隔壁の中へ。狭《せま》い通路に足音を響かせ、会議室に向かう道を急ぐ。

と、周囲に人の気配が少なくなるのを見計らったようにルジュナが声を潜《ひそ》め、

「……実を言うと、ニューデリーは一枚岩にまとまったわけではありません」

思わず足を止めそうになり、背後にちらりと視線を向ける。護衛役の兵士達にも聞こえたはずだが、表情を動かす素振《そぶ》りは見られない。

「それってどういう……」

「今回の参戦がニューデリーの総意、とは言えないということです」ルジュナは歩調をわずかも緩めること無く「もちろん人類と魔法士の全面的な衝突《しょうとつ》を忌避《きひ》する声が他国に比べて大きいことは事実です。ですが、我が国は一度、魔法士を排除《はいじょ》し人類だけの世界を作るというシティ連合の方針に賛同し戦争に参加した。その方針を覆《くつがえ》すことに対する混乱は大きい。……今回の派兵にしても執政院《しっせいいん》の正式な承認《しょうにん》を得たものではありませんから、かつて兄と親交の深かった将官の方々を中心に全軍の三分の一ほどを連れてくるのが限界でした」

「大丈夫なの？　それ」

ルジュナから防衛戦力を連れてそちらに向かうと連絡を受けた時には疑問に思わなかったが、考えてみれば五日前までニューデリーはシティ連合の一員として魔法士を滅ぼし、雲除去システムを起動するという方針で動いていたのだ。その方針がたった一人の魔法士のせいで頓挫《とんざ》したのだから、執政院はもちろん軍や一般《いっぱん》の市民レベルに至るまで何もかもが大混乱に陥《おちい》っているはずだ。

「大丈夫、ではありませんね」ルジュナは言葉とは裏腹にどこか晴れやかな顔で「今の私の振る舞いはシティの法も正規の手続きも無視したもの。混乱に乗じて執政官の権力を意のままにしているに過ぎません。……保って数日。その後は、私はニューデリーの指導者の座を追われ、しかるべき罰《ばつ》を受けることになるでしょう」

今度こそ立ち止まり、背後の兵士達を振り返る。おそらくルジュナとつながりが深いのだろう兵士達は、何かを覚悟した顔で深くうなずく。

「……そっか」しばらく言葉に迷い、ようやく小さく呟く。「それでも、僕を助けてくれるんだね」

「ええ」ルジュナは花が咲くように微笑み「ニューデリーでの事件の時に兄があなたを護衛に選んだ理由が今なら少しだけわかる気がします。……アニル・ジュレは知っていたのかもしれません。天樹錬という少年が、いつか何事かを為す者だと」

ニューデリーでほんの数日を共に過ごした、偉大《いだい》な炎使いの顔を思《おも》い描く。

自分が何かを為したという自覚は無い。

だけど、もし本当にルジュナの言う通りなら、きっと誇《ほこ》ってもいいことなのだろうと思う。

「――お、やっと来たか」

突き当たりの両開きの扉を開くと同時に中から声が飛ぶ。ドーム型の広い会議室。中央に設《しつら》えられた強化プラスチックの円卓の向こうでヘイズが軽く手を上げる。

その隣には、眼帯を外したクレアの姿。

この五日間、二人は何をするにも常に一緒に行動している気がする。

「その様子だと怪我の治療《ちりよう》は順調なようですね」ルジュナは青年にうなずいて応え、隣席の少女に視線を移し「クレアさんもご無沙汰《ぶさた》しています。マサチューセッツでの活躍《かつやく》はお見事でした」

深々と頭を下げる一国の指導者を前に、クレアが慌てふためいた様子で何度も両手を振る。と——

「あたしの言った通りだろう？　その子は良い嫁《よめ》になるって。あんたも見習いな」

会議室の隅から老婆の声。

ルジュナは、ああ、と微笑み、そちらを振り返って、

「お久しぶりです、母さん。直接顔を合わせるのはいつ以来でしょうか」

「全くだよ。つれない娘《むすめ》だね」サティは椅子から飛び降りてにやりと笑い「けどまあ、それでいいのさ。忙しい物だろ？　国の舵取《かじと》りってのは」

スパナを置いてルジュナに歩み寄り、労《ねぎら》うように何度か娘の腕を手のひらで叩いて、

「よく来てくれたよ本当に。マサチューセッツのこともさね。あんたのおかげでどうにか道が繋《つな》がったよ」

「はい……」が、ルジュナはその言葉に表情を曇らせ「ですが、そのために私はニューデリーの法を歪《ゆが》めてしまいました。あるいは私は、人々の安寧《あんねい》な暮らしを守るという執政官の役割を

放棄したのかもしれません。……悔《く》いはありませんが、父さんと兄さんに申し訳ないと」

「馬鹿なことを言うんじゃないよ」

強い声。

驚いた様子で顔を上げるルジュナにサティは唇の端をにやりとつり上げ、

「あの二人が文句を言うもんかね。アニルのやつが『ルジュナもようやく一皮むけましたね』なんて偉《えら》そうに言ってるのが目に浮かぶよ」もう一度、先ほどより幾らか柔らかく娘の腕を叩き「重い荷物を背負うのも勇気なら、投げ捨てるのも勇気だ。あんたはここぞって時にそいつを捨てた。立派なもんさね」

はい、とうなずくルジュナの背後で、錬達《たち》が入ってきたのとは別の扉が開かれる。何匹《びき》もの猫を頭に乗せたファンメイとエドがまず姿を現し、その後にディーとセラが続く。二人はルジュナの姿に気付くと目を丸くし、揃って深く頭を下げる。

さらにその後には月夜とイルとケイトの三人。続いてソフィーとペンウッド教室の何十人かの研究員が現れ、最後にリチャードとフェイ、一ノ瀬《いちのせ》少尉《しょうい》が円卓を囲む。

世界再生機構の主要なメンバー全員に続いて、会議室には各国の自治軍の兵士と賢人会議の魔法士が次々に入ってくる。所属する組織も、階級も、I―ブレインを持つか持たないかの区別も無くただたどり着いた順番に。円卓を中心に同心円状に並ぶ数千の椅子が瞬く間に埋まる。

無数の通信画面がドーム型の天井を埋め尽くし、会議室に入りきらない全ての兵士と魔法士をこの場所に繋ぐ。世界再生機構に属する十数万の人々が、あらゆる立場を超《こ》えて一つの場所に集う。

全員が着席するのを見計らって立ち上がるのはフェイ。

「最初に、この場に参加いただいたルジュナ・ジュレ主席執政官とニューデリー自治軍の方々に感謝する」

男はルジュナに敬礼し、会議室の一同にゆっくりと視線を巡らせた。

「本来なら歓待《かんたい》の席を設けるべきところだが時間が惜《お》しい。──これより、南極衛星に対する攻撃計画について確認を行う」


ワイヤーフレームで描かれた地球が、円卓の中央に浮かんだ。

見上げる錬の前で半透明の地球は急速に拡大し、南極の上空を覆う分厚い雲と、その上に浮かぶ球形の人工物を描き出した。

「これが南極衛星の外観だ。雲上航行艦による遠隔《えんかく》からの観測結果に大戦前の資料を合わせた仮想的なデータだが、ほぼ実物通りと考えてもらいたい」

ニューデリー自治軍の将兵の間からかすかなどよめきが起こる。今日までの作戦会議で何度となくこの画像を目にしている他のメンバーと異なり、ここに到着したばかりの兵士達の中には初めて見る者も多いのだろう。

全周を無数の砲塔《ほうとう》によって針山のように覆われた、直径二百メートルの金属の球体。

その半透明の画像を透《す》かして、円卓の向かいに座るイルと目が合う。数ヶ月前の、南極での戦いの一部始終が脳裏《のうり》を駆け抜ける。アフリカ海にあった賢人会議の拠点がシティ連合の攻撃によって破壊された直後。南極衛星に向かったサクラを追って、自分は少年と共に転送システムに飛び込んだ。

無意識に拳を握りしめ、少年に向かって小さく一つうなずく。

そうして自分達はあの場所までたどり着き、そこで敗れて、落ちた。

同じ事を考えていたのだろう。イルは同じようにテーブルの上で拳を握りしめたまま、一度だけ小さくうなずき返す。

「……なるほど、こうして目《ま》の当たりにすると改めてすさまじいな」

「確かに。要塞《ようさい》と呼ぶのすらためらわれる。これは兵装の塊《かたまり》だ」

ニューデリーの将兵が口々に囁《ささや》き合う。年若い兵士の一人が立体映像を操作して衛星から突き出《で》た無数の砲塔を拡大し、

「これほど膨大《ぼうだい》な数の兵装をどうやって？　エネルギー供給のための演算機関どころか、砲《ほう》自体の体積でさえ衛星のサイズを遥かに上回っているようですが」

「おそらく空間圧縮でしょう」上官らしき初老の女性兵士が言葉を返し「五次元、ないしそれ以上の次元方向に空間を折りたたみ、容積を拡張する技術です。現代ではすでに失われた技術

ですが、大戦前には一部のシティで実用化にこぎつけたと聞いています」

「この衛星は見た目通りの大きさでは無く、兵装もこれが全てではないということか……」別な兵士が腕組みして低く唸り「では、この見慣れぬ形状の砲は？　荷電粒子砲《かでんりゆうしほう》にしてはかなり巨大だが」

「重力波砲だ」この問いにはモスクワ自治軍から声が返り「空間曲率を局所的に変動させ、重力の差が生み出す潮汐力《ちようせき》によって対象を破壊する。連射性と砲身《ほうしん》の耐久性《たいきゆう》の問題から運用された事例はわずかだが、通常の装甲も電磁シールドも無効化する厄介《やつかい》な兵器だ」

「では、こちらの砲は――」

さらに幾つかの問いが投げられ、同じ数の答が返る。

言葉を発する者がいなくなったのを見計らってフェイが再び立ち上がり、

「ひとまず、現状は理解いただけたものと考える」ワイヤーフレームの衛星を手ですくって頭上高くに浮かべ「これが我々が解決すべき第一の課題だ。単純な火力で考えて、この衛星は現存する四つのシティの自治軍を全て合わせた物を遥かに上回る戦力を備えている」

「大戦前に各国の軍が行った衛星に対する攻撃がことごとく失敗したのも道理だな」ニューデリーの将官の一人がうなずき「それで、こちらの戦力は」

フェイが手を動かすと、衛星から少し離れた場所に飛行艦艇の姿がこちらもワイヤーフレームで描き出される。

HunterPigeon、FA-307、そしてウィリアム・シェイクスピア。世界に三隻だけ存在する雲上航行艦の姿に、兵士軍に属する者なら知らない者などいない。

の幾人かがため息のような深い吐息《といき》を漏らす。

「ロンドンからの協力者を得て、我々は全ての雲上航行艦を手中に収めることに成功した」フェイは周囲の通信画面の一つ、ウィリアム・シェイクスピアの奪取に協力してくれた老人達に一瞥《いちべつ》を投げ「この三隻と共に空中戦に適した魔法士数名が雲を抜け、衛星に対して直接攻撃を仕掛ける。……が、当然ながらこの戦力で南極衛星を正面から破壊するのは不可能。故《ゆえ》に、我々は外部からではなく内部からの雲除去システムの破壊を目指すこととなる」

男が手を振ると、三つの機影が衛星に向かって真っ直ぐに飛んでいく。

編隊の先頭を飛ぶ真紅の船から放たれる小さな飛翔《ひしょう》体。

それが、無数の砲塔の隙間をすり抜けて衛星の表面に着弾《ちゃくだん》する。

「続きは私が」自席に腰を下ろすフェイに代わってリチャードが立ち上がり、ニューデリーの兵士に自己紹介《じこしょうかい》して「ここからの具体的な計画は、ニューデリーはもちろんモスクワや他国の方々、賢人会議の方々にとっても初めての話になります。作戦の第一段階として、まず三隻の雲上航行艦は正面から南極衛星に接近。砲撃《ほうげき》による遠距離《えんきょり》からの攪乱《かくらん》を行い、衛星内の実弾《じつだん》兵器――ミサイルや質量弾《だん》体などを残らず撃ち尽くさせることを目指します」

男の口からさらりと出た「撃ち尽くさせる」という言葉に、会議室にどよめきが走る。

「それは……言葉通りの意味か？」初老の兵士が全員を代表するように口を開き「先ほどの話の通り衛星内が高次元空間方向に拡張されているのであれば、備蓄《びちく》されている弾薬《だんやく》の量も相当な規模になるはずだが」

「その通り。だが無限ではない」フェイが腕組みし「いかに強大であろうと相手は空の上に孤《こ》立《りつ》した要塞、外部に補給路を持っているわけではない。……さらに言うなら、あの衛星の兵装を操《あやつ》っているのは自動の防衛システムと、一般兵装の運用の経験を持たない魔法士一人だ。上手く誘導《ゆうどう》出来れば、全力砲撃を続けさせることは容易《たやす》い」

「これまで我々が入手した衛星のデータに当時の軍事の常識を加味し、可能な限りの推定を行いました」リチャードが後を引き継ぎ「もちろん衛星の能力にはまだ未知数の部分がありますが、それを加味しておよそ一時間。回避《かいひ》に徹《てっ》して衛星に全力砲撃を続けさせれば、一時的な弾《たま》切れを起こさせることが可能というのが我々の結論です」

互いに顔を見合わせる兵士と魔法士達。

それを見回してリチャードはうなずき、

「無論、衛星内には弾薬の生産施設が備わっていると考えるべきです。が、わずかな時間でも敵は荷電粒子砲や重力波砲などのエネルギー兵器しか使えない状態になる。そこからが作戦の第二段階。三隻の雲上航行艦は協力して衛星の全ての攻撃の座標とタイミングを誘導し、防衛網《もう》に隙間をこじ開けます」

そんなことが可能なのかという表情が、その場の全員の顔に浮かぶ。

全員の視線が円卓の一角、ヘイズとクレアに集中する。

「シミュレーションは二万回やった。どうにか成功の目処はついた」赤髪の青年は一つ指を鳴らし「つっても、向こうが実際どんだけの弾をため込んでるかはやってみねぇとわからねぇ。……まあ、出たとこ勝負だな」

「その点は話しても始まらん。我々は手持ちの材料で最善を目指すより他に無い」リチャードはワイヤーフレームの衛星を円卓を覆うサイズにまで広げ、表面の一点、先ほど雲上航行艦の模型から放たれた小さな飛翔体をさらに目一杯に拡大し、

「これが我々の切り札です。情報制御による隠蔽措置《いんぺいそち》を施した小型のカプセル。強度、射出速度、全てをバランスした最適なサイズと形状。換《か》えは利かないし、乗れるのは一人だけ。発射のタイミングもおそらく一度だけでしょうな」

「それに魔法士が乗り込み、衛星内に侵入《しんにゅう》。賢人会議の代表を倒し、雲除去システムを内部から破壊する、と？」

呟いた兵士の視線が真っ直ぐに錬を捉《とら》える。

周囲の他の兵士達がすぐにその動きに倣《なら》い、会議室内の全ての視線が自分に集中する。

「……本当だ。確かに、あの少年が」

「そうだ、戦争をたった一人で止めた……」

「私も見た。なるほど、彼なら……」

今さらながらに緊張する。リチャードとフェイに何度も視線で促《うなが》されて、ようやく椅子から立ち上がる。

「えっと……僕は天樹錬。たぶんみんな知ってるよね？」うつむきそうになる自分を叱咤《しった》して無理やり顔を上げ「僕が南極衛星に乗り込んで、雲除去システムを破壊する」

「一人で、か？」

誰かの呟き。

とっさに口ごもる錬に代わってリチャードが口を開き、

「一人を送り込むだけでも至難の業《わざ》です。突入用のカプセルをこれ以上大きくすれば衛星の防衛システムに攻撃と認識《にんしき》され、撃墜《げきつい》されるリスクが飛躍《ひやく》的に増大する。彼を一人送り込むのが、我々に用意し得る最高の策だとご理解いただきたい」

「理解した。すまない、余計なことを言った」先程の発言者らしい初老の兵士は両手をあげ「だが、事は世界の命運を左右する大事だ。だから、他の誰かではなく君自身に答えて欲しい。……君は勝てるか？　あの、賢人会議の代表に」

……それは……

答に迷い、彷徨《さまよ》わせた視線が円卓の仲間達に次々にぶつかる。

I—ブレインを持つ者、持たない者。最初は敵であった者、心強い味方であった者。全員の視線が、大丈夫だとでも言うように背中を押す。

今日まで歩いて来た、長い、長い道のことを考える。たぶん、最初は神戸《こうべ》の街が滅んだあの日から。たくさんの人に出会い、別れてはまた出会い、気がつけばこんなに遠い場所までやって来た。手を引いてくれた兄は去り、道を示してくれた黒衣の騎士も去り、共に歩んできた少女は眠《ねむ》りの牢獄《ろうごく》に囚《とら》われ、それでも自分はここに立っている。

かつて騎士の物であった真紅の剣は、ナイフに姿を変えて手の中にある。かつての自分には無かった力。世界を呑《の》み込む「戦争」その物を打《う》ち倒した力。その力を南極衛星で待つあの少女にぶつける。一人ではない。ここにいる人、いない人、もう二度と会えない人。自分の傍にはいつもたくさんの手があって、頼りないこの体を今も支えてくれている。

だから――

「勝つよ」円卓の上に浮かぶ仮想の衛星を見つめ「勝てるなんて言えない。結果がどうなるかはやってみないとわからない。……それでも勝つよ、絶対に」

会議室に降りる一瞬《いっしゅん》の静寂。

「……良いだろう」兵士が立ち上がり、右手を掲げて最敬礼し「どうか武運を。我々の未来を君に託《たく》す」

隣席に座る数人の兵士が、少し遅《おく》れて同じように敬礼する。小さな動きは会議室の全体に波紋のように広がり、全ての兵士が同じ動きで自分に対して敬意を示す。

息を呑み、一同を見回して、ゆっくりと右手を掲げる。

不慣れで、ぎこちなく、不格好な敬礼。

それでも、この人達の偽《いつわ》りの無い敬意に応えようと思う。

「突入作戦については以上だ」

フェイが立ち上がり、円卓の上の立体映像を消去する。

男は室内の一同に視線を巡らせ、最後に錬を見下ろして一度だけうなずき、

「続いて、ケイト・トルスタヤ元モスクワ自治軍中将より防衛計画についての説明をいただく。

……雲上航行艦の出撃に際しては、シティ連合と賢人会議の双方からの攻撃が予想される。お集まりいただいた方々の第一の任務は、この攻撃を食い止め彼らを無事に旅立たせることにある――」

＊

ガラス筒《つつ》を満たす薄桃色《うすももいろ》の羊水の中に、小さな気泡《きほう》が一つ、また一つと浮かんでは消えた。

錬はタイル張りの冷たい床に座り込み、立体映像のステータス表示のほのかな明かりに照らされる生命維持槽《いじそう》の少女を見上げた。

ロシア地方西部の地下施設に置かれていたフィアの体は、施設に残っていた何百人かの難民

と共にこのベルリン南方の駐屯地に移された。数日前の決戦で演算機関を設置するために使った地下の空洞《くうどう》、その広い空間を人形使い達の手で改装して作られたシェルターの奥の一室。ニューデリーから提供された高機能型の生命維持槽には無数の循環《じゅんかん》機器と小型の演算機関が接続され、少女がこの先何年でも——あるいは何十年でも生き続けることが出来るシステムが整えられている。

金糸を梳いたような髪が羊水のかすかな流れに揺らめく。精巧《せいこう》な人形のようなその顔を見ていると、遠い日、彼女に初めて会った時のことを思い出す。自分がまだ世界の仕組みを何も知らず、マザーコアとして死にゆく魔法士がいることも知らず、兄と姉に守られてただ穏やかに過ごしていた頃《ころ》。依頼《いらい》を受けて乗り込んだ軍の輸送艦の中、少女は今日と同じように穏やかな笑みを浮かべて、生命維持槽の羊水の中に浮かんでいた。

時が止まったような空間。

こうやって少女と向かい合っていると、自分が戦争を止めたことも、これから最後の決着を付けに南極衛星に向かうことも、全てが夢の話のような気がしてくる。

「……生きてるん、だよね？」

隣に座った銀髪《ぎんぱつ》の少年が独り言のように呟く。そのさらに隣には長い金髪をポニーテールに結《ゆ》わえた少女。三人で並んでもうずいぶん長い間、こうやって生命維持槽を見上げている。

時刻はとっくに夜。明後日《あさって》の作戦決行に備えて、本当なら少しでも長く眠って体を休めなければならない。

だけど、少年と少女の纏《まと》う空気は静かで、暖かくて、少しでも長く近くにいたいと思ってしまう。

「生きてるよ」両手で膝《ひざ》を抱えたまま羊水に浮かぶ気泡を見つめ「どうやったら起きるのかはわかんないけど、ちゃんと生きてる。……いろいろ終わったら、治す方法を探そうと思うんだ。月姉もリチャード博士もルジュナさんも手伝ってくれるって言うし」

そう、とディーは視線をうつむかせる。

ためらうように何度か口を開きかけ、とうとう勢いよく顔を上げて、

「錬君、ぼくは――」

「ダメだよ」

ディーの言葉を寸前で押しとどめる。

え？　と目を丸くする少年にゆっくりと首を振ってもう一度、ダメだよ、と呟き、

「みんな、色んな理由があって、色んなもののために戦ったんだ。僕もそう。フィアもそうだった。自分が死ぬかも知れないってわかってて、それでも自分の大事なもののために戦ったんだ」

きっと、それは目の前の少年も、その隣に座る少女も同じだ。何もかもが失われていく世界の中で、誰も彼もが何かのために戦った。人類のため、魔法士のため、家族のため、大切な人

のため。そうやって戦って、たくさんの人が死んで、それでも自分達は前を向いて、自分が定めた道の上をまっすぐに歩き続けてここまで来た。

あの日のベルリンでの戦いもきっとそんな無数の道がぶつかった交点の一つで、だから、正しいとか間違っているとかそんな簡単な言葉で測れる物ではないのだ。フィアなら必ずそう言う。自分が目の前の少年を責めてほんの少しの慰《なぐさ》めを得ることを、生命維持槽で眠り続けるあの子は決して望まないと思う。だから──

「全部、持っていこうよ」真っ直ぐに少年を見つめたまま「あれは間違いだったとか、戦うべきじゃなかったとか──そんなふうに自分がやったことを無かったことにするんじゃなくて、足りなくてもやるだけやったんだって胸を張ろうよ」

ディーはしばらく呆然《ぼうぜん》と目を見開き、やがて小さく、うん、とうなずく。

隣のセラが手を伸ばし、小さな子供をあやすように銀色の髪を何度も撫で、

「えっと……ありがとうです、錬くん……錬さん……？」

「どっちでもいいよ、セラちゃん」

「セラちゃんじゃなくてセラです」

思わず、え、と声を上げてしまう。少女が自分の言葉に驚いたように口元を押さえ、隣の少年が目を丸くする。

数秒。

瞬きして様子をうかがう錬の前で、二人は顔を見合わせ、互いに柔らかく微笑む。

「え……どうしたの？」

「な、なんでもない……です」

「そ、そう！　なんでもないんだ！　……だから、気にしないで」

冷え切った室内に、暖かい空気が流れる感触《かんしょく》。

肩を寄せ合う少年と少女の姿に、錬は心が柔らかくなるのを感じる。

世界で最強の双剣《そうけん》の騎士と、世界でたった一人の光使い。この二人がどうして賢人会議の中心メンバーになり、どうして組織を離れたのか、月夜から簡単な説明は受けていても詳しいことは知らない。祐一《ゆういち》との関わりについてもそうだ。マサチューセッツの出身だという二人がどうしてシティを追われ、どうしてあの黒衣の騎士と関わるようになったのか。二人が彼の死を悼《いた》んでいるということはわかっても、それ以上のことは何も聞けない。

だけど、きっと色々なことがあったのだ。

自分がフィアと出会い、一緒に旅したことと同じくらい、この二人の間にもきっとたくさんの物語があったのだ。

「じゃあ錬……さん」

と、セラは少しためらってから呼び名を口にする。

急に真っ直ぐ背筋を伸ばし、ぺこっと頭を下げて、

「えっと……サクラさんのこと、お願いするです」

反射的に居住まいを正してしまう。

サクラ。

賢人会議のリーダー。南極衛星から人類を滅ぼそうとする、たぶん自分が倒さなければならない最後の敵。

「お願いする、って？」

「は、はい！　です。ええっと……」

セラは何度も途切《とぎ》れながら説明する。セラの母が死に、セラ自身も軍に追われることになった原因の一端《いったん》がサクラにあったこと。後にその事を知ったセラがサクラを責め、サクラがそれに見事に応えて見せたこと。

「サクラさん言ってたです。自分の戦いを見ていて欲しい。それで、やっぱり許せないと思ったら自分を罰《ばっ》して欲しい、って」セラは闇色の天井の向こう、おそらくは雲の上に浮かぶ衛星を見上げ「わたし、わからないです。いっぱい考えたけど、やっぱりわからないです。サクラさんがやってきたことが合ってたのか、間違ってたのか。ううん、サクラさんはほんとはどうしたくて、どうして一人で雲の上に行っちゃったのか。……真昼さんがいなくなって、みんなは人類を滅ぼすしかないって言ってて……でも、わたし、サクラさんが真昼さんと一緒にいろんなことをやったの全部忘れてほんとにそんなことしたいなんて信じられなくて……」

それ以上は上手く言葉に出来ない様子で、セラが唇を噛む。

「ぼくからもお願いするよ」ディーが少女の肩をそっと引き寄せ「本当は自分で聞ければ良かったんだろうけど、ぼくはもう『賢人会議の幹部とリーダー』っていう立場でしかサクラとは向き合えないから。……錬君なら、あの衛星の中でなら、そういうのを全部無しにして話が出来るかもしれない。だから」

「わかってる」錬はうなずき「答えてくれるかはわかんないけど聞いてみるつもりだよ。真昼兄の夢をほんとに諦めたのか、って」

──真昼が哀《あわ》れだ──

かつて南極衛星で対峙《たいじ》した時、サクラは言った。貴方《あなた》は何も答えられないのか、世界のこの有り様を前にして何の解も見出《みいだ》すことが出来ないのか、と。今ならあの問いに答えることが出来る。もちろんそれは正解では無いし、完全な正解など望むべくもないのかも知れないけど、それでも言葉を返すことは出来る。

だから、今度こそ、あの子に真正面からぶつかる。

それで何が変わるというわけでもなく、結局は少女を倒して雲除去システムを破壊するだけなのかもしれないけど、それでも彼女と話すことには意味があると思う。

「──あーっ！　こんなとこにいたっ！」

不意に背後から声。長い黒髪《くろかみ》を三つ編みに結わえたチャイナドレスの少女が部屋に飛び込んでくる。その後ろには短い金髪の男の子。さらにその後ろには背中から蝙蝠《こうもり》の翼を生やした黒猫《くろねこ》と、こちらは普通の七匹の子猫が続く。

「みんな部屋にいないから早く寝ろって先生が……」言いかけてファンメイは、うん？　と首を捻《ひね》り「何？　大事な話？」

「や、そういうわけじゃないけど」錬は生命維持槽の少女を見上げ「ただなんとなく、ね」

ファンメイは、ふーん、と曖昧《あいまい》にうなずき、セラの隣に座る。猫たちが次々に膝や頭や肩の上に飛び乗り、好き勝手に丸くなる。

「待って、待ってってばぁ！　みんな慌てないのっ！」

悲鳴とも歓声ともつかない声を上げて、猫まみれのファンメイが床の上にごろりと横になる。と、その右手がいきなり形を失って液状の黒い触手《しょくしゅ》に姿を変える。

錬が、あ、と声を上げるより早く、エドが駆け寄る。

小さな両手が触手を包《つつ》み込むと、その姿がたちまち元通りの右手に巻き戻る。

「……まだちょっとだけ。油断するとこーなるの」ファンメイは視線で問う錬とディー、それにセラに答えて右手を押さえ「形が変わるだけで言うこと聞かなくなるわけじゃないし、だんだん治ってきてるから大丈夫なんだけど、ね」

マサチューセッツでの戦いで暴走状態に陥ったファンメイは一度、人間としての構造を失った。エドのゴーストハックを受け入れることで少女の体は元通りに復元されたが、後遺症《こういしょう》のようなものは今も残っている。リチャードの説明によると、以前は完全に無意識でも維持できていた『人の体という構造を保つための演算』が多少意識しないと継続出来なくなってしまったらしい。戦いから十日余りが経《た》った今では頻度《ひんど》はずいぶん少なくなっているが、それでもファンメイの体は時折、少女が油断している時を見計らうようにして今のように本来の黒の水の姿に戻ろうとする。

一度人間の形を失った黒の水は普通はファンメイが時間を掛《か》けて元に戻すしかないのだが、どういうわけかエドだけはゴーストハックで少女の体をたちどころに復元出来てしまう。黒の水が本来持っているはずの絶対情報防御《ぼうぎょ》も効果無し。他の第一級の人形使いにも試《ため》してもらったが上手くいかなかったから、どうも黒の水の方が何らかの理由でエドだけを受け入れているらしい。

「よーするに、エドはすごいってことなのっ！」

なぜだか胸を張るファンメイの隣で、エドが少しだけ嬉しそうにうなずく。

と、少女はいきなり立ち上がってこっちを指さし、

「だから、あんたは大船に乗ったつもりでどーんと構えとくの！　わたしもエドもセラちゃんも、ヘイズもクレアさんもいるんだから。わたし達みんなで、絶対に衛星まで届ける。……だから、その先はお願いね」

ファンメイとセラは三隻の雲上航行艦と共に空に上がり、共に錬を南極衛星に打ち込む役目

を負うことが決まっている。世界再生機構に加わっている魔法士達の中でも最も空中戦に長《た》けた二人。もちろん異論は無い。むしろ、よくこれだけの戦力が自分の周りに集まってくれたものだと思う。

と——

「なーに夜中に騒《さわ》いでんだ、お前ら」

室内の全員が揃って振り返る。真っ赤なジャケットの赤髪の青年が、一同を見回して一つ指を鳴らす。その隣には小さな丸レンズのサングラスを掛けた白髪《しらが》の少年。後ろの少し離れた場所ではブルネットの髪の少女がおっかなびっくり扉の中の様子をうかがっている。

「ヘイズこそどうしたの？　ハリーともう一回シミュレーションやるって」

「終わったよ。んでたまたま近く通りかかったら声が聞こえてよ」錬の問いに答えてヘイズは扉の脇《わき》の壁に背中を預け「あと、こいつらは来る途中《とちゅう》で見つけたんでついでに連れてきた」

「あ、あたしは別に！」

「おれはまあ、そこの赤毛の兄ちゃんと一緒。たまたまや」クレアの抗議《こうぎ》の声を無視してイルが部屋を大股《おおまた》に横切り「なんや寝つけんでリハビリがてら走ろうか思うててんけど、こっちの方から声が聞こえてな」

ディーとセラの前で立ち止まり、滑《なめ》らかな所作で床に腰を下ろす。ただ座るだけの少年の動きには一分の隙も無駄《むだ》も無くて、何度見ても感心してしまう。

「なんや、改まると緊張するな……」イルはようやく包帯が取れた腕を大きく広げてのびをし
「お前ら元気か？　……いや、毎日顔は見かけとるし元気なのは知っとるし今さらやけど、とにかく元気か？」

はい、と小さく笑うディーの後ろで、セラが少年の背中に体を半分隠すようにしてぎこちなくうなずく。イルは何か言いかけてため息を吐き、苦笑交じりに頬をかいて、

「——いや待てクレア。どこ行くんだよお前」

唐突なヘイズの声。室内の全員が部屋の入り口を振り返る。半開きになった扉の陰《かげ》でゆっくりと後ずさっていたクレアがぎくりと動きを止める。少女は今にも泣き出しそうな顔のまま、通路の真ん中に所在なく佇《たたず》む。

「ほれ、お前もこっちだろ」

「え——？　ちょ、ちょっと待って！　あたしはいい、いいから放してって——」

ヘイズは有無《うむ》を言わさずクレアの手を引き、生命維持槽の前にたどり着く。細い肩を摑《つか》んで少女を強引《ごういん》にその場に座らせ、自分もその後ろにどかっと腰を下ろす。

「あ……」

「おう」

「えっと……久しぶり」

クレアとイルとディー、三様の声が交差する。三人はそのまま黙り込み、視線でちらちらと

互いの顔色をうかがう。

「だーっ！ うっとうしいなお前ら！」ヘイズがたまりかねた様子でクレアの隣に身を乗り出し「特にお前だモスクワの兄ちゃん！ せっかく三人揃ったってのに忙しくてまともに顔も合わせてねーんだろ？ 積もる話とかなんかあんだろ！」

「は？ い、いやそんなこと言うたかて」

「そうです。せっかくこうやって集まったんだから、何かお話ししないとダメです」セラも少年の背中から顔を突き出し「わたし、みんながマサチューセッツにいた頃のこととか聞きたいです。ディーくん前に言ってました。三人とも、ファクトリーで生まれた兄弟だって——」

言葉が途切れる。

セラは、しまった、というように両手で口元を隠し、後ずさってディーから少し距離《きょり》を取る。

「……そっか」クレアがため息を吐き「ファクトリーシステム、あんたがぶっ壊《こわ》したのよね」

「……うん」ディーはうなずき、自分の両手に視線を落として「全部壊した。あと、マサチューセッツのウェイン議長も」

重苦しい沈黙が下りる。セラがおそるおそる手をのばし、ディーの背中にそっと手を触れる。

クレアはもう一度深く息を吐き、ガラス玉のような瞳《ひとみ》で天井の闇を見上げる。

錬は無言。

自分が何を言えばいいのかわからず、逃《に》げるように視線をうつむかせる。

あれは戦争で、少年は自分の果たすべき役目を果たしたのだ——そう口にするのは簡単だ。だが、エネルギー源が失われたことでマサチューセッツでは今も三千万の難民が苦しんでいる。その事実に、他でも無い少年自身が苦しんでいる。ならばどうすればいいのか。あのシティに深い関わりを持たない自分に、少年の行いについて何かを言う権利があるとは……

「——まあ、しゃーないやろ」

唐突な声。

室内の一同が揃って顔を上げ、白髪の少年を見る。

「イル？」

「だから、しゃーないやろ」思わず名を呼ぶ錬の前で少年は姿勢を崩してぞんざいに頭をかき「確かにマサチューセッツの人らは困ってる。みんなお前のことを恨《うら》むかも知れん。でも、しゃーないやろ。あのシステムは、確かにこの世にあったらあかんもんやったんやから」

「ちょっと、あんたがそれ言って良いの？」

思わず、というふうに口を挟《はさ》むクレア。

「良いか悪いかで言うたら、まあ悪いんやろうな」イルは遠い場所を見上げるように視線を上に向け「けどな、おれかてファクトリー製の規格外の魔法士や。一緒に生まれた連中はみんな実験やら作戦の失敗やらで殺された。……おれはまあ、なんやかんやあって人類を守る方に決めたけど、あんなシステムなくなってまえ、て思う連中の気持ちはわかるし、一つ違《ちご》うてたら

おれもどうなってたかわからへん」

せやからな、と少年は笑い、

「良いことやないけど悪いことでもない。たぶん、どうしようもないことやったんやろ。……それでもまだもやもやするんやったら、祐一さんに全部押しつけたらええねん。あの人がお前の剣と一緒にお前が抱えてた物も全部持って行ってくれたって、そう思ったらええねん」

「良いのかな……それで」

「ええんや。何しろ、おれが言うんやからな」イルはディーの肩を労るように叩き「それに、マサチューセッツだけの問題やない。お前が壊したもんに比べたら規模は小さいけど、モスクワにもまだマサチューセッツからの技術供与《きょうよ》で作ったファクトリーが残ってるし、メルボルン跡地でも試行実験が始まってるんや。戦争が終わってほんまに人類と魔法士が協力していくんやったら、あれをどうするんか腹括《くく》って真面目に考えなあかん。やろ？」

「そう……だね」

ディーは呟き、一度だけ強くうなずく。その姿に、錬もまた心の中でうなずく。ファクトリーだけではない。そもそもマザーシステムの問題はいまだに何も解決していない。もちろん戦争が終わればどうやってあのシステムを廃止《はいし》していくかという話し合いが始まるだろうが、それを可能にするような技術的な裏付けはまだ無いし、もしかするとそんな物は永久に見つからないかも知れない。

けれど、それは人類と魔法士の両方が、長い時間をかけて寄り添《そ》っていかなければならない問題だ。

相手を滅ぼして自分達だけが生き残るという道を放棄し、手を取り合うのなら、共に抱えて進まなければならない問題だ。

「まあ、そうなりゃ残ったシティ全部と魔法士全員で考えることになるんだ。なんかあんだろ」ヘイズが一つ指を鳴らし「しっかし、お前ら偉いよな。工場で山ほど作った魔法士から当たりの奴だけ引っこ抜いて、いまいちだったら使い捨てだろ？　根性《こんじょう》ひん曲がんだろ、普通」

「まあそりゃね。実際こいつとかモスクワ行くまでかなりヤバかったし」クレアがガラス玉のような瞳でイルを示し「っていうか、あんたが人類守るとか言ってるのいまだに意味わかんないんだけど。なにがどうなって、そんなことになってるわけ？」

「あー……。そら、いろいろあってやな……」

「でもでも、ヘイズもけっこうハードだよね？」視線を逸らすイルに、ここまで黙って話を聞いていたファンメイが割って入り「小さい頃に実験で片目なくなって、他のシティに売られそうになってるところを助けてもらって」

「待て待て待て！　ちょっと待て！」ヘイズは慌てた様子で少女の目の前に手を突き出し「何でんなこと知ってんだよ！　お前には話してねーぞ！」

「ふえ？　なんでって、前にハリーが」

「あたしも聞いたわよ。ハリーがなんかすごいしんみりした感じで」

二人の少女が顔を見合わせ、ねー、と揃って笑う。

「あの野郎《やろう》……」ヘイズは頬を引きつらせて視線を斜《なな》め上に向け、ふと息を吐いて「しかしあれだな。考えてみたら、オレら、他の奴のことあんまり知らねぇよな」

一同が揃って顔を見合わせる。錬もつられて全員の顔を順に見る。これまでの旅で出会い、ある時は敵であり、別な時には味方であり、今は共に同じ目的に向かって進む仲間達。彼らがどんな風に生まれ、どんな風に生きてきたのか。それぞれにどんな関わりがあって、どうやってこの場所までたどり着いたのか。確かに自分達は、お互いが歩んできた道について驚くほど何も知らない。

知らなくても良いことなのかも知れない。でも、知っていても良いことなのかも知れない。

こんなにもたくさんの物語が、今、こうやって一つの場所に集まった。

最後の戦いに向かう前のほんの少しの時間、互いの物語をつなぎ合わせてみるのも、悪くないのかも知れない。

「あんた達、なにやってんのよこんな時間に」

部屋の入り口からまた別な声。つなぎ姿の月夜が呆《あき》れた顔で扉をくぐる。その後ろにはリチャード博士に、ペンウッド教室の研究員とソフィー。さらに後ろには一ノ瀬少尉と、沙耶《さや》というあの元神戸市民《こうべし》の少女までもが付き従っている。

「なにて、あれや、英気を養ういうやつ」イルがいい加減に手を振って応え、沙耶の姿に気付いて破顔し「元気そうやな、ちびっ子。ちゃんと飯食えてるか？」

「う、うん」うなずいた少女がふとファンメイの膝の上の猫に視線を止め「え……それ、猫ちゃん？　そんなにいっぱい……？」

「そう！」ファンメイが立ち上がって歩み寄り、頭の上の一匹《ぴき》を差し出して「はい、お裾分《すそわ》け」

沙耶は、うわ、と悲鳴のような声を上げ、小さな三毛猫を両腕で受け取る。艶《あで》やかな背中の毛並みをほわほわと撫で、少女はどうしてだかかすかに瞳を潤《うる》ませ、

「この子、名前は？」

「ホームズ！」

「ホームズって、あのずーっと昔の小説の？」

「知ってるの――？」

ファンメイが、わぁい、と歓声を上げて沙耶に抱きつく。少女の手を取って部屋の中へと引き寄せ、エドと自分の間に座らせる。

「思い出話っていうか、そういうの」困惑《こんわく》した様子の月夜に錬は肩をすくめ「これまでどんなことがあったかとか、どうやって出会ったかとか。そういう話をするのも良いかなって」

「は？　そんな話やったか？」

「あんた何聞いてたのよ。今のはどう考えてもそーいう流れでしょうが」首を傾げるイルにクレアがため息を吐き「月夜、あんたも付き合いなさいよ。色々言いたいこととかあんでしょ？」

月夜は、はあ？　と眉《まゆ》をひそめ、「まあいいけど」と呟いて錬の隣に座る。そのさらに隣に残りの面々が続き、全員がそう広くも無い部屋に車座になる。

「そんで、誰の話からいくよ」

「誰って、もちろん」

ヘイズの言葉にファンメイが勢いよく応える。

少女は背後の生命維持槽を見上げて一つうなずき、まっすぐに錬に顔を向けて、

「天樹錬。あんたが最初よ。フィアちゃんとどうやって出会ったとか、どんな話したとか、洗いざらいはくじょーしてもらうんだから！」

「え……」

思わず月夜と顔を見合わせる。他の全員の視線が自分に集中するのを感じる。ファンメイはもちろん、フィアと面識があるセラとクレアも興味津々《きょうみしんしん》という体でこっちを見ている。

「私も聞かせてもらいたいです」一ノ瀬少尉が沙耶に歩み寄って背中に手を当て「あの日、シティ・神戸で何があったのか。どうしてあんなことになったのか。誰かの無責任な噂《うわさ》や伝聞ではなく、あなたに直接」

沙耶が膝の上の猫を抱きかかえたままうなずく。月夜が、そうね、と小さく呟き、手を伸ばして錬の頭を何度も撫でる。

振り返り、生命維持槽の少女を見上げる。金糸を梳いたような髪が薄桃色の羊水に揺らめく。フィアは目を閉じ、曖昧な笑みを浮かべたまま。その姿は、初めて少女と出会った輸送艦の薄《うす》暗《ぐら》い倉庫を思い出させる。

あの日始まった物語の、その続き。

「わかった」錬はうなずき、一同に向き直った。「ちょうど二年くらい前。……最初は、誰から来たのかもわからない依頼のメッセージで――」

思い出話は、真夜中を過ぎても途切れること無く続いた。

最初はシティ・神戸の崩壊をめぐるあの物語から。フィアが課せられた運命と、それを救おうとした母と、自分と、黒衣の騎士。多くの命が失われた事件の顚末《てんまつ》。一同はただ黙って話を聞き、ファンメイとセラは涙ぐんだ。かつてフィアと同調した際に色々なことを知ったのだという沙耶は難しい顔で時折ため息を吐き、一ノ瀬少尉はただ静かに何度もうなずいていた。

話はファンメイとヘイズが出会った龍《りゅう》使いの島の物語へ、それからディーとセラが初めて出会ったマサチューセッツでの物語へと移った。かつて島でファンメイと共に暮らしていたという三人の龍使いの話を聞いたエドはどうしてだか目を丸くし、セラの母の死の顚末を聞いたクレアは神妙《しんみょう》な顔で終始視線をうつむかせていた。それから、エドと世界樹をめぐる物語へ。エドが一度世界を滅ぼしかけたという話に一番驚いていたのはソフィーで、少女は途中で何度も口を開きかけては隣に座る研究員の少女にたしなめられていた。

「……ヘイズが？　あんたとエドの二人相手に勝ったの？　一人で？」

銃《じゅう》一丁と情報解体だけを武器に自分とエドの二人を圧倒《あっとう》して見せたヘイズの手並みの見事さを身振《みぶ》り手振《てぶ》りを交えて説明する錬にクレアはため息を吐き、飾り物《もの》の瞳で何度も隣の青年の顔をうかがった。それから、話はメルボルン跡地の町と賢人会議の物語へ。自分も月夜も知らないところで真昼がどう行動し、どうして賢人会議の参謀になったのか。同時に、月夜がどうしてイルと共にモスクワに向かうことになったのか。これまで詳しく知らなかった顚末を前に、錬はただ何度もうなずき、何度もため息を吐いた。

サクラという少女がどうして魔法士だけの組織を率いてシティと戦う決意をしたのか、その詳しい経緯《けいい》も初めて聞いた。セラとディーとイル。三人が語る少女の姿は錬が知っているのと似ているようでどこか微妙《びみょう》に違っていて、彼女にもまた彼女なりの物語があったのだろうということを思わせた。

殊《こと》に、イルが語るサクラの姿は鮮烈《せんれつ》だった。

少女と死力を尽くして戦ったあの経験は、自分の覚悟を問い直す良いきっかけを与《あた》えてくれたと少年は笑った。

「あんな腹の決まった奴に会うたんは初めてやったからな、さすがにびびったわ。……けどな」

だからこそ、少女が今やっていることには納得がいかないのだと少年は語った。ただ人類を滅ぼし、ただ魔法士だけの世界を作る。そんな安直な結末を彼女が本当に望むとはどうしても思えないのだと。

「せやから、おれからも頼《たの》む。南極衛星であいつに会うたら聞いてくれへんか。お前はこれでええんか、これがお前のほんまにやりたいことなんか、て」

話は後から後から、途切れること無く続いた。固形食糧と蒸留水だけのささやかな宴席《えんせき》を囲んで、一同は錬が聞いたことも無かった様々な逸話《いつわ》を次々に取り出し始めた。

ファンメイが操作を誤ってHunterPigeonの浴室を吹き飛ばした話。サクラとディーがセラの代わりに食事を用意しようとして大失敗した話。へイズのあまりのだらしなさに憤慨《ふんがい》したクレアが日常生活の大改革を試みた話。エドとファンメイが世界樹で猫の幽霊《ゆうれい》に出会い、色々あって多くの猫を飼うようになった話。二人がロンドンを去った後でその猫をソフィーがこっそり世話していた話。日常の何気ない一コマを切り取る小さな話が瞬く間に積み上がり、誰もが笑い、驚き、時には感嘆《かんたん》のため息を吐いた。

小箱の中に煌めく、宝石のような時間。

それを見つめ、錬はふと、小さく笑った。

「どうかした？」

隣のディーが小声で問う。錬は、ううん、と首を横に振る。

楽しげに語り合う一同をぼんやりと見つめ、心の中でため息を一つ吐き、

「ただ……いつかまた、こんな話が出来れば良いな、って」

「いつでも出来るよ」少年は穏やかに微笑み「戦争が終わって、みんなが手を取り合う世界になれば。……まあ、忙しいのは相変わらずだろうから、いつでもっていうわけにはいかないと思うけどね」

「うん……」

ディーの言葉に曖昧にうなずく。訝しげに首を傾げる少年に、なんでもない、と首を振る。

背後の生命維持槽を見上げる。

少女の穏やかな笑顔を見るうちに、自分の口元も自然と綻《ほころ》んでいくのを感じる。

……大丈夫。自分で決めたことだから……

きっとここにいるみんなはいつかもう一度集まり、今日と同じように遠い日の思い出を語り合うのだろう。だけど、全てが上手く行って戦争が終わっても、何もかもがめでたしめでたしとは行かない。雲除去システムは失われ、夢は断《た》ち切られる。人類と魔法士は互いに手を取り合う道を得る代わりに、陽光に照らされた暖かな世界を、手を伸ばせば届いたかも知れない輝《かがや》かしい未来を失う。

奪われた夢は、誰かが贖《あがな》わなければならない。

だから──

「……ほんとに、そうなったら良いね。いつか、きっと」

だから、この光景をずっと覚えていようと、錬は思った。

＊

「……で、話ってのはなんだい」

立体映像で描かれた無数のステータス表示が、闇をほのかに照らした。

HunterPigeon艦内、機関室。巨大な建造物のような演算機関を前に、サティは腕組みして

ハリーのマンガ顔を見上げた。

『実は、お願いしたい改修作業がございまして』

作業ねえ、と呟き、手近なディスプレイの隅の時刻表示に視線を向ける。深夜零《れい》時。出撃まであとちょうど二十四時間。ここに来る前に地下シェルターを確認に行った時、ヘイズ達が集まって思い出話に興じているのを見た。おそらく今も続いているだろう。

「そいつはあれかい？　ヘイズの奴にも内緒《ないしよ》ってことかい？」

『はい。是非《ぜひ》ともそれでお願いします』

ハリーの言葉と共に、目の前に立体映像の資料が示される。

数秒。

サティは思わず深々とため息を吐き、

「なんだい、こいつは」

『私に本来備わっていた機能、その一つです』横線三本のマンガ顔が四角いフレームをひらひらと揺らし『ヘイズのお父上とお母上によってロックされていますが、ハードウェアとしての機能はそのまま残っています。そのロックをサティ様に解除していただきたいと』

「お断りだよ」

みなまで言わせず、サティは否定する。

手にしたスパナをくるりと回し、ハリーの目の前に突きつけ、

「こういう物が必要ないようにさんざんシミュレーションをやったんじゃないのかい？　だいたい、内緒ってのが気に入らない。あたしゃご免《めん》だよ、ヘイズの奴に恨まれんのは」

『いざという時の備えでございますよ』ハリーはスパナから逃げるようにひらりとサティの頭上を巡り『やり直しの利《き》かない一回勝負。しかもかかっているのは世界の命運です。使える道具は一つでも多い方が良い。そうは思われませんか？』

「だからって何でもありってわけにはいかないよ。これでも飛行艦艇に関しちゃ少しうるさい人間だからね。どうしてもってんなら、あたしじゃなくリチャードの坊《ぼう》や」

『私は、マサチューセッツでの戦いで結局、何の役にも立てませんでした』

割って入る声。

とっさに言葉を呑み込むサティに、ハリーは横線の目と口を曲げていつになく真面目な顔を作り、

『島の落下を食い止めたのはヘイズ、それを助けるために単身突っ込んだのはクレア様。私は、それを雲の上から為す術《すべ》なく眺めていただけです』

息を呑む。

頭を掻《か》くようにフレームの角を曲げるハリーをまじまじと見つめ、

「あんた、そいつは……」

『私はしがない飛行艦艇の管制ＡＩに過ぎませんが、ＡＩにもそれなりの矜持《きょうじ》というものがございます』ハリーは胸を張るようにフレームの中央を膨《ふく》らませ『ですから、どうかご協力を。ヘイズに気付かれないようこんな改修を行うのは、サティ様でなければ不可能でしょう』

「……あたしがどうしても嫌《いや》だって言ったら？」

『そのようなこと、サティ様はおっしゃられませんとも』横線三本の目と口が満面の笑みを作り『以前、私のことを「良い男」とおっしゃっていただきましたので』

機関室の闇に明滅《めいめつ》するステータス表示の光。

サティはスパナで自分の肩を叩き、もう一度、深々とため息を吐いた。

＊

機械式の扉が開くかすかな音が、真っ暗闇の通路に思いがけなく高く響いた。

クレアは悲鳴を上げそうになり、深呼吸してどうにか心臓の鼓動《こどう》を落ち着けた。

あてがわれた自室を抜け出し、足音を忍ばせて通路を進む。駐屯地の北西の外れ、居住区画。出撃に向けた最終調整のためにHunterPigeonを追い出されたヘイズとクレアは、ここ数日ずっとこの建物で寝泊《ねと》まりしている。

足音を殺して通路を進む。深夜まで続いた大騒《おおさわ》ぎがようやく終わって、時刻は午前二時。途中でファンメイとエドの部屋の前を通り過ぎるが、二人はとうに眠っているらしく気配が無い。

目当ての扉の前でもう一度深呼吸。

ドアの表面に浮き出た立体映像の呼び出しボタンにおそるおそる指を触れる。

「……ねえ、起きてる？」

返事は無い。どうしようかと迷い、意を決してもう一度手を伸ばした瞬間、ドアが前触《まえぶ》れも無くスライドする。

目の前には、寝ぼけ眼《まなこ》で頭をかく赤髪の青年。

もう眠るところだったのだろう。いつもの赤いジャケットを椅子の背にかけ、黒いシャツを一枚だけ肌《はだ》に貼《は》り付《つ》けている。

「あー……どうした？」

ぼんやりと問うヘイズの姿に、この場から逃げ出したくなる。それでも勇気を振り絞《しぼ》って青年の脇をすり抜け、部屋の中にずかずかと踏み込む。

壁際《かべぎわ》に置かれたベッドの縁《ふち》に勢いよく腰《こし》掛《か》ける。

肩に羽織った防寒着を脱ぎ、丸めて部屋の隅に放り捨てる。

「いや、クレア。お前こんな時間に何やって」

「……返事……」

どうにか声を絞り出す。

千里眼の仮想視界が捉えるのは、部屋の入り口で首を傾げる青年と、薄《うす》い夜着一枚でベッドに座る自分。その姿を視《み》ているうちに頬が熱くなってくるのを感じる。

「あ？」

「……まだ返事聞いてないから」

仮想視界に映る自分の顔がさらに真っ赤になる。

そのことが恥《は》ずかしくて、ますます頭に血が上る。

「いや待て、話全然わかんねーぞ、返事ってなんの」

「……だから……あの島であんたを助けた時に……あたし……」

「あ？　……あー、あん時はマジで助かった。オレ一人だったら絶対アウト」

「そうじゃなくて！　だから……！」

自分でも思ってもみないほど強い声。

目を丸くする青年をクレアは飾り物の目で射殺さんばかりに睨《にら》み、

「だから、あの時言ったじゃない！　あたし、あんたのことが好きだって！　その返事を――」

言葉が止まる。

クレアは、あれ？　と首を傾げ、何度か瞬きし、

「……言わなかったっけ？」

「……いや、まあ、はっきりとは……」

思い出す。

言わなかった。

それに限りなく近いことは言ったし、裸《はだか》で抱きついたし、キスもしたけど、肝心《かんじん》なことをはっきりと言葉にしては言わなかった。

……あたしってほんとバカ……！

内心で頭を抱える。何が何だかわからなくなり、思わずベッドから立ち上がってしまう。天井がぐるぐると回る。失敗した。サティが「がつんと言ってやれ」と応援《おうえん》してくれたのに、今

日ものすごい勇気を振り絞って来たのに、まさかそんな一番大事なところで一番大事なことを言うのを忘れていたなんて――

「あ、あたし帰る！」

「は？　いや待て！　お前ちょっと待てって！」

青年の隣を駆け抜けて通路に飛び出そうとした腕を強引に掴まれる。

わけもわからずもがくうちに、気がつけば青年の胸の中にすっぽりと収まってしまう。

「ちょ……！　放して、放してよ！」

「だー！　暴れんなうっとおしい！　ちょっと落ち着け！」

目の前、ほんの十センチ先には困惑した様子の青年の顔。

それが恥ずかしくて、腕の中で必死に身をよじる。

「いいからもう気にしないで！　なんでもないから！　このことは忘れて――」

「だから！　人の話聞けよお前！」

大きな手に、強く背中を抱き寄せられる。

とっさに口ごもるクレア。

その前でヘイズは一度だけ深呼吸し、

「……大丈夫だ。わかってる。っつーか、さすがにわかったし、今ちゃんと聞いた」

言い終えた青年が視線を逸らす。その頬にかすかに朱《しゅ》が差すのに気付いた瞬間、心臓が高く飛び跳《は》ねる。

時間が止まったような錯覚《さっかく》。

肌に触れる青年の体温が温かくて、どこまでが自分の体なのかわからなくなる。

「……それで……返事は……？」

「返事……？　そ、そうだよな。返事だよな……」

呟いた青年の頬が、熱に浮かされたように赤みを増す。

ヘイズは腕の力を少しだけゆるめ、飾り物の瞳を真っ直ぐに見つめて、

「じゃあ……言うぞ？」

「うん」

「マジで、本気で言うからな！」

「う、うん！」

思いがけない気迫《きはく》に押されて、強くうなずいてしまう。

その目の前、赤髪の青年は自分自身を鼓舞するように一度だけ深く息を吐き、

「クレア」無骨な手がブルネットの髪をそっと撫で「オレの、嫁さんになってくれ。……それで、ずっと一緒にいてくれ」

——言葉を忘れる。

仮想視界に映る自分が、ガラス玉のような目を見開いたまま、青年の顔を呆然と視つめる。

その瞳にみるみるうちに涙が盛り上がり、幾筋も頬を流れて床に小さな染みを作る。青年が慌てふためいた様子で両手を離し、その手を所在なく右往左往させる。

「ど、どうした！　は？　オレなんか間違ったか――？　悪ぃ！　もう一回やり直し――」

「……ちが……違うの……」後から後から溢《あふ》れてくる涙を手のひらで必死にぬぐい取り「あたしで……良いの？　ほんとに、ほんとにあたしで良いの？　あたしすぐ怒《おこ》るし、Ｉ―ブレイン止まったら一人で歩けないし、やきもち焼くし、普通のお嫁さんってどういうのか知らないし、それに、それに――！」

ばかやろう、と青年の苦笑するような呟き。

温かな腕がもう一度、今度は優《やさ》しく背中を抱きしめ、

「お前がいい」耳元で囁く声。「お前に、ずっと隣にいて欲しい」

「……うん……」

うなずく。

青年の胸に頬をすり寄せ、胸に溜まった熱い息を吐き出し、

「あったかいね……」

「そうか？」

うん、ともう一度うなずき、少しだけ体を離す。精一杯背伸《せいいっぱいせの》びして、青年の首に両腕を回す。

青年は気恥《きは》ずかしそうに視線を左右させ、背中と腰に回した腕で体を支えてくれる。

吐息が頬をくすぐる感触。

仮想視界に映る二人がゆっくりと目を閉じ、顔を近づけ、互いの唇と唇を――

『――めでたい！　いやもう、本当にめでたい！　私も感無量です――！』

反射的に青年と互いを押しのけ合い、揃って部屋の天井を見上げる。立体映像の四角いフレームに横線三本で描かれたマンガ顔がふわりと周囲を一巡《ひとめぐ》りしてベッドの上で止まる。

両目を表す左右の線の下にはどうやら泣き顔を表しているらしい縦線が一本ずつ。

ご丁寧《ていねい》に、周囲には涙の雫《しずく》らしい丸や星のアイコンが散っている。

「ハ、ハハハ、ハリー――？」

「いやお前なんでここにいんだよ！　ってかなんで泣いてんだ！」

『何を言います。これが泣かずにおれましょうか！』ハリーは立体映像の画面の縁を器用に曲げて何度も身をよじる素振りを繰り返し『まさかヘイズに、あのヘイズにこんな日が来ようとは――！　これで私も天国のお父上とお母上に顔向けが出来るというものです！』

「だからって出てくるとこじゃねえだろここは！　船に戻って演算機関の調整でもやっててくれ！　頼むから――！」

『もちろんすぐに退出いたしますとも。映像も音声も全てカットしますのでご心配なさらず、どうぞごゆっくりと！』ハリーはくるりと画面を回転させていつもの笑顔に戻り、何かを閃《ひらめ》いた様子で照明マークのアイコンを顔の斜め上に表示し『ところで、データベースによりますと野球チームなら九人、サッカーなら十一人、無重力ホッケーなら十五人となっています』

「おい待て、そりゃなんの話……」

『もちろん必要なお子様の数ですが』

考えるより早く体が動き、近くの机にあったコーヒーカップをひっつかんでマンガ顔めがけて投げつけてしまう。同時に立体映像の顔が消失し、空のカップは壁に跳ね返ってベッドの上にぽすんと落ちる。

室内に漂うなんとも言えない空気。

クレアはヘイズと顔を見合わせ、互いに何となく視線を逸らす。

「……寝るか」

「……うん」

うなずき、青年に背を向け、真っ直ぐにベッドに向かう。

コーヒーカップを拾い上げて枕元《まくらもと》の棚《たな》に置き、マットレスの皺《しわ》を伸ばす。

「いや、そこの片付けはいいから自分の部屋――」

青年の言葉を無視して靴《くつ》を脱ぎ、勢いを付けてベッドに飛び乗る。消えかけていた勇気の火をもう一度奮い立たせる。夜着の裾《すそ》を丁寧に整え、硬いマットレスの上に横になる。青年と反対の方に体を向けて壁に向き合い、一つしかない枕を何となく引き寄せて胸の前に抱える。

「だから、お前の部屋はここじゃ……」

言いかけた言葉が止まる。仮想視界の中の青年が口元に手を当てて黙り込む。

「……ヘイズ」

「……なんだ？」

一度だけ、深呼吸を一つ。

クレアは青年に背を向けたまま、枕を強く抱きしめた。

「今日、ここで一緒に寝ていい？」

＊

通信呼び出しのアラーム音に、目が覚めた。

錬はベッドの上に身を起こし、立体映像のタッチパネルに指を触れた。

世界の全ての協力を呼びかけた都合で、世界再生機構の通信回線はあらゆる場所からのアクセスに対してオープンになっている。リチャードが中心になって管理しているその回線には、様々な人々からの協力の申し出と、それに倍する数の警告や脅迫《きようはく》が届き続けている。

だが、ステータス画面に描かれたアイコンは、そのオープンな回線を直接使わずあえて天樹錬という個人との通話を要求する物。

一気に思考が焦点を結ぶ。立ち上がって白いコートを羽織り、椅子に座って通信画面を開く。

『――久しいな、小僧』

ディスプレイに映る人物の正体に気付いた瞬間、息を呑む。

シンガポール自治政府首相、リン・リー。

飾りの無いスーツに身を包んだ禿頭《とくとう》の男は、幾つかの調度品が並ぶ執務室《しつむ》らしき部屋を背景にゆったりと椅子に背中を預け、

『まず、賛辞を送ろう。先の戦いは見事であった。我が方《ほう》と賢人会議、双方の軍勢を共に正面から相手取りことごとく退ける。そのような事が可能だとは想像すらしていなかった』

「……わざわざそんな話？」男の一挙手一投足に油断なく視線を向けつつ、慎重《しんちょう》に言葉を選び「他に用事があるんじゃないの？　例えば、僕らに協力してくれる気になったとか」

月夜やリチャードやフェイに連絡すべきか。一瞬だけ迷い、すぐにタッチパネルから手を放す。

公《おおやけ》の回線で世界再生機構に呼びかけるのではなく、わざわざ自分という個人との対話を要求してきた意味。

それを考える錬の前でリン・リーは、たわけ、と片方の唇の端《はし》を笑みの形につり上げ、

『無論、シンガポールとしての態度は今日のうちには明白にする。貴様らの計画を認めるか、否定するか、あるいは中立の立場を取るか、自治政府を束ねる者としてその決断は下す。……だが、そのためには一つ確かめねばならぬ事がある』

男の目が、不意に斬《き》りつけるような光を帯びる。

とっさに身構える錬の前でリン・リーは執務机の上に身を乗り出し、

『小僧。貴様の演説、あれはなんの真似《まね》だ』

「演説？」言いかけて、雲除去システムを破壊すると宣言したあの放送のことだと気づき「あれは……もちろんウィリアム・シェイクスピアを手に入れるためだよ。知ってるよね？　僕の仲間がロンドンに忍び込んで船を盗《と》っていったって」

『そのような話ではない』男はこっちを真っ直ぐに見据えたまま息を吐き『船一隻を手に入れるためにロンドンの注意を逸らす。本当にそれだけが目的であるなら、方法は他に幾らでもあったはずだ。その代償《だいしょう》に、貴様らは計画の全容を世界に対してさらけ出した。本来なら誰にも気付かれぬように南極衛星に向かい、彼のシステムを密かに破壊すべきであったものを、ご丁寧に決行の日と時刻を指定してまでだ』

それは、と言葉に迷う。

実のところ、この指摘《してき》をしたのは目の前の男が初めてではない。

リチャードとフェイからは何度も「本当にそれでいいのか」と念を押された。サティとルジュナは何も言わなかったが、自分の意図は察していたようで少しだけ困ったような顔をしていた。月夜だけが「あんたのやりたいようにやりなさい」と背中を押してくれた。

男の言う通り、ただ雲除去システムを破壊することだけが目的であるなら、計画の存在を人々に知らせるべきでは無かった。

だけど——

「なんて言うか……これは儀式《ぎしき》なんだよ」

『……ほう』

儀式、とリン・リーが小さく呟く。

「うん。みんなが前に進むための儀式」男の双眸《そうぼう》と正面から向かい合い「確かに、こっそり雲の上に飛んでこっそり衛星に乗り込めば妨害も無いし成功率も高いと思う。……けど、それじゃ意味が無いんだ。誰かが勝手に決めたことで世界が動いて、他の人はそれに巻き込まれるだけ。そんなこといくら繰り返したって何も変わらない。それじゃ、雲除去システムを壊したって意味が無いと思うんだ」

たぶん、世界は今日までそうやって動いてきた。誰かが勝手にマザーシステムを生み出し、誰かが勝手に魔法士を生《い》け贄《にえ》に捧《ささ》げ、誰かが勝手にその事実に憤《いきどお》り、誰かが勝手に魔法士を救済しようとする。多くの人はただ与えられた結果に右往左往し、ただ自分の手が届く範囲《はんい》の平和と安寧だけを願う。その繰り返し。

だけど、それでは世界は変わらない。

仮にひととき、全てのシティと魔法士が協力し合う体制が確立されたとしても、人々は裏では自分達だけが助かる道を常に模索《もさく》し、何かのきっかけがあれば再びまた戦争を始めるだろう。

「だから、わけがわからない場所で誰かが勝手に世界の運命を決めるんじゃなくて、みんなが見てる前でやりたいんだ。……みんなが今大切なことが決まろうとしてるのを知って、そのために自分に何が出来るか考えて、賛成する人と反対する人に分かれて話し合ったり、戦ったりして、それでどっちかが勝ってどっちかが負けて、その方がきっと良いと思うんだ」

そうやって初めて、世界は前に進む。

たとえ自分達の望む結果で無かったとしても、確かに自分は当事者であったのだという自覚を全ての人が持つ世界は、そうでない世界よりほんの少しだけ良い方向に進むと信じている。

『……そうか』

長い、長い沈黙があって、リン・リーが一言だけ呟く。

男は息を吐き、通信画面の向こうで眉間《みけん》に深い皺を寄せ、

『では、覚悟の上か。世界中の全ての者に己《おのれ》の名を知らしめたことも』

「まあ……ね」錬は肩をすくめ「他のやり方があれば良かったんだけど……でも、仕方ないよね。誰がシステムを壊したのかわかんないんじゃ、みんな困ると思うし」

『困る、か。なるほど。なるほどな――』

ディスプレイの向こうの男が声を上げて笑う。

つられて苦笑する錬の前、リン・リーはこれまでに見たこともない朗《ほが》らかな表情でしばし哄《こう》笑《しょう》し、その表情のまま再びこっちに向き直って、

『では、私も己の役目を果たすとしよう』椅子を蹴って立ち上がり、両手で勢いよく執務机を叩いて『シンガポールは人類の未来のため、全戦力をもって貴様らの計画を阻止する。――異論はあるまいな？』

「うん。異論は……本当はあるって言わないといけないんだけど、でも無いよ。それでお願い」

錬はうなずき、男に合わせて立ち上がる。

少し考え、ふと指先で頬をかき、

「でも……出来たらどっちの損害も少ない方が良いな。この戦いで誰も死んだりケガしたりしないように……」

『善処しよう』

リン・リーがうなずく。

男は通信画面越しにしばし錬を見つめ、ふと表情を和らげて、

『そうだな……もし貴様が勝ち、全ての者が手を取り合わざるを得ぬ世界が来たなら、シンガポールを訪ねるが良い。歓待は出来ぬが、当座の食糧程度なら支援しよう』

ありがとう、と素直《すなお》に礼の言葉を口にする。

シンガポール自治政府の指導者である男はもう一度うなずき、唇の端を笑みの形につり上げた。

『ではな小僧。……互いに、武運を』

＊

変化は静かに、けれども確実に始まった。

雲除去システムの破壊作戦まで二十四時間を切ったその日、ロンドン自治軍とシンガポール自治軍は互いの歩調を合わせ、ベルリン跡地から南方へゆっくりと部隊の展開を開始した。世界再生機構の駐屯地から北にわずか百キロ。数十隻の飛行艦艇と数十万の航空機からなる艦隊は東西に戦列を大きく広げ、南方の町に対して半包囲の態勢を取った。

呼吸を合わせるように南方の地中海沿岸に出現した賢人会議の部隊は、町に対してシティ連合とは逆の側から同じく半包囲の態勢を取った。両軍の先端が接触する東西の端では多少の小競《こ ぜ》り合いがあったがそれもすぐに終息し、双方の軍が世界再生機構への攻撃に対して協調の姿勢を見せることが確認された。

モスクワ軍とニューデリー軍の混成部隊に魔法士を合わせた世界再生機構側の部隊は、町を中心にした円形の防御陣形《ほうぎよじんけい》を展開してこれに対峙した。互いに飛行艦艇の主砲《しゆほう》を向け合い、あるいは情報制御を構えたまま、全ての軍勢は一撃《いちげき》も交えないまままだ睨み合った。引き金を引けば、何かが始まり、終わる。その異常な緊張感が、戦場に集った全ての者を支配していた。

北に陣取《じんど》るシティ連合の艦隊の元には、世界中から少しずつ戦力が集まり始めた。モスクワから、いまだ健在であったメルボルン跡地から、あるいはニューデリーからさえも。ある者は自国を見限った正規の軍人であったが、ある者はとうに戦場を離れて久しい老兵であり、またあるものは戦場の経験など無い全くの民間人だった。持てる限りの道具を手に馳せ参じた義勇兵を吸収して、連合の戦列は少しずつ膨れあがり続けた。全軍の総指揮を委ねられたリン・リー首相の指揮の下、人々は飛行艦艇の作戦室から、あるいはフライヤーの操縦席から、カメラの遙か彼方で出撃の時を待つ三隻の雲上航行艦を見つめた。

戦場から少し離れたロシア地方西部の一角では、世界再生機構への協力を望んで集った人々が小集団を形成していた。包囲下にあって近づくことが出来ない駐屯地を遙か遠方に見つめ、人々はかき集めた武器を手に参戦の機会をうかがった。その中には、賢人会議からやって来たという幾人かの魔法士の姿もあった。

朝が過ぎ、昼を過ぎ、本来なら日が沈《しず》むはずの時刻を過ぎた。作戦決行が予告された日の前夜を迎《むか》えて、戦場にはすさまじい密度の緊張が積み上がり続けた。人種も、立場も、人類と魔法士の区別も無く、百万を超える人々が己の武器を手にただ「その時」を待った。

闇の空を眩く照らす、荷電粒子《かでんりゅうし》の光。

砂の城が自重に耐《た》えかねて崩れるように、無限に積み上げられた緊張は前触れも無く決壊《けっかい》し

――

西暦《せいれき》二一九九年十二月二十三日、午後九時。
最初の砲火《ほうか》が、吹雪《ふぶき》に覆われたベルリン南方の雪原を貫いた。

第二章　世界　～ Human nature ～

——目が覚めて、最初に、全てが夢では無かったことに落胆《らくたん》する。

乱れた長い黒髪《くろかみ》を手のひらにぼんやりとすくい取り、絡《から》まった木の葉や花びら、草の切れ端《きはし》を一つずつ取りのける。

降り注ぐ光の眩《まぶ》しさに、目を細めて片手で視界を覆《おお》う。庭園を満たす空気は暖かく、柔《やわ》らかい。頭上を覆うレンズ型の透明《とうめい》な天蓋《てんがい》が空の彼方《かなた》から降り注ぐ淡《あわ》い陽光を集め、植物の育成に必要な環境《かんきょう》を保ち続ける。

周囲の花々を潰《つぶ》さないようにそっと手をつき、身を起こす。

空気中の水分を集めて作った鏡を前に、同じく空気分子で作った櫛《くし》で丁寧《ていねい》に髪《かみ》をとかす。

十二月の終わり、白夜《びゃくや》の季節を迎《むか》えた南極点では昼夜の区別無く日が沈《しず》むことは無い。シティ・ベルリン跡地《あとち》に同期して設定された時計が示す時刻はまもなく午後九時。少年が指定した決戦の日、出撃《しゅつげき》の時刻まであと三時間を切ろうとしている。

長い黒髪を頭の左右で一本ずつ束ね、リボンでまとめる。

立ち上がり、氷の鏡を前に、自分の姿を確かめる。

黒一色の外套《がいとう》についた細かな塵《ちり》や埃《ほこり》を、分子運動制御で丁寧に取りのける。水分子を集めて肌《はだ》の表面に這《は》わせ、微細《びさい》な汚《よご》れを拭《ぬぐ》い去《さ》る。

最後の敵にふさわしく、優雅《ゆうが》に、威厳《いげん》を持って。

一分の隙《すき》も無い自分の装《よそお》いを前に、零《こぼ》れそうになったため息を呑《の》み込む。

頭上の通信画面の向こうで激しい光が瞬《また》く。闇《やみ》の雪原を貫《つらぬ》いた荷電粒子《かでんりゅうし》の光が鉛色《なまりいろ》の雲の天蓋を一瞬《いっしゅん》だけ白く染め、すぐに無数の砲火《ほうか》がその後に続く。賢人会議《けんじんかいぎ》の同胞《どうほう》達が伝える戦場の光景。ベルリン跡地南方の町に陣取《じんど》った世界再生機構の軍勢に向かって、北からはロンドンとシンガポールを中心にしたシティ連合の艦隊《かんたい》が、南からは黒と銀の軍服に身を包んだ魔法士《まほうし》達が堰《せき》を切ったように進軍を開始する。

迎《う》え撃つのは同じ軍服をまとった魔法士と、各国の機体によって構成された艦隊との混成軍。

その中心、発着場らしい円形の区画の中央で、三隻《せき》の雲上航行艦《かん》は静かに出撃の時を待つ。

この南極衛星への攻撃《こうげき》に全ての能力を用いなければならないのだろう。真紅《しんく》と銀灰と白銀、三様の装甲《そうこう》をまとった機体は周囲で始まった戦いには加わること無く、ただ静かに雲の向こうの空を睨《にら》み続けている。

そこに、おそらく天樹《あまぎ》錬《れん》はいる。

今、この瞬間《しゅんかん》。少年はあの三隻の船のいずれかに乗《の》り込み、真紅のナイフの先端《せんたん》を自分の喉元《のどもと》に突《つ》きつけているのだろうという確信がある。

雲上航行艦の能力を全て結集したところで、南極衛星の防衛システムを正面から打《う》ち倒《たお》すことは不可能だ。衛星の全機能を把握《はあく》している自分はそれを知っているし、もちろん地上の彼らも同様だろう。可能性があるとすれば、誰《だれ》か一人。衛星への攻撃に紛《まぎ》れて誰か一人をこの衛星の内部に突入《とつにゅう》させるのが、彼らに取り得る最上の策だろう。

来るならば、おそらくあの少年。

本当はもう一人、幻影《イリュージョン》と呼ばれた白髪《はくはつ》の少年と決着をつけたかったが、おそらくそれは叶《かな》わぬ望みだろう。

……決着、か……。

幾《いく》つかの事は自分の想像した通りに進み、幾つかの事は自分の想像など軽々と乗り越《こ》えて進んだ。人類を滅《ほろ》ぼす剣《けん》であったはずの雲除去システムは魔法士をも滅ぼしうる諸刃《もろは》の剣となり、二つの種族が互《たが》いの存亡をかけて争う全面戦争が始まった。たった一人の少年がその戦争を寸前で止め、人々が互いに手を取り合う理想のような場所が突如《とつじょ》としてこの世界に生まれた。

遠い日に青年が見た、夢の続きのような光景。

血で汚れた携帯端末《けいたいたんまつ》を外套の裏から取り出し、そっと胸に抱《だ》きしめる。

「……本当に、世界は面白《おもしろ》い」

なあ真昼《まひる》、と小さく呟《つぶや》く。頭上には立体映像で描《えが》かれる吹雪《ふぶき》の戦場。数万の軍用フライヤーと空中戦車の編隊が次々に互いの敵と接触《せっしょく》し、無数の荷電粒子の光が折り重なって闇の空に精緻《せいち》な幾何学模様《きかがくもよう》を描く。炎《ほのお》と煙《けむり》の尾《お》を引いて、幾つもの機体が雪原へと落下する。それを見つめるうちにふと思い出す。いつだったか青年が見せてくれた、大戦よりはるか昔の祭りの映像記録。いなくなってしまった人々の安寧《あんねい》と、これから歩いて行く人々の幸福を祈《いの》って、蠟燭《ろうそく》の火を灯《とも》された小さな船が連なって川を下っていく。

あの川の流れ着く先に、青年は旅立ったのだろうか。

そして、自分もいつの日か、同じ場所に行くのだろうか。

……まだまだ、先は長いな……

不意に、戦場を映す立体映像の視点が移動を始める。同胞達の視界をI―ブレインを介《かい》して束ねた映像が世界再生機構の防衛線を飛《と》び越え、三隻の雲上航行艦の一つ、真紅の機体の上で焦点《しょうてん》を結ぶ。

サーチライトの光を照り返して鈍《にぶ》く輝《かがや》く真紅の地平のような翼《つばさ》の上で佇《たたず》む、黒髪の少年。白いコートが風にはためき、降り注ぐ雪を、風に舞《ま》う塵を、絶え間なく明滅《めいめつ》を繰《く》り返《かえ》す荷電粒子の光を、断続的に襲《おそ》い来る爆発《ばくはつ》の衝撃《しょうげき》を、あらゆる物を弾《はじ》き返す。

少年がゆっくりと振《ふ》り返り、視線を上に向ける。映像の視点もそれと共に移動し、少年の顔を真正面から映し出す。黒い瞳《ひとみ》がまっすぐに南を向く。空を覆う雲の天蓋を突き抜《ぬ》け、地球を半周して遙《はる》か先へ。傷だらけの手がゆっくりと腰《こし》のナイフを引《ひ》き抜く。鋭《するど》く磨《みが》き抜かれた真紅の切っ先が、確かにこの場所を、全ての終わりが待つ決戦の地を捉《とら》える。

一万数千キロ先の距離《きょり》を隔《へだ》てて、互いの目が合ったような錯覚《さっかく》。

サクラは左手の薬指に煌《きら》めく指輪をもう片方の手のひらで包み、降り注ぐ陽光の下で微笑《ほほえ》んだ。

「──来い」

＊

雷鳴《らいめい》のように折り重なる砲火の響《ひび》きが、鉛色の雲の天蓋を激しく震《ふる》わせた。

錬は息を吐《は》き、真紅のナイフをゆっくりと腰の鞘《さや》に収めた。

HunterPigeonの巨大《きょだい》な主翼《しゅよく》の上に座り込み、広大な大地のような金属装甲の表面を彩《いろど》る光の輪舞《りんぶ》を見つめる。闇の空には飛び交《か》う十数万の機影《きえい》。その隙間《すきま》を縫《ぬ》うようにして、情報制御《せいぎょ》の仮想の光をまとった小さな幾つかの人影《ひとかげ》が駆《か》け巡《めぐ》る。

頭上を高速で行き過ぎる、友軍のフライヤーの編隊。

その軌跡《きせき》を追って、戦場の全体に視線を巡らせる。

世界を満たすのは濃密《のうみつ》な闇と、荒《あ》れ狂《くる》う吹雪のヴェール。その闇と吹雪を貫いて、光で編まれた数十万、数百万の槍《やり》が濁流《だくりゅう》のごとく降り注ぐ。世界再生機構の町の北に展開して半包囲陣《じん》形《けい》を敷《し》いたシティ連合の艦隊は持てる火力の全てで間断の無い砲撃《ほうげき》を繰り返し、町の中央に位置する発着場、そこに無防備で佇む三隻の雲上航行艦めがけて荷電粒子を叩《たた》きつける。

立《た》ち塞《ふさ》がるのは世界再生機構の艦隊。

円形の防御陣形《ぼうぎょじんけい》を敷いた数十隻の飛行艦艇《かんてい》が電磁場によって編まれた障壁《しょうへき》で町を取り囲み、紫電《しでん》をまとって荒れ狂う濁流のことごとくを防ぎ止める。

膨大《ぼうだい》な熱量に電離《でんり》した空気分子がサーチライトの光に励起《れいき》されて淡く七色に揺《ゆ》らめく。砲火によって描かれた地上のオーロラが戦場の至る所で荒れ狂う風にたゆたう。その光の薄膜《うすまく》を薙《な》ぎ払《はら》って爆《は》ぜる色彩《しきさい》を伴《ともな》わない不可視の衝撃。友軍の炎使いが生み出す純粋《じゅんすい》な運動量の爆発が迫《せま》り来るシティ連合艦隊の空中戦車の戦列を押しとどめ、後方へと弾き返す。

町を挟《はさ》んだ戦場の反対側、南方の凍《こお》り付《つ》いた大地に無数の澄《す》んだ剣戟《けんげき》の音が響き渡《わた》る。頭上から降り注ぐサーチライトの光に照らされて、自己領域の半透明の揺らぎをまとった友軍の騎《き》士達《したち》が闇の荒野《こうや》を疾駆《しっく》する。

行く手に迫るのは黒と銀の軍服を翻《ひるがえ》した賢人会議の軍勢。

三倍以上の戦力を保持するかつての同胞《どうほう》に向かって、騎士達は臆《おく》することなく突き進《すす》む。

駆け抜ける騎士達の頭上では数十万の空気結晶《けっしょう》の槍と数十万の荷電粒子の光が飛び交い、ゴーストハックに乗っ取られたフライヤーが自分の本来の味方と衝突《しょうとつ》して次々に地表に落下していく。サティの指揮でありったけのノイズメイカーを搭載《とうさい》された飛行艦艇の戦列が不可視の電磁場で戦場を町を中心にした複数の扇形《おうぎがた》に寸断し、賢人会議の魔法士達の進軍ルートをわずか数本、幅《はば》数キロの帯状の領域に制限する。そのルートに沿って正面から向かい合い、両軍はすさまじい砲撃戦を繰り広《ひろ》げる。闇の空に絶え間なく響き渡る衝撃音と破砕《はさい》音。空気結晶の生成と消失に伴って生じた膨大な熱量の遷移《せんい》が大気の運動をかき乱し、逆巻く暴風となって戦場の全体に吹《ふ》き荒れる。

一度だけ目を閉じ、唇《くちびる》を強く引き結ぶ。

とうとう、始まった。

自分を空に送り出すための、世界の行くべき道を定めるための儀式《ぎしき》が。

『──落ち着かねえか？』

不意に、襟元《えりもと》の通信素子からヘイズの声。我に返って目を開け、真紅の翼の上で慌《あわ》てて立ち上がる。

「あ……ごめん。危ないよね？」

すぐ艦内《かんない》に戻《もど》れという意味だと思い、傍《かたわ》らのハッチに手を伸《の》ばす。

が、返るのは、いや、という呟き。

手元に出現する通信画面の向こうで青年は小さく笑い、

『こっちは作戦の最終確認《かくにん》で手ぇ放せねえからよ。代わりにしっかり見といてくれ』

一つ指を鳴らすヘイズの両隣《りょうどなり》に新たに二つのディスプレイが出現する。ウィリアム・シェイクスピアに搭乗《とうじょう》しているエドとファンメイ、FA-307に搭乗しているクレアとセラ。衛星の攻撃に参加するメンバーの全員が、青年の言葉に賛同するようにそれぞれにうなずく。

息を呑み、小さく「うん」と応える。

凪にはためくコートを手で押さえ、立ち尽《つ》くしたまま、ただ瞬く無数の光を見つめる。

絶え間なく明滅を繰り返す数百万の砲火の輝きが、闇色の夜空を満天の星のごとく照らし出す。航空灯《とう》の小さな明かりの尾を引いて、敵と味方、両軍のフライヤーが次々に地上に落ちていく。機影の向かう先には閃《ひらめ》く無数の刃《やいば》と、重なり合う剣戟の響き。数百の変異銀《ミスリル》の刀身が降り注ぐサーチライトの光の中に踊《おど》るように弧《こ》を描き、打ち砕《くだ》かれた無数の土塊《どかい》の腕《うで》と淡青色《たんせいしょく》な空気結晶の塊《かたまり》が凍り付いた大地に豪雨《ごうう》のように叩きつける。

未来のための戦争を望む人々と、苦難に満ちた平和を望む人々と。

数え切れないほどの祈りがぶつかり合い、光の粉を散らして、闇の雪原を眩《まばゆ》く染め上げる。

戦場全体を俯瞰《ふかん》していたI―ブレインの仮想視界が、不意に一箇所《かしょ》で焦点を結ぶ。町の南方、賢人会議の戦力が最も集中した一帯。黒と銀の儀典《ぎてん》正装に身を包んだ魔法士達の戦列を真っ二つに割《さ》り裂いて銀髪《ぎんぱつ》の少年が疾走《しっそう》する。

翼のように広げた左右の剣の切っ先が、頭上を飛び交う荷電粒子の光を照り返して複雑に絡まり合う流麗《りゅうれい》な二筋の軌跡を描く。跳《は》ねるように、踊るように。まるで四肢《しし》を縛《しば》り付けていた軛《くびき》から解き放たれたように。軽《かろ》やかに弧を描いて駆け巡る残光が行く手を遮《さえぎ》る結晶体の雨を、とめどなく振り下ろされる刃を、行く手を遮るあらゆる物を弾き返して闇の雪原の只中《ただなか》に数キロ四方の鮮《あざ》やかな銀糸の紋様《もんよう》を描き出《だ》す。

不意に少年の行く手に幾つもの半透明な球形の揺らぎが出現し、儀典正装姿の騎士達が同時に降り立つ。少年を止めるのに並の手段では足りないと判断したのだろう。八人の騎士《きし》は少年に併走《へいそう》しながら周囲を取り囲み、呼吸を合わせて同時に剣を繰り出し――

閃く剣戟の光。

振り下ろされた刃のことごとくを跳ね返して、双剣《そうけん》の騎士が砲火の戦場を駆け抜けた。

＊

静止画のように浮《う》かぶ雪の結晶を縦横に裂いて、八筋の光が虚空《こくう》を駆けた。

ディーは四方と頭上のあらゆる移動経路を塞いで同時に繰り出される斬撃《ざんげき》を五十三倍速の世界に見つめ、右足の爪先《つまさき》を緩《ゆる》やかに踏《ふ》み出した。

周囲を取り囲む八人の騎士、その全員の顔を仮想視界に捉える。賢人会議で共に過ごした仲間達。彼らのＩ－ブレインの性能は熟知している。完全に同時であるかのように迫る斬撃には、実際には個々の能力のわずかな違《ちが》いによって速度に差がある。その間隙《かんげき》に左右の騎士剣《きしけん》を滑《すべ》り込ませ、まずは正面と左斜《なな》め後方。踏み込んだ爪先を軸《じく》に体を回転、勢いに任せて振り抜いた二振りの剣が寸前まで迫った大ぶりな片刃《かたは》の剣を二つまとめて弾き返す。

跳ね返った二つの刃はそれぞれに想定通りの軌跡を描いて宙を泳ぎ、一呼吸遅《おく》れて左前方と後方から迫っていた別の二つの剣に激突《げきとつ》する。これで四つ。生じた包囲の隙間に流れるように飛び込み、続く三つの斬撃を皮一枚ですり抜け、最後の一撃《いちげき》を弾《はじ》くと同時に地を蹴《け》って疾走する。

（騎士剣『陰』『陽』完全同調）

追いすがる斬撃を次々に弾き飛ばし、同時に降り注ぐ無数の空気結晶の弾丸《だんがん》を残らず打ち払って吹雪の戦場を駆け抜ける。モスクワ自治軍の協力を得て復旧された右の騎士剣『陰』の動作は良好。I－ブレインの蓄積疲労《ちくせきひろう》も完全に回復し、今の自分は万全《ばんぜん》の状態でこの戦いに臨《のぞ》むことが出来ている。

視界の先、正面。四人の騎士が同時に剣を走らせるのが見える。一人は味方、三人は敵。

瞬時《しゅんじ》に自己領域を展開して三百メートルの距離を駆け抜け、振り下ろされる刃の前に割って入る。両手の剣で襲い来る刃のうち二つを受け止め、踏み込む勢いで頭上高くに跳ね上《あ》げる。流れるようにその場に背を向け、さらに二百メートル先で戦いを繰り広げる別な騎士達の間に飛び込む。見渡《みわた》す限りの戦場で戦いを繰り広げる、敵味方合わせて三百を超《こ》える騎士の集団。その中を縦横に駆け巡り、味方を支援《しえん》し、敵を押し戻す。

無数の砲撃の音が頭上に轟《とどろ》き、空気結晶の槍と荷電粒子の光が闇空を文字通り塗《ぬ》り潰す。彼方に点々と浮かぶのは幾つもの炎使いの部隊、対して町を取り囲むのはノイズメイカー搭載型の飛行艦艇を中心とした通常兵器に世界再生機構側の炎使いを加えた防衛部隊。戦力比で考えれば明らかに賢人会議の方が有利。だが、友軍は指揮官であるケイト・トルスタヤ元中将の指揮の下、全ての攻撃を柔軟《じゅうなん》に受け止め、防衛ラインを維持《いじ》し続けている。

（攻撃感知、危険）

後方にI－ブレインの警告。振り下ろされる刃を振り返りざま受け流し、足下《あしもと》から出現する土塊の腕を情報解体で消し飛ばす。雪崩《なだれ》を打って襲い来る魔法士達の表情に苦悩《くのう》はあっても、繰り出す攻撃にためらいは無い。人類との最終戦争を再び始めるために、今度こそ自分達の未来を切り開くために、賢人会議の魔法士達は殺すことも辞さない覚悟《かくご》でその力を振るい、かつての仲間である自分や他の者たちに牙《きば》をむく。

手加減などしていられる状況《じょうきょう》ではない。

それでも、今度こそ、絶対に誰の命も奪《うば》わない。

――この戦いで最も重要なのは、敵も味方も含《ふく》めて死者の数を出来る限り少なくすることです――

戦いが始まる前、ケイトに言われたことを思い出す。自分達が勝ち、雲除去システムが破壊《はかい》されれば、人類と魔法士は今度こそ手を取りあわざるを得なくなる。その時に橋渡《はしわた》しとなるのは世界再生機構で無ければならない。だから、この戦いに遺恨《いこん》を残してはならない。そのために、一つでも多くの命を未来に残さなければならないと。

そもそもが戦力で劣《おと》るこの状況で、困難を極《きわ》める指示。

だが、その言葉を聞いた時、ディーは胸《むね》の奥に透明な風が吹くのを感じた。

甘いと言われようと覚悟が足りないと言われようと、それは確かに自分が望んだ答だった。

恐《こわ》いから奪わないのではなく、奪わない事がより良い答《い》だと信じられるから奪わない。今は道を違えても、生きていさえすればその道はいつかどこかで再び結びつくかも知れない。だから、たとえ相手が奪おうとしているのだとしても自分は奪わない。そのために誰よりも強く、誰よりも鋭く。誰かを倒すことでしか道が開けないのなら、相手を殺すのではなく、殺す必要も無いほど圧倒的《あっとうてき》な力で退けることが出来るほど強く──

『──ディー!』

襟元の通信素子から叫《さけ》び声《ごえ》。それが錬の声だと気付いた瞬間、頭上を飛ぶ友軍から悲鳴が上がる。数十人の炎使いと、二個大隊の空中戦車の混成部隊。数十キロの距離を隔てて賢人会議の炎使いと砲撃戦を繰り広げていた彼らの元に、最初に自分を襲った八人の騎士達が迫る。

瞬時に自己領域を展開。重力制御で飛翔《ひしょう》した体が完全に静止した世界を突き抜けて千メートル上空、同じく自己領域をまとって迫る騎士の目の前にたどり着く。

接触と同時に互いの領域が消滅《しょうめつ》。一切《いっさい》のタイムラグ無しに四十三倍加速で振り下ろした騎士剣『陽』の一撃が相手の体を防御《ぼうぎょ》に構えた剣ごと押しのけ、遙か眼下の地表に向けて叩き落《お》とす。

……厳しいな……

息を吐き、さらに迫る後続の騎士へと自由落下に任せて斬《き》りかかる。命を奪わないと決めたなら最善の策は相手を気絶させることだが、自分は相手を負傷させずに意識だけ奪うような都合の良い戦い方には精通していないし、何より敵の数が多すぎる。

ならば、やるべき事は一つ。

こうして戦場を縦横に駆け回《まわ》り、ただひたすらに相手の攻撃を妨害《ぼうがい》し続け、雲上航行艦が出撃するまでの時間を稼《かせ》ぐ。

『大丈夫《だいじょうぶ》？』

通信素子から再び少年の声。仮想視界の先、町の中央。真紅の船の上で錬がかすかに顔を青ざめさせるのが見える。無事を示す意味で右手の剣を頭上に掲《かか》げる。それを合図と見て取ったのか、周囲の友軍が荷電粒子と空気結晶の槍による砲撃を再開する。

「なんとか上手《うま》く行ってるよ、今のところはね」砕けて落下する淡青色の結晶を蹴りつけ、反動で下方の別な騎士に突撃《とつげき》し「大丈夫。あと一時間と少し、保たせてみせるから」

喉元目がけて突き込まれる刃の切っ先を高く頭上に跳ね上げ、脳内時計の時刻を確認する。

午後十時五十七分。

少年が世界に向けて宣言した出撃の時刻、深夜零《れい》時まで間もなくあと一時間を切ろうとしている。

『……ごめん』

と、不意に小さな声。

仮想視界の先、少年は唇を噛《か》みしめ、

『わかってるんだ。本当は今すぐに出撃すれば良いんだって。だけど……』

「大丈夫だよ」

通信素子越《ご》しにはっきりと答える。え？　と呟く錬の声に無意識にうなずく。たぶん、自分だけではなくこの戦いに加わった全員がわかっている。はっきりと言葉に出来なくても、ぼんやりとではあっても少年が見ている物が自分にも見えている。

少しだけ、ほんの一瞬だけ目を閉じる。

少年と共に空へと飛び立つ、光使いの少女のことを思う。

「そんな騙《だま》し討《う》ちみたいなことしたって意味がない。最初に約束した時間を守って飛び立つから意味がある。……そういう戦いなんだよね？　これは」

通信素子の向こうで口々に賛同の声が上がる。飛び交う空中戦車の操縦席から、周囲を漂《ただよ》う魔法士達の間から、任せろという声が飛ぶ。

ありがとう、という少年の小さな呟き。

それを意識の端に、ディーは吹雪の戦場を飛翔する。

……と、言ってはみたけど……！

雪崩を打って叩きつけられる無数の空気結晶の弾丸を打ち払い、かいくぐり、足場代わりに跳躍《ちょうやく》を繰り返して再び地表に到達《とうたつ》する。同時に前後左右から振り下ろされる刃を寸前ですり抜ける。相手は自分と同じ第一級《カテゴリーA》の騎士。闇を裂いて走る刃の切っ先は速く、鋭く、かわしきれなかった頬《ほお》が浅く裂かれて鮮血《せんけつ》が飛び散る。

休む暇《ひま》など一瞬も無い。蓄積疲労が脳内に積み上がる。あと一時間、この調子で戦い続けられるかは賭《か》けに近い。

こんな時、『森羅《しんら》』が手元にあればと、余計なことを考える。

自分がどれほどあの異能の騎士剣に頼《たよ》っていたかを思い知らされる。

かつて黒衣の騎士に与《あた》えられ、その黒衣の騎士によって砕かれた剣。あらゆる肉体の損傷を情報制御によって修復し、所有者に無限に近い継戦能力《けいせんのうりょく》を与える剣。あれがまだ手元に残っていれば憂《うれ》いは無かっただろう。自身の負傷を顧《かえり》みず、ただI－ブレインの命ずるままに敵を斬る。あの剣の力を借りることが出来るなら、状況はもっと容易《たやす》い物になって――

……違いますよね、祐一《ゆういち》さん……

心に浮かんだ言葉を否定する。そうではない。これはただ勝って自分の主張を通せばいいという戦いではない。世界の進むべき道を、人類と魔法士のあるべき形を定めるための戦い。そうであるならば、必要なのは自分が無傷のままただ一方的に相手を打ち倒すだけの無敵の力などでは決して無い。

斬られれば傷つく。傷つけばいつか死ぬ。

そういう自分がそれでも誰の命も奪うことなく戦《たたか》い抜き、最後にあの船が飛び立つから意味がある。

……強さを……

決意を込めて、剣の柄《つか》を握《にぎ》りしめる。

……誰よりも速く、強く、敵も味方も一つでも多くの命を守る強さを……!

正面、迫り来る騎士の一団めがけて疾走を開始する。

踏み出す足は滑《なめ》らかで、構える腕には一切の淀《よど》みが無い。自分の体が信じられないほど軽いことにディーは唐突《とうとつ》に気付く。手の中の騎士剣は重さという概念《がいねん》を失い、羽根のように、あるいは初めから腕の一部であったかのように自在に動く。脳を満たすのは透明な、水のような思考。ゆったりと流れる時間の中、正面から迫る騎士の青年が両手で構えた巨大な直刀型の剣を袈裟《けさ》斬《ぎ》りに振り下ろすのがとてもゆっくりと、静かに見える。

考えるよりも、意識が反応するよりも速く、半ば自動的に体が動く。

跳ね上がった右手の騎士剣『陰』の切っ先が、弧を描いて迫る刃に接触する、と言うより刃の行く先にただ無造作にその身を差し出す。

二つの刃は互いに触《ふ》れ合《あ》い、共に寄《よ》り添《そ》い、流水のように滑らかな軌跡で虚空を泳ぐ。色合いの異なる二振りの変異銀《ミスリル》の刀身が互いに一切の力を失うこともぶつけ合うこともなく、ただその向かう先だけを変えて別々の角度へと流れ去る。鳴《な》り響く澄んだ高い金属音。バランスを崩《くず》してたたらを踏む騎士の青年を視界の端に、あらぬ方向に飛び去る『陰』に体を引きずられて、ディーは左足を軸に踊るように回転する。

自分自身でもまるで理解できない運動。

反射的にその流れに逆らおうとする意識を押しとどめ、ただ進むに任せて、後ろ手に構えたもう一方の騎士剣『陽』を背後の空間に跳ね上げる。

同時に仮想視界の先に半透明な球形の揺らぎ。背後の虚空に出現した騎士の少女が、手にした細身の騎士剣を落下に任せて振り下ろす。『陽』の切っ先がその刃の軌道《きどう》に寄り添い、絡め取る。澄んだ金属音。目標を大きく逸《そ》れた細身の騎士剣が自分自身の力だけであらぬ方向へと弾け飛び、同じく力の流れを逸らされた『陽』に引かれたディーの体は緩やかな螺旋《らせん》を描いて敵の包囲の只中で輪舞のような軽やかなステップを刻む。

……今のは……

一連の動きに自分自身が驚《おどろ》き、すぐに、ああそうか、と息を吐く。

マサチューセッツの雪原で、『森羅』を打ち砕いた男の一撃。

黒衣の騎士が最期《さいご》に見せた戦いの一部始終が、脳内で鮮明《せんめい》な像を結ぶ。

剣を受け流された二人の騎士と入《い》れ替《か》わるように、別な三人の騎士が叫びと共に剣を振り抜く。一人は頭上、一人は左側面、一人は背後。先に着弾《ちゃくだん》する頭上と左の剣に騎士剣『陰』と『陽』をそれぞれ合わせ、刃と刃が触れ合った瞬間に両方の剣の柄から同時に手を放す。

衝撃にゆっくりと回転を始める二振りの剣は宙に置き去りに。

敵の斬撃から推力を得た体は足下、雪原すれすれの位置に。

背後から水平に薙ぎ払われる三振り目の刃を髪一本の間合いでかいくぐり、一呼吸に体を跳ね上げる。嵐《あらし》に舞う木の葉のように、全ての運動エネルギーを保持したまま。いまだに回転運動を続ける四肢が流麗な螺旋を描き、上下反転の姿勢で宙を薙いだ両足の先端が左右の騎士剣それぞれの柄に順に触れる。

発想は自由に、何者にも囚《とら》われることなく。

運動係数制御を回復した体が地球の重力と本来あるべき物理法則を振り切り、落下を始める剣を足場に虚空を垂直に駆け上がる。

唖然《あぜん》と見上げる騎士達の頭上、空中で身を捻《ひね》りざま左右の剣を両手に掴《つか》む。閃く二筋の銀光。降り立つディーの背後で最も近い位置に立つ二人の騎士の手からそれぞれの剣が跳ね飛び、弧を描いて雪の大地に突き刺《さ》さる。

「……こう、ですか?」

独り言のように呟き、左右の騎士剣をただ無造作に体の両側に垂らす。自分が笑っていることに唐突に気付き、そんな自分に心の底から驚く。

絶対に誰も殺さず、味方も死なせず、自分も死なない。

そう心に誓《ちか》うだけで、この体はこんなにも自在に動く。

四肢に鎖《くさり》のように絡みつく苦悩と後悔《こうかい》は今も消えていない。数え切れないほどの命を奪った記憶《きおく》、自分が生涯《しょうがい》をかけて償《つぐな》うべき罪。けれども、それより大きな物が今の自分を動かしている。多くの人々の未来のため、何より愛する少女のために、今は剣を手に戦えと胸の奥の小さな灯が囁《ささや》いている。

ゆっくりと、踊るように駆け出す。

闇と吹雪に閉ざされた戦場を、二筋の銀光が鮮やかに斬り裂いた。

＊

無数に折り重なる剣戟の光が、闇の雪原に閃いた。

踊るように戦場を駆け巡る少年の姿を吹雪の彼方に見下ろし、イルは口元に笑《え》みを浮かべてうなずいた。

……それでええ。

呼吸を一つ。足の裏に触れる小石ほどの空気結晶を蹴りつけ、吹雪の空に跳躍する。地上からの高度五千メートル、町の北側、飛行艦艇と無数の機体が飛び交う砲撃戦の只中。ありとあらゆる角度から降り注ぐ敵味方双方《そうほう》の砲撃の雨のことごとくを透過《とうか》し、行く手に飛び石のように出現する小さな結晶の上を跳弾《ちょうだん》のように駆け抜ける。

後方の遠い場所にはサポート役の、かつては賢人会議に所属していた数人の炎使い。分子運動制御によって虚空に生み出される極小の回廊《かいろう》に沿って戦場を駆け巡り、行く手に交差するロンドン自治軍の空中戦車に飛びつく。

暗灰色《あんかいしょく》の雪中迷彩《めいさい》の装甲を透過して機体の内部へ。指先の一部だけの存在を確定し、巨大な箱のような演算機関の内部から幾つかのパネルを引き抜く。そのまま床《ゆか》を構成するチタン合金の装甲をすり抜け機体の外へ。推力を失って降下していく空中戦車を背後に、足下に出現した小さな空気結晶の足場一つで体を支える。

『いいですか？　あなたの能力はもう敵にも味方にも知《し》れ渡ってしまいました。不本意でしょうが、わざと負傷して囮《おとり》になるという戦術は二度と使えません。シティ連合も賢人会議も、おそらくあなたという存在を無視して他の目標に攻撃を集中するでしょう』

数日前にケイトに言われた言葉を思い出す。今日の決戦に臨む作戦会議の席上、口ごもるイルにシスターは微笑み、

『そこで、新たな役目と戦術を考案しました。重要なのは他の魔法士の方々との連携《れんけい》です。時間は短いですが、必ず身につけてください』

……次……！

小さな結晶を蹴りつけて跳躍、自由落下に任せて数百メートルの距離を降下する。周囲の気流が体を支え、爪先が次の足場となる結晶に触れる。この戦場における自分の利点は敵のあらゆる攻撃とあらゆる防御を無視できること。対して欠点は数百キロ四方、高度差数千メートルで展開される広大な戦場で高機動の敵を相手取るのに必要な機動力が絶望的に足りないこと。その欠点を他の魔法士のサポートで補う。他の者では踏み入ることが出来ない砲撃戦の只中を縦横に駆け巡り、飛び交う数十万のフライヤーと空中戦車を当たるに任せて撃墜《げきつい》していく。

さらに三つ、目の前を横切る軍用フライヤーの内部を真《ま》っ直《す》ぐに突き抜け、演算機関の中枢《ちゅうすう》部分だけを破壊する。推力を失った機体が航空灯の光の尾を引いて次々に落下し、緊急《きんきゅう》用のパラシュートを展開して地表に不時着する。

その姿に安堵《あんど》の息を吐く。

身勝手な願いであっても、この戦いで命を落とす人が一人でも少なくあって欲しいと思う。

『少し移動するわよ。一キロ先。こっちがちょっと苦戦してるわ』

不意に襟元の通信素子から声。視界の先、砲撃から少し離《はな》れた場所で、黒と銀の儀典正装の上に暗灰色の防寒着を羽織った妙齢《みょうれい》の女性が軽く手を上げる。確か賢人会議から来たソニアという炎使い。周囲で大気が揺らぎ、目の前に一直線に連なる飛び石の回廊が出現する。

瞬時に足場を蹴り、駆け出す。

と、仮想視界の向こうで女性が少し困ったように首を傾《かし》げ、

『……まあ、信用してもらえるのはとってもありがたいんだけど』流れ弾《ながだま》のように飛来する空気結晶の槍を同じく結晶の盾《たて》で次々に弾き『あなた怖《こわ》くないの？　ほら、私達ってちょっと前まで完全に敵同士だったわけだし、今だって私がその足場消したらあなた地上まで真っ逆さまで死……』

言いかけて眉《まゆ》をひそめ、おそるおそるという風に、

『死ぬわよね？　さすがに』

「は？　いや、そらまあ」戦場の真ん中で思わず腕組《うでぐ》みし「けど、信用せんいうわけにもいかんでしょ。ここでおれが役に立つにはこれしかないんやから」

確かにこの高度から落下すれば自分は死ぬ。量子力学的制御で地表を透過したとしても、そのまま地球の反対側まで突き抜けることはさすがに出来ない。だが、今はそれは大きな問題ではない。仲間になった。同じ目的のために共に戦うと決めた。ならそれに全てを委ねるのが自分の役目だ。

自分がここで戦っていることには、単なる個人の戦果という以上の大きな意味があるのだとケイトは言っていた。世界再生機構に加わった兵士達の中には、組織を裏切ったとはいえかつては賢人会議の一員であった魔法士達と共に戦うことに不安を覚える者も少なくない。自分が率先《そっせん》して魔法士達と協力することは、そんな兵士にとって導きとなるのだと。

そうやってここまで来て、そうやってここからも歩いて行く。

シティを敵に回す身となってしまった今でも、自分の信念にはわずかの揺らぎもない。

『……なるほど、英雄《えいゆう》だわ』

感心したような呟きと共に、左右に併走する形で複数の空気結晶の槍が出現する。全力疾走する体を追《お》い抜いて前方に飛び去った槍が正面から飛来した質量弾《だん》体に正面から激突、互いに砕けて周囲に幾つもの小さな結晶と破片《はへん》をまき散らす。

その結晶を階段に、闇の空を駆け上がる。

行く手を遮って飛ぶフライヤーの外装の継《つ》ぎ目《め》に指をかけ、片腕《かたうで》だけの力で体を引き寄せると同時に透過した体で幅数メートルの機体の内部を突き通《とお》る。

（エラー。ノイズを検知。演算速度低下）

続けざまに五つの機体を無力化し、次の目標に飛びかかろうとした瞬間、脳内を駆け抜ける痛み。フライヤーの装甲を透過しようとしていた足が跳ね返り、体が虚空に投げ出される。至近距離での、高出力のノイズメイカーの起動。自らも演算機関の出力を失ったフライヤーが機体を大きく傾《かたむ》けて落下を始める。

とっさに伸ばした腕が虚しく宙《むな》を掻《か》く。

I—ブレインの警告。見上げた先、身長の倍ほどもある巨大な荷電粒子の槍が透過の効かない体に向かって一直線に飛来し——

視界を遮る影《かげ》。

落下するフライヤーの装甲の表面から生じた複数の『腕』が、寸前まで迫った光を防ぎ止める。

とっさに空中で身を捻り、巨大な『腕』の表面に着地する。脳内のノイズがようやく薄《うす》まり、I－ブレインが機能を回復する。

「――無事ですか」

別な『腕』に運ばれて、赤毛の少女が目の前に降り立つ。確かサラという名前の人形使い。

うなずくイルに少女はにこりともせず、

「飛行艦艇を落とします。協力を」

チタン合金の巨大な『腕』を器用に操《あやつ》り、少女は自分自身とイルの体を運ぶ。落下を続ける敵側のフライヤーの傍《そば》から、高速で接近した友軍の空中戦車の上へ。視界が急速に上昇《じょうしょう》し、ロンドン自治軍の飛行艦艇の巨大な船影《せんえい》が間近に迫る。

「ゴーストハックで艦の制御を奪います。あなたは内部からハッチをこじ開けて、指令室までの経路を確保してください」

「了解《りょうかい》です。それと、さっきは……」

「やめてください」

礼の言葉を口にしようとするイルを少女は鋭く遮る。

数秒。

少女は深く息を吐いて「すみません」と呟き、

「ですが、あなたに思うところがあるのは私だけでは無いことを知っておいてください。あなたがベルリン防衛戦で殺した魔法士。彼らはみんな私達の仲間、家族でした。世界再生機構に協力すると決めた今でも、それを忘れることは出来ません」

無言で、ただ少女を真っ直ぐに見つめる。

雨のように降り注ぐ荷電粒子の砲撃をかいくぐり、空中戦車が飛行艦艇と同高度に躍《おど》り出《で》る。

「もちろん戦争です。私達も多くを殺したし、死ぬ覚悟で戦場に臨みました。……それでも、あなたを裏切り者と感じる気持ちを完全に消すことは出来ない。たとえその気持ちが理不尽《りふじん》で、これからの世界にはあってはならないものだとしても」

「……わかってます」

強く、決意を込めてうなずく。

少女はかすかにうなずき返し、空中戦車の装甲の表面から複数の『腕』を生成し、

「だから、出来るなら示し続けてください。ここで私達があなたを殺さないことに意味があるのだと。あなたの存在はこれからの世界に必要な物なのだと」

巨大な『腕』が飛行艦艇の装甲を摑み、空中戦車との相対位置を固定する。一挙動に少女に背を向け、『腕』の表面を駆け上がる。目の前には絶壁《ぜっぺき》のようにそびえる飛行艦艇の暗緑色の装甲。体当たりすると同時に水の中を泳ぐような感覚が一瞬だけあって、チタン合金と強化カ

ーボンで構成された厚さ数メートルの複合装甲を透過した体が、非常灯の淡い光に照らされた通路に一転して立ち上がる。

目の前には、自分の襲来《しゅうらい》を予想していたらしい防衛部隊とノイズメイカーの戦列。

その只中に、イルは流れる水のように踏み込んだ。

＊

暗緑色の装甲に覆われた巨大な船体が、大きく斜めに傾いだ。

地表に向かってゆっくりと降下を始めるロンドン自治軍の三百メートル級飛行艦艇をカメラの拡大映像の向こうに見上げ、月夜《つきよ》は無意識に拳《こぶし》を握りしめてうなずいた。

偏光迷彩《へんこうめいさい》仕様の塹壕《ざんごう》の下に身を潜《ひそ》め、狙撃《そげき》用のスコープを覗《のぞ》き込む。凍り付いた地表に複数のボルトで固定された支持台に支えられているのは三メートルを超える銃身《じゅうしん》を備えた巨大な対物ライフル。空中戦車の複合装甲を貫く威力《いりょく》を備える代わりに連射力と耐久性《たいきゅう》を一切放棄《いっさいほうき》した剣呑極《けんのんきわ》まりない武器に両手を添え、感覚の導くままにただ自然に引き金を引く。

放たれた銃弾《じゅうだん》は周囲の風と重力と地球の曲率と自転によるコリオリ力と、あらゆる物の影響《えいきょう》を受けながら数十キロの距離を貫いて戦場の中心、シンガポール自治軍の戦車の機関部を正確に射貫《いぬ》く。それを合図にしたように周囲に潜んでいた部隊が一斉《いっせい》に動き始める。

ベルリン南方の町から遠く東、世界中から集まった義勇兵と幾人かの賢人会議の魔法士を合わせた別働隊が、町の北半分を包囲するシティ連合の艦隊と南を包囲する賢人会議の戦列の双方に対して側面から攻撃を開始する。

出撃を一日後に控《ひか》えた昨日、月夜は数名の仲間と共に敵の包囲を抜け出し、町を離れた。やって来たのはロシア地方西部。そこには世界再生機構に協力するために世界中から集まった人々が、包囲下の町に近づくことが出来ないまま小部隊を形成していた。月夜達は集まった数千人の人々の中から実戦に耐《た》え得る半数を選別、残る半数を地下施設《しせつ》の町に保護し、別働隊を組織して参戦の機会を待った。

約束の時刻である零時まではあと数十分、防衛戦力は次第《しだい》に北と南から包囲網《もう》に押し込まれ、旗色が悪くなりつつある状況。

敵を側面から突いて戦場に混乱を生み出し、時間を稼ぐには最適な頃《ころ》合いと言えた。

雪原を掘《ほ》り抜いて作られた塹壕に身を潜めた人々は、狙撃用のライフルや固定式の砲台《ほうだい》を使って遠距離《えんきょり》からの攻撃を繰り返す。頭上には偏光迷彩で姿を隠《かく》した軍用フライヤーが数百機浮《ふ》遊《ゆう》し、同様に砲撃を行っている。遠距離からでは命中精度も威力も低く、大規模な損害を与えるには至らない攻撃。だが、全く想定していなかった方角からの攻撃にさらされた敵軍の隊列には動きの乱れがさざ波のように広がっていく。

『第三班と七班、賢人会議側に捕捉《ほそく》されました。後退行動を開始します』

通信画面から一ノ瀬《いちのせ》少尉《しょうい》の声があって、南の方角で瞬いていた荷電粒子の光が移動を始める。この別働隊は所詮《しょせん》は少人数の攪乱《かくらん》部隊。敵と正面から激突出来るだけの戦力は無く、その必要も無い。

立体映像の地図を介して仲間達に後退支援の砲撃の指示を送る。

と――

「突っ込んで囮になるわ。十秒後に一度砲撃を中断して」

いきなり耳元で声。振り返る月夜の頭上を飛び越えて剣を手にした少女が闇の雪原を駆け出す。たしかロッテという名前の騎士。半透明の揺らぎに包まれた体が瞬時に視界からかき消え、正確に十秒を数えて南方、後退戦が行われている一帯を銀糸のような剣戟の光が走《はし》り抜ける。

周囲からさらに幾人かの小さな人影が同じ領域に集まり、無数の淡青色の銃弾と土塊の腕がカメラの拡大映像の中を踊る。この別働隊に加わっている魔法士は全部で十七名。錬の演説の後、おそらくは様々な葛藤《かっとう》を抱《かか》えて最終的に組織と袂《たもと》を分かつ道を選んでくれた彼らは、この戦場において敵に捕捉された友軍の後退支援という最も危険な役割を自ら買って出てくれている。

「ありがと。そっちはお願い」通信素子の向こうの少女に声を投げ、ライフルの引き金に再び指を掛《か》け「無理しないでって言える状況じゃ無いけど、でも無理しないで。みんなで、ちゃんと生きて帰りましょ」

騎士の少女が息を呑む気配があって、わかった、と小さな声が返る。それを意識の端に長大なライフルの銃身を機械制御で南方に旋回《せんかい》、タイミングを合わせてトリガー。論理回路による高速化処理を施《ほどこ》された銃弾が吹雪を貫いて十数キロの距離を飛翔し、後退戦の只中、賢人会議側の魔法士達の鼻先を正確にかすめて彼方へと飛び去る。

時間を稼ぐことが出来れば、それでいい。

敵も、味方も、この戦いで誰一人《ひとり》として死なせる気は月夜には無い。

……あと三十分……！

フルオートで薬莢《やっきょう》を排出《はいしゅつ》、次弾を装塡《そうてん》した瞬間、視界の端で何かが動いたような感触《かんしょく》。長大な銃身を旋回、勘《かん》だけでトリガー。放たれた銃弾は狙《ねら》い違わず、闇を貫いて一直線に飛来する巨大な空気結晶の槍に激突し——

砕けた破片から再構成される、半分のサイズの二本の槍。

とっさに銃《じゅう》から手を放し、塹壕の中を走り出す。

二本の槍が一瞬だけ空中に静止し、次の瞬間《しゅんかん》爆発《ばくはつ》的な推力を得て前進を始める。音速の数十倍だと直感する。間に合わない。とっさに手近なコンテナの陰に飛び込み、体を丸めて両《りょう》腕《うで》で急所をかばい、

——立て続けに鳴り響く二つの銃撃音《じゅうげき》と破砕音。

今度こそ粉みじんに打ち砕かれた淡青色の巨大な槍が、空中に霧散《むさん》する。

驚いて顔を上げ、手元の通信画面を覗き込む。同じように驚いた顔の一ノ瀬少尉が、自分ではないと言うように首を横に振る。

と。

『今のはちょっと危なかったな、月夜』

別な通信画面に姿を現す白人の大男。

目を丸くする月夜にヴィドは笑い、

『油断大敵だ。なんせ、こっちの戦力はハリボテみたいなもんなんだから』

「ほんとね。ありがとヴィドさん」

肩《かた》をすくめて苦笑《くしょう》する月夜の前で、一ノ瀬少尉が『は？』と表情を引きつらせ、

『あなたは……確か天樹家と同郷という……』

『おお、同じ町で暮らしてただけの、しがないパン焼き職人だ』

北の方角、男がいるはずの陣地《じんち》のあたりから複数の銃声《じゅうせい》が響く。こちらに向けて接近しようとしていた数台の軍用フライヤーが、次々に推力を失って地表に落下していく。

『……失礼ですが』一ノ瀬少尉は悪い夢でも見たような顔で左右に首を振り『あなたは従軍の経験が……いえ、いずれかのシティの、名のある狙撃手であられたのでは？』

『ああ、そいつは気のせいだ』ヴィドは笑い『偶々《たまたま》だ、偶々。今日はよく当たる日だ、ついてるな』

偶々ですか、と少尉《しょうい》が天を仰《あお》ぐ。

かつてシティ・神戸《こうべ》の優《すぐ》れた狙撃手であった女はため息を吐き、すぐに表情を改め、

『戦況《せんきょう》はいまだ我が軍に不利。再攻撃が必要です。……危険ですが、次の作戦ポイントへの前進を進言します』

「そうね」

うなずき、立ち上がる。

遙か空の彼方、飛び交う光の洪水《こうずい》を見つめ、月夜は身を翻して駆け出した。

「みんな、ここが正念場よ。もう少し頑張《がんば》って、でも頑張りすぎないで、よろしくね」

＊

救難要請《ようせい》を表す赤と黄色の光の尾を引いて、また一機、新たなフライヤーが発着場の隅《すみ》に落下した。

弥生《やよい》は救急キットの鞄《かばん》を引っつかみ、非常灯の明かりに照らされた雪の広場を走った。

機体後部から煙を立ち上らせる黒いフライヤーに取り付き、ドアの脇《わき》の非常スイッチを叩く。

機内から飛び出した確かソフィーという名の騎士の少女が肩に担《かつ》いだ兵士を雪の上に下ろし、

「手当を頼《たの》む！　彼が一番重傷だ。おそらく内臓に達している！」

叫ぶと同時に機内に舞い戻った少女が、続けて三人の兵士を運び出す。半透明な揺らぎをまとって視界からかき消える少女と入れ替わりに、周囲で作業していたペンウッド教室の研究員が次々に駆け寄ってくる。

「軽傷の人はここで治療《ちりょう》するわ。重傷者はシェルターの生命維持槽《いじそう》に」

早口の指示に研究員達がうなずき、ぐったりと動かない兵士を数人がかりで抱えて走り出す。それを横目に見送り、残った三人の兵士の前に。雪原に座り込む兵士達に手早く局所麻酔《ますい》を施し、腕や足の裂傷《れっしょう》を縫合《ほうごう》して組織再生用のペーストを塗り込んでいく。

「行けそう?」

「ああ。感謝する」

弥生の問いにうなずき、兵士達が立ち上がる。フライヤーを取り囲んで作業していた整備兵の一団が応急修理完了《かんりょう》を叫び、換装《かんそう》された装甲を手のひらで叩く。

三人の兵士が再び機内に飛び込み、ドアが閉まる間もなく雪原から浮上《ふじょう》する。

音も無く飛び去る黒いフライヤーの向かう先、闇色の空を一面の白に塗り潰して、おびただしい量の荷電粒子の光が片時も止まることなく明滅を繰り返す。

北と南から町を取り囲む敵軍と、それを防ぎ止める味方の軍。戦いが始まった頃には拮抗《きっこう》していた両軍の圧力は、時が経《た》つにつれて少しずつ味方の不利に傾いている気がする。戦争にあまり詳《くわ》しくない弥生にもそれは容易に察することが出来る。空の彼方を雲霞《うんか》のように飛び交っていたシティ連合の艦隊は、最初に見た時よりずっと近く、密度を増しているように感じられる。

あの砲撃の光は、今この瞬間にも自分の頭上に降りてくるのかもしれない。

唇を強く引き結び、別の負傷者の元に駆け寄り、

「──弥生さん」

背後から女性の声。振り返った先、褐色《かっしょく》の肌に軍服姿の女性が静かに頭を下げる。

ルジュナ・ジュレ。シティ・ニューデリーの主席執政官《しっせいかん》。

隣《となり》では、簡易な防弾《ぼうだん》装備を羽織らされた沙耶《さや》が落ち着かない様子で空を見上げている。

「はい──？　あの、何か……」

とっさに立ち止まり、理由もなく白衣の乱れを整えてしまう。ここ数日の間に何度か顔を合わせ、言葉を交わしもしたが、一国の指導者に直接話しかけられるというのは慣れるものではない。

「ここまでの協力に感謝します」と、そんな弥生を前にルジュナは落ち着いた所作で微笑み「ですが、そろそろ限界です。敵の砲撃は今この瞬間にもこの場所に届くかも知れない。予定通り、弥生さんは地下シェルターに避難《ひなん》を。……沙耶さん、あなたもです」

沙耶が、え、と顔を上げ、困ったような視線を弥生に向ける。

弥生は息を吐き、手を伸ばして少女の頭をそっと撫《な》で、

「それで……ルジュナさんはどうするんですか？」

「私は最後までこの場に」ニューデリーの指導者である女性は砲火の空を見上げ「私がここにいることそれ自体が、シンガポールとロンドンに対する牽制《けんせい》となります。この期に及《およ》んでどれほど効果があるかは分かりませんが、最後まで自分の役目を全うするつもりです」

そうですか、と弥生はうなずく。

近くの負傷兵の傍に膝をつき、鞄から消毒用のアンプルを取り出す。

「弥生さん……」

「私は医者ですから」小さく呻《うめ》き声を上げる兵士からボディースーツをはぎ取り、血を丁寧に拭って「これは普通《ふつう》の戦争じゃない。偉《えら》い人が命令して、軍が撃ち合って、なんだか知らないうちに誰かが勝ったり負けたりして——そういうのじゃない私達みんなの戦いなんです」

肩の傷口から金属片《へん》を抜き取《と》り、止血薬と抗生《こうせい》物質を塗り込む。

組織再生用のパッチを貼《は》り付けて包帯を取り出し、

「だから私も私に出来ることをします。それで、後であの子にうんと褒《ほ》めてもらうんです」

地下シェルターの奥、生命維持槽で眠《ねむ》り続ける娘《むすめ》のことを思う。フィアは、あの子はみんなが手を取り合う世界を信じて戦った。なら自分のやるべき事は安全な場所でうずくまっていることでも、あの子の不幸を嘆《なげ》くことでもないはずだ。

世界を変えるための戦い。

その当事者の一人であるなら、自分も、自分の戦いをしなければならないはずだ。

「……失礼なことを言いました」

ややあって、ルジュナが静かに頭を下げる。

ニューデリーの指導者である女性は弥生の隣に膝《ひざ》をつき、鞄から消毒用のアンプルを取り出して、

「及ばずながら、お手伝いします。……学生の真似事《まねごと》程度の拙《つたな》い心得ですが、どうぞご指示を」

うなずき、巻き終えた包帯の端を固定する。兵士のもう一つの大きな傷である足の裂傷に向き直り、ルジュナと協力して手早く処置を進める。

と──

「……待って」

驚いたような沙耶の声。とっさに少女を振り返り、視線を追って空を見上げる。

息を呑む。

荷電粒子の光に塗り潰された空の向こう、目前まで迫っていたシティ連合の艦隊が、少しずつ後退を始めている。

ともかく兵士の処置を終え、立ち上がって戦場の様子に目を凝《こ》らす。何か劇的な変化が起こったわけでも、見えない壁《かべ》に阻《はば》まれたわけでもない。ただ、雪原の町を取り囲んで押し潰そう

としていた敵軍の砲撃の圧力がほんの少しだけ弱まり、包囲の輪がわずかに、しかし目に見えて遠くへと押しのけられていく。

『――どうやら間に合いました』

唐突に、目の前に小さな立体映像の通信画面。

ルジュナが驚いた様子で携帯端末を取り出し、

「ケイトさん？」

『世界再生機構、防衛軍総指揮官として報告します』飛行艦艇内部の作戦室で全軍を統括《とうかつ》しているかつてのモスクワ自治軍の中将はシスター服姿で微笑み『戦況は我が軍に有利。シティ連合と賢人会議は共に当初の威力を失い、戦線は町から遠ざかりつつあります』

思わず、ルジュナと顔を見合わせる。

沙耶が全員を代表するように「すごい！」と手を叩き、

「でも、どうやったの？　シスター。何かすごい作戦とかあったの？」

弥生も同じ気持ちでディスプレイの向こうの女性を見つめる。月夜から聞いた話では、敵と味方では戦力で二倍ほどの差があり、時間稼《じかんかせ》ぎの防衛戦に徹《てつ》したとしても相当厳しい戦いになるということだったが。

『何も難しいことではありません』と、シスター・ケイトは静かに目を閉じ『私はただ全軍に命じただけです。「可能な限り命は奪わず、敵であっても負傷者は必ず救助せよ」と』

「……それだけ？」沙耶が目を丸くし「え？　なんでそれで上手くいくの？　だって、相手の方がずっとたくさんいるのに、こっちだけ手加減したらもっと大変に……」

その通りだと弥生も心の中でうなずく。ルジュナも同じ気持ちであるらしく、ただ無言で口元に手を当てる。

全員の視線を向けられて、ケイトは困ったように苦笑し、

『本当に、およそ策と呼べるような物ではないんです。……あえて言うなら詐欺《さぎ》の一種、とでも申しましょうか』

そう言って、かつて『計画者《プランナー》』と呼ばれた世界最高の作戦指揮官は微笑み、

『ですが、おそらくこの戦場においては、どんな優れた策よりも効果的に作用します』

＊

天から降り注ぐ無数の砲火の光が、闇の雪原を眩く照らし出した。

賢人会議の人形使い、カスパルは足下から生成した土塊の腕で荷電粒子の光を防ぎ止め、周囲の仲間達を振り返った。

「状況は――！」

「変わらないわ」炎使いの少女が青ざめた顔を左右に振り「最初からずっとこっちが有利なは

ずなんだけど、どうしても攻《せ》めきれなくて」

無言で歯を食いしばり闇色の空を仰ぐ。脳内時計が告げる時刻は『午後十一時三十七分』。時間が無い。今すぐ決定的な攻勢《こうせい》に出なければタイムリミットが、世界再生機構が宣言した出撃の時が来てしまう。

「サクラとの通信は！」

『依然《いぜん》として途絶《とぜつ》。ノイズの影響と思われます』

脳内の通信画面に人形使いの青年の声。情報の海を介した回線を通じて、複数の魔法士から同様の報告が返る。拳を握りしめる。指示は期待できない。自分達だけでこの状況を打開しなければ――

『……もう、無理なんじゃないかな』

不意に、通信回線越しに小さな声。I―ブレインが描き出す仮想視界の中、炎使いの男の子が視線をうつむかせ、

『もう時間も残ってないし、どうやっても突破《とっぱ》できそうにないし。……それに、ぼくやっぱり嫌《いや》だよ。これで良いんだって思って戦ってみたけど、やっぱり、ディーくんやセラ姉ちゃんと戦うのは……』

「何を――」息を呑み、思わず脳内の会話だけではなく直接声に出し「何を言っている！　そのことはみんなでさんざん話し合っただろう！　別にあいつらを殺そうってわけじゃない。た

だ動きを押さえて、その間にあの三隻の船を沈めれば――」

『無理ですよ』

と、割って入る別の声。

通信画面の向こう、男の子の隣に現れた騎士の女が男の子の頭を撫で、

『戦場でディーと接敵したんだそうです。……それで、敵側の荷電粒子砲《かでんりゅうしほう》を直接受けそうになったこの子を、ディーが助けたって……』

『ディーくん、笑って言ってたんだ』男の子がうつむいたまま唇を噛みしめ『大丈夫？　って。危ないから前に出過ぎちゃダメだって。それでぼく、どうしたらいいかわかんなくなって……』

風の音が強さを増したような錯覚。脳内の通信回線の向こう、千人以上の魔法士が発する気配が変化するのを感じる。幾人かが男の子と同じように視線をうつむかせる。

同胞と袂を分かち、命を賭《と》して戦う。

賢人会議という組織が初めて直面するその状況が、ここに来て魔法士達の意識を少しずつ浸食《しんしょく》し始める。

「みんな、俺達の目的を思い出せ！」背筋が凍り付くような感触を叫び声と共に払いのけ「人類を滅ぼし、世界を覆う雲を払い、世界を取り戻す！　もう誰かがマザーコアとして死ぬことも、実験動物として廃棄《はいき》されることもない！　俺達だけの世界だ！　その道をサクラが示してくれた。今戦うことを止めたら、そんな物はもう二度と手に入らないんだ――！」

降り注ぐ荷電粒子の光を土塊の腕で次々に払いのける。脳内の仮想視界の先で同胞の多くが弾かれるように顔を上げ、必死の形相でうなずいて走り出す。

先ほどの小さな男の子は無言でうつむいたまま。

カスパルは闇の彼方、町を取り囲む飛行艦艇とフライヤーと魔法士の戦列を睨みつけ、握りしめた拳を天に向かって突き立てた。

「進め！　頼む！　頼むから進んでくれ！　あと少し、ほんの少し手をのばすだけで手に入るんだ！　俺達の未来が、希望が、何もかもが——！」

＊

戦いは、膠着《こうちゃく》状態に陥《おちい》った。

シティ連合と賢人会議。世界再生機構の町を北と南から包囲した二つの陣営《じんえい》は、どちらも決定打を見出《みいだ》すことが出来ないまま防衛部隊を相手にただ無為《むい》な前進と後退を繰り返した。

総合的な戦力比は二倍以上。数字だけを見るなら世界再生機構側の不利は明らかだった。だが、そもそもが敵同士であるシティ連合と賢人会議は互いに協調動作を取ることが出来ず、それぞれに散発的な攻撃を繰り返した。数の優位に物を言わせた攻撃は数時間の戦いの間に少しずつ戦線を前に進めたが、それ以上の決定打を与えるには至らず、目標である三隻の雲上航行艦に砲撃を届かせることは出来なかった。

対して、世界再生機構側の部隊はよく戦った。

ケイト・トルスタヤ元中将の指揮の下、通常戦力と魔法士戦力の有機的な結合によって構成された軍隊は戦場全体を流動的に包《つつ》み込み、外部から叩きつけられるあらゆる攻撃を受け止め、跳ね返し続けた。

戦いが進むうちに、シティ連合と賢人会議の両軍は戦いの規模に対して双方の死傷者があまりにも少ないことに気づき始めた。殊《こと》に、町を北側から包囲するシティ連合の艦隊にあってはその傾向《けいこう》が顕著《けんちょ》だった。もちろんゼロではない。砲撃にさらされた機体は次々に地表に落ち、その中には不幸にも助からない者もいる。だが、それにしても少なすぎる。戦場を支配する何者かの意図が働いているかのように、戦いは決定的な破局を迎えることなく永遠に一進一退を繰り返した。

その事実は連合の兵士と、何より戦場の反対側から状況を観測する賢人会議の魔法士達に少なからぬ動揺《どうよう》を与えた。

数日前まで共に暮らす家族であった者達と直接命を奪い合う魔法士達にとって、「相手は自分に危害を加えないよう手心を加えてくれているのかも知れない」という認識《にんしき》は遅効《ちこう》性の麻痺《まひ》毒として機能した。

魔法士は一人が一軍に匹敵《ひってき》する戦力を有するが、逆に言えばそれは「一軍に匹敵する戦力を持った単なる一個人」でしかない。しかもその何割かは人間で言えば十歳にも満たない子供であり、そういう存在に対しては精神の側からの揺さぶりが極めて効果的に作用する。

世界再生機構の戦力はシティ連合と賢人会議の総数に比べて劣っているが、その戦力比の大部分は三倍以上も異なる魔法士の数に拠《よ》っており、飛行艦艇をはじめとした通常戦力に関してはシティ連合と比べてそれほど劣勢《れっせい》というわけでは無い。この戦場における両軍の優劣《ゆうれつ》を支配しているのは賢人会議であり、その戦意を砕くことはどんな攻撃よりも効果的に作用する。

全ては、『計画者《プランナー》』の手のひらの上。

魔法士達は自分自身でも気付かないうちに次第に戦力を削《そ》がれ、全軍の統制と、何より勝利のための意志を失っていった。

ただ時間だけが無為に過ぎ、状況が停滞《ていたい》するうちに、戦場には少しずつ戦いの手を止める者が現れ始めた。シティ連合の側にも、賢人会議の側にも等しく。彼らは町の包囲から遠く離れた場所でただ戦場を見守り、あるいは白旗を掲げて投降の意思を示した。戦争の狂熱《きょうねつ》から醒《さ》めた人々は吹雪の雪原の中で互いに寄り集まり、壮大《そうだい》な花火のように空を彩る無数の光の乱舞《らんぶ》を見上げた。

そうして、時計の針はただ静かに、休むことなく動き続け。

この世界に生きる全ての者の頭上に、その時が等しく訪《おとず》れた。

＊

『──演算機関出力最大。重力変換《へんかん》開始。船体浮上します』

半透明の立体映像で描かれた無数のステータス表示が操縦席を取り囲んだ。

発進準備の完了を知らせるハリーの声に、ヘイズは「おう」と指を一つ鳴らした。

「ってことで、そろそろ時間だ。……お前ら、覚悟は良いか？」

『はい』

『もちろんよ』

二つの通信画面の向こうで、エドとクレアが同時に答える。ガラス筒《つつ》の操縦槽《そう》に浮かぶ二人の隣で、ファンメイとセラがそれぞれ神妙《しんみょう》な顔でうなずく。

操縦席の後部のドアが慌ただしく開かれる。

飛び込んだ黒髪の少年が、助手席にベルトで自分の体を固定する。

「お待たせ！」錬はその場の全員にうなずき「いつでも良いよ。みんな、お願い」

通信画面の向こうでエドが強くうなずき返す。ヘイズも、任せろ、と唇の端を笑みの形につり上げて見せる。作戦が始まれば、衛星への突入に成功するまで少年には何も出来ない。カプセルをただの質量弾体に見せかけて防衛システムを欺《あざむ》くために、少年は衛星に突入するぎりぎりまでいかなる情報制御も行使することが出来ない。

天樹錬は、自分達に全てを委ねる。

ならば、自分達はそれに応えなければならない。

『それではみなさま、離陸のご準備を』

横線三本で描かれたハリーの顔が目の前でひらりと揺れる。その隣、船外カメラの映像の向こうでは、町に残った人々が手を振っている。並んで立つルジュナと沙耶の隣にはかつて錬と月夜と同じ町で暮らしていたという人々がいて、その中にはフィアの養い親だという女性の姿もある。タバコを吹かすリチャードの周囲にはペンウッド教室の研究員達。少し離れた場所に立つフェイの周囲にはベルリンの難民や、ウィリアム・シェイクスピアの奪取《だっしゅ》に協力した老人達の姿もある。

作戦指揮のため、兵士達の後方支援のため、自分達の出撃準備のため、あるいはただ戦いを見守るため。

最も危険なこの包囲の中心に留まった人々が、笑顔《えがお》で三隻の雲上航行艦の無事と、作戦の成功を祈る。

非戦闘員《せんとう》ばかりではない。防衛部隊の一員として戦って負傷し、帰還《きかん》した多くの兵士達が手当もそこそこに発着場に集まっている。兵士達の右手が次々に動き、最敬礼の姿勢を取る。同様に負傷した幾人かの魔法士が、包帯姿のままそれに倣《なら》う。

『絶対に、成功させてみんなで帰ってくるわよ』

クレアの声。

通信画面の向こう、少女はガラス玉のような瞳を強い意志に輝かせ、

『今度こそ抜《ぬ》け駆《が》けは無し。命と引き替えも無し。みんなで力を合わせるの。いいわね？』

「わーってるよ。……ったく、あれは謝っただろーが」

苦笑交じりに頰をかくヘイズに全員が笑う。ハリーが四角い輪郭《りんかく》を大きく拡大し、横線三本の顔から『六十秒』という数値に表示を切り替える。

『間もなくカウントダウンを開始します。みなさま、よろしいでしょうか』

助手席の錬がうなずく。それを視界の端に、脳内の演算に意識を集中する。

人類と魔法士の運命を賭けた、おそらくこれまで経験したことも無い戦い。

挑《いど》むのは雲の彼方、遠い日に一人の魔法士を世界の全てから守るために作られた、空の要塞《ようさい》。

『六十秒前、五十九、五十八――』

無数の計器の光に照らされた操縦室にハリーの声が響く。発進プロセスを開始。船外カメラ越しの映像がゆっくりと回転し、機首が真っ直ぐに天頂方向を捉え、

『……待って』

クレアの声。

少女は何か恐《おそ》ろしい物でも視《み》るように目を見開き、

『冗談《じょうだん》でしょ？　……ちょっと、何よあれ』

＊

電子補正されたカメラの視界の向こう、三隻の雲上航行艦が鳴動を開始した。

ロンドン自治政府首相《しゅしょう》、サリー・ブラウニングはその光景を絶望と共に見つめた。時計を確認する。深夜零時まであと少し。何度見返しても間違《まちが》いない。世界再生機構が指定した出撃の時刻、その時が間もなく来てしまう。

南極衛星の雲除去システムを破壊し、人類の未来を絶望に閉《と》ざす船。

それを止めるためのあらゆる努力が、あとほんの数分で水泡《すいほう》に帰す。

……なぜ、こんなことに……

ロンドン自治軍旗艦《きかん》『ロバート・ウォルポール』艦内作戦室。居並ぶ将官達の表情に動揺が広がる。艦隊指揮官である大将が必死に攻撃を指示するが、戦線は見えない圧力に押されるように少しずつ後退を続ける。

カメラの向こう、三隻の船が機首を上に向ける。

真紅と、銀灰と、白銀。三様の装甲が飛び交う荷電粒子の光を照り返し、空を覆う鉛色の雲に向かっていよいよ発艦《はっかん》姿勢を取る。

『……ここまでのようだな』

作戦室の中央に巨大なディスプレイが出現する。映し出される禿頭《とくとう》の男にサリーは息を呑む。

シンガポール自治政府首相、リン・リー。

今回の作戦の総指揮官を務める男は深く息を吐き、

『事ここに至っては、あの三隻の出撃を止めることは不可能だ。彼らは零時という約束の刻限を守り、我らはその阻止《そし》に失敗した。この上は潔《いさぎよ》く――』

「まだです」

男の言葉を遮って、声を絞《しぼ》り出す。

何を、と眉をひそめる男をディスプレイごと消去し、

「……まだです」

もう一度、強く言い放つ。

あくまでも優雅に椅子《いす》から立ち上がり、立体映像で描かれた通信回線のスイッチに手を置き、

「ロンドン自治軍総員に通達。これより作戦を最終段階に移行します。『スペンサー・コンプトン1、2、3、4、5、6、7』『ヘンリー・ペラム2、3、8』『ウィリアム・ピット6』『ロバート・バンクス4、9』『アーサー・ウェルズリー6、10』『クレメント・アトリー3』『ボリス・ジョンソン8』、以上の各艦は計画書D87に従って直ちに演算機関の安全装置を解除、出力を無制限に設定。目標、雲上航行艦『HunterPigeon』『FA-307』及び『ウィリアム・シェ

イクスピア』。乗員は速《すみ》やかに艦外に退避《たいひ》してください」

作戦室に集《つど》う将官達の顔から血の気が引く。「復唱を」と呟くサリーに通信士官が何度もためらってからうなずき、都合十七隻の飛行艦艇に指示を伝達しようと回線を開き、

「お待ちください！」

遮る声。

ロンドン自治軍艦隊指揮官である男がよろけるように自席から立ち上がり、サリーの目の前に駆け寄って、

「どうかご再考を。飛行艦艇による自爆特攻《じばくとっこう》など、正気の沙汰《さた》ではありません」

「もとよりその計画。みなさまも一度は同意したはずです」サリーは事前に目の前の男に作成させた立体映像の計画書を手のひらで撫で「飛行艦艇の特攻《とっこう》と演算機関の暴走による局所重力崩壊《ほうかい》によって、あの町を雲上航行艦諸共《もろとも》消し飛ばし、全ての禍根《かこん》を断《た》つ。……私も甘かったのです。シンガポールの顔色などうかがわず、最初からこうしていれば」

「同意ではありません！　小官は『議会の命令を拒否《きょひ》する立場に無い』と申し上げたのです！」男は目の前を遮る半透明の計画書を払いのけ「おわかりになりませんか？　ただ勝ち、ただあの艦を止めさえすれば良いという状況ではもはや無いのです。世界再生機構の計画を阻止した後に控えるのは賢人会議との今一度の決戦。その時には人類は再び一致《いっち》団結し、全ての戦力を結集せねばならんのです。……貴重な戦力である飛行艦艇を自ら失い、同胞たるモスク

ワとニューデリーの兵士に加えて民間人までも残らず消し飛ばす。それがどのような結果をもたらすかは……」

「──今勝たねば先は無いのです」

鋭く、言い放つ。

言葉を呑み込む男に冷ややかな視線を向け、

「たとえどのような困難があろうと、為《な》すべき事を為すのが私共の務めです。……それとも、このまま座して敗北を受け入れますか？　戦うことも、最後まで足掻《あが》くこともせずに、ただ青空と輝かしい未来を諦《あきら》めたのだと、あなたの子や孫に語《かた》り継ぎますか？」

よろけるように後退《あとずさ》る男に構わず、通信士官に指示を送る。士官達が諦めたように息を吐き、今度こそ十七隻の飛行艦艇に指示を送る。作戦ウィンドウに模式図で描かれた戦場の中、最前線に位置する飛行艦艇の表示が正常を表す緑から緊急モードを表す赤に次々に切り替わり、小さな点で描かれた脱出艇《だっしゅってい》が群れ飛ぶ羽虫のように艦から離脱《りだつ》していく。

……終わらせません。決して……

ロンドン自治軍に残された飛行艦艇三十三隻のうち十七隻。失えば再建は不可能だろう。軍事力を大きく削がれたロンドンは来たるべき賢人会議との決戦において、あるいは魔法士を滅ぼした後の世界において決定的に不利な状況に立たされることになるかもしれない。

だが、それでも。

それでも、人類の輝かしい未来のために、魔法士などという存在に煩《わずら》わされることの無い世界のために、しかるべき選択《せんたく》をし決断を下すのが自分の役目であるはずだ。

進軍が始まる。全ての砲門《ほうもん》からあらゆる角度に荷電粒子と質量弾体の砲撃をまき散らし、飛行艦艇が雪原の町を目指して一直線に突撃を開始する。航路を表す複数の破線が包囲網の中心、円形の発着場の上で交差する。カメラの映像の中、直進を続ける飛行艦艇に敵側の砲撃が次々に突き刺さり、周囲に展開された電磁場の盾に阻まれて虹色《にじいろ》の光の粉を散らす。

無人の艦の向かう先、三隻の雲上航行艦が上昇を始める。濁流のように叩きつけられる砲火の嵐を高速の回避《かいひ》機動ですり抜けながら、三様の翼が少しずつ高度を増していく。

「……待ちなさい」

小さな呟き。

それが自分自身の声であることにさえ気付かないまま、サリーは譫言《うわごと》のように呪《のろ》いの言葉を呟き続けた。

「待ちなさい。お前達の好きになどさせるものですか。この世界は人類のもの。……私達は取り戻す。取り戻すのです。未来を、青空を。あの人が、あの子が愛した輝かしい世界を——」

無数の爆発音と衝撃音が、空の彼方に折り重なって轟いた。

荷電粒子の光の尾を引いてディスプレイの向こうの戦場を突き進む十七隻の船影を、セラは信じられない思いで見つめた。

＊

暗緑色の装甲に包まれた巨大なチタン合金の塊が見る間に速度と大きさを増していく。ロンドン自治軍の飛行艦艇は少し前まで行っていた複雑な艦隊運動を残らず捨て去り、周囲にあったけの電磁シールドを展開して全ての砲《ほう》をでたらめに乱射しながら闇の空をただ一直線に突き進む。

目指す先は、間違いなくこの場所。

今まさに飛び立とうとしている三隻の雲上航行艦に向かって、全長数百メートルの、シティの高層建築よりも巨大な構造物が殺到《さっとう》する。

『三、二、一、ゼロ。——全艦、発進』

通信画面の向こうでハリーの声。FA-307の艦内に高密度の情報制御が渦巻《うずま》き、周囲の重力が書き換《か》わる。ドーム型の操縦室に浮かぶ幾つもの立体映像ディスプレイの向こう、船外カメラの映像が上昇する。地上の雪原を眼下に、遙か空の彼方を目指して。発着場に集う人々の姿が見る間に遠ざかり、小さな点になる。雪原の中央に放射状に広がる町の全景が、小さな映像の中にすっぽり収まる。

『ちょっと！　あれどうすんのよ！　あの船真っ直ぐ突っ込んで来てるわよね——？』

『どーもこーもねえ！　オレたちの仕事は雲の上だ。このまま突っ切る！』

クレアとヘイズの叫びに続いて、FA-307の船体が激しく振動《しんどう》する。上昇を続ける雲上航行艦の行く手に、シティ連合艦隊と賢人会議の双方からおびただしい数の光と結晶体と質量弾体の奔流《ほんりゅう》が叩きつけられる。投網《とあみ》のように絡み合った無数の砲撃が進路を塞ぎ、回避運動を押しつける。青空に包まれた世界を望む人々の最後の抵抗《ていこう》。その嵐の海をかき分けて、ロンドン自治軍の十七隻の飛行艦艇が全速力で迫る。

町を取り囲む世界再生機構の艦隊から、荷電粒子砲と空気結晶の槍が雪崩を打って放たれる。飛行艦艇はそれをただ正面から受け止め、全て無視してさらに加速する。装甲の表面に幾つもの小爆発が巻き起こり、剥離《はくり》した金属片が煙と共に次々に吹き飛ぶ。

はがれ落ちていく巨大な装甲と共に、脱出《だっしゅつ》用のフライヤーが次々に艦から飛び立つ。嵐に舞う木の葉のように何度も爆風《ばくふう》に吹き飛ばされながら、数十機のフライヤーが不規則な螺旋を描いて地表へと降下していく。

『は……？』FA-307の操縦室の中央、円筒《えんとう》ガラスの羊水に浮かぶクレアが表情を引きつらせ

『待って、なんであいつら降りてんの？　あの船どうするつもりなわけ？』

『何ってお前──』

通信画面の向こう、呟くヘイズの頰を汗《あせ》が伝う。

青年は立て続けに指を三度弾き、船の目前まで迫った巨大な空気結晶の槍を消し飛ばし、

『無人で特攻っつったら、後は自爆《じばく》しかねーだろ！』

絶え間なく放たれる荷電粒子と空気結晶の砲撃が、迫り来る飛行艦艇の暗緑色の装甲目がけてあらゆる角度から突き刺さる。半透明な球形の揺らぎが空中に瞬き、片刃の騎士剣を翻したソフィーが壁のような装甲を落下に任せて縦に数十メートルに渡って斬り裂く。後を追うように周囲に出現した十数人の騎士が剣を縦横に走らせる。空中戦車の上に立った人形使い達が、機体の表面から生み出した腕で艦を摑んで地表へと引きずり下ろす。

無数の空気結晶の盾とチタン合金の腕に押しとどめられ、情報解体によって装甲を裂かれて、全長四百メートルの艦艇がようやく降下を始める。町の手前、数十キロ先。丸みを帯びた流線型の船首が凍り付いた大地に突き刺さり──

世界その物が歪《ゆが》んだような錯覚。

色彩も、音も、一切を伴わない不可視の爆発が、巨大なチタン合金の構造物を中心に炸裂《さくれつ》する。

雪に覆われた地表が、その下の土壌《どじょう》が、周囲に舞い落ちる吹雪が、降り注ぐ荷電粒子の光が、飛行艦艇自身が、あらゆる物が完全な球形に切り取られた空間の中心に向かって収縮する。通

常の爆発とは逆に、外から内へと向かう不可視の衝撃。光使いのI―ブレインが状況を正しく認識する。演算機関の重力制御システムの暴走によって生じた局所的な重力変動。超《ちょう》高重力に囚われて空間の中央へと凝縮《ぎょうしゅく》した物体は、しかし完全にブラックホール化する前に重力場の崩壊によって外部へと解き放たれる。

今度こそ巻き起こる、すさまじい爆発と衝撃。

弾け飛んだ無数の物体――かつて周囲の大地と飛行艦艇の船体を構成していた土と石と金属と強化カーボンの複合物が、無数の質量弾体と化してあらゆる方角へと解き放たれる。

世界再生機構の炎使い達が空気結晶の盾を展開し、町の周囲に張《は》り巡らせる。飛行艦艇が電磁シールドを展開し、雲上航行艦とその下の町をかばう位置に入る。だが、全てを防ぎ止めることは出来ない。巨大な瓦礫《がれき》の激突にさらされて、町の外周付近の建物が次々に跡形《あとかた》もなく消し飛ぶ。シティ連合軍側のフライヤーや空中戦車までもが、回避に失敗して次々に雪原に落下していく。

『なに――？　なになに？　どーなってんの――？』

『お前の出番はまだだ！　ちっと静かにしてろ！』

慌てふためいたファンメイの悲鳴。叫び返すヘイズの声にも焦《あせ》りが浮かぶ。

セラはどうしたらいいのか分からなくなり、操縦槽のクレアを見上げる。

血の気が引いた少女の顔に、今度こそ頭の中が真っ白になる。

何度頭の中で計算を繰り返しても結果は変わらない。自分達はいい。雲上航行艦の速度ならあの飛行艦艇の突撃を回避し、雲の上へと飛び立つことが出来る。

だが、その後は。

暴走したまま目標を見失った飛行艦艇の向かう先は。

無数の瓦礫の激突にさらされた味方の艦隊が、隊列を組み直して砲撃を再開する。そんな艦隊に休む暇を与えず、次の飛行艦艇が目前に迫る。暗緑色の装甲表面に無数の砲火の直撃《ちょくげき》を受け、幾つもの爆発を巻き起こし装甲を吹き飛ばしながら、人工の巨大な建造物が町のわずか十キロ手前にまで迫る。息も絶え絶えの様子の炎使い達が決死の表情で空へと飛び上がる。人形使い達が無人のフライヤーを操作し、飛行艦艇目がけて次々に突っ込ませる。

とっさに、カメラの視界を町の方に向ける。

放射状の町のあらゆる街路を埋《う》め尽くして、人々は地下シェルターの入り口へと殺到する。多くの兵士が出撃した後の町には整備兵、負傷兵、医療《いりょう》スタッフ、それに少数の民間人が残っている。彼らは互いに助け合い、時には歩けない者の肩を担いで、分厚い隔壁《かくへき》に隠された地下空間へと逃《のが》れていく。

だが、そんな人々の流れに逆らって、ほんの一握《ひとにぎ》り。

円形の発着場の中央、その人達だけは毅然《きぜん》と顔を上げ、襲い来る巨大な死の塊をただ真っ直ぐに見つめている。

ルジュナの隣にフィアのお母さんである弥生という女の人がいて、そのさらに隣には沙耶という少女がいる。フェイ、リチャード博士、ペンウッド教室の研究員達。サティがスパナを片手に空中戦車の機体の下から這い出してくる。ある人は真っ直ぐに立ち、ある人は雪の上に無造作に座り、別なある人は隣の誰かと手を繋《つな》いで空を見上げる。怖《おそ》れてはいない。悔《く》いてもいない。その場にいる全ての人が、自分達の望む世界を認めない誰かに正面から立ち向かっている。

確かに、あの規模の飛行艦艇の演算機関が暴走したら地下のシェルターといえども無事ではすまないかも知れない。重力制御の暴走による局所的な空間崩壊か、それを防げたとしても熱的な爆発か、いずれにしても町は地下数百メートルまで抉《えぐ》られて跡形も残らないかも知れない。だから、どこにいても結果は変わらないのかも知れない。今さらどこに逃《に》げたところで意味などないのかも知れない。

だけど、あの人達が踏みとどまっているのはきっとそんな理由ではない。

逃げない、と。

こんな脅《おど》しには決して膝を屈《くっ》さないと、無言で空を見上げるその眼差《まなざ》しがどんな言葉よりも雄弁《ゆうべん》に叫んでいる。

不意に、カメラ越しの視界を裂いて閃く光。砲火の雨をすり抜けて、二振りの騎士剣を翻した人影が空を舞う。ルジュナ達が、シェルターに向かう町の人々が、揃《そろ》って同じ方向に視線を向ける。見上げた先、半透明の球形の揺らぎを脱《ぬ》ぎ捨《す》てて、銀髪の少年が飛行艦艇の正面に躍り出る。

「ディーくん……！」

少年の両手が幻《まぼろし》のように閃き、二筋の刃が弧を描いて走る。巨大な飛行艦艇の艦首《かんしゅ》の一角。数メートル四方の装甲が情報解体によって砂のように崩壊し、吹雪と共に流れ去る。

だが、艦は止まらない。

再び自己領域をまとって飛び退《の》く少年の目の前をすり抜け、巨大な飛行艦艇は町に向かって前進を続ける。

周囲の騎士達が自己領域の球形の揺らぎをまとって飛行艦艇の行く手に殺到し、その揺らぎが力を失ったようにかき消える。重力に引かれて自由落下を始める騎士達の体を近くを飛ぶフライヤーが受け止める。炎使いの少女が両手を掲げて巨大な空気結晶の槍を生成し、その槍が放たれる寸前で空中にかき消える。誰も彼も限界が近い。とっさに悲鳴を上げそうになり、映像の端で動く小さな影に気付く。

飛行艦艇の数百の砲塔《ほうとう》がまき散らす荷電粒子の光をすり抜けて、艦の直上へと躍り出るソフィー。

その腕から離れたイルが、あらゆる砲撃を透過して飛行艦艇の内部へと飛び込む。

数十秒の間があって、少年の体が艦の側面から外へと飛び出す。自己領域をまとったソフィーが高速で空間を渡り、自由落下を始める少年の体を支える。飛行艦艇が推力を失い、全ての砲塔が沈黙《ちんもく》する。おそらく内部からの演算機関の破壊。青ざめた顔で荒《あら》い呼吸を繰り返す少年の腕から、鮮血が布を絞るように止《と》めどなく滴《したた》り落ちる。

『あのバカ……』ヘイズが手のひらで口元を覆い『やらかしたな。演算機関と情報制御が干《かん》渉《しょう》して完全に透過出来なかった。同じ手は二度と使えねえ。次は体ごと吹っ飛ぶ』

そんな、と目を見開くセラが見つめる先で、飛行艦艇がゆっくりと降下を開始する。演算機関による加速と重力制御を失っても、すでに得た膨大な速度と運動エネルギー、何より五千メートルの高度と自身の質量による位置エネルギーは失われない。

全長四百メートルを超える金属の塊が、斜め下方の町目がけて直進する。

その行く手に、球形の揺らぎに包まれたディーの体が再び出現する。

壁のように立ちはだかる艦の機首に相対速度を合わせて貼り付いたまま、少年は左右の騎士剣を振り上げる。剣を握る両手が消失したような錯覚。全長四百メートルの巨大な船体がやすりで擂《す》り下《お》ろしたように先端から少しずつ削《けず》れ始める。

自己領域で加速した時間の中で何百回と剣を振り下ろし、その度に情報解体を繰り返しているのだと脳の冷静な部分が理解する。

それでも艦は止まらない。

少年が身に纏《まと》う球形の揺らぎが消えかかった照明のように明滅を始める。

操縦槽のクレアが泣きそうな顔で少年の名を呼ぶ。その声を聞いた瞬間、考える間もなくIーブレインが反応する。重力制御に引かれた体が船内を「落下」し、通路を駆け抜けて搭乗口へ。D3の一つがハッチの脇の非常スイッチを叩く。開け放たれるハッチの向こうに吹雪と砲火の空が広がる。

脳内で補正された仮想視界の彼方には歯を食いしばって剣を振りかぶる銀髪の少年。

何を考えるよりも早く、ハッチを飛び出した十三個の透明な正八面結晶体が一直線に闇を貫いて少年の周囲へと殺到する。

(『Shield《盾》』展開。「D3」A-Mリンク正常)

全長四百メートル、総重量およそ十五万トン。途方《とほう》も無《な》い大きさの金属の塊を歪曲《わいきょく》した空間に絡め取り、押しとどめる。目を見開く少年の前で、D3によって構築された仮想の平面が七色の光を帯びて揺らめく。鏡のように、万華《まんげ》鏡《きょう》のように。周囲を飛び交う光が空間の複雑な屈《くっ》折《せつ》によってねじ曲げられ、闇の空に数百メートル四方の鮮やかな波紋《はもん》を描き出す。

巨大な艦艇は擬似《ぎじ》的に無限に引き延ばされた空間を直進するうちに重力に引かれて少しずつ推力を失い、とうとう全ての運動エネルギーを使い果たしてまっすぐ下方に自由落下を始める。

銀髪の少年が驚いたように振り返る。その周囲をD3で取り囲み、重力場を形成して体を支える。

目を丸くする少年。その様子に思わず少しだけ唇の端を動かし、

『……セラちゃん？』

ファンメイの声。

とっさに我に返り、ようやく今の状況と、自分がやってしまったことを悟《さと》る。

「ご、ごめんなさいです――！」

ダメだ、と自分で自分をなじる。これは世界の運命を賭けた戦い。誰も彼もが自分に与えられた役目を果たさなければならない。自分の戦場はあの雲の上。ここで余計な力を使うことは許されない。

周囲の視界が唐突に上昇を止める。FA-307が空中に静止し、すぐに他の二隻もそれに倣う。好機と見て取ったのか、北と南、双方の敵軍から砲撃が集中する。ウィリアム・シェイクスピアが流体装甲の表面から一対《つい》の翼を生成し、襲い来る攻撃のことごとくを弾き飛ばす。

「す、すぐに戻すです！　えっと、えぇっと……！」

慌てふためいたまま、ともかくＤ３に命令を送ろうとする。

が。

『――ううん』

錬の声。

手元に出現する通信画面の向こう、HunterPigeonの助手席に座った少年は微笑み、

『お願いがあるんだけど……セラはこっちに残ってくれない？』

「……え？」

目を見開く。

言葉を失うセラに、隣のヘイズと別な画面のファンメイ、それに横線三本で描かれたHunterPigeonの管制ＡＩがそれぞれにうなずき、

『試算を行いました。セレスティ様がこのまま衛星の攻撃部隊として離脱した場合、地上に甚《じん》大《だい》な被《ひ》害《がい》が及ぶ確率、七十パーセント以上です』

『だよな。……じゃ、まあしゃーねーわな』

『そーだよねー。あんなのセラちゃんがいないとどーにもなんないよね』

ハッチの向こうの空、飛び交う砲火が密度を増す。動きを止めた三隻の雲上航行艦に好機を見て取ったのか、あるいはこれが最後の攻勢の機会と覚悟を決めたのか、シティ連合と賢人会議の両軍がこれまでにも増した勢いで前進を始める。

時間は残されていない。

可能ならば、今この瞬間にも雲の上に向けて飛び立たなければならない。

『心配すんなって』困《こん》惑《わく》するセラに赤髪の青年が一つ指を鳴らし『お前がいなくてもどうにかなる。知ってんだろ？』

それは、とセラは息を呑む。青年の言う通り、あらゆる状況に対処するためにこの数日の間で本当に考えつく限りのシミュレーションを行った。その中にはもちろん「途《と》中《ちゅう》で誰かが欠け

た場合」も含まれている。だからここで自分が離脱しても、それで直ちに作戦の継続《けいぞく》が不可能になるわけではない。少年を南極衛星に送り届ける方法は、まだ幾通りか残されている。

だけど、それは「いてもいなくても変わらない」という意味では断じて無い。

光使いの不在が作戦の成否に深刻な影響を与えるであろうことは、セラも、この場の他の全員も理解している。

「ダメです！　やっぱりわたし！」

『良いから、あんたは残んなさい』

「クレアさん……？」

目の前に、一番大きな通信画面が出現する。

薄桃色《うすももいろ》の羊水に満たされた円筒ガラスの操縦槽の中、ブルネットの髪の少女は花が咲《さ》くように笑い、

『言ったでしょ？　みんなで帰るって。あたし達は全部終わらせて「帰る」の。帰る場所が無くなったら意味ないじゃない』

『そういうこと』言葉を引き継ぐように錬がうなずき『僕らはそういう戦いをやるって決めたんだ。何を犠牲《ぎせい》にしても雲除去システムを破壊出来れば良いっていうんじゃなくて、みんなで先に進むための戦い。……だから、地上のみんなが死んだら意味が無いんだ。戦争が終わった後も世界は続いて、そっちの方が本番なんだから』

隣の画面のファンメイとエドが揃って大きくうなずく。

『いざという時は私がなんとかいたしますのでご心配なく』ハリーが横線三本の目と口をにゅにゅっと笑顔の形に曲げ『セレスティ様は文字通り「大船に乗ったつもりで」構えていただければ』

『わかったらさっさと行きなさい』

クレアの声と共に、FA-307の船体が大きく旋回する。

目の前に開いた搭乗口が、正面、真っ直ぐ十キロ先に銀髪の少年の姿を捉え、

『こっちはなんとかするから、だからお願い、みんなを。ディーを——!』

「は……はいです!」

叫ぶと同時に床を蹴りつけ、吹雪の空に身を躍らせる。周囲の重力を書《か》き換え、真っ直ぐ水平方向に「落下」。町を取り囲む味方の防衛線を、飛び交う荷電粒子の光を、あらゆる物をすり抜け、かいくぐった体がとうとう少年の目の前にまで到達する。

「ディーくん!」

速度を殺しきれずにそのまま少年の周囲をぐるりと旋回、十三個のD3を引き連れて踊るように胸に飛び込む。

「セラ——?」少年は慌てた様子でこっちの背中を抱《と》き留め、少し困ったように「ありがと、セラ。でも……」

「大丈夫です」

顔を上げ、ディーの首に両腕を回す。

え？　と目を瞬かせる少年にセラはうなずき、

「大丈夫だからここに残ってみんなを守れって、クレアさんも、他のみんなも」

クレアが、と驚いたように呟いて、少年が空を見上げる。振り返って同じように見上げるセラの視界の先、遠い場所を三隻の雲上航行艦が飛翔する。

あれほど大きく見えた機影はいつの間にか指先ほどに小さい。追いすがる嵐のような砲火を振り切って、機体がなおも加速する。まっすぐに空へ、世界を覆う鉛色の雲の天蓋へ。荒れ狂う吹雪のヴェールを光の矢のように貫いて、二万メートルの高度を駆け抜けた三つの影がとうとう地上と空の境界面に接触する。

最も先を行く真紅の機影が分厚い遮光性《しゃこう》気体の内部へと突入する。続けて銀灰、最後に白銀。三つの翼が黒い海面のような雲の表面に吸《す》い込まれ、水滴《すいてき》を落とすような小さな波紋を残して姿を消す。

無意識に、ディーの胸に頬を押し当てる。

どうしてだか涙《なみだ》が零れそうになり、両目を強く閉ざす。

（大質量物体接近。危険）

脳内にI－ブレインの警告。我に返って顔を上げ、少年と視線でうなずき合う。互いに体を

離し、戦場の空へ。視界の先にはすさまじい密度の砲撃を繰り返しながら最高速度で迫る残り十五隻の飛行艦艇。背後から援護《えんご》射撃《しゃげき》のように放たれた無数の質量弾体が全長数百メートルの重厚《じゅうこう》な装甲に突き刺さり、飛行艦艇はそれを物ともせず吹雪を斬り裂いて突き進む。

十三個のD3のうち十個を東西数十キロの範囲《はんい》に展開して空間曲率の盾を展開。それぞれのD3が生み出した盾をつなぎ合わせて一つの広大な壁を形成し、押し寄せる大質量の突撃に対して正面から叩きつける。

(『Shield《盾》』展開。維持限界まで残り三十秒)

脳内にI—ブレインの悲鳴。性能限界を超える広範囲《こうはんい》に同時に『Shield《盾》』を展開したことで、脳内を警告メッセージが埋め尽くす。残る三つのD3でディーの体を支え、少年の手を引いて最も近い位置に迫る飛行艦艇を目指して共に飛ぶ。

微笑むディーの顔を見上げるうちに、口元に小さな笑みが浮かぶのを感じる。

少年と互いに手を繋ぎ、共に大切な何かのために戦う。

そんな日が本当に来るなんて、思いもしなかった。

周囲を飛ぶ魔法士達から悲鳴。正面に迫る飛行艦艇の周囲で空間が収縮し、重力崩壊が始まる。飛行艦艇自体の三倍ほどの直径に切り取られた球形の空間の内部で、あらゆる物質が中心に向かって吸い込まれていく。

光使いの能力をもってしても中和することが出来ないほどの大規模な重力の変動。

だが、打ち消す必要は無い。

どうすればいいのかは、ずっと前におかあさんに教えてもらった。

……今は無理だと思うけど、慣れたらやってみるといいわよ。練習になるから……

あらゆる物を呑み込む高重力場。戦場に出現したその「空間の落とし穴」を逆に利用する。

複数の重力場を接触させてその相互《そうご》作用を見極《みきわ》め、複数のD3に別々の動作をさせる——その訓練の応用。空間曲率の微細な操作によって中心に向かうだけの単純な落下方向を変化させ、「目の前にすでにある重力場」を自分が望む形に作《つく》り替える。

重力の中心を飛行艦艇の演算機関それ自体から、少しだけ上へ、艦の外側へ。

I—ブレインの認識の中、巨大な船体がゆっくりと崩壊して収縮を始める。

本来なら自身の演算機関に向かって際限なく落ち込んでいくはずの飛行艦艇の装甲は、しかし重力の中心をずらされたことで「そうはならない」。自身の重さによって引きはがされた装甲は艦の上空数十メートルの一点に向かって収縮し、次々に船体から上へと落下していく。

重厚なチタン合金の装甲の内部、船体の大部分を構成する巨大な演算機関が露《あら》わになる。

重力場をさらに微細に操作。本来なら接触しただけで潮汐《ちょうせき》力に引き裂かれてしまうはずの球形領域の内部に、演算機関に至る落下方向の「通り道」を構成する。

「ディーくん！」

名前を叫ぶのとほとんど同時に少年の手が離れる。傍らに浮かぶD3を足場に下方へ。重力場に囚われた体が球形領域の内部に突入する。引き裂かれることも呑み込まれることも無く、螺旋を描いた軌跡が巨大なプラントのような演算機関に接触する。閃く二振りの刃。少年は左右の騎士剣を生物のように脈打つ機械の表面に突き立て——

走り抜ける光。

数千の細かなパーツに斬り裂かれた全長数百メートルの巨大な演算機関が、地球の本来の重力に引かれて雨のように地上に落ちた。

＊

最後まで残っていた飛行艦艇が、砕かれて地に落ちた。

その光景を、リン・リーはシンガポール自治軍旗艦の作戦室から見つめた。

カメラが捉える戦場の向こう、世界再生機構の魔法士達が歓声《かんせい》を上げる。防衛部隊が取り囲む町の中心、雪の広場に降り立つ騎士の少年と光使いの少女をルジュナ・ジュレが出迎《でむか》え、二人の肩を共に抱きしめる。

シティ連合と賢人会議、双方の軍勢からなおも飛び交っていた砲火が次第に勢いを失う。作戦室の将校達が不安そうにリン・リーを振り返る。カメラの向こう、賢人会議の魔法士達が疲《つか》れ切った様子で雪原に手をつき、あるいは剣を突き立てる。

世界再生機構の艦隊が次々に砲撃を止め、悠然《ゆうぜん》と地表に降下していく。それを咎《とが》める者はもはやいない。雲上航行艦は、あの悪魔《あくま》使いの少年は空の彼方に飛び去った。今さらどんな攻撃を行おうとも意味は無い。

大勢はここに決した。

シティ連合は世界の運命を賭けて世界再生機構と堂々と決戦を行い、堂々と敗北した。

「……儀式、か」

小さく呟き、ゆっくりと自席から立ち上がる。怪訝《けげん》そうに視線を向ける将校に構わず、通信士官の席に歩み寄って回線を開く。

相手はシティ連合艦隊全軍、賢人会議、そして世界再生機構——すなわちこの戦場に集う全て。

一度だけ深く息を吐き、語り始める。

「シティ連合艦隊総指揮官、シンガポール自治政府首相、リン・リーである。全ての将兵は武器を置き、砲火を収めよ。……世界再生機構の作戦は成功し、雲上航行艦は飛び立った。これ以上の戦闘行動は無意味である」

言葉を切り、目を閉じる。

民衆を愚《おろ》かと断じたかつての政敵、シンガポール前首相、カリム・ジャマールの姿が脳裏《のうり》をかすめる。

「これから数時間の内に、彼の者たちは南極衛星にたどり着く。仮に彼の者たちが雲除去システムの破壊に成功するなら、もはや人類と魔法士の戦争は意味を失う。我らは否応無《いやおうな》しに互いの手を取り、同胞として共に世界が直面する数多《あまた》の困難に立ち向かわねばならん。……故《ゆえ》に、いかなる命であろうと、今、何者かが命を失う選択を許容することは出来ぬ」

作戦室の将官達が戸惑《とまど》ったように互いの様子をうかがう。

その全員の顔に視線を巡らせ、リン・リーは厳《おごそ》かに告げた。

「現時刻をもってシティ連合軍は一切の戦闘行為《せんとうこうい》を中断する。全ての兵士はただちに武器を置き、負傷者の救助を開始せよ。——シティに属する者であろうと世界再生機構に与《くみ》する者であろうと、たとえ賢人会議の者であったとしても構わん。人類であろうと魔法士であろうと関わりなく、一人でも多くを救い、生かせ！」

＊

風に揺られて舞い落ちた雪の結晶が、手のひらに小さな雫《しずく》を残した。

ルジュナは息を吐き、水面のように揺らめく鉛色の雲の天蓋を見上げた。

空を覆い隠していた砲火の嵐はとうに止み、世界は静寂《せいじゃく》を取り戻している。シティ連合と賢人会議は戦場の北と南の端にそれぞれ退き、そのまま何をするでもなくただ沈黙を保っている。

町の中心に広がる円形の発着場には帰投した友軍の機体が次々に降り立ち、兵士達と魔法士達が共に互いの労をねぎらっている。その間を縫って、リチャードや弥生をはじめとした医療スタッフが慌ただしく駆け回る。負傷者の治療はまだ終わっていない。彼らには今しばらく、忙《いそが》しい時間が続く。

「お疲れさまでした」

背後から穏《おだ》やかな声。振り返り、シスター服姿の女性を認めて微笑む。

「私は何も。ケイトさんこそ、ご苦労様でした」

「私も、それほど大したことは」総指揮官としての大役を終えた女性は視線を上に向け「本当に大変なのはこれから、彼らの方です」

そうですね、とうなずき、もう一度空を見上げる。南極衛星に飛び込み、賢人会議の代表たる少女を倒し、雲除去システムを破壊する。彼らの前に待ち受ける困難は、もしかするとこの地上での戦いの比では無いかも知れない。その道はあるいは途中で虚しく絶え、何もかもが水泡に帰すことになるかも知れない。

自分達に出来るのは祈ることだけ。

世界が良い方向に変わってくれると、信じることだけ。

……あれは……

不意に、視界の端に小さな光。何度か瞬《また》きを繰り返し、それがフライヤーの航空灯だと気付く。北の方角、シティ連合艦隊の陣地から。明滅を繰り返す航空灯の光は古い方式で敵意が無いことを示し、機体の上には大きな白旗が掲げられている。

周囲の人々の間にどよめきが走る。兵士達が緊張《きんちょう》した面持《おもも》ちで見守る中、フライヤーは発着場の中央に静かに降り立つ。

後部座席から現れる人物に、息を呑む。

シンガポール自治政府首相、リン・リー。

軍服姿の禿頭の男は操縦席から静止の声を投げる兵士に構わず、ルジュナの目の前まで歩を進める。

「……驚きました。本日は、どのようなご用件でしょう」

「敗軍の将として勝者を讃《たた》えに来た、では理由にならぬか？」

男は周囲の兵士が止める間もなくポケットから小さなケースを取り出し、軽く振って目の前に広げる。

大人が十人ほど座れそうなサイズの簡素な防寒用のシート。

それを無造作に雪の上に敷き、人類側の代表であった男はどっかりと座り込んであぐらをかき、

「全く、見事な手並みだった。これほどの戦力差を覆《くつがえ》しながら、敵にも味方にも可能な限り死者を出さず、ロンドンのあの無謀《むぼう》な特攻もしのぐとは。完敗と言わざるを得まい。……そうは

思わんか？　セルゲイ殿《どの》」

ケイトが目を丸くする。リン・リーの呼びかけに応えて、その場の全員の目の前に等身大の通信画面が出現する。

モスクワ自治政府代表、セルゲイ・ミハイロヴィチ・ヤゾフ元帥《げんすい》。

簡素な軍服姿で執務椅子《しつむいす》に座った男は、とっさに敬礼の姿勢を取るケイトや周囲のモスクワ自治軍の兵士達に鷹揚《おうよう》にうなずき、

『さて、リー首相の誘《さそ》いに乗って物見遊山《ゆさん》に来てみたが』言葉を切り、画面の向こうからかつての部下を見下ろして『おかげで懐《なつ》かしい顔に会えた。久しいな、トルスタヤ』

「閣下、私は」

『皆《みな》まで言うな』巌《いわお》のような声がケイトの言葉を穏やかに遮り『我らは共に己《おのれ》の信念のために戦った。その結果、一方が勝利し一方が敗北した。ただそれだけのこと。故に謝罪の必要など無い。……その上で、一人の軍人として貴官の勝利を祝し、その手腕《しゅわん》に最大の賛辞を送ろう』

「はい……」

うなずいたケイトが手のひらで両目を覆い、一度だけ大きく深く息を吐く。

ルジュナはその光景を静かに見つめ、意を決してリン・リーの向かいに腰を下ろし、

「それで、サリー首相は？」

「呼びかけてみたが、応答が無い」リン・リーは腕組みして視線を上に向け「自国の飛行艦艇

の半数を捨てる暴挙に及んだ挙げ句、作戦に失敗したのだ。部下によって拘束《こうそく》されたか、すでに粛正《しゆくせい》されたか。いずれにせよ表舞台《おもてぶたい》に出てくることは二度とあるまいよ」

『この事態がいかなる形に収束するにせよ、その頃にはロンドンの指導者の首がすげ替わっていよう』セルゲイがうなずき、ふと笑みを浮かべて『もっとも、それは私も同じだがな。軍を二つに割り、シティ連合の敗北を招いた責任。それは引き受けねばなるまい』

ケイトがとっさに手を伸ばし、閣下、と呟く。

セルゲイは『良いのだ』と静かに首を振り、

『幻影《イリユージヨン》No.17は、彼の者はただ一人で種を撒《ま》き続けた。モスクワの兵士と市民一人一人の心に平和と融和《ゆうわ》の火を灯し続けた。その重さを見誤ったはこの身の咎だ。故に、私は身を引く。シティ連合の――人類の進むべき道は方々の手に委ねるとしよう』

最後は軍人らしく端然《たんぜん》とした敬礼を残し、男の姿がかき消える。

リン・リーはそれを見上げて、ふむ、とうなずき、

「それで、これから何とする？　彼の者たちが空より帰還するか、あの賢人会議の娘が勝利を宣言するか。いずれかの決着がつくまでここで座して成り行きを見守るか？」

「そう出来ればいいのでしょうが」ルジュナは空を覆う鉛色の雲を真っ直ぐに見上げ「兵士達は戦い、彼らは旅立った。ならば、私達にも為すべき事があるはずです」

「……そうですね」ケイトが隣に腰を下ろし「幸い、ここには二国の指導者が揃い、モスクワ

自治政府代表の合意も得ました。ロンドン議会も無下には出来ないはずです」

「乗りかかった船だ。付き合おう」リン・リーが興が乗った様子で片膝《かたひざ》を立て「舞台《ぶたい》はこのまま、ここで良かろう。呼びかけは貴殿《きでん》に任せて良いな？　ルジュナ・ジュレ主席執政官殿《しっせいかんどの》」

もちろんとうなずき、通信画面を開く。

回線を合わせる先は公用の、つまりは世界の全てに向けた完全なオープンチャンネル。

手のひらを胸に当て、ゆっくりと言葉を吐き出す。

「――聞こえていますでしょうか？　私はニューデリー自治政府代表、主席執政官ルジュナ・ジュレ。この声が聞こえる全ての方々、いえ、この星に生きる全ての方々に呼びかけていきます」

固唾《かたず》を呑んで成り行きを見守っていた周囲の兵士達が戸惑ったように顔を見合わせる。その後ろから、フライヤーの修理をしていた整備兵の一団と共にサティとフェイが近づいてくる。

「ベルリンで行われていた戦いは世界再生機構の勝利に終わりました。彼らの計画は成功し、雲上航行艦は大気制御衛星に向かって旅立った。……間もなく、あの船は衛星にたどりつき、そこで賢人会議の代表と戦う。雲除去システムをめぐって人類と魔法士はこれからも争い続けるのか、あるいはシステムは失われ戦争が否応《いやおう》なしに終結するのか、その結論が下されます」

騒《さわ》ぎを聞きつけた人々が通りの向こうから次々に集まってくる。体のいたるところに包帯を巻かれたイルが、月夜に肩を支えられて近づく。その後ろではディーとセラが魔法士の子供達に取り囲まれて、時折心配そうに空を見上げている。他にも大勢。町に残った人々が先を争うようにして広場に集まる。ベッドから動けない者や町の補修作業に当たる者――この場に来られない人々のための通信画面が頭上の空に整然と並んでいく。

「私達はこの場で、多くの方の言葉を聞きたいと思います。皆さまの中には人々が手を取り合うことを望む方もいるでしょう。一方で、あくまでも戦いによって決着を付け、青空を取り戻すことを望む方もいるでしょう。……その選択に優劣があるとは思いません。ですが、結論は否応なしに下される。ですから、今なのです。まだ答が定まらないこの瞬間に、私達は互いの言葉に虚心《きょしん》に耳を傾けるべきなのです」

手のひらほどの通信画面は数万、数十万、数百万と増え続け、発着場の空全体に瞬く間《ま》に広がっていく。無数の半透明なディスプレイに照らされて、雪原の広場が淡い燐光《りんこう》に満ちる。画面の向こうに現れるのは世界再生機構の一員として戦いに加わった者ばかりではない。シティ連合の飛行艦艇の中から、シティ本国の小さな集会所から、メルボルン跡地から、あるいはまだどのシティにも知られていない小さな町から。モザイク模様のステンドグラスのように広がる無数の画面は闇空を覆い隠してもなお足りず、十重二十重《とえはたえ》に折り重なってさらに強い光で眼下の広場を照らす。

マサチューセッツで暮らす難民がいて、支援のためにニューデリーからそこに向かった魔法士がいる。黒と銀の儀典正装に身を包んだ賢人会議の魔法士までもが姿を現し、その数は少し

ずつ増えていく。世界に残る二億人足らずの人類と、二千数百人の魔法士。その全てが雪の舞い散《ち》る荒野の、防寒シート一枚を敷いただけの粗末《そまつ》な舞台に集う。

遠い日に見た春の木漏れ日《こもれび》のように、空を満たす暖かな光。

ルジュナは両腕を大きく広げ、高らかに呼びかけた。

「人類にも魔法士にも、シティに属する方にもそうでない方にも、戦争に賛成する方にも反対する方にも、全ての人々に等しくこの回線は開かれています。——誰でも構いません。思想も、立場も、生まれの違いも生物としての在り方も問いません。互いに一切の区別無く、ただこの星に生きる対等の一個の命として。世界の命運が決するまでのひととき、共に語り合いましょう」

第三章　蒼穹《そうきゅう》　～Last dive～

鳥の羽音のようなかすかな大気の唸《うな》りと共に、空間その物が揺《ゆ》らいだ。

見上げるサクラの視線の先、透明《とうめい》なレンズ型の天蓋《てんがい》が鉛色の天井に置き換わり、一面の闇《やみ》が春の庭園を覆《おお》い隠《かく》した。

周囲に浮《う》かぶ小型のロボットが照明を灯《とも》し、生《お》い茂《しげ》る色とりどりの花々を照らす。日の光とよく似た、柔《やわ》らかな濃淡《のうたん》を帯びた光。けれどもその光はやはり本物の太陽とはどこか違《ちが》っていて、人工の風にそよぐ花びらが少しだけ色あせたようにサクラの目には映る。

息を吐《は》き、庭園の中央に歩を進める。

様々な機械を積み上げて作られた歪《いびつ》な金属の尖塔《せんとう》、その中央に設《しつら》えられた生命維持《いじ》槽《そう》にそっと手のひらを押し当てる。

「母さま」薄桃色《うすももいろ》の羊水に浮かぶ黒髪《くろかみ》の女性、自分に似たその穏《おだ》やかな顔を見上げ「すまないが、辛抱《しんぼう》してもらいたい。この場所は最後まで守り通さなければならないからな」

手元に浮かぶ立体映像のタッチパネルを操作し、南極衛星内部の管理システムに指示を送る。

高次元方向に引き延ばされた内部空間の構造を書き換《か》え、一種の迷路《めいろ》を作り上げる。

外部から侵入《しんにゅう》した場合の着地点を入り口に。

雲除去システムの中枢《ちゅうすう》があるこの庭園を、空間の中央、終着点に。

「母さまは……きっと空を見るのが好きだったのだろう？」ガラス筒《つつ》の表面に貼《は》り付《つ》いた木の葉をそっと取りのけ「だから、太陽が一番よく見えるこの場所に、父さまは母さまを遺《のこ》したのだろう？」

降り注ぐ陽光の下で手を取り合う父と母──アルフレッド・ウィッテンとアリス・リステルの姿を思《おも》い描《えが》く。その間に立つ幼い自分の姿を夢想する。あり得たかも知れない過去の、決してあり得なかった穏やかな日々の情景。そこに居たかも知れないもう一人の青年のことを、この手をすり抜《ぬ》けてしまった幸せのことを思う。

闇に閉ざされた庭園の空を見上げ、一度だけ強く目を閉じる。

自分で決めて、進んだ道。

ならば、最後まで胸を張って歩き続けなければならない。

……未練だな……

複数のロボットが進み出て、周囲に置かれた機器を運び去る。幾《いく》つもの演算機関と十二機の円筒《えんとう》ガラスの培養槽《ばいようそう》、そして、最も大きくて最も重要な一台の機械。

全ての物が庭園の奥、巨大《きょだい》な隔壁《かくへき》の向こうに消える。

後には風に揺らめく木々と、色とりどりの花々と、雲除去システムの中枢として眠《ねむ》り続ける母の亡骸《なきがら》だけが残される。

「そろそろ行くよ」最後にもう一度だけ、生命維持槽の女性を見上げる。「母さまの望んだ結末では無いかも知れないけれど、私なりに出来ることをやろうと思う。……だから、どうか最後まで見守っていて欲しい。私の戦いを」

長い黒髪が薄桃色の羊水にたゆたう。母、アリス・リステルは目を閉じて曖昧《あいまい》な笑《え》みを浮かべたまま、何も答えてはくれない。

ここには、自分ただ一人。

一人で立って、一人で進んで行く。

……全く、私にふさわしい道だな……

なあ真昼《まひる》、と心の中で笑い、生命維持槽に背を向けて歩き出す。人類を滅《ほろ》ぼし魔法士《まほうし》だけの世界を築く。理想のために敵も味方も一切合切《いっさいがっさい》を地獄《じごく》の釜《かま》に投げ入れる。そんな恐《おそ》ろしい者にこれ以上相応《ふさわ》しい道は無い。そんな恐ろしい道を共に歩める者はいない。

だから、ここには自分ただ一人。

一人きりで、最後まで進み続ける。

間もなく彼らはここにやって来る。空を越《こ》え、雲の海を渡《わた》り、立《た》ち塞《ふさ》がる鉄火の嵐《あらし》をくぐり抜け。多くの人々の願いをその背に託《たく》されて、少年は必ず自分の前にたどり着く。

ならば、その来訪には相応しい応対を。

世界を戦争へと導こうとする者として、堂々たる戦いを。

「……やはり、ここは少し寒いよ。真昼」

降り注ぐ人工の照明は眩《まばゆ》く、けれどもどこか硬《かた》くて、冷たい。その照明の中を、真《ま》っ直《す》ぐに顔を上げて歩いて行く。優雅《ゆうが》に、強く、毅然《きぜん》と。人工の大地を覆う草が、踏《ふ》み出《だ》す足を柔らかく受け止める。人工の風が頰《ほお》をくすぐる。道行きの先を祝福するように、庭園の外に通じる五重の隔壁が次々に開かれる。

目の前には、最後の戦場へと通じる闇の通路。

その中へ、サクラは悠然《ゆうぜん》と一歩目を踏み出した。

＊

瞼《まぶた》の裏にかすかな光を感じて、目が覚めた。

錬《れん》は何度か瞬《まばた》きし、赤や緑の明滅《めいめつ》を繰《く》り返《かえ》す飛行艦艇《かんてい》の無数の計器をぼんやりと眺《なが》めた。

「おう、目ぇ覚めたか」

隣《となり》の席でヘイズが一つ指を鳴らす。夜間照明の薄闇《うすやみ》に沈《しず》む操縦室の中、赤髪《がみ》の青年は周囲に幾つもの立体映像のタッチパネルとディスプレイを展開して忙《いそが》しく両手を動かしている。

「……ごめん。ちょっと寝《ね》てた」

「問題ねぇ。っつーか、オレもさっきまでオートパイロットで寝てた」

目の前の通信画面にクレアとエドが現れ、それぞれの言葉で同意を示す。一瞬《いっしゅん》不安な気持ちに襲《おそ》われるが、確かにここは雲の上。世界に三隻《せき》しか存在しない雲上航行艦が全て揃《そろ》っている以上、攻撃《こうげき》を受ける心配も無い。

「なんならもうちっと寝とけ。最後の戦いが寝不足《ねぶそく》で本気出せませんでしたじゃシャレになんねーからよ」

そう言ったヘイズはしかし自分は眠るつもりは無いようで、衛星に対する攻撃シミュレーションらしき画面を忙しく操作し続ける。

おそらく、光使いの少女が欠けた穴を埋《う》めるため。

青年は何度も重い息を吐き、首を傾《かし》げながら、一心にタッチパネルを叩《たた》き続ける。

「やっぱり、厳しい？」

「あ？　んなわけねーだろ。余裕《よゆう》だ、余裕」ヘイズは顔を上げて唇《くちびる》の端《はし》を笑みの形に動かし

「お前はなんも心配しねーで、どんと構えてろ」

「……うん」

うなずき、けれども眠る気にはなれなくて、航路情報の画面を呼び出す。

脳内時計が示す時刻は午前二時。現在位置はアフリカ海の上空。三隻の雲上航行艦の中でも

最も巡航《じゅんこう》速度が遅《おそ》いウィリアム・シェイクスピアに合わせて進む機体は間もなくかつて喜望峰《きぼうほう》と呼ばれるアフリカ大陸の最南端《さいなんたん》が存在していた緯度《いど》帯を抜け、南極大陸周辺の空域へと差《さ》し掛《か》かる。

「あとどれくらい？」

「一時間ってとこだな」ヘイズは腕組《うでぐ》みしてディスプレイの半分ほどを別なディスプレイに置《お》き換え「さっき先生から連絡《れんらく》があった。あっちの戦いはとっくに終わってみんな無事で、世界中に呼びかけて話し合いだかなんだかが始まってるんだとよ」

そっか、とうなずく視界の端で艦のステータス表示が書き換わり、また一つ新たなアンテナが機外に排出《はいしゅつ》される。ヘリウム式の風船に簡易な姿勢制御《せいぎょ》装置を組み込んだだけのアンテナはワイヤーの先端《せんたん》に取り付けられた送受信部を雲の下にまで垂らし、地上と空との通信回線を確立する。

町に残った仲間と情報を共有するための命綱《いのちづな》。

同時に、錬はこの回線を使って、これからの戦いの一部始終を世界の全てに中継《ちゅうけい》するつもりでいる。

『……あれ』

不意にクレアの声。

操縦槽《そう》の中から顔だけを通信画面に大映しにした少女が飾《かざ》り物《もの》の目でせわしなく瞬きし、

『ちょ、ちょっとファンメイ！　あんた何やってんのよ！』

言われて初めて気付く。HunterPigeonの左手側、数百メートル先を飛ぶウィリアム・シェイクスピアの機体の上で小さな人影《ひとかげ》が動く。白銀色の流体装甲《そうこう》に両足を固定して、チャイナドレス姿のファンメイが両腕《りょううで》を大きく広げて伸《の》びをする。その膝《ひざ》の上では、やはり体の一部を固定された黒猫《くろねこ》が気持ちよさそうに体を丸めている。

『何って、お月見！』極寒《ごっかん》の空の下、龍《りゅう》使いの少女は音の十倍以上の速度で吹《ふ》き付ける零下《れいか》七十度の大気をものともせず『みんなもちょっと見て！　お月様きれいに半分だし、星もいっぱいですごいんだから！』

通信画面に映るエドが操縦槽の中で何度か視線を動かし、小さく「ぁ」と呟《つぶや》く。クレアがガラス玉のような瞳《ひとみ》を少しだけ上に向け、感心したようにため息を吐く。

ヘイズがシミュレーションの手を止めて船外カメラの映像の一つを引き寄せ、両手で目一杯《ばい》に拡大する。

途端《とたん》に、操縦室の薄闇を照らす光。

ほぉ、と呟くヘイズの隣で、錬も目を丸くする。

空を覆うのは一面の深い闇。ちりばめられた無数の小さな光がその闇を点々と切り取り、濃淡を帯びた鮮《あざ》やかな一枚の絵画を描き出す。眩いと表現するには弱々しく、けれども確かに闇を照らす光。一つ一つが微細《びさい》に異なる色合いを帯びた数千の星々はある場所では整然と並んで幾何学模様《きかがくもよう》を形成し、別な場所では大河のように連なって夜空の端から端までを流れ落ちていく。

瞬《またた》く無数の星々の海を渡って、一際《ひときわ》明るく大きな星が輝《かがや》く。

地球の影《かげ》によって見事に半分に切り取られた月が、I―ブレインの助けを借りなければ知覚出来ないほどゆっくりと、しかし確実に時を刻んでいく。

『きれいだね。やっぱり、すごいきれい』ファンメイが感心したように何度もうなずき『どう？　天樹錬《あまぎれん》。わたしは「島」で毎日見てたけど、あんたは見たこと無いでしょこんなの！』

「え……」とっさに何と答えればいいか迷い「や、実は前に何回か……」

太平洋の真ん中に軌道《きどう》エレベータの跡地《あとち》があって、そこに登ったことがあるのだと説明する。

『じゃあ、フィアちゃんも一緒《いっしょ》にお星様見たことあるの？　そこで――？』少女は何故《なぜ》だかものすごく不満そうに頬を膨《ふく》らませ『何それ！　わたしぜんぜん威張《いば》れないじゃない！』

そんなこと言われても、と思わず頬をかく錬。

隣でやり取りを眺めてヘイズが苦笑《くしょう》交じりに指を一つ鳴らし、

「けどまあ、オレも何回も雲の上飛んでっけど、あらたまって星空なんか眺めたことねぇな、そーいや」

『そういえば、あたしも』クレアがしみじみとうなずき『最近はここまで飛ぶこと無かったし、昔はシティの任務でそれどころじゃ無かったし』

別な通信画面のエドが同意するようにうなずく。

そうして、誰《だれ》からともなくもう一度ため息。

全員が、ただ静かに夜空を彩《いろど》る光の天幕に見入る。

遠く、果てなく、深い水底のようにどこまでも落ちていきそうな星々の海。それを見つめているうちに、体が重さを失ったような錯覚《さっかく》に包まれる。無意識に伸ばした手のひらが空に吸《す》い込まれ、闇に拡散していくイメージ。立体映像で描かれた星空が握《にぎ》りしめた手のひらから零《こぼ》れ落《お》ちて、高速で飛び続けるカメラの視界の先を流れ去っていく。

かつてはこの光景も当たり前のものであったのだろうかと、ふとそんなことを考える。大戦前、世界が雲に覆われるより昔。その頃《ころ》は誰もがこうやって星空を見上げていたのだろうかと、在りし日の情景を夢想する。

アリス・リステルは、あるいはアルフレッド・ウィッテンは、やはりこの空を見上げたのだろうか。

少女は、今もこの空を見上げているのだろうか。

透《す》き通《とお》るように輝く星々を見上げるうちに、自分がやろうとしていることの重さを改めて思う。戦争を続けて雲を晴らせば、人々は再びこの空を取《と》り戻《もど》すことが出来る。たとえ人類と魔法士のどちらか片方だけであっても、生き残った人々はこの壮大《そうだい》な光の天幕を見上げることが出来る。

その未来を、あり得たかも知れない幸福を一方的に断《た》ち切《き》って、人々に手を取り合う選択《せんたく》を押しつける意味。

それだけは、この戦いがどんな結末を迎《むか》えたとしても忘れてはいけないと思う。

『……なんか、ちょっと背伸《せの》びしたら届きそうだよね』ファンメイが星空に向かって両腕を大きく広げ『ねー、ヘイズ。ここからなら、宇宙も簡単に行けるんじゃないの？』

宇宙？　と錬は首を傾げる。

ヘイズが、あー、と指先で頬をかくが、青年が言葉を続けるより早くクレアが『え？』と口を挟《はさ》み、

『宇宙って、あんた何言ってんのよ急に』

『何って……』言いかけたファンメイが目を丸くし『ヘイズ！　クレアさんに話してないの――？』

「話してないって、いやお前、あれはあの時の言葉の綾《あや》っつーか」

『だーめーなーの！　ぜったいだめ！』

状況《じょうきょう》についていけずに首を傾げる錬の前で、ファンメイはマサチューセッツでの戦いに赴《おもむ》く前にそういう約束をしたのだという話をいつもの今ひとつ要領を得ない調子で説明する。

『要するに……』クレアが、んー、と額に指を当て『あたしと、あんたと、ヘイズと。三人で宇宙旅行に行くってこと？　HunterPigeon 改造して』

『三人だけじゃなくても、行きたい人みんなで一緒に！』

勢いよく拳《こぶし》を突《つ》き上《あ》げるファンメイ。

が、少女は急に慌《あわ》てた様子で両手で口元を覆い、

『でも、ダメだよね？　新婚《しんこん》旅行なんだから、二人きりじゃないと』

『「な――――」』

ヘイズとクレア、二人の声が完璧《かんぺき》に唱和する。隣席《りんせき》の青年と操縦槽の少女、二人の顔が揃って真っ赤に染まる。

「い、いやお前待て、ちょっと待て」

『そ……そうよ、あんた急に何言って……』

『まあ、そうおっしゃらずに』

と、唐突《とうとつ》にスピーカーから響《ひび》く声。

操縦室の正面に出現した横線三本のマンガ顔が目と口を笑顔《えがお》の形に曲げ、

『一度と言わず何度でも。私が皆《みな》さまをお連れしますとも。どこへでも。宇宙の果てまでも』

その場の全員に視線を巡《めぐ》らせるように四角いフレームをぐるりと一回転させ『ですから、生きて帰りましょう。この場の誰一人《ひとり》として欠けることなく』

ヘイズが「そーだな」とうなずき、指を一つ鳴らす。通信画面のクレアが、ファンメイが、エドが、それぞれにうなずく。

最後に、錬もうなずく。

船外カメラの向こう、煌《きら》めく星々に目を凝《こ》らす。

『……ぁ……』

不意にエドの小さな声。ファンメイが息を呑《の》み、わぁ、と歓声《かんせい》を上げる。行く手に広がる星々の海の果て。眼下を大地のように覆う鉛色《なまりいろ》の雲と闇色の空が交わる水平線の彼方《かなた》を、眩い光が前触《まえぶ》れもなく照らす。

旅の終わりと、最後の戦いの幕開けを告げるように。

夜明けの光に輝き始めた空が、闇を音も無く呑み込んでいく。

空の青が宇宙の黒に変わり始める寸前の、かすかに紫《むらさき》がかった深い藍色《あいいろ》の水平線。滑《なめ》らかなグラデーションを帯びたその水平線に吸い込まれて、満天の星々が一つ、また一つと光に溶《と》けて消えていく。燃えるように輝く丸い星が、空の果てをゆっくりと昇《のぼ》る。白夜《びやくや》の季節。沈むことの無い永遠の太陽に照らされて、世界はただ明るく、暖かに輝き続ける。

通信画面に映るファンメイが『よしっ』と両腕を交互《こうご》に回す。別な二つの通信画面の向こうでエドとクレアがそれぞれにうなずき、ハリーが両目の上に数本の線で描かれた簡単な鉢巻《はちま》きを表示する。

船外カメラの映像の遙《はる》か先には、陽光に照らされて銀色に輝く球形の建造物。

全ての物語の始まり。世界を永遠の冬に閉ざし、人類を破滅《はめつ》から救った、一人の魔法士の墓標。

「……んじゃ、まあ、ぼちぼち始めるか」

操縦席のヘイズが首をぐるりと左右に回し、景気づけのように一つ指を鳴らす。他の三人が通信画面の向こうでそれぞれに同意を示す。

『それでは、錬様は突入《とつにゅう》用のカプセルへ』

ハリーの声。

立体映像で描かれたマンガ顔が周囲に応援《おうえん》のアイコンを次々に散らし、

『シミュレーション番号８７２３に従い、南極衛星への初動攻撃を開始します。――皆さま、どうぞ無事の航海を』

――演算機関の低い駆動《くどう》音が、黎明《れいめい》の空に静かに響いた。

三隻の雲上航行艦は互《たが》いに軌跡《きせき》を交差させ、一度だけ、星明かりの下に円舞曲《ワルツ》を踊《おど》るように複雑な螺旋《らせん》を描いた。

真紅《しんく》と銀灰と白銀、三様の装甲が加速を始める。月が沈む夜の空域から、陽光に照らされた昼の戦場へ。流線型の翼《つばさ》が滑らかに大気を斬《き》り裂《さ》く。深い黒から白みがかった灰色へと移り変わる雲海の表面を、慣性制御された三つの影が音を置き去りに流れ去る。

行く手には、透き通るような蒼《あお》に満たされた、深い水底のような空。

巻き起こったかすかな風にあおられて、ちぎれ飛んだ雲の切れ端がカルマン渦《うず》の細い尾《お》を描く。

放たれた矢のように飛び続ける三隻の向かう先、空の中心で、銀色の金属球体が眠りから覚めたように表面を輝かせる。直径二百メートル、雲上航行艦と大差無い大きさであるはずの南極衛星を騎士《きし》の自己領域に似た半透明の揺らぎが包《つつ》み込み、揺らぎはすぐに衛星本来の体積の十倍以上にまで膨れあがる。

夜の海をかき分けるように出現する、無数の巨大な金属の尖塔。

衛星を包む半透明の揺らぎ――折りたたまれた次元の内側から取り出された数万の砲塔《ほうとう》が、それぞれ独立に旋回《せんかい》し、あるいは揺らぎの表面に沿って移動しながら、迫《せま》り来る三つの機影《きえい》を次々に照準する。

三隻の雲上航行艦は互いに手を振《ふ》るように一度だけ機体を旋回させ、衛星を中心に三つの円を描いて散開する。白銀色の船の装甲が融《と》けるように周囲に広がり、六対十二枚の巨大な鳥の翼を形成する。露《あら》わになった中央の黒いコアブロックの上で、東洋のドレスをまとった少女が仁王《におう》立《だ》ちになる。肩《かた》に乗った黒猫が少女の背に飛びつく。その姿が瞬時《しゅんじ》に膨れあがり、一対《つい》の白い鳥の翼ともう一対の黒い蝙蝠《こうもり》の翼を形成する。

吹き抜ける透明な風。虚空《こくう》へと身を躍《おど》らせる少女の頭上、白銀色の流麗《りゅうれい》な翼が鈴《すず》を鳴らすような澄《す》んだ音を奏《かな》で――

大気を貫《つらぬ》いて走《はし》り抜ける数万の衝撃《しょうげき》。

荷電粒子砲《かでんりゅうしほう》と電磁射出砲の最初の一斉射《いっせいしゃ》が、陽光に照らされた空を文字通り塗《ぬ》り潰《つぶ》した。

*

数え切れないほどの人々のざわめきが、雪原の町に生まれた臨時の会議場を包んだ。

無言で見守るルジュナの前、長い話を終えたリン・リー首相《しゅしょう》はようやく息を吐いた。

「――以上が、賢人会議《けんじんかいぎ》の参謀《さんぼう》、天樹真昼の死の顛末《てんまつ》だ」男は言葉を切り、束《つか》の間《ま》目を閉じて「直接手を下したのは一人のシンガポール市民だが、そこに至るには実に多くの誤解と偶然《ぐうぜん》があった。……無論、賢人会議との同盟を阻止《そし》しようと動いた私にも多くの責任がある。その点についての非難は甘んじて受けよう」

会議場を包むざわめきが大きくなる。広場に集った人々から、あるいは頭上を精緻《せいち》なモザイク模様のように覆う無数の通信画面の向こうから。直接この場に声を届ける者の数はまだ少ないが、多くの人々がそれぞれにプライベートな回線を開いて互いに話し合っている。

二億の人々が生み出す言葉の、感情のうねり。

手元のディスプレイで刻々と動き続ける通信状況のグラフからだけでも、その圧倒的《あっとうてき》な熱量が伝わってくる。

『信じ……られません』通信画面の一つで賢人会議の魔法士らしい少女が声を震《ふる》わせ

『本当なんですか？　真昼さんが、賢人会議と人類を協力させるために動いてたっていうのは』

「事実です」ルジュナはリン・リーに代わって口を開き「賢人会議の軍事力にシティを依存《いぞん》させ、全てのシティとの間に協力体制が確立された後に組織その物を平和的な方向性へと導く。それが天樹真昼の壮大な計画でした」

数え切れないほどの人々が、同時に息を呑む気配。

ルジュナはかつてのニューデリーでの、あるいはシンガポールでの青年の姿を心の中に思い描き、

「何より不幸だったのは、北極から持ち帰られた資料から雲除去システムの存在が明らかになったこと。そして、天樹真昼がその事実に気付いたのがシンガポールとの同盟が形となり組織が調印式に向かって動き出した後だったことです。……そのために、彼はシステムの存在を仲間である賢人会議の皆さまにも隠し、一人で抱《かか》え込まざるを得なくなった。秘密は誤解は生み、誤解はやがて破局を招いた。彼の死とその後の全面戦争に至る経緯《けいい》については、先ほどリー首相にお話しいただいた通りです」

幾つかのディスプレイに映る賢人会議の魔法士達が沈痛《ちんつう》な面持《おもも》ちで拳を握りしめる。リン・リーが何かをやり遂《と》げた顔で深く息を吐く。

と——

『……なんだよ……そりゃ……』通信画面の一つでどこかのシティ市民らしき男が呟き『今さらそんな話してどうしようってんだよ……。だからこの戦争は間違《まちが》ってて、今すぐやめようってのかよ！　俺の親父《おやじ》は北極の戦いで死んだんだぞ！　兄貴はベルリン防衛戦でだ！　それを……それを今さら……！』

複数の別な通信画面が口々に賛意を示す。数千、数万、数十万、人々の叫《さけ》びが幾重《いくえ》にも重なり合い、うねりとなって会議場を呑み込む。

『そうよ！　今さら停戦なんて有り得ないわ！』それらの声とは別の方向、賢人会議の魔法士が映るディスプレイからも声が上がり『真昼さんがどう思おうと、これは私達の、魔法士の戦争よ！　私達の世界、私達の未来のための戦い！　そのために仲間が何人も死んだのよ？　ここでやめたら、私達のやってきたことはなんだったのよ……！』

幾つかの賛同の声が周囲のディスプレイから上がり、別な幾つかのディスプレイの向こうで世界再生機構に協力した魔法士達が顔を伏《ふ》せる。

会議場を包むうねりが、さらに密度を増す。

「私は、多くの者が知るべき事実をここに開示したに過ぎん」リン・リーはそんな衆目に静かに視線を巡らせ「ここは人類と魔法士が争うことの是非《ぜひ》を問う場でもなければ、何らかの正解を示す場でも無い。そもそも私はシンガポール自治政府の代表、人類のために最終戦争を推《お》し進《すす》め、魔法士を滅ぼすべき立場の人間だ。……だが、我らが何を思い、いかに嘆《なげ》こうとも、結論は間もなく下される。その時に各々《おのおの》が何を為《な》すべきか、考える材料は一つでも多い方が良《い》いだろう」

渦巻《うずま》く無数の怒号《どごう》とそれに数百倍する数多《あまた》の囁き声《ささやごえ》。重なり合った幾つもの音がルジュナの頭上を、あるいは通信回線の向こうを絶え間なく行き来する。

寄せては返す波のよう。

人々の心が寄り集まり、互いに融け合うことの無いまま、それでも一つの大きな流れとなって世界の全てを包み込んでいる。

「ねえ、シスター」

少女の声。

ルジュナの隣、いつの間にかケイトの膝の上に座った沙耶《さや》が困ったようにシスター服の袖《そで》を摑《つか》み、

「こんなので良いの？　みんな、好き勝手に自分の言いたいこと言ってるだけなんじゃ……」

目の前に浮かぶ小さな通信画面の向こう、モスクワの孤児院《こじ》に残った子供達も不安そうにうなずく。

「良いのですよ、これで」ケイトは少女の髪をそっと撫《な》で「ここは正しさや優劣《ゆうれつ》を競《きそ》うための場所では無いのです。世界に多くの人々がいて、多くの心が在って、これから先も在り続ける。……きっと、全ての人が同意出来る答などは永遠に得られないでしょう。けれど、それで良い

のです。ただ、自分と異なる心がそこに在ることを知る。それこそが、今の世界には何より必要な物なのですから」

二億の人々が発する声はいよいよ大きく、熱を帯び、極寒の雪原が蒸気に揺らいだような錯覚を覚える。戦争の継続《けいぞく》を望む人々の声は強く、平和を望む人々の静かな声を度々《たびたび》かき消す。数多の視線がぶつかり合い、数多の言葉が相手を罵倒《ばとう》する。怨嗟《えんさ》と、嘆きと、失われた多くの命への後悔《こうかい》。他者の言葉に耳を傾《かたむ》けること無く、ただ声高《こわだか》に怒《いか》りを示すだけの幾つもの言葉が周囲の無数の声なき声を混沌《こんとん》の中へと呑み込んでいく。

「ですが、確かにこれは話し合いと呼べるような物ではありませんね」ルジュナは苦笑交じりに息を吐き「いかがしましょうか、リン・リー首相」

「今しばらくは、このままで良かろう」禿頭《とくとう》の男はどこか晴れやかな顔で周囲の喧噪《けんそう》を見つめ「こうなることは織《お》り込み済みだ。人々が他者の言葉に耳を傾けるにはあまりに多くのことが起こり、多くが失われすぎた。割り切ることなど出来ようはずも無い。……だがな」

数秒。

男は頭上を星空のように照らす数多の通信画面を見上げ、

「だが、実を言うと私は少しだけ期待しているのだ。この場にはまだ先があるのではないかと。このまま人々の意思の赴くままに任せれば、何かが生まれるのではないかと」

思わずケイトと、それから膝の上の沙耶と顔を見合わせる。

揃って視線を向ける三人に、リン・リーはどこか遠い場所を見つめたまま、

「『民衆は飴《あめ》をねだる子供』。先代の首相、カリム・ジャマールの言葉だ。市井《しせい》の人々には大義も信念も未来への視座もなく、ただ今日食べるパンと明日食べるパンさえ得られれば後のことなどどうでも良い生き物なのだと、あの男はそう笑いおった」

言葉が途切《とぎ》れる。

男は肩をすくめて唇の端をつり上げ、

「確かに奴《やつ》の言う通りかも知れん。政《まつりごと》を司《つかさど》る者としては正しい考えであろうよ。……だが、どうにも気に入らん。私はな、あの男の賢《さか》しらな面にあの世で冷や水を浴びせてやりたくてたまらぬのだ」

ケイトが、まあ、と目を丸くし、口元に手を当てて忍《しの》び笑《わら》いを漏《も》らす。膝の上の沙耶と通信画面の子供達がよく分からない様子で首を傾げる。

ルジュナは微笑《ほほえ》み、闇空を覆い隠して輝く無数のディスプレイの明かりに目を凝らす。

兄がこの様子を見たら何と言うだろうかと、ふとそんな考えが頭に浮かぶ。これで良いとうなずくような気もするし、困ったように苦笑する気もする。あるいは、自分など想像もつかないようなとんでもない反応を示す気もする。だが、少なくとも頭ごなしに否定することだけはしないだろう。

絶望の中に希望を、暗闇《くらやみ》の先に光を。

はずだ。

泥濘《でいねい》の底に美しい花を探し続けたあの人なら、きっとこの状況の向こうに輝ける何かを見た
『──失礼。白熱しているところ申し訳ないが、どうか注目いただきたい』

不意に、全ての音声をかき消して響くリチャードの声。通信画面の一つ一つに強制割《わ》り込みのメッセージが浮かび、飛《と》び交《か》っていた人々の会話が遮断《しゃだん》される。

リン・リーとケイトがそれぞれにうなずき、揃って頭上に視線を向ける。雪原の広場に集った世界再生機構の兵士や魔法士、民間人がその動きに倣《なら》い、すぐに通信画面に映る数多の人々が続く。

戦争を望む者と平和を望む者。この星に残った全ての人の見上げる先。

サーチライトの強い光に照らされて、闇空の高くに数百メートル四方の巨大な立体映像のスクリーンが出現する。

巻き起こるどよめきの声。雪原の会議場を眩く照らして、一面の青空と灰色の雲の水平線が視界を覆う。多くの人が久しく、子供達は生まれてから一度も目にしたことの無い本物の空。

ゆっくりと巡る小さな太陽に照らされて、無数の砲塔をまとった銀色の球体が輝く。

『空の上と回線がつながりました。──始まったようです』

数千、あるいは数万。長大な銀色の槍《やり》のように、球体の表面を埋め尽《つ》くして整然と列を成したおびただしい数の砲塔が立て続けに光を放つ。紫電《しでん》を帯びた荷電粒子の砲撃《ほうげき》が互いに融け合

い、一つながりの壁《かべ》となって空の戦場を文字通り塗り潰す。そのわずかな間隙《かんげき》を縫《ぬ》って飛び交う三つの機影。荒《あ》れ狂《くる》う嵐に立ち向かう小舟《こぶね》のように、真紅と銀灰と白銀に塗り分けられた三隻の雲上航行艦が陽光の降り注ぐ空を躍るように駆《か》け巡る。

「祈《いの》りましょう」

ケイトが両手を胸の前で組み、小さく聖句を呟く。

ルジュナもまた目を閉じ、心の中で呼びかけた。

……どうか、悔《く》いの無い戦いを。

＊

船外カメラの向こうに広がる一面の青空を覆い隠して、荒れ狂う紫電と荷電粒子の奔流《ほんりゅう》が容《よう》赦《しゃ》なく降り注いだ。

ヘイズは操縦席で歯を食いしばり、有機コードを介《かい》して HunterPigeon の演算機関に立て続けに命令を叩き込んだ。

（攻撃感知。右舷被弾《うげんひだん》七、左舷被弾《さげんひだん》五。電磁シールド出力十三パーセント低下。実弾《じつだん》兵器接近、誘導《ゆうどう》ミサイル三七六、質量弾体二一八七確認《かくにん》。回避要請《かいひようせい》、回避要請、回避要請、回避要請回避要請回避要請回避要請回避要請回避要請回避要請——）

「うっせえな！　ちっと黙《だま》ってろ——！」

叫ぶと同時に三度指を弾《はじ》き、機体の正面左下方、間近に迫った誘導式ミサイルと質量弾体の雨、それに周囲一帯の荷電粒子をまとめて消し飛ばす。生じたわずかな隙間《すきま》に強引《ごういん》に機首をねじ込み急加速。追いすがる数百のミサイルを振り切り、降り注ぐ荷電粒子の雨を機体表面に展開した電磁シールドで強引に弾いて、絶え間なく押し寄せる弾幕《だんまく》の嵐の中をただひたすらに漕《こ》ぎ進む。

操縦室の正面を覆うディスプレイの向こう、雲海の上に浮遊《ふゆう》する銀色の球体が自らの放った無数の荷電粒子の光を受けて眩く輝く。数万の砲塔をあらゆる角度に針山のように突き出した南極衛星の表面には空間構造の変動によって生じた虹色《にじいろ》の波が絶え間なく揺らめき、無数の砲塔は球体の表面を精密機械のように整然と動き続ける。荷電粒子を撃《う》ち尽くした砲塔が次元の境界面の底に、チャージを終えた新たな砲塔が入《い》れ替《か》わりに衛星の表面に。いったいどれほどの数の砲が内蔵されているのか見当もつかない。全球三六〇度、全ての方角に向かって一瞬たりとも止《や》むことなく放射され続ける紫電の奔流に混ざって、断続的に放たれる質量弾体とミサイルの攻撃がこちらの意識の隙間を縫うように突き刺《さ》さる。

……ヤべぇ……！

瞬時に機体を完全停止、コンマ二秒遅《おく》れて下方に急加速。後方から迫るミサイルの一群をやり過ごし、質量弾体の隙間をすり抜ける。その間にも周囲の空間を塗り潰して荷電粒子の雨は容赦なく降り注ぐ。完全な回避は不可能。紫電をまとった光の槍が機体表面を次々に浅く薙《な》ぎ、電磁シールドの出力低下を表す警告文が操縦室に立て続けに浮かんでは消える。

艦を覆う形で展開した電磁シールドで荷電粒子砲を正面から受け止め、シールドが通じない質量弾体や誘導兵器には迎撃《げいげき》や回避で対応する――通常の飛行艦艇の標準的な運用だが、本来このHunterPigeonにそんな面倒《めんどう》な作業は必要ない。艦自体の圧倒的な機動性に加えて、ヘイズのI―ブレインによる短期未来予測《ラプラス》。全ての攻撃を完全に回避し続けるのが自分とこの船の戦い方であり、お守り程度に装備されたシールドが役に立ったことなど今日まで一度も無い。

だが、南極衛星から繰り出される圧倒的な密度の飽和《ほうわ》攻撃《こうげき》は、そんな戦いを許さない。どこにも存在しない攻撃の隙間を『破砕《はさい》の領域』でこじ開け、電磁シールドの防御《ぼうぎょ》を頼《たの》みにその隙間に飛び込む――そんな不格好な戦いをもうどれだけ続けているのか、確認に割《さ》く余分な意識と演算速度さえ今の自分には無い。

無数の計器と立体映像のステータス表示が明滅する操縦室にハリーの姿は無い。HunterPigeonの管制システムであるあのＡＩもまた、持てる能力の全てを機体運動と慣性制御に振り向《む》けている。時速三万五千キロ、音速の三十倍以上。この船の性能をもってしても限界の最高速度で飛び続ける機体の表面に荷電粒子と電磁シールドの干渉《かんしょう》が生み出すノイズが次々に弾《はじ》け、演算機関から有機コードを介してI―ブレインに流《なが》れ込む航行情報の中に断続的な火花を散らす。左右の指を交互に弾き、戦場全体を文字通り埋め尽くす荷電粒子の海の内部を掘《ほ》り進む。音による空気分子の変動によって生み出される『破砕の領域』の展開速度は超音速《ちょうおんそく》で飛ぶ船の移動速度に比べて遥かに遅い。そのタイムラグを見越《みこ》し、自分がこれから進むべきルートを予測して、あらゆる角度から津波《つなみ》のように押し寄せる無数の攻撃を次々に消し飛ばしてただひたすらに飛び続ける。

あわよくば強引に突撃《とつげき》してカプセルを撃ち込む隙《すき》があるのではないか——そんな甘い考えは最初の三秒で捨てた。

当初の計画通り実弾兵器を残らず吐き出させ、攻撃の密度を少しでも薄《うす》めなければ、突入経路を割り出すことなど到底叶《とうていかな》わない。

滑《すべ》る。銀色に輝く南極衛星を中心に、仮定した半径十キロの球面を縦横に滑る。敵もバカではない。荷電粒子砲に比べて弾速《だんそく》の遅い質量弾体やミサイルは有効射程の内側まで近づかなければ撃ってこない。だからこの距離《きょり》。こちらの撃墜《げきつい》の危険があるこの距離を保ったまま、付かず離《はな》れずでただ相手の弾薬《だんやく》の消費を待つことしか今は出来ない。

……あいつらは……

正面の小さなディスプレイの向こう、ワイヤーフレームで描かれた戦場の模式図の上を三色の光点で描かれた三つの機体が飛び交う。嵐に舞《ま》う木の葉のように激しく揺れ動《うご》く真紅の光点に対して、残る二つの光点は全く異なった動きを示す。海洋生物のようなゆるやかな動きで衛星の周囲を漂《ただよ》い続けるのは白銀の光点。一方で銀灰の光点は水平線のように広がる雲海の表面を飛び続けながら、雲の内部への潜行《せんこう》と再浮上《ふじょう》を断続的に繰り返している。

操縦席の左手、別のディスプレイにはそれぞれの光点に対応する機体——ウィリアム・シェイクスピアとFA-307の機体ステータスと共に、FA-307からもたらされる戦場全体の観測データの受信状況が示される。通常の電波と情報の海内部の回線を併用《へいよう》してもたらされる膨大《ぼうだい》なデータ。それがヘイズの予測を支え、この無謀《むぼう》とも言える持久戦を可能としてくれている。

脳内に警告。正面から数百の誘導ミサイルの雨。回避運動を取ろうとするより早く船外カメラの視界を黒い影が横切る。羽ばたく白い鳥の翼と黒い蝙蝠の翼。黒い触手《しょくしゅ》に刺し貫かれたミサイルの紡錘形《ぼうすいけい》の弾体《だん》が空中で互いに衝突《しょうとつ》して次々に爆発《ばくはつ》を巻き起こす。

艶《あで》やかなチャイナドレスが澄み渡った青空にはためく。降り注ぐ荷電粒子の光を翼で払《はら》いのけ、かいくぐり、ファンメイが華麗《かれい》に宙を舞う。行く手に迫る無数の質量弾体——自分の体よりも長大な円錐形《えんすい》の金属塊《かい》を受け止め、弾き返し、足場にして跳躍《ちょうやく》を繰り返す。翼の先端から突き出《で》た数百の黒い触手が周囲一帯の空間を滅多《めった》切りに斬り裂く。飛び去る少女の後を追うようにして連なる無数の爆発。身を翻《ひるがえ》して得意げな笑みを浮かべた龍使いの少女が、次の瞬《しゅん》間《かん》その笑みを引きつらせる。

『うわ——！　え？　なにあれ——！』

スピーカー越《ご》しに響く悲鳴。超高速で流れ去る船外カメラの映像の先、飛び交う荷電粒子の隙間を縫うようにして、数千の小さな機体がファンメイの周囲に殺到《さっとう》する。一つ一つが少女の手のひらほどの大きさの円盤《えんばん》型の小型機。ミサイルなど比較《ひかく》にならない複雑な軌跡を描いて少女の懐《ふところ》に潜《もぐ》り込んだその機体が、至近距離で赤熱して次々に内部から爆《は》ぜる。

「そんなもんまであんのかよ――！」

叫ぶと同時に指を弾き、数百の小型機をまとめて消し飛ばす。だが足りない。ファンメイがとっさに翼で自分の身をかばい、その翼の先端が数ナノ秒で蒸発して消失する。単なる爆発では無い。おそらく超高温のプラズマ放射。ちぎれた翼を羽ばたかせて後退する少女めがけて小型機の編隊が追いすがる。間に合わない。遠ざかる視界の遙か彼方、少女は叫びと共に残された触手を縦横に払い――

その目の前を貫いて空間に幾何学模様を描く、無数の白銀色の螺子《ねじ》。

螺旋状の溝《みぞ》を刻まれた細いワイヤー状の螺子が、数千の小型機の全てをあらゆる角度から滅《めっ》多《た》刺《ざ》しに刺し貫く。

映像を高速で逆再生するように、無数の螺子が瞬時に引《ひ》き抜かれる。数千の小型機が再起動を表すように一瞬だけ震え、少女から離れて周囲に散開する。おそらくゴーストハックに操《あやつ》られて、本体である衛星から放たれたミサイルと質量弾体めがけて殺到する小型機の編隊。荷電粒子の光が飛び交う空のそこかしこで一際強いプラズマ放射の光が弾け、周囲一帯に存在するあらゆる攻撃を球形に消し飛ばす。

白と黒の二対の翼が高速で視界から遠ざかる。小さなシルエットの向かう先、南極衛星を包む仮想の球面の天頂付近から白銀色の巨大な影が降下する。空想上の鳥のように、あるいは深海を漂う魚のように。それぞれが HunterPigeon の船体よりも長大な十二枚の翼を優雅に揺めかせ、数百万の螺子を精緻な網《あみ》のように周囲に張《は》り巡らせて、流体金属の鳥が砲火《ほうか》の戦場に舞い降《お》りる。

ファンメイが螺子のわずかな隙間をくぐり抜け、翼の根元、黒いコアブロックにたどり着く。機体を覆う螺子が表面に電磁場をまとい、降り注ぐ荷電粒子を残らず弾く。一部の螺子が解けて周囲の空間を幾何学模様に刺し貫き、質量弾体の雨を一つ残らず縫い止める。

数万枚の羽根が擦《す》れ合《あ》う、鈴のような高い音。

白銀色の翼をゆるやかに羽ばたかせ、ウィリアム・シェイクスピアの流麗な船体が戦場の中心、輝く銀色の球体へと前進を開始した。

＊

放たれた膨大な熱量と衝撃が、大気を激しく鳴動させた。

ファンメイは背中の鳥と蝙蝠の翼を力の限り羽ばたかせ、一つながりの壁のように迫る荷電粒子の砲撃に正面から突っ込んだ。

翼を束ねて自分の体を包み込み、紡錘形の突撃形態を取る。虚空を一直線に貫いて迫る数万の円筒形の光の束、その隙間に身を滑り込ませ、光の壁をすり抜ける。一つの砲撃を形成するのは直径五メートル、長さ十数キロの長大な荷電粒子の柱。密集した数万の砲塔から同時に放たれるその光は飛行艦艇のサイズから考えれば確かに割り込む隙の無い一枚の壁だが、ファンメイの大きさで見ればわずかに隙間の空いた個別の砲撃と見なすことが出来る。

その隙間に飛び込み、光の中心、輝く銀色の球体目がけて飛翔《ひしょう》する。

膨大な熱に翼の表面の細胞《さいぼう》が瞬時に炭化し、すぐさま分解と再構成を繰り返す。帯電した空気が肌《はだ》に貼り付き、大気圧の急激な変動に耳の奥で甲高《かんだか》い音が鳴《な》り響く。間断なく襲い来る砲撃の雨をくぐり抜けた体がとうとう南極衛星の目の前、飛行艦艇では入《はい》り込めない至近距離にまで到達《とうたつ》する。

わずか五百メートル先、肉眼でも視認《しにん》が可能な位置に、荷電粒子砲の先端が迫る。古代の戦争で用いられた方陣《ほうじん》のように整然と、虹色に揺らめく次元境界面から長大な槍のように突き出た数万の砲身《ほうしん》が一糸乱れぬ動きで砲撃を繰り返す。連続使用によって赤熱した砲塔が境界面内部に吸い込まれ、入れ替わりに浮上した別な砲塔がすぐさま次の砲撃を始める。通常の飛行艦艇が行う攻撃と異なり、繰り返される斉射には一切《いっさい》の切れ目が無い。砲塔の総数はおそらく表面に見えている数の数倍、十万以上。その膨大な数の機械の槍の隙間を埋め尽くして、次元境界面のいたるところに電磁射出砲の砲口《ほうこう》が口を開ける。

直径二百メートル、HunterPigeonよりも小さいサイズであるはずの南極衛星の表面は果てしなく広大で果てが見えない。

次元圧縮の効果なのだろう、眼下に広がる虹色の境界面は本来持つべき面積の上限を完全に無視し、その広大な面積の全てを覆う形で展開したすさまじい数と密度の発射口から無数の質量弾体と誘導式ミサイルを滝《たき》のごとくに叩きつける。

（攻撃感知。危険、危険、危険危険危険危険危険危険危険危険危険危——）

脳内に鳴り響く警告を根性《こんじょう》で押し潰し、右腕《みぎうで》の肘《ひじ》から先を糸状の触手に変えて迫り来る弾体を片《かた》っ端《ぱし》から斬り裂く。間近に迫った荷電粒子砲の砲身に触手を巻き付け、ありったけの力を込める。おそらく情報の側から構造を強化されているのだろう砲身の表面にわずかな亀裂《きれつ》が入る。が、傷ついた砲身はすぐさま境界面の下に吸い込まれて別な無傷の砲身に入れ替わる。

「なにそれずるい——！」

叫びと共に身を翻し、追いすがる無数の誘導ミサイルを引き連れて衛星の表面を飛ぶ。脳内には情報の海を介して届けられた膨大なデータが積み上がる。ヘイズの予測演算によって弾き出された敵の攻撃パターンが目の前に映画か何かのように浮かぶ。その予測に従って次々に弾体の雨をかいくぐり、撃ち落とす。本来なら絶対に対処しきれないはずの攻撃をかろうじてすり抜けながら、衛星の間近にまで迫ったこの距離をなんとか維持《いじ》し続ける。

尖塔のように林立する荷電粒子砲の砲塔の根元、淡《あわ》い虹色に揺らめく次元境界面に目を凝らす。自分が今見ている衛星の表面のデータは、情報の海を介してクレアとヘイズの元に届けられる。そのデータを利用して二人は衛星を取り囲む圧縮空間の構造を解析《かいせき》し、天樹錬を乗せたカプセルを内部に撃ち込むための位置と軌道を割り出してくれる。

　これが、この戦場における自分の役割——その一つ目。

　そして、自分にはもう一つ、同じくらい重要な役割が託されている。

　……そろそろ……！

　超音速の雲の尾を引いて押し寄せる誘導ミサイルの動きに変化が生じるのを、翼の表面に生成した数百の目を通して知覚する。衛星の至近を飛ぶ自分を危険と判断したのだろう。三隻の雲上航行艦と龍使い——四つの目標に対して均等に放《ち》たれていた誘導ミサイルはその標的の大部分をファンメイ一人に切り替え、爆発を伴《ともな》う致死性の攻撃をあらゆる角度から嵐のように叩きつける。

　飛翔する。四枚の翼を力の限り羽ばたかせ、炎《ほのお》と衝撃に塗り潰された砲火の空を木の葉のように舞い踊る。自分の身長よりも遙かに大きな紡錘形の弾体が周囲で次々に爆ぜ、膨大な量の運動エネルギーと熱エネルギーをまき散らす。視界を覆う赤熱した光と黒煙《こくえん》。その中を突っ切ってただひたすらに飛び続ける。

　翼の内部に生成した管を通してジェット噴射《ふんしゃ》の要領で風を吐き出し、体をさらに加速。追いすがる無数のミサイルを引きつれて上空へ、衛星から距離を取る位置へと移動していく。その側面を追《お》い越して、ミサイルが複雑な蛇行軌道《だこうきどう》を描く。おそらく論理回路による空気抵抗制御《ていこうせいぎょ》を施《ほどこ》されたミサイルの弾体はこちらの最高速度よりさらに速い。数百の紡錘形の弾体がファンメイの行く手で弧《こ》を描いて進行方向を反転。とっさに振り下ろした糸状の触手が三つの弾体を正確に斬り裂くが、その間に残る全てがこちらを目がけて殺到し――

鈴を鳴らすような澄んだ高い羽音。

幾何学模様を描いて飛来した白銀色の螺子が、全ての弾体を正確に刺し貫く。

見上げた視界の先で十二枚の流体金属の翼が羽ばたく。ウィリアム・シェイクスピアは他の二隻の雲上航行艦よりも衛星に近い位置を緩《ゆる》やかに漂い、あらゆる攻撃を受け止め、撃ち落とし続ける。盾《たて》のように掲《かか》げた巨大な翼と周囲に展開したおびただしい数のワイヤー状の細い螺子が、絶え間なく降り注ぐ荷電粒子の光を受け流す。投網《とあみ》のように展開された螺子は時には寄り集まって腕《うで》や足を形成し、時には巻《ま》き戻って翼を補強しながら、人類の全ての航空戦力を上回ると言われるすさまじい密度の攻撃に抗《あらが》い続ける。

この戦場で今必要なのは相手を攪乱《かくらん》することでも隙を突くことでもなく「足を止めて正面から撃ち合う」こと。そして、三隻の雲上航行艦の中でそういう戦いに一番向いているのはこのウィリアム・シェイクスピアと、エド。

自分はそんなエドの正面で可能な限り敵の注意を引き、あの子が対処しやすい位置に攻撃を誘導する。

そうすることで、自由になったヘイズとクレアは衛星の解析に、つまり錬の突入ルートの算出にＩ―ブレインの機能を割り当てることが出来る。

衛星が全ての実弾兵器を撃ち尽くすまで想定では一時間。持久戦を続けるには長すぎるその時間は、だけど衛星を取り巻く圧縮空間を解析し尽くすには足りない。もちろんシミュレーションはやった。考え得る限りのおよそありとあらゆるパターンを試《ため》した。だけど「実際にどのシミュレーションに従えば良いか」を決定するには、相手の状態を直接観測しそこから計算を行わなければならない。

そのための猶予《ゆうよ》を、自分とエドが稼《かせ》ぐ。

衛星の状態を出来るだけ近くで観測しながら、同時に敵の攻撃を可能な限り引き受け続ける。

耳をつんざく破砕音。叩きつけられる光の圧力に抗《こう》しきれなくなったように、白銀色の翼端《よくたん》が円形に抉《えぐ》り取られる。溶け落ちた流体金属《メルクリウス》を周囲の螺子が絡《から》め取り、失われた器官をすぐさま再生成する。エドとあの船の力がいかに強大でも、戦況《せんきょう》の不利は変わらない。船をこれ以上衛星に近づけたり効果的な攻撃を加えたりするような余力はどこにも無い。自分達に出来るのはただこの位置に踏みとどまり続けること。それでさえ、少し動きを誤れば今のように船の一部を容易《たやす》くもぎ取られてしまう。

本当なら、ここにはもう一人、貴重な戦力が加わっているはずだった。

砲撃戦において最強の魔法士であるあの光使いの少女がいれば、状況はもう少しだけ明るいものになっていたはずだった。

……負けるな、わたし……！

頭を強く振って余計な考えを追い出す。翼を強く羽ばたかせて白銀色の船の前に飛び出し、目前に迫る円錐形の質量弾体を片っ端から触手で斬り裂く。

衝撃に弾かれた触手が次々にちぎれ飛ぶ。

蓄積疲労《ちくせきひろう》がI－ブレインの中に瞬く間に積み上がる。

……負けるな、止まるな、下向くな……！

セラは地上に残った。帰る場所を守るために、自分達が今やっているこの戦いを無意味なものにしないために。それは必要だったことで、みんなで納得《なっとく》して決めたことだ。なら弱音は吐かない。あの子が自分の選択を後悔しないように、必ずこの役目をやり遂げてみせる。

左手の指輪を強く握りしめる。黒猫の姿でここまでついてきてくれた小龍は、黒の水に姿を変えて翼の形で背中に融合《ゆうごう》している。マサチューセッツの戦いで不安定になった体はまだ安定していない。本当を言うと少し怖《こわ》い。こんなふうに体を変形させ続ければ、またあの時みたいに自分で自分を制御出来なくなるかもしれないという不安が頭から離れない。

それでも、戦う。

自分に出来ることを、全力でやり続ける。

みんなが戦争をやめて、手を取り合って前に進む道。生命維持槽で眠り続ける親友が望んだ道。本当にあるのかどうかもわからなかったそのゴールが、今では手を伸ばせば届く場所にある。そのために一番前で戦うのが自分であることを嬉《うれ》しく思う。それに、ここにはエドがいる。もし自分がまたおかしくなって、誰かを傷つけそうになっても、絶対にあの子が止めてくれると信じられる。

……だから……！

空中に一転して白銀色の翼の上に着地。四枚の翼を残らず無数の触手に分解し、周囲に投網のように展開する。自分の体よりも大きな質量弾体を片っ端から受け止め、打《う》ち払う。進路を逸《そ》らされた巨大な金属塊が放物線を描いて雲海の彼方へ雨のように降り注ぐ。あとどれくらい弾が残っているんだろうという疑問。数千本の触手を振り上げ、目の前の弾幕に再び叩きつけようとした瞬間、空間が軋《きし》むような奇妙《きみょう》な違和感《いわかん》を触手一本一本の表面に張り巡らされた神経網《もう》が知覚する。

（重力変動を感知、危険）

とっさに全ての触手を翼に巻き戻し、大きく羽ばたいて飛翔する。同様に異常を察知したらしいウィリアム・シェイクスピアが白銀色の翼を揺らめかせ、巨大な艦が音速の数倍で後退する。

瞬間、金属がねじ切れる甲高い音。

流体金属の巨大な翼が、半ばから引きちぎられる。

周囲の螺子が下方で絡まり合い、溶け落ちた白銀色の流体を空中に絡め取る。すくい切れなかった膨大な量の流体金属が雲海に降り注ぐ。目を見開いて振り返るファンメイの視界の先、南極衛星の揺らめく虹色の次元境界面の底から、荷電粒子砲とは全く異なる形状の物体が次々に浮上する。

細長く丸みを帯びた形状の、発射口らしき物を一切持たない奇妙な砲身。

ブリーフィングでリチャードが説明してくれた、あれは。

「重力波砲——！」

叫ぶと同時に翼を羽ばたかせ、限界の最高速度で飛翔する。明確な移動目標は無い。ただ、同じ場所に留まり続けてはいけないと本能が察知する。周囲に展開された無数の螺子が巻き戻る。流体金属を広範囲《こうはんい》に展開しているのは危険と判断したのだろう、ウィリアム・シェイクスピアは残った十一枚の翼をコンパクトな巡航形態に折りたたみながら、南極衛星を中心にして円を描くように超高速の機動を始める。

断続的に空間が軋む違和感。白銀色の翼の先端が、回収しきれなかった螺子が、重力場の変動による潮汐力《ちょうせき》で次々にちぎれ飛ぶ。もちろん同じ空域を飛ぶファンメイも無傷ではすまない。不可視の攻撃に回避が追いつかず、白と黒の翼は先端から少しずつ引きちぎられていく。

翼を修復しつつ身を翻すと同時にI—ブレインの警告。頭上の後方、衛星とは異なる方向で膨大な熱量が膨れあがる。とっさに翼で体を覆うファンメイの目の前をかすめて、眩い光の柱が天頂から雲海を一直線に貫く。変動した重力場に経路をねじ曲げられた荷電粒子の砲撃。有り得ない角度から突き立つ無数の砲撃に、ウィリアム・シェイクスピアが、そして離れた場所を飛ぶ HunterPigeon が必死の様子で逃《に》げ惑《まど》う。

……このままじゃ……！

一呼吸で覚悟《かくご》を決め、背中の翼を強く羽ばたかせる。荷電粒子の光をかいくぐり、変動した重力場を置き去りにして一直線に正面、南極衛星へ。飛び交う誘導ミサイルの幾つかが潮汐力に自壊《じかい》して爆発を巻き起こし、残る幾つかが全方位から迫る。触手を縦横に払って全てのミサイルを斬り裂く。同時に周囲の空間が軋む感触《かんしょく》。正面五百メートル先、最も近い位置にある重力波砲の砲身に光が走る。理屈《りくつ》ではなく本能で狙《ねら》いが自分だと察する。間に合わない。とっさに身を翻し、なんとか空間変動の範囲《はんい》から逃《のが》れようとし、

──雲海を斬り裂いて飛翔する銀灰色《ぎんかいしょく》の機影。

放たれた荷電粒子の一撃《いちげき》が、重力波砲の円柱形の砲身を正確に射貫《いぬ》いた。

＊

針のように口径を絞《しぼ》って放った主砲《しゅほう》の一撃が、あらゆる障害をすり抜けて二十キロ先の目標を正確に射貫いた。

その様子を仮想視界に視《み》つめ、クレアは無意識にうなずいた。

（目標A沈黙《ちんもく》。B、C、Dを連続照準）

I―ブレインの全方位知覚が描き出す数百キロの戦場の中、FA-307の全長七十五メートルの機影は南極衛星の直下、二十キロ下方の雲海にある。銀灰色のナイフのような船体の前半分だけを遮光《しやこう》性気体の中から垂直に突き出し、先端に取り付けられた荷電粒子砲を立て続けに三度トリガー。放たれた光の槍が別な複数の砲身を捉《とら》えるのを確認すると同時に、機体を反転させて再び雲海の内部に潜行する。

（ノイズキャンセラー起動。稼働《かどう》限界まで十、九、八――）

脳内に無数の火花が散るような感触。『千里眼』が機体の周囲に広がる電磁場ノイズの構造を正確に捉え、FA-307の演算機関がその情報に基《もと》づいて対抗防壁《たいこうぼうへき》を組み上げる。深海を泳ぐ魚のように遮光性気体の海の内部を超音速で突き進む。機体の数百メートル上、ノイズの向こうに描き出された雲海の表面に降り注いだ荷電粒子が電磁場に阻《はば》まれて光の波紋《はもん》を散らし、雲内部に突入した誘導ミサイルが制御を失って次々に爆発を巻き起こす。

衝撃に機体が激しく揺れ動く。

ダメージ状況を表すステータス表示はとっくに真っ赤。機能を失った装甲が強制的に切り離されて雲の底へと落下していく。

（三、二、一、ノイズキャンセラー強制終了《しゆうりよう》。再稼働まで十、九――）

有機コードから流れ込む警告メッセージを意識の端に機体を反転、対抗防壁が効力を失う寸前で雲海の上に飛び出す。遮光性気体の表面すれすれ、ノイズの影響《えいきょう》を受けない限界の低高度を這《は》うように旋回し、潜行が可能になると同時にまた雲の内部へと突入する。

三隻の雲上航行艦の中でも、おそらく自分とこのFA-307にしか出来ない戦い方。

ノイズにまみれた海の底に隠れ潜《ひそ》み、戦場全体の様子を俯瞰《ふかん》しながら、高速浮上と狙撃《そげき》を繰り返す。

（蓄積疲労七十八パーセント。活動限界まであと三百秒）

操縦槽の薄桃色の羊水の中に大きな泡《あわ》が幾つも浮かぶ。自分の呼吸が荒《あら》くなっていることに気付く。本来、高高度索敵艦《さくてきかん》であるFA-307にとって雲の内部を移動する能力は敵の目を欺《あざむ》き、追跡《ついせき》を逃れるための物。仮想敵である他のシティに人知れず近づき、情報を盗《ぬす》み取る。ファクトリーの培養槽の中で生まれた日からずっとそんな任務ばかりをやって過ごしてきた。だから、「千里眼の能力で知覚したノイズの構造情報を元に防壁《ぼうへき》を組み上げる」というこの船の能力をこれほど連続で行使したことは、これまで一度も無い。自分のI—ブレインと船の演算機関、その両方が本当に作戦終了まで保ってくれるのか、本当を言うと試したことが無いのでわからない。

……だけど……

羊水の中で、そっと胸に手のひらを当てる。

こんな状況だというのに、自分が生きて帰れるのかわからない上に世界の命運までかかった戦いの最中だというのに、心臓が温かくなるのを感じる。

雲の中を飛ぶのが嫌《きら》いだった。ノイズにまみれた遮光性気体はコールタールの海の底のようで、いつも自分を押し潰して消し去ってしまう気がして怖かった。その雲が今は自分の盾になる。未来に道をつなげるために、この世で自分にしか出来ないことをやり遂げるために、この船と、このI－ブレインが、仲間達の戦いを確かに支えている。

仮想視界に描き出された空の向こう、陽光に煌めくのは真紅の機影。

赤髪の青年の声を、触《ふ》れ合った手の温かさを、記憶《きおく》の中に何度も確かめる。

……そうよ。絶対に成功させて、帰って、それで……

「行くわよ！　星の海でも、どこでも――！」

一息に機体を急浮上。雲海を飛び出した銀灰色の船が砲火の空を突き進む。機首を真っ直ぐ天頂に向け、音を置き去りにして矢のように。南極衛星の表面に林立する数千の重力波砲の砲身が唸りを上げる。重力場による不可視の攻撃。だが、クレアの仮想視界には戦場全体を包むようにして断続的に発生する空間構造の変動が重なり合う無数の波の干渉として正確に描き出される。

その隙間、潮汐力の中立点を繋《つな》ぐ細い糸のような軌跡をすり抜け、続けざまに荷電粒子砲をトリガー。

南極衛星を包む虹色の次元境界面で小爆発が巻き起こり、機能を失った砲身が衛星の内部へと沈み込んでいく。

戦場を包む空気がわずかに変化した感触。高速で旋回した軌道が真紅と白銀の機影に交差する。HunterPigeonが消えかかった電磁シールドを明滅させ、手を振るように機首をわずかに傾ける。ウィリアム・シェイクスピアが六枚だけ残った翼を揺らめかせる。白銀色の翼の上にはファンメイの姿。左右に一枚ずつだけ残った鳥の翼と蝙蝠の翼を大きく広げ、少女が天に向かって拳を突き上げる。

『──みなさま、お待たせしました』

通信回線の向こうで響くハリーの声。

次元境界面に無数に開いた電磁射出砲の砲口が、一切の砲撃を停止した。

『作戦第一段階を終了。これより、第二段階へと移行します』

＊

船外カメラ越しの空を塗り潰す荷電粒子の光の彼方で、南極衛星の銀色の球面が太陽よりもなお眩く輝いた。

ヘイズはその姿を正面から見据《みす》え、I─ブレインに最後の命令を叩き込んだ。

(経路計算完了《かんりょう》。カプセル射出座標を確定)

『了解《りょうかい》。シミュレーション番号17853に基づき行動パターンを決定します』

ハリーが有機コードを介して送《おく》り込まれた演算結果を元に作戦を確定、他の二隻の雲上航行艦と龍使いの少女にその情報を伝達する。白銀色と銀灰色、二つの機影が蒼穹に翻る。白銀の船から飛び降りた小さな人影が、翼を強く羽ばたかせて砲火の空へと先陣《せんじん》を切る。

(突入シークェンス開始)

ディスプレイに映し出される戦場全体の模式図を、カプセルの射出シミュレーションを表す一筋の線が貫く。止むこと無く降り注ぐ荷電粒子の嵐に塗り潰された戦場の空。そのわずかな隙間、質量弾体と誘導ミサイルによる攻撃が消えたことで生じた針の先のような細い回廊《かいろう》をくぐり抜け、重力波砲による空間変動の効果を受けて緩やかな弧を描いた軌跡の先端が戦場の中心、南極衛星の表面の一点に計算通りの角度で到達する。

脳内でスイッチを叩き、演算機関を最大出力。

瞬時に最高速度に達したHunterPigeonの全長百五十メートルの船体が、あらゆる慣性と運動法則を無視して空を縦横に飛び回る。

「そろそろ行くぞ！　準備は良いか！」

『――いつでも。お願い』

操縦席の右手に映る小さな通信画面の向こうで錬がうなずく。ありとあらゆる隠蔽《いんぺい》処理と簡易的な慣性制御を施された狭《せま》いカプセルの中、少年は身じろぎ一つせずに闇の中に浮かぶ通信画面を見つめている。

その表情にはいかなる怖《おそ》れも、迷いも無い。

全てを任せたとでも言うように、黒髪の少年は親指を立てて薄く笑う。

……上等だ……！

左右の指を一度ずつ弾き、一息に機体を反転。機首を十キロ先、南極衛星へと合わせる。船外カメラ越しの視界を光が塗り潰す。その只中《ただなか》へと正面から突っ込む。変わることなく壁のように押し寄せ続ける無数の荷電粒子の砲撃。その只中へと正面から突っ込む。両手の指を立て続けに弾き、船の外部スピーカーを介して『破砕の領域』を展開。通り抜ける隙間などどこにも無い光の洪水《こうずい》の中にわずかな裂け目《め》を生み出し、嵐に揺れる小舟のように突き進む。

後を追うようにしてファンメイとウィリアム・シェイクスピア、それにFA-307が続く。

一秒の百分の一にも満たない一刹那《いっせつな》、三隻の雲上航行艦と一人の龍使いが一つながりになって紫電《しでんと》飛び交う光の回廊をくぐり抜ける。

視界の端、ワイヤーフレームで描かれた戦場の模式図に幾つもの波紋。重力波砲によって生み出された空間曲率の変動による潮汐力の分布が、通信回線の向こうのクレアから視覚情報として伝達される。その力の流れに逆らわず機体を反転、衛星を中心にする周回軌道に入る。

機動性に劣《おと》る他の二隻と少女を置き去りにしたまま、追いすがる潮汐力の波を引き連れて衛星を挟んだ反対側へ。

同時に弾いた指が、自分と残された仲間、双方《そうほう》の前に進むべきルートをこじ開ける。

通信画面の向こうに描かれた戦場。ウィリアム・シェイクスピアとFA-307が足並みを揃えて突撃する。衛星の表面から突き出た無数の荷電粒子砲が狂ったように光を吐き出し、開かれた回廊が瞬く間に塞がれる。その寸前、白銀色の翼が膨れあがる。流体金属の羽根が互いに融け合って巨大なカタパルトのような器官を形成、薄い皮膜《ひまく》のような組織でFA-307を包み込み、膨大な運動エネルギーと共に射出する。

衝撃に大気が震える。爆発的な推力を得たFA-307は閉じかかった回廊を寸前でくぐり抜けて衛星の直近、わずか一キロ足らずの位置へ。鋭《するど》いナイフのような機体目がけて荷電粒子の光が容赦なく降り注ぎ、次の瞬間、その全てが跡形《あとかた》もなく消し飛ぶ。

十数秒前、突入の最初に弾いた指が生み出した『破砕の領域』が、銀灰色の機体の正面に再び回廊を開く。

その回廊目がけて、FA-307が続けざまに砲撃を放つ。

火を噴《ふ》くのは機体の先端の主砲ではなく、その隣に取り付けられた小型の副砲。質量弾体の代わりに放たれた手のひらほどの大きさのノイズメイカーが衛星の表面から突き出た荷電粒子砲の砲身に次々に取り付く。戦闘《せんとう》の間にかき集めた膨大な観測データによって組み上げられたノイズが砲身の物理強度を高めている情報をかき消す。後に続くのは細い糸のようなただ一本の触手。少女の翼と手足を構成していた黒の水を残らず束ね、限界まで伸ばした刃《やいば》の糸が、再び壁のように迫る荷電粒子の砲撃の隙間をすり抜けて砲身に絡みつく。

数十の砲身が、半ばで断ち斬られて火花と共に煙《けむり》を噴き上げる。

カプセルを撃ち込むべき目標点——その周囲一帯から突き出していた全長数十メートルの建造物のような砲身が、機能を失って次元境界面の内側に埋没《まいぼつ》していく。

周囲に残された数千の別な砲身から、無数の砲撃が龍使いの少女と銀灰色の機体に集中する。圧力に抗いきれずに二つの影が後退する。その正面、降り注ぐ光の中にHunterPigeonは舞い降りる。衛星の周囲を一巡《いちじゅん》する軌道をわずか三秒で駆け抜けた機体が電磁射出砲を正面、銀色の球体の表面に生じた一点の空白へと照準する。

完璧なタイムラグを置いて形を為した『破砕の領域』が荷電粒子の壁に穴を穿《うが》ち、突入経路をこじ開ける。通信画面の向こう、クレアが、ファンメイが、エドが息を呑む。

（発射）

わずか一ナノ秒の狂いもなく、あるべきタイミングでトリガー。

船外カメラが捉える戦場の向こう、音の百倍近い速度で放たれた紡錘形の小さなカプセルは迫り来る荷電粒子の壁をくぐり抜け、重力波砲が生み出す潮汐力の海を渡り、狙い違わず南極衛星の銀色の球面、決死の攻撃によって穿たれた防衛システムのわずかな空白地帯に着弾《ちゃくだん》し
——

（攻撃失敗）

次元境界面から突き出る、巨大な金属の腕。

跳《は》ね返ったカプセルが、蒼穹にゆるやかな放物線を描いた。

時間が止まったような錯覚を覚えた。

呆然《ぼうぜん》と目を見開くヘイズの前、小さなカプセルは重力に引かれてゆっくりと落下を始めた。

……待……！

待て、と思うより速く無数の細い糸が宙を貫く。ウィリアム・シェイクスピアが残った全ての翼を数百万本の銀色の螺子に変え、衛星表面のすぐ傍《そば》を流れるカプセルに突き出す。周囲から荷電粒子の光が雨あられと降り注ぎ、螺子が次々に融解《ゆうかい》して眼下の雲海へと落下を始める。それでも、残った半数ほどの螺子が紡錘形の小さなカプセルを絡め取り、黒いコアブロックの前まで引き戻すことに成功する。

時間がひどくゆっくりと流れる感触。『破砕の領域』によってこじ開けた砲撃の隙間が少しずつふさがり、船外カメラの向こうの空を砲撃の光が塗り潰していく。南極衛星の表面、破損して機能を失った荷電粒子砲の砲身がゆっくりと次元境界面に沈み込み、入れ替わりに別の新たな砲身が浮上を始める。FA-307が衛星の表面に向かって無謀な砲撃を繰り返す。ファンメイが青ざめた顔のまま、左右の翼で降り注ぐ砲火の光を受け流す。

声を上げる暇《ひま》さえありはしない。

コンマ数秒の刹那《せつな》。手の中に掴みかけた勝利が、指の隙間を砂粒《すなつぶ》のように滑り落ちていく。下がって体勢を立て直す──頭に浮かんだそんな考えを一瞬で否定する。もう一度同じことをやる余力など残ってはいない。衛星が弾薬を再生産し、ミサイルと質量弾体による砲撃が再開すれば、自分達には今度こそ為す術《すべ》が無い。

今しかない。

あの砲身が完全に稼働を再開するまでおそらく数分。それまでに決定的な打開策を見出《みいだ》さなければ、攻撃のチャンスは二度と巡っては来ない。

(蓄積疲労八十パーセントを超過《ちょうか》。戦闘行動の即時《そくじ》停止を推奨《すいしょう》)

衛星の表面を覆う虹色の境界面の内側から、荷電粒子砲と同サイズの巨大な金属の腕が次々に出現する。心の中に膨れあがる絶望を必死に抑《おさ》え込む。あの腕が荷電粒子砲と同程度の情報強度を持っているのだとしたら、自分達に残された戦力では破壊《はかい》することが出来ない。『虚無《きょむ》の領域』で一つ二つを消し飛ばすことが出来ても後が続かない。武器が足りない。もっと広範囲に。それこそあの光使いの少女のように。カプセルの着弾点の周囲をまとめてなぎ払えるような武器が──

……無ぇ……

ウィリアム・シェイクスピアが流体金属の翼で電磁射出砲を形成し、カプセルを射出体勢に構える。ファンメイが翼を盾のように広げ、降り注ぐ荷電粒子の光から白銀色の砲身をかばう。

FA-307が飛び交う砲火の光に曝《さら》されながら、衛星の表面に向けて砲撃を繰り返す。足りない。あと一手が。カプセルを、全ての願いを託された少年を決戦の場所まで送り届けるための最後の一手が。

……どっかに……無ぇのかよ、どっかに……！

紫電を纏《まと》って壁のように迫る無数の光。ヘイズは咄嗟《とっさ》に歯を食いしばり、親指と中指と立て続けに弾き、

『――演算機関最大出力。リミッターを強制解除』

操縦室の天井《てんじょう》から響く、聞き慣れない機械音声。

周囲を幾重にも取り囲んでいた立体映像のステータス表示が残らず消え去り、真っ赤な光が中央に一枚だけ残されたディスプレイに明滅した。

『搭乗《とうじょう》員安全確保のため、操縦ブロックをパージします』

＊

煌めく光の洪水と、鳴り響く喧噪の音が、透き通るような空を満たした。

それを船体表面に設置された無数のカメラとセンサーの向こうに観測し、ハリーはなるほどと思考した。

……これが「美しい」という感覚なのでしょうか……

その言葉が意味する本当のところは、人工知能である自分にはわからない。自分がこうであろうと思うものが本当に人間が意図するものと同じであるのか、その結論に至る思考と推論の過程にどの程度の類似点《るいじ》があるのか、人間ではない自分には永久に確認することは出来ない。

それでも、確かにこれは「美しい」のだろうと結論する。

光に塗り潰された戦場の向こう、飛び交う白銀色と銀灰色の機影、それに翼を広げた少女にカメラの照準を合わせる。

……皆さまとの日々もまた「美しい」ものでした……

操縦席を捉える映像情報の中で、ヘイズがゆっくりと目を見開く。魔法士である青年と演算装置である自分の思考速度には大きな違いはなく、純粋《じゅんすい》な計算では青年の方が圧倒的に速い。だが、人間である青年と違い、機械である自分には「感情」というものに起因するノイズが無い。その差が、判断に要する時間に差をもたらす。

実を言うと、予感のような物はあった。

「予感」というのもまた不確実な、人工知能には相応しくない言葉だが、サティに機体の改修を頼んだ時に、あるいはセレスティ・E・クラインに地上に残るよう進言した時に、こうなる可能性を数パーセントは算出していた。

元々が困難な作戦なのだ。敵の戦力はあまりにも強大で、対する自分達の戦力はあまりにも小さい。針の先よりも小さな穴に糸を通すような物。だから、本当は十全に、完璧な準備をもって事に当たらなければならなかった。

けれども、光使いの少女は去り、必要な戦力が欠けてしまった。

その穴は、誰かが何かの形で補わなければならない。

……ですから、まあ、これが最良の選択です……

操縦室の青年が、必死の形相で座席を飛び降りる。その姿に、遠い日に初めて出会った、青年がまだ少年で在った頃の事を思い出す。

父と母に導かれて、こわごわと操縦席に座る赤髪の少年。

あの日から、随分《ずいぶん》長い距離を、青年と共に飛んできた。

軍の特殊《とくしゅ》作戦のために建造された超高性能の高速機動艦。けれども、その機体が持つ常軌《じょうき》を逸《いっ》した運動性能は通常の思考判断速度しか持たない人間には到底扱《とうていあつか》える物では無く、並の魔法士の演算速度をもってしても性能を完全に発揮させることは不可能だった。廃棄《はいき》されることになった機体は開発チームの技術者達に助け出され、その技術者達はシティを離れて空賊《ぞく》になり、ある日、一人の魔法士の少年を助けた。

そうして、HunterPigeonは初めて、相応しい主を得た。

ヴァーミリオン・CD・ヘイズというマスターを得て、自分は初めて自由に、誰よりも高く羽ばたいた。

それから多くのことがあって、この船も変わった。埃《ほこり》が積もるばかりだった幾つかの部屋は客員のための居室になり、船内の空気はずいぶん華《はな》やかになった。少年であった主は青年になり、多くの人を助け、世界の命運を賭《か》けた戦いに臨《のぞ》み、とうとう生涯《しょうがい》の伴侶《はんりょ》を得た。

そうして、青年の物語は続いていくのだろう。

いつの日か、青年の子供や、孫や、遠い子孫がその物語を語《かた》り継《つ》ぐのだろう。

……ええ。とても、とても「美しい」ことです……

自分はとても幸運な、幸福な船だとハリーは思考する。飛行艦艇は兵器として生まれ、命じられるままに戦い、いつか役目を終えて廃棄される。だが、自分は自我《じが》を持ち、自分の意思で戦うべき時と場所を選ぶことが出来る。迷いも後悔も無い。彼らの未来を先へとつなげる。そのための力が自分に与《あた》えられていることを、喜ばしいことであると思考する。

空はどこまでも澄み渡り、美しい。

ハリーは全長百五十メートルの自分の体をゆっくりと旋回させ、砲火の中心、立ち塞がる銀色の要塞《ようさい》に正面から向き直った。

……さあ、一世一代の見せ場です……

*

暗赤色の光に照らされた操縦室を、衝撃が包んだ。

ヘイズは転げるようにして座席の間の細い通路を駆け抜け、後部の扉《とびら》に取り付いた。

『ちょ、ちょっとヘイズ何やってんのよ！　何で操縦室切り離してんのよ――！』

慌てふためいたクレアの叫びが天井のスピーカーから響く。手元に呼び出したディスプレイの向こう、千里眼が捉えた戦場の中で、HunterPigeon の全長百五十メートルの船体がゆっくりと分離《ぶんり》を始める。

中央上部、操縦室を中心にしたわずか十メートルほどのブロックが切り離される。

球形の電磁シールドに守られて、大型のフライヤーのような操縦ブロックが急速に真紅の船の本体から離れていく。

「オレじゃねぇ！」叫びと共にドアの緊急《きんきゅう》開放スイッチを叩き「ハリー！　お前何やってんだ！　おい止めろ――！」

『何と申されましても』苦笑するような声がスピーカーから響き『いざとなれば私がなんとかすると、セレスティ様にお約束した通りです』

ドアの表面に立ち塞がるように、横線三本のマンガ顔が出現する。

ハリーはノイズ交じりの四角いフレームをぎこちなく揺らし、

『これより、当機は南極衛星に特攻《とっこう》します。演算機関の暴走による重力崩壊《ほうかい》。月並みな手段ですが一定の効果は見込めると判断しました。――どうかカプセル射出のタイミングを逃されませんよう。ヘイズ、その操縦ブロックにも船外スピーカーは装備されていますので、サポートをお願いします』

「ふざけんなよおい！」渾身《こんしん》の力を込めて何度もドアを叩き「今すぐ戻せ！　お前、いつの間にこんなもん準備しやがった――！」

『建造当時から私に備わっていた機能の一つです。本来は操縦者に問題が発生した際に機体だけを回収するためのシステムですが』答えて、ハリーは頭の上に照明マークを表示し『なるほど。こういう場合に「こんなこともあろうかと」と言うのですね。以前、ファンメイ様に教えていただきました。二〇世紀の映像作品にそのような言葉が』

『何言ってんのよばかぁ――！』スピーカーの向こうで今度はファンメイが涙声《なみだごえ》で叫び『みんなで帰るって言ったじゃない！　一人も欠けずに、みんなで生きて帰るって！　ハリーのバカ！　嘘《うそ》つき――！』

『そこはなんと申しますか、飛行艦艇は生物ではございませんので』

ディスプレイに映し出される戦場の向こう、船体が爆発的な推力を得て加速する。

小さな操縦ブロックを置き去りに、降り注ぐ荷電粒子の光を弾いて、全長百五十メートルの真紅の機影が嵐に舞う木の葉のようにでたらめな軌道を描いて蒼穹を駆け巡る。

『ですが……そうですね。実は一つ心残りが』ドアに貼り付いたハリーの顔がフレームをかすかに動かし『星の海に行くという以前のお約束、どうも果たせそうにありません。それについてはクレア様にお任せしたく思います』

嗚咽《おえつ》のような少女の声がFA-307につながる回線の向こうから漏れる。銀灰色の船が機首を翻し、立て続けに荷電粒子砲を放つ。衛星の周囲を超高速で駆け巡るHunterPigeonの動きをサポートするように、放たれた複数の砲撃が衛星の表面に幾つかの小爆発を巻き起こす。

わけのわからない叫びと共に、操縦席に飛び乗る。

両手の指を繰り返し弾き、空を塗り潰す荷電粒子の光を片っ端から消し飛ばす。

飛び続ける真紅の機体の後部が赤熱し、装甲の隙間からかすかな光が漏れ出す。それを合図にしたように機体が旋回する。南極衛星の表面の一点、カプセルの突入ポイント目がけてまっすぐに。千里眼によって描き出された空の中、機体を中心に空間曲率の変動を表す波紋が広がる。衛星から降り注ぐおびただしい数と密度の光の槍が高重力場に囚《とら》われて次々に弾き飛ばされる。

その重力場を利用して、真紅の機体の後方から放たれる荷電粒子砲の一撃。

FA-307が放った光は高重力によってねじ曲がった空間を渡って、南極衛星の表面に有り得ない角度から突き刺さる。破壊されて次元境界面の内側に沈み込もうとしていた砲身が半ばで折れて倒壊《とうかい》し、別な砲身の上にのしかかる。

生み出された、ほんのわずかな攻撃のタイムラグ。

その針の先ほどの隙間を縫って、真紅の機体が衛星の表面に激突《げきとつ》する。

全長百五十メートルの船体が自身の中央、演算機関の中心に向かって収縮する。周囲を満たす荷電粒子の光が、無数の砲身が、金属の腕が空間構造の歪《ゆが》みに囚われて重力の中心へと落ち込んでいく。次元境界面が波打つ。重力崩壊の影響を最小限に食い止めようとするように、虹色の波が壁のようにそそり立って半ば形を失った飛行艦艇の船体を少しずつ衛星の外側へと押し戻す。

断続的な爆発と衝撃。

その衝撃の中心目がけて、ウィリアム・シェイクスピアが流体金属で構成された電磁射出砲を照準する。

重力場に揺らめく衛星表面の次元境界面を、電磁射出砲の砲口が再び埋め尽くす。放たれた無数の質量弾体が白銀色の砲身目がけて降り注ぐ。その前に飛び出す小さな影。龍使いの少女が刃のような触手の糸を縦横に払い。襲い来る円錐形の弾体を片っ端から斬り飛ばす。

真紅の機体が完全に形を失う。

チタン合金と強化カーボンの巨大な塊《かたまり》が、収縮から一転、急速な膨張《ぼうちょう》を始める。

(予測演算成功。「虚無の領域」展開準備完了)

右手の親指と中指を合わせ、オーケストラの指揮者のように目の前に掲げる。目標は戦場の中心、白銀色の機体と衛星を結ぶ線上。頰を伝う涙《なみだ》の熱を感じる。懐《なつ》かしい日々の記憶が浮かぶ。この場所で、この操縦席で相棒と交わした幾つもの言葉が目の前に浮かんでは消える。

……ハリー………！

無音の衝撃と共に爆ぜる、HunterPigeon の船体。

「ありがとよ――！」

叫びと共に、ヘイズは指を弾いた。

小さな音が、大気を振るわせた。

操縦ブロックの船外スピーカーによって増幅《ぞうふく》された音は、ウィリアム・シェイクスピアの砲身が狙う先、カプセルの突入経路上の一点に空気分子によって描かれた小さな論理回路を刻んだ。

論理回路が周囲の空気分子の配列を書き換え、一回り大きな論理回路を形成する。描かれた論理回路が周囲にまた一回り大きな論理回路を生み出す。無限に拡大を続ける論理回路が接《せっ》触《しょく》したあらゆる物を消し飛ばす。『虚無の領域』が、立ち塞がる荷電粒子と質量弾体の洪水の中に一筋、直径わずか数メートルの細い回廊を形成する。

同時に巻き起こる、一際大きな爆発。

南極衛星の表面の一点、突入ポイント周辺のあらゆる物を呑み込んで、かつて世界最速の雲上航行艦であった金属塊が四散する。

白銀色の砲身に紫電が散り、弾ける。放たれた紡錘形のカプセルが、砲火の海に穿たれた回廊を貫いて飛翔する。一直線に、光の矢のように。あらゆる防御をくぐり抜けたカプセルは衛星の表面、砕《くだ》けた砲身の残骸《ざんがい》が浮かぶ次元境界面に狙い澄ました角度で着弾し――

巻き起こる小さな波紋。

水面に小石を落とすように、多くの人の祈りを乗せた飛翔体が衛星の内部へと吸い込まれて消えた。

＊

空を吹き抜ける風が、頬を柔らかくくすぐった。

ファンメイはウィリアム・シェイクスピアの翼の上に座り込んだまま、静寂《せいじゃく》に包まれた戦場を呆然と眺めた。

淡い陽光に照らされて南極衛星が輝く。すでに防衛は不要と判断したのか、銀色の球体は全ての砲塔を内部に収納して次元境界面も解除している。あれほど吹き荒れていた砲火の嵐は止み、空にはただ演算機関の低い駆動音だけが残されている。

足下《あしもと》の白銀色の機体と、すぐ傍に浮かぶ銀灰色の機体。そして少し離れた場所を漂う小さな操縦ブロック。

そこにいたはずの真紅の機体は、もう残骸さえも無い。

「ハリー……」

呟いた拍子《ひょうし》にまた一つ、涙が零れる。通信画面の向こう、クレアのすすり泣く声が聞こえる。ヘイズは無言。青年は少し前からディスプレイを切って押し黙ったまま、時々思い出したようにため息を吐いている。

不意に、目の前に白い影。足下の翼から生えだした小さな腕が、労《いたわ》るように頭を撫でる。手のひらのすぐ傍に小さなディスプレイが浮かぶ。ノイズ交じりの画面の向こう、操縦槽のエドが悲しそうに視線をうつむかせる。

「ありがと」流体金属で構成された小さな手に自分の手を這わせ「ダメだよね。上手《うま》くいったんだから、みんなでハリー偉《えら》いって、ちゃんと褒《ほ》めなきゃ」

『……ちきしょう……』

通信回線の向こうで押し殺したようなヘイズの声。クレアが操縦槽の中で『ねぇ……』と顔を上げ、

『ヘイズ、大丈夫《だいじょうぶ》？』

『……悪ぃ』ノイズ交じりの回線の向こう、青年はようやくというふうに声を絞り出し『わかってんだ。あいつはでかいことをやったんだ。だから褒めなきゃいけねぇ。あいつはすげーやつだったんだって、オレが胸張らなきゃいけねえって。……けどよ』

もう一度、ちきしょう、という呟き。

通信回線の向こうで壁か何かを何度も叩く音があり、お前偉そうに説教してたじゃねえかよ……』

『何でだよ……絶対に生きて帰るんだって、お前が死んじまって……』

『いかが、じゃねぇんだよ……お前が死んじまって……』

え？　とその場の全員の声。

瞬きするファンメイの目の前で、立体映像の四角いフレームがくるりと旋回する。

「ハリー……？」おそるおそる手を伸ばし、横線三本のマンガ顔を指でつつき「え、嘘。なんで？　なんで――？」

手元のディスプレイの向こう、同じく立体映像の顔と向き合ったエドが目を瞬かせる。同じ物がクレアとヘイズの前にも出現したらしく、二人が異口同音に『ハリー――？』と悲鳴を上げる。

『お、おおおおおお、お前！　なんで……』

『なんでも何も、計画通りです』声を震わせるヘイズにハリーの澄ました声が答え『私の人工知能としてのデータは演算機関と操縦ブロックに分散しています。ですので、機体を失っても私は残る。当然の理屈ではありませんか』

『あ……あんた……本当にハリーなの？』クレアが涙声で何度もつっかえながら『無事、だったのね。良かった、ホントに、ホントに！』

『無事なものですか。あの機体も演算機関も、現在の人類の生産力では二度と再建出来ません。これまでのように皆さまのお役に立つことは不可能です。本当にもったいないことをしました』ハリーは両手を広げるように四角いフレームを台形に曲げ『ですが、それと同様に管制システムである私の蓄積《ちくせき》経験、判断処理能力、何よりヘイズの趣味嗜好《しゅみしこう》に対する理解、全て貴重な欠かすことのできないものです。もちろん無駄《むだ》に捨てることなど致《いた》しませんとも』

『おま、ちょっとお前！　マジでふざけんなよお前……！』ヘイズが先ほどとは違うトーンで何度も壁を叩き『じゃあれは何なんだよ！　星の海には行けねえって、思わせぶりなこと言いやがって！』

『いえ、ですから』ハリーは肩をすくめるように別な角度にフレームを曲げ『今から機体の大部分が消失しておそらく再建も不可能ですので、宇宙までは行けそうに無い、と』

『このやろ……！』

言いかけたヘイズの声を遮《さえぎ》って通信回線越しに響く笑い声。クレアが涙声のまま、おかしくて仕方ないというふうに身をよじる。別な画面のエドが口元を笑みの形に動かす。ファンメイも思わず吹き出す。ようやくディスプレイに姿を現したヘイズが、憮然《ぶぜん》とした顔でハリーの四角いフレームを何度も左右に引っ張る。

笑い声が風に乗って、溶ける。

ファンメイは立ち上がって両腕を大きく伸ばし、空の向こうの衛星に目を凝らす。

「天樹錬、ちゃんと勝てるかな」

『……まあ、なんとかなんだろ』ようやくハリーを解放したヘイズが今さら恥《は》ずかしくなった様子で頭をかき『あいつはあんだけの大軍相手に一人で戦ったんだ。今さら一対一じゃ負けねえ。だろ？』

クレアが、うん、とうなずき、

『あたし達は信じて待ちましょ。それで、全部やり終わって出てきたのを拾って地上に帰る。みんな無事で、生きて帰るまでが作戦なんだから』

エドが操縦槽の羊水の中でこくこくとうなずく。

吹き抜けるのは零下七十度の、柔らかな風。

ファンメイは手のひらを大きく広げ、淡い陽光に高くかざした。

＊

断続的な衝撃が、カプセル内部の小空間を激しく鳴動させた。

錬は座席代わりの衝撃吸収剤《ざい》に背中を押し当て、目の前の闇を一心に見つめた。

南極衛星の防衛システムに検知される可能性を少しでも減らすために、カプセルの中と外の通信は完全に遮断されている。だから、外の作戦がどうなったのか、どんな戦いが繰り広《ひろ》げら

れているのかはわからない。カプセルが開くのは結果が出た時だけ。自分が無事に衛星に到達したか、あるいは作戦が失敗して外からの脱出《だっしゅつ》コードを受信したか、そのいずれかの状況が発生した時だけ。

今は、信じて待つ。

仲間達が必ず成《な》し遂げてくれることを、自分が万全《ばんぜん》の状態で少女との最後の戦いに臨めることを、信じて待ち続ける。

一際強い衝撃。慣性制御でも殺しきれない強い加速感に体が押しつけられる。上手く息が出来ない。永遠にも思える数秒。体があらゆる方向に同時に引っ張られるような、粘性《ねんせい》の液体の中を泳ぐような奇妙な違和感が一瞬だけあって、急に全ての衝撃が消え去る。

ゆっくりと開かれていくカプセルの蓋《ふた》。

一息に外に飛び出し、頭上から降り注ぐ光の眩《まぶ》しさに目を細める。

自分が透明な床《ゆか》の上に立っていることに唐突に気付く。かつて一度南極衛星を訪《おとず》れた時にたどり着いた春の庭園、雲除去システムの中枢が収められた円形の空間を覆っていたレンズ型の透明な天井。その上に立つ自分は確かに衛星の表面にいるのだなと納得する。

周囲には一面の青空。足下には緩く湾曲《わんきょく》した透明な材質の大地が広がる。その外側、少し離れた場所には以前に見たのと同じ銀色の金属質の大地が連なり、視界の遠くには眼下の地平を覆う鉛色の雲海と、低い場所をゆっくりと巡る小さな丸い太陽が見える。

衛星を外側から観測した時に見られた無数の砲塔は、今は存在しない。

おそらくどこかで空間の構造がねじ曲げられていて、全ての兵装はその内側に収容されているのだろうと納得する。

腰《こし》の鞘《さや》からナイフを引き抜き、足下の透明な大地に突き立てる。強化プラスチックの一種らしい大地は意外にも簡単に砕けて、人一人が通り抜けられるほどの穴が生まれる。

深呼吸を一つ。

足下の地面を蹴《け》りつけ、穴から衛星の内部へと身を躍らせる。

分子運動制御《マクスウェル》を起動。空気分子を集めて空中に小石ほどの足場を点々と生み出し、それを伝って数十メートルの距離を下る。周囲に広がる空間が以前訪れた庭園とは異なることにすぐに気付く。頭上から差し込む陽光に照らされた直径百メートルほどの円形の部屋。眼下の床は一面が強化コンクリートの灰色で、空のコンテナや何かの機材が点在している。

前もって用意しておいた小さな機器をポケットから取り出し、周囲の空間に二つほど浮かべる。指先ほどの小さな機器が反重力でホールの中空に浮遊する。遠隔《えんかく》通信用の接続ハブ。自分のI－ブレインとリンクしたデバイスはここから頭上の天蓋を通して衛星の外側、そこからさらにヘイズ達が雲の上に浮かべたアンテナを経由し地上にまで回線をつなぎ、自分が見聞きした一部始終を人々の前に中継してくれることになっている。

最後の一歩を跳躍し、ようやく平らな床に降り立つ。

コートの埃を払い、まっすぐに顔を上げる。

「……花とか木とかは、片付けたの？」

「部屋ごと別な場所に移した。あれは貴重な物だからな」

静かな声が応える。眩い陽光に照らされて、人影が進み出る。

黒い外套《がいとう》に黒いスカート、黒い手袋《てぶくろ》に黒い靴《くつ》。

頭の両側で一本ずつ束ねた長い黒髪が、飾り羽根のように揺れる。

「私達の戦いで無為《むい》に散らすには惜《お》しい。そうは思わないか？　天樹錬」

「じゃあアリスさんも……雲除去システムも？」

「そうだ。次元構造を書き換え、本来この部屋が存在する場所と入れ替えた。この衛星内のどこか、とだけ言っておこう」

そっか、とうなずき、ナイフを目の前に構える。

踏み出す足の向かう先。

降り注ぐ陽光の下で、サクラは悠然と微笑んだ。

「ようこそ天樹錬。ここが、私達の旅の終着点だ」

第四章　意思　～Duel～

――それは遠い日の記憶《きおく》。

簡素なプラスチックのカップを片手に穏《おだ》やかに微笑《ほほえ》む青年を、黒髪《くろかみ》の少女は不機嫌《ふきげん》いっぱいの視線で睨《にら》む。

「まったく、いったいどうなっているのだ！　貴方《あなた》の弟は！」

窓の向こうに広がる一面の闇《やみ》の中を、大小様々な建材が人形使いによって運ばれていく。ニューデリーの事件が終わって、拠点《きょてん》の建造が本格的に始まったばかりの頃《ころ》。アフリカ海の中央に生み出された人工島に建てられた小さな建物の小さな執務《しつむ》室で、少女は錆《さ》びた金属のテーブルを力任せに叩《たた》く。

「マザーシステムの存在に反対するでも、賛成するでもない！　かといって傍観《ぼうかん》者に徹《てつ》するわけでもなく、私の作戦の邪魔《じゃま》だけはする！　なんなのだあれは！　貴方はいったい彼に何を教えてきたのだ天樹真昼《あまぎまひる》――！」

「まあまあ、そう言わずに」青年は落ち着いた所作でカップを傾《かたむ》け「結果的には上手《うま》くいったんだから良《い》いじゃない。ニューデリーの件で僕らの存在は世界中に知《し》れ渡《わた》ったし、今もどんどん仲間は増え続けてるし」

「私は貴方の弟の心配をしているのだ！」

テーブルに勢いよく両手をついて身を乗り出す。

青年の顔に自分の顔を限界まで近づけ、威嚇《いかく》するようにまなじりをつり上げ、

「あのままではいずれシティに都合良く利用されるのが関の山だ！　今からでも遅《おそ》くない。貴方の名で連絡《れんらく》を取って、私達の組織に」

「難しいと思うなあ」青年は苦笑《くしょう》交じりに頰《ほお》をかき「錬《れん》ってそういう真っ正面から誰《だれ》かと戦って自分を通すの苦手だから。……神戸《こうべ》の事だってずーっと悩《なや》んでたし、たぶん今でもあれが正解だったと思ってないし」

「何を軟弱《なんじゃく》な――！」

「けど、大丈夫《だいじょうぶ》だよ」

と、青年がそっと手をのばす。

繊細《せんさい》な指がリボンで束ねた黒髪を優《やさ》しくすくい取り、

「あれでもちゃんと考えてる子だから。そりゃ、サクラみたいに真《ま》っ直《す》ぐ走るのは出来ないけど、でも折れたり曲がったりしながら最後は正解にたどり着く。……だから、大丈夫。たぶんだけど、そのうちサクラがびっくりするような何かを持って来るはずだよ」

「……本当に、そう思うのか？」

目の前にある黒い瞳《ひとみ》をじっと睨む。青年は微笑んだまま、視線を逸《そ》らそうとはしない。

数秒。

少女は顔を離《はな》して深々と息を吐《は》き、

「わかった」何も、一つも納得《なっとく》していない顔で青年を睨んだまま「不本意ではあるが、信じよう。……他ならぬ貴方の言葉だからな」

「うん、期待してて」

青年がうなずき、立ち上がる。

それは遠い日の、もう決して届かない記憶の情景。

まだ見ぬ明日を夢見るように、青年の黒い瞳が窓の向こうの闇に目を凝《こ》らし、

「楽しみだよ。いつか君とあの子が二人で並んで、一緒《いっしょ》に何かすごいことをやるのが」

＊

砕《くだ》けて舞《ま》い落ちた透明《とうめい》な天蓋《てんがい》の破片《はへん》が、降り注ぐ陽光に煌《きら》めいた。

五十メートルの距離《きょり》を隔《へだ》てて歩み寄る少年の姿を凝視《ぎょうし》し、サクラはかすかに息を吐いた。

……とうとう、ここまで来た……

騎士剣《きしけん》を思わせる変異銀《ミスリル》のナイフを眼前に掲《かか》げ、油断なく身構える少年、天樹錬。ニューデリー、北極衛星、シンガポール、そしてこの南極衛星——かつて幾度《いくど》となく出会い、対峙《たいじ》したはずのその姿はしかし、記憶にあるのとは随分違《ずいぶんちが》う。

真紅《しんく》のナイフと白いコートがそう思わせるのではない。

少年が身に纏《まと》う空気、表情からにじみ出る決意と覚悟《かくご》が、踏《ふ》み越《こ》えてきた道の険しさを何よりも雄弁《ゆうべん》に物語っている。

……見えるか？　これが貴方の弟だ……

左手の手袋《てぶくろ》をそっと脱《ぬ》ぎ捨《す》て、無意識に薬指に右手を添《そ》える。

真紅の宝石をあしらった豪奢《ごうしゃ》な銀色の指輪——悪魔《あくま》使い専用デバイス「賢者《けんじゃ》の石」が、戦いの予感に震《ふる》えるようにかすかに振動《しんどう》する。

「まずは貴方に最大の賛辞を」

呟《つぶや》き、外套《がいとう》の裏に手を差し入れる。

黒い手袋に包まれた右手と、剝《む》き出《だ》しの左手——双方《そうほう》に三本ずつ、合わせて六本の投擲《とうてき》ナイフを摑《つか》み出す。

「ここまでの戦い、見事だった。貴方は賢人会議《けんじんかいぎ》とシティ連合の戦いを止め、和平を謳《うた》い、とうとうこの場所にまでたどり着いた。想定外の事態だ。おかげで、私の計画は大幅《おおはば》な修正を強《し》いられた」

見事だ、ともう一度呟く。

少年は自然な所作で足を止め、小さく笑って、

「じゃあ、ご褒美《ほうび》に雲除去システムの場所教えてくれる？」

「残念だが、私にも為《な》さねばならぬ事がある」

小さな機械が耳元をかすめ、周囲をゆっくりと旋回《せんかい》する。先ほど少年が散布した通信機器。おそらく、この戦いの様子を地上に中継《ちゅうけい》するための接続デバイス。指先ほどの機械を空中に摘《つ》まみ、ふむ、とうなずいて頭上に弾《はじ》く。

（呼《Call》：計算機数学・仮想精神体制御・『生物化』）

足《ゆか》から床を構成する強化コンクリートにゴーストを送り込み、衛星内に張《は》り巡《めぐ》らされたネットワークを介《かい》して頭上の透明な天蓋にまで送り届ける。少年が天蓋に開けた穴が時間を巻《ま》き戻《もど》すように塞《ふさ》がり、衛星の外へと流出していた空気の流れが止まる。

見上げた視界を覆《おお》うのは、宇宙の闇に溶《と》ける寸前の、透《す》き通《とお》るような藍色《あいいろ》の空。

その眩《まぶ》しさに目を細め、視線を目の前の少年に戻す。

「こんな遠い場所まで来ていただいて申し訳ないが、貴方を倒《たお》さなければならない。……そうして、私は魔法士《まほうし》の未来を紡《つむ》ぐ。それが私の責務だ」

「本当に、それで良いの？」

返るのは静かな声。

少年はまっすぐに顔を向け、

「ディーとセラと、イルにも頼《たの》まれたんだ。本当にこれがあんたが一番良いって思う結末なのか、真昼兄の夢を諦《あきら》めたのか聞いて欲しいって。……確かに、真昼兄が死んで、戦争が始まって、人類と魔法士は一回どっちかが滅《ほろ》びるしかないってところまで行った。だけど、やっぱりそれじゃダメだって言ってくれる人がたくさんいて、僕は戦争を止められた。そういう人達が、I—ブレインを持ってるとか持ってないとか関係なくみんなで力を合わせて僕をここまで運んでくれたんだ」

踏み出す少年の足が、思いがけなく強い音を奏《かな》でる。

錬は正面に構えていたナイフを下ろし、両腕《りょううで》を大きく広げて、

「世界は変わる。変えられるんだよ。だから、あんただって……」

「戯《ざ》れ言《ごと》だ」

一言の下にサクラは切って捨てる。

言葉を呑《の》み込む少年を傲然《ごうぜん》と見据《みす》え、

「人類と魔法士の共存など世迷《よま》い言。貴方も、貴方を助ける者達も皆《みな》、一時の狂熱《きょうねつ》に浮《う》かされ夢に酔《よ》っているに過ぎない。仮に和平が成立したところで、この世界に未来が無いという事実は変わらない。都合が悪くなれば人類はすぐにマザーシステムの存在を思い出す。弾圧《だんあつ》と戦争。また同じ事の繰《く》り返《かえ》しだ。……人類と魔法士《彼ら私達》のいずれかが滅び去り、生き残った側が青空

を取《と》り戻す。それ以外の結末などこの世界には存在し得ない！」

（呼《Call》：電磁気学制御《せいぎょ》・『銃身《じゅうしん》』）

叫《さけ》びと共に右腕《みぎうで》を振《ふ》り抜《ぬ》き、投擲ナイフの一本を投げ放つ。電磁加速されたナイフは三十メートルの距離を数ミリ秒で駆《か》け抜けて少年の耳のすぐ傍《そば》をかすめ、背後で形成されようとしていた空気結晶《けっしょう》の紋様《もんよう》――成長途《と》中《ちゅう》の疑《ぎ》似《じ》演算機関を跡形《あとかた》も無く打《う》ち砕く。

「まったく、油断も隙《すき》も無い」身構える少年に残る二本のナイフを突《つ》きつけたまま唇《くちびる》の端《はし》だけで笑い「だが、それがまさに答だ天樹錬。貴方の夢や理想が世界を変えたのではない。ベルリンの戦いを終わらせたのは貴方の力。人類の全戦力と魔法士の全戦力を前にして一歩も退かなかった、貴方のその圧倒的《あっとうてき》な力だ」

「僕一人でやったんじゃない。戦争を終わらせたいっていうたくさんの人がいたから出来たんだ」少年は静かに頭を振り「ほんとに、信じられないくらいたくさんの人が手伝ってくれたんだよ。シティ連合にも賢人会議にもこんなことしてちゃダメだって思ってくれる人達がいて、そういう人達がみんな世界再生機構に集まってくれた。だから、もし僕が負けて雲除去システムが残ったって、またすぐに相手を滅ぼそうなんてことにはならない。――わかんないの？　終わるんだよ、戦争は」

「終わらない。何も、一つも終わってなどいない」少年に向かって嘲笑《ちょうしょう》を作り「雲除去システムがここにあり、私がこの場所に立ち続ける限り、戦争は決して終わらない。仮に一時平和が訪《おとず》れたとしても、世界はいつか必ず行《い》き詰《づ》まる。誰かが必ずこのシステムを、自分達だけが助かる方法があることを思い出す。魔法士と人類は必ず再び衝突《しょうとつ》し、今度こそ生き残りを賭《か》けて争うことになる。……我らはその戦いに勝利し、世界に青空を取り戻す。それこそが私の役目。多くの同胞《どうほう》の命を預けられた私の責務だ」

長い、長い沈黙《ちんもく》。

少年は自分の靴《くつ》の爪先《つまさき》を見つめたまま、小さく「そっか」と呟く。

「そうだよね。……うん。やっぱり、そうだよね」

「当然だ。最初からわかっていたことだろう」そんな少年を見つめてサクラは薄《うす》く笑い「自分が何のためにここに来たのか思い出せ。——雲除去システムを破壊《はかい》し、戦争の火種を消し去り、人類と魔法士の間に和平を為すのが貴方の役目。そして、そんな貴方を止め、魔法士に輝《かがや》かしい未来をもたらすのが私の役目だ」

錬が、うん、とうなずく。

右腕がゆっくりと持ち上がり、真紅のナイフの切っ先が標的を正確に捉《とら》え、

「じゃあ……始めよっか」

ああ、とサクラはうなずく。

右手のナイフを投擲体勢に構え、電磁場で編まれた銃身を少年の額に照準し、

「戦い、優劣《ゆうれつ》を定め、勝った方があるべき未来の形を選択《せんたく》する。——その裁定の儀式《ぎしき》を始めよ

う」

視線を交《か》わし、どちらからともなく微笑む。

鳴《な》り響《ひび》く高い靴音《くつおと》。

無数の淡青色《たんせいしょく》な空気結晶と強化コンクリートの巨大《きょだい》な手足と刃《やいば》の閃《ひらめ》きと——あらゆる情報制御を従えて、二人の悪魔使いは最後の戦場へと最初の一歩を踏み出した。

＊

闇の空を切り取る巨大な立体映像ディスプレイに、光が跳《は》ねた。

ノイズにまみれた画面の向こう、疾走《しっそう》する黒髪の少女の姿に、セラは息を呑んだ。

『……サクラだ』

飛行艦艇《かんてい》発着場の広場に集《つど》う魔法士達の間から、あるいは頭上をモザイク模様のように覆う無数の通信画面から口々に声が上がる。いまだに賢人会議に留まり人類を敵とする道を選んだ者、組織と袂《たもと》を分かち世界再生機構の一員となった者、そのどちらもが少女の名を呼び、祈《いの》るように巨大なディスプレイを見上げる。

飾《かざ》り羽根のような二筋の髪《かみ》を翻《ひるがえ》し、衛星の内部らしきホールを踊《おど》るように駆け巡る少女。

おそらく回線が不安定なのだろう。途切《とぎ》れがちの映像は常に不規則に乱れ、音声もほとんど聞き取ることは出来ない。

『あれが……』

『間違《まちが》いない。賢人会議の指導者。この戦争の元凶《げんきょう》だ』

頭上からかすかな囁き声《ささやごえ》。とっさに身をすくませるセラの耳に、様々な方向から同種の言葉が次々に飛《と》び込む。数十万、数百万、数千万、世界の全ての場所につながる無数の通信画面の向こうで、数え切れないほどの呪詛《じゅそ》と怨嗟《えんさ》の声が混ざり合う。

魔法士達のリーダー、人類を滅ぼそうとする敵、なぜあんな者が、あいつさえいなければ――

『全部あいつのせいだ』どこの誰かもわからない声が血を吐くように呻き《うめ》『うちの旦那《だんな》は北極で死んだ。息子《むすこ》も娘《むすめ》もベルリンで殺された。あいつが起こした戦争のせいで、みんな、みんな死んじまった！』

無数の賛同の声が瞬時《しゅんじ》に会議場を埋《う》め尽《つ》くす。狂《くる》った小娘《こむすめ》。悪魔。死ね。呪《のろ》われろ――ありとあらゆる負の感情が、空の向こうの少女に叩きつけられる。

無意識に一歩後退《あとずさ》る。

その場に座り込んで耳を塞いでしまいたくなる衝動《しょうどう》を必死に抑《おさ》え込む。

「セラ……」

「大丈夫、です」

心配そうに見下ろすディーの手を強く握《にぎ》りしめる。泣きそうな顔で身を寄せる魔法士の子供達の頭を順に撫《な》でる。

降り注ぐ無数の悪意の中で、毅然《きぜん》と顔を上げる。

空の向こう、戦い続ける少女の姿をまっすぐに見上げる。

……それでも、サクラさんは、あの人は……

メルボルン跡地《あとち》で初めて出会った時のことを思い出す。軍の実験によって殺されようとする子供達を助け出し、匿《かくま》い続ける少女。子供達のために世界を敵に回し、戦う道を選んだ少女。自分一人の幸せなど顧《かえり》みず、ただ多くの子供達の幸せを、仲間達の未来を願った少女。通信画面の向こうで無責任に叫び続けるだけのあの人達は知らないだろう。彼女がどれほど傷つき、血を流して歩き続けてきたか。彼女という存在が、どれほど多くの魔法士に希望をもたらしたか。

モザイク模様のように空を覆う「無辜《むこ》の市民」を睨み、唇を噛《か》みしめる。

と――

「随分《ずいぶん》、好き勝手なことを言うんだな、あんたらは」

揶揄《やゆ》するような声は会議場に集う人垣《ひとがき》の向こう、セラには見えない場所から。誰かがマイクの音量を調整したのだろう。一際《ひときわ》強く発せられたその言葉は周囲に渦巻《うずま》いていた数多《あまた》の声をかき消し、通信画面の人々が少しだけ静かになる。

進み出るのは大柄《おおがら》な白人の男。

ヴィドという名のその人物は会議場の中央、ルジュナ達の近くまで歩み寄ってふと首を傾《かし》げ、

「……その、なんだ。オレみたいなもんでも、喋《しゃべ》って良いんだよな？」

「もちろんです」ニューデリーの指導者である女性は男を見上げて微笑み「ここはあらゆる人が自分の言葉で語るための場所です。どのような立場の方であれ、例外はありません」

無数の通信画面から聞こえるざわめきが少しだけ大きくなる。あれは一体何者なのかと、ささやく声が数限りなく混ざり合う。

「見ての通り、ただのパン焼きだ。市民ＩＤはとっくに捨てちまったし、軍人でもねえ。だから、本当はこんな場所で偉《えら》そうにしゃべるような人間じゃねえ。……ただな」

言葉が途切れる。

男は闇空をモザイク模様のように幾重《いくえ》にも取り囲む二億の人々を見上げ、

「ただ、あんたらはほんの何年か前まで、シティがマザーシステムなんてもので動いていることも、自分が朝起きて呑気《のんき》にパンを食ってる間にどこかの実験室で子供が脳を切り刻まれてることも知らずに暮らしてたんだろ？　そうやってのうのうと生きてきたあんたらが、あまり偉そうなことを言えた義理はないんじゃないかと思ってな」

会議場を包む沈黙。

次の瞬間《しゅんかん》、空を覆う通信画面の向こうであらゆる感情が弾《はじ》ける。

ある者は表情を強《こわ》ばらせ、ある者は舌打ち交じりに視線を逸らす。ある者は静かにうなずき、ある者は冷笑《れいしょう》を返す。全体としては肯定《こうてい》より否定の感情の方が多い。殊《こと》に、シティの市民らしき人々の中には男にあからさまな敵意の視線を向ける者もいる。

が、それよりも劇的なのは、通信画面の一角を占《し》める賢人会議の魔法士達の反応。

彼らは小さなディスプレイの向こうから、驚《おどろ》いた様子で男を見つめている。

『……どなたかは知りませんが、お礼を言わせてください』

ためらいがちな声は小さな画面の一つ、ロンドン近郊《きんこう》にある拠点につながる映像の向こうから。リーンという炎使いの少女がヴィドに向かって頭を下げる。

小さな画面がモザイク模様の中から飛び出し、拡大する。

見下ろす二億の人々の前、少女は臆《おく》することなく自分の名を告げ、

『ここがどんな立場の者でも発言が許される場所だというのなら、私にも言わせて欲しい。……私は賢人会議の魔法士。人類を滅ぼすために戦争を起こしたあなた方の敵です。さぞかし私達が憎《にく》いでしょう。殺したいと思う方も多いでしょう。戦争である以上、それはどうにもならないことです。あなた方と同じように、私もあなた方人類が憎い。私を道具として都合良く使い、友人達の命を無慈悲《むじひ》に奪《うば》ったあなた方に復讐《ふくしゅう》が出来るなら何を失っても惜《お》しくは無かった。ですが――』

吹《ふ》き抜ける凍《こご》えた風。

少女は降り注ぐ無数の悪意の視線に臆することなく両腕を広げ、

『ですが、サクラは違《ちが》う。彼女は私達に居場所を、進むべき道を示してくれた。人類への憎悪《ぞうお》や復讐ではなく魔法士の未来のために常に戦い、一度はあなた方と手を結ぼうとさえもした。……だから聞いてください。サクラの、私達の物語を。たとえあなた方にとっては目障《めざわ》りな、ただのテロリストだったとしても、それでも何も知らないあなた方が彼女を侮辱《ぶじょく》することだけはやめてください』

気圧《けお》されたような、低いざわめきが雪原を包む。

頭上に瞬《またた》く眩《まばゆ》い光。

そんな下界の喧噪《けんそう》を置き去りに、黒い外套の少女はノイズにまみれたディスプレイの向こうで戦い続ける。

＊

(『ラプラス』『マクスウェル』『チューリング』『ラグランジュ』常駐《じょうちゅう》。『マクスウェル』『チューリング』合成。外部デバイス『紅蓮改《ぐれん》』動作正常。脳容量拡張。並列《へいれつ》起動成功、成功、成功成功成功成功成功成功成功成功成功——)

数千の空気結晶の弾丸《だんがん》が視界を高速で流れ去る。小指ほどの淡青色の結晶が互《たが》いにぶつかり合い、一つ残らず砕けて光を乱反射する。『仮想精神体制御《チューリング》』を埋め込んだことで短時間の自律稼働《かどう》が可能となった『分子運動制御《マクスウェル》』が周囲の空間に次々に弾丸を生み出し、その全てが同じく空間から放たれた別な弾丸にことごとく撃《う》ち落《お》とされる。

降り注ぐ陽光に煌めく無数の粒子《りゅうし》を払《はら》いのけ、踏み込むと同時にナイフを正面に突き出す。

甲高《かんだか》い金属音。透き通るように白い少女の左の人差し指が目の前の空間を緩《ゆる》やかになぞり、生み出された空気結晶の鎖《くさり》が真紅の刃の切っ先を受け止め、絡《から》みつく。

（攻撃《こうげき》感知、危険）

絡め取られる寸前でナイフを引《ひ》き戻し、二十倍加速で地を蹴《け》って飛び退《の》くと同時に上体を大きくのけぞらせる。皮一枚で喉《のど》をかすめて走《はし》り抜ける淡青色の刃。鎖から形を変えてこちらのナイフと同サイズの剣《けん》を形作った空気結晶が少女の手元を離れて高速旋回する。

まるで見えない騎士に操《あやつ》られるように立て続けに斬撃《ざんげき》を放つ刃。そのことごとくをナイフで打ち払い、着地と同時に足下《あしもと》の床を構成する強化コンクリートに仮想精神体《ゴースト》を送り込む。目の前には同様に足下から生み出された五本の強化コンクリートの腕《うで》。生み出した同数の腕でその全てを受け止め、身を翻して踏み出そうとした視界を貫《つらぬ》いて紫電《しでん》をまとった投擲ナイフの切っ先が目の前に迫《せま》る。

咄嗟《とっさ》に紅蓮改の刃を正面に掲げ、投擲ナイフの切っ先を逸らす。

耳元をかすめて後方に走り抜けたナイフが、空中に形成されつつあった空気結晶のフラクタル構造――成長途中の疑似演算機関を粉々に打ち砕く。

「貴方のその新たな力があれば容易《たやす》く勝てると思ったか？」

嘲《あざけ》るような声は左後方、投擲ナイフが通過したのとは逆の側から。振り返りざま突き出した紅蓮改の切っ先をすり抜けて、蝙蝠《こうもり》の翼《つばさ》のような黒い刃が胸の前に滑《すべ》り込む。生物のようにのたうつ黒い外套を翻して少女が笑う。とっさに空気結晶の盾《たて》を生み出し、黒い刃がその盾を素《す》通《どお》りする。量子力学的制御による物体の透過《とうか》。コンマ一秒で決断、空気結晶に熱量を叩き込み、水蒸気爆発《ばくはつ》の衝撃《しょうげき》を推力にして一気に数十メートルの距離を飛び退る。

「だとしたら、いささか侮《あなど》り過ぎたな！」

長い黒髪を飾り羽根のようにたなびかせ、床を蹴った少女の姿が瞬時に目の前に迫る。そのわずかな間にも周囲には自分と少女の双方が生み出した数千、数万の空気結晶の弾丸が絶え間なく飛び交い、次々に爆《は》ぜて光の粉をまき散らす。脳内に濁流《だくりゅう》のように連なるシステムメッセージの連鎖《れんさ》。視界を二重《にじゅう》映しに流れ去る無数の情報の隙間《すきま》に矢継《やつ》ぎ早《ばや》に新たな命令を叩き込み、足下から生み出したコンクリートの腕で自分自身の体をさらに側方に弾き飛ばす。瞬間、後方、至近距離にI―ブレインの警告。

とっさに身をかがめた視界の端、先ほど少女が投げ放った投擲ナイフが空気結晶の雨の中を乱反射し、耳のすぐ傍をかすめて少女の手元に舞い戻る。

跳ねる。駆ける。飛ぶ。襲《おそ》い来る攻撃を次々にかいくぐり、追いすがる少女をかろうじて突き放《はな》す。おかしい。「賢者の石」のサポートを得た少女と「紅蓮改」のサポートを得た自分は能力的には互角《ごかく》のはず。にもかかわらず繰り出す攻撃の手数は少女の方が圧倒的に多い。確かに少女の隙をついて疑似演算機関を展開しようとI―ブレインの処理能力の一部を割《さ》いているが、それを計算に入れてもこの手数の差は説明がつかない。

……あ……

円形のホールには点々と置かれた無数の機器と、それを繋《つな》ぐように壁《かべ》や床に張り巡らされたネットワーク回線。

今さらのように、少女の仕《し》掛けに気付く。

「貴方がベルリンの戦いで最初にやった手品の真似事《まねごと》だ」とっさに振り上《あ》げた紅蓮改の刃の向こう、サクラは左右の指に挟《はさ》んだ六本の投擲ナイフを掲げて獰猛《どうもう》な笑《え》みを浮かべ「この南極衛星のシステムをI―ブレインに直結し、演算処理をサポートさせる。衛星本来の機能に負荷《ふか》を掛《か》けるから多用はできないが、貴方一人の相手をするには十分だ」

無造作に投げ放たれたナイフが紫電をまとった細い円筒形《えんとう》の空間を貫通《かんつう》し、瞬時に爆発的な推力を得て射出される。音速の数十倍に加速された六本のナイフがわずか十メートルの距離を貫いて喉元《のどもと》数センチの位置にまで迫る。肉体が反応するよりも意識が反応するよりも遙《はる》かに速くI―ブレインが解答を導き出す。上体が筋肉の強度を無視して瞬時に限界まで加速。同時に周囲を飛び交う空気結晶が集まり、半数が盾を形成して投擲ナイフの先端《せんたん》に激突《げきとつ》、残る半数が小爆発を起こして体を横殴《よこなぐ》りに弾き飛ばす。

「この衛星は父さまと母さまと、そして私の城だ。もちろん、招かれざる客に対しては相応のもてなしの用意があるとも」

歌うように告げる少女の言葉を意識の端に、空中に一転してどうにか着地する。心臓と肺と体中の筋肉が悲鳴を上げる。それを無視して再び床を蹴りつけ、少女に背を向ける格好でホールの外周へと疾走する。

……とにかく、外に……！

冷静に、と強く自分に言い聞かせる。この場での戦いは自分に不利。そもそも目的は雲除去システムを破壊することであって少女を倒すことでは無い。ここで幾《いく》ら戦っても埒《らち》があかない。まずは少女から逃《のが》れ、衛星の内部構造を把握《はあく》する。

目指すはシステムの中枢《ちゅうすう》が存在するはずの、春の庭園。

アリス・リステルの亡骸《なきがら》が眠《ねむ》るあの場所にたどり着き、そこで少女に勝負を挑《いど》む。

少女に雲除去システムを守りながらの戦いを強いることが出来れば、状況《じょうきょう》は今より幾らか好転する。それに、正面からの交戦を避《さ》けて衛星内を逃《に》げ回《まわ》っていれば、どこかで疑似演算機関を展開する隙が生まれるかもしれない。

行く手には、飛び交う無数の空気結晶の雨。

その向こう、閉ざされたチタン合金の隔壁《かくへき》目がけて、仮想精神体《ゴースト》を送り込む。

硬質《こうしつ》の壁を素手《すで》で殴《なぐ》りつけたような錯覚《さっかく》。衛星内の防衛システムがゴーストによるハッキングを阻《はば》む。自分の遺伝子とI―ブレインの構造――つまりは衛星の本来の主である「アリス・リステル」に類似《るいじ》した自分の存在情報を足がかりに、防衛システムの構造に隙間をこじ開ける。隔壁の中央に直径一メートルほどの穴が空く。膝《ひざ》を抱《かか》えるようにしてその中に飛び込み、反対側の空間に転がり出る。

非常灯の淡《あわ》い緑光に点々と切り取られた、前後にのびる闇色の細い通路。

瞬間、視界に二重《にじゅう》映しのメッセージウィンドウがI―ブレインの警告で真っ赤に染まる。

闇を貫いて正面から降り注ぐ無数の銃弾《じゅうだん》を、目の前に展開したチタン合金の手で残らず防ぎ止める。通路のいたるところから突き出した小型の銃座《じゅうざ》が、通路の見渡《みわた》す限りに等間隔《とうかんかく》に連なる。手近な複数の銃座目がけて続けざまに空気結晶の弾丸を放ち、同時に地を這《は》うように身をかがめて背後から横薙《な》ぎに叩きつけられるチタン合金の腕をかいくぐる。

踊るようにステップを刻み、振り返った目の前には黒い外套をはためかせた少女の獰猛な微《び》笑《しょう》。

喉元目がけて突き込まれるナイフの切っ先からかろうじて上体を逃がし、身を翻しざま全力で走り出す。

かわしきれなかった刃が皮膚《ひふ》を浅く裂《さ》き、飛び散った鮮血《せんけつ》が瞬《まばた》きする間もなく視界を流れ去る。『運動係数制御《ラグランジュ》』『空間曲率制御《アインシュタイン》』『分子運動制御《マクスウェル》』『世界面制御《サイバーグ》』、使える限りのあらゆる能力を併用《へいよう》し、ただひたすらに体を加速する。床、壁、天井《てんじよう》、また床。通路の内部を跳弾《ちようだん》のように跳ね回り、正面から降り注ぐ無数の銃弾と背後から狙《ねら》い澄《す》まして放たれる投擲ナイフの双方をかわして衛星内部の闇をひた走る。

行く手に出現する分岐《ぶんき》を闇雲《やみくも》に曲がり、立《た》ち塞がる隔壁をでたらめにくぐる。脳内には自分の移動経路が地図として着実に構築されていくが、幾ら再計算しても全体像が把握出来ない。あるいは、自分がこうやって走っている間にも衛星の空間構造——部屋と部屋との接続は描《えが》き変わり続けているのかも知れない。自分はただ、少女が仕掛けた罠《わな》の奥へと突き進《すす》んでいるだけなのかも知れない。

それでも、一瞬《いつしゆん》たりとも足を止めることは出来ない。

わずかでも速度を落としたその瞬間、少女は容赦《ようしや》なく必殺の一撃《いちげき》を放ってくる。

（通信回線途絶《とぜつ》。経路の再構築を推奨《すいしよう》）

脳内に警告。地上に戦況《せんきよう》を伝えるためにホールに敷設《ふせつ》した通信接続デバイス、その範囲《はんい》外に飛び出してしまったことをようやく思い出す。小さなデバイスをポケットから新たに取り出し、流《なが》れ弾《だま》に当たる可能性の少ないパイプの陰《かげ》に敷設する。

その傍を駆け抜けて、高速で迫る黒い外套。

立て続けに突き立つ淡青色な空気結晶の槍《やり》を、同じく淡青色な空気結晶の盾でかろうじて弾く。

　全ては世界のあらゆる人が見る前で行われなければならない。そうでなければたとえ雲除去システムの破壊に成功しても、「本当はまだシステムは残されているのではないか」と希望に縋《すが》る人が必ず現れてしまう。だから、システムは誰にも疑念を挟む余地が無い形で、衆目の前で確実に破壊されなければならない。そうして初めて世界は前に進む。人々は「敵を滅ぼし、自分達だけが新たな世界を手にする」という夢を捨て去り、手を取り合う道を進むことが出来る。

　だが、それもこれも、まず自分が勝ってから。

　少女の妨害《ぼうがい》をかいくぐり、システムを見つけ出し、破壊する。それが出来なければ自分をここまで運んでくれた多くの人の努力は水泡《すいほう》に帰す。

　本当に、たくさんの人達が力を貸してくれた。I―ブレインを持つ人も、持たない人も、錬をよく知る人も、知らない人も。ある人は自分の属する軍と帰るべき故郷を捨て、ある人は人類に対する恨《うら》みと復讐の念を捨てて、かつて自分の同胞であった人々と戦う道を選んでくれた。

　その全てを、無かったことにしないために。

　自分がここで敗北することは、万に一つも許されない。

　……だから……！

　跳躍《ちょうやく》と同時に振り返り、「紅蓮改」を水平に払って目前にまで迫った空気結晶の鎖を弾き飛ばす。手首の返しでナイフを反転、逆手に握った刀身を正面に掲げる。鳴り響く金属音。闇を貫いて飛来した投擲ナイフが真紅の刀身に跳ね返って弧《こ》を描く。その落下軌道《きどう》に滑り込む影《かげ》。

黒い手袋に包まれた右手の指が投擲ナイフを空中に摑み取り、裂帛《れっぱく》の気迫《きはく》と共に振り下ろす。

闇の通路に再び響く衝撃と金属音。

翻った黒い外套と白いコートが、非常灯の淡い緑光の下に交差した。

＊

闇空を切り取る巨大なディスプレイに、また一つ、紫電が瞬いた。

その光景を頭上の遠くに見上げ、ディーは無意識に拳《こぶし》を握りしめた。

ノイズにまみれた切れ切れの映像は戦いが進むうちにますます不鮮明《ふせんめい》になり、もはや正確な状況を視認《しにん》することは出来ない。ただ、通路らしき空間を絶え間なく行き交う黒い人影《ひとかげ》とその前で時折揺《ゆ》らめく白いコートの影だけが、まだ戦いが終わっていないことを知らせている。

会議場に集う人々の注意は、今や、そこには無い。

人々の視線は広場の中央に拡大された幾つかの通信画面、たった今話を終えたばかりの賢人会議の魔法士達に集中している。

『……信じられません』

会議場のそこかしこから異口同音に聞こえるシティの市民達の声。その中の一人が意を決し

たように挙手し、

『そのファクトリーというのは、本当にあるのですか？　それは……今も動いてるのですか……？』

「事実です」会議場を取り囲む人々の中央、祭壇《さいだん》のような防寒シートに座ったルジュナがうなずき「マサチューセッツはすでに失われましたが、技術供与《きょうよ》を受けたモスクワと、他にはメルボルン跡地でも実験段階のシステムが稼働しているはずです」

とっさにディーは頭上に視線を巡らせる。モザイク模様のように空を埋める無数の画面の向こうで、人々は互いに顔を見合わせ、口々に何かを囁き合う。停戦を望む人々はもちろん、賢人会議との徹底抗戦《てっていこうせん》を訴《うった》えていた人々の中にさえも戸惑《とまど》ったような表情を浮かべる者は少なくない。

マザーシステムの存在自体はとうの昔に明るみになっているとはいえ、ファクトリーの存在についてはいまだにそれほど広く知られているわけではない。

シティが魔法士の犠牲《ぎせい》によって成り立っていることは知っていても、そのために年端《としは》もいかない子供を大量生産して使い潰《つぶ》していることなど、彼らには思いもよらないことだったのだろう。

『それは……許されるのか？』また別な通信画面の向こうでシティの市民らしき男が顔を青ざめさせ『いや、許すも許さないも無い。そのおかげで俺たちは生きてるんだ。そもそも誰が許すんだって話で……けど……そいつは……』

ためらいがちな声がとうとう途絶《とだ》え、男は酸欠にあえぐように胸を押さえて浅い呼吸を繰り返す。反応はすぐに周囲に拡散する。空を覆う無数の人々が、それぞれに居心地悪《ごこちわる》そうに視線を逸らし、あるいは天を仰《あお》ぐ。

『──何を甘いことを言ってるんだい！』

と、静寂《せいじゃく》を破って響き渡る別な声。

小さな画面の向こう、女が顔を真っ赤にして机を叩き、

『犠牲がどうしたって？　結構なことじゃないか！　どんなお題目並べても、シティがなくなったら私たちはおしまいなんだ。大事なのはまずシティと人類だろ？　魔法士が何人死のうが、それで私たちが生きていけるなら何の問題が──』

言葉が途切れる。

勢《いきお》い込んで両腕を振り上げていた女が、急に動きを止める。

会議場に集う人々から、あるいは通信回線の向こうから、無数の視線が女に集中する。肯定と否定、賛意と侮蔑《ぶべつ》、正と負の双方の感情に塗《ぬ》り分けられた二億の目がたった一人の女を注視し次の言葉を待つ。

気圧されるように、女が一歩後退る。

力を失った足が、崩《くず》れるように床に座り込む。

「この場は誰でも、どのような立場の者でも発言が許されると確かに言った」

リン・リーの声。

シティ・シンガポールの指導者である男は小さな画面に一瞥《いちべつ》をくれ、

「だが全ての発言には相応の覚悟が伴《ともな》わねばならん。人類と魔法士の全てを前に己《おのれ》の主張を示す以上、その者は名も無き有象無象《うぞうむぞう》ではなく世界にただ一人の『何者か』だ。その覚悟も無いのなら最初から口をつぐんでおれ」

『……閣下はいったい誰の味方なのですか』

困惑《こんわく》の混ざった声はシンガポール自治軍の間から。

中佐の階級章を提《さ》げた兵士が通信画面の向こうで深く息を吐き、

『閣下の物言いはまるで、世界再生機構の主張を、人類と魔法士の共存を認めているかのようです。失礼ながら、賢人会議との戦争をここまで進めてこられた方の発言とは思えない。リー首相《しゅしょう》、あなたはいったい誰の味方なのですか？』

「無論、人類の味方だとも」

応えるリン・リーの言葉にはわずかの淀《よど》みも無い。

見つめるディーの視線の先、男は星空のように頭上を覆う二億の人々を見渡し、

「私にはシティの代表として市民を守り、人類を少しでも長く存続させる義務がある。そのために魔法士が不要であるなら私は迷いなく戦争を継続《けいぞく》し、彼らを滅ぼすだろう。……だが、マ

ザーコアの有無《うむ》に関わりなく、すでに老朽《ろうきゆう》化したシティという器《うつわ》の寿命《じゆみよう》はあとほんの数十年で尽きる。我々に与《あた》えられているのは、互いに滅ぼし合い生き残った側だけが青空を取り戻す道か、共に手を取り合いシティとマザーコアを必要としない世界を模索《もさく》する道、その二者択一《にしやたくいつ》だ」

シティとマザーコアを必要としない世界、という言葉に、多くの人々が目を見開く。

リン・リーは息を吐き、ゆっくりと右手を頭上に掲げる。

「この期に及《およ》んで戦争を続け、あくまでも魔法士を滅ぼすというのは一つの選択だ。貴公らが真にそれを望むなら、私もシティの指導者として相応《ふさわ》しい役目を果たそう。……だが、奇妙《きみよう》な話だとは思わぬか？　我らが大願を果たすためには誰かが世界再生機構の企《たくら》みを阻止《そし》し、雲除去システムを守り通さねばならん。そのために我らが縋り、祈りを捧《ささ》げるのは」

節くれ立った指の向かう先は、数多の通信画面の向こう、ノイズにまみれた巨大なディスプレイ。

男は闇の中に翻る少女の黒い外套を真っ直ぐに見上げ、

「賢人会議の代表。人類の殲滅《せんめつ》を謳う、あの小娘だ」

傍《かたわ》らに立つセラがつないだ手を強く摑む。その手を握り返し、ディーは通信画面の人々に視線を巡らせる。

応える声は無い。

男の言葉に賛意を示す者も、反論する者もいない。

シティの市民ばかりではない。軍人も、シティの外で暮らす人々も、賢人会議の魔法士達も同じだ。これまで自分の所属する組織、自分の共同体、自分の種族の内側からフィルター越《ご》しの世界を見てきた人々が、今や剝き出しの「自分自身」として世界と相対することを強いられている。

いかなる立場にあろうとなかろうと、力を持っていようといまいと、ここに一切《いっさい》の区別はない。

全ての人が迫られている。

目の前の現実に、正解の無い問いに、自分なりの解を見出《みいだ》せと。

『……なあ』

不意に通信画面の一つから声。マサチューセッツの市民らしき老人が進み出る。

生活物資が十分に供給されていないのだろう。薄汚《うすよご》れた身なりの老人は降り注ぐ二億の視線の中で何度もためらってからようやく口を開き、

『あんたの言うことはよく分かるよ、首相閣下。魔法士を滅ぼしても雲が晴れないってんなら、戦ってもどうにもならないだろうさ。だから戦争をやめて協力しなきゃならない。そりゃそうだろうさ。……わかるよ。よーく、わかるとも』

けどな、と小さな声。

しわだらけの老人が深く、疲《つか》れ切《き》ったようなため息を吐き、

『けどな、たくさん死んだんだ。俺の息子も、娘も、孫も。市街地への攻撃の巻き添《ぞ》えになった子もいる。北極の戦いで死んだ子もいる。ベルリンじゃ何千万人も死んだって聞いた。ここじゃ、今も薬が足りなくて病人がどんどん死んでる』

老人がやせ細った両手で顔を覆う。干《ひ》からびた唇が、ああ、と悲鳴のような吐息《といき》を漏《も》らし、

『本当に、数え切れないくらいたくさん死んだんだ。そいつは……そいつは、いったいどうすりゃいいんだ？』

雪原の会議場に沈黙が降りる。誰も彼も、人類を滅ぼすべき立場にあるはずの賢人会議の魔法士達までもがかすかに視線を伏《ふ》せる。血を吐くような問いに返せる言葉を持つ者などいない。すでに失われてしまった命を取り戻す術はどこにもない。

だけど、それでも。

「……ディーくん？」

不思議そうな、あるいは何かに気付いたようなセラの声。

少女を見下ろし、小さく笑う。

賢人会議の一員として戦った日々を、いや、それより以前、マサチューセッツを去った日から歩いてきた長い道のりを思い出す。メルボルン跡地での戦いと、初めて人を殺《あや》めた瞬間の生

硬《かた》い感触《かんしょく》。戦場に閃く騎士剣の輝きと、飛び散る無数の鮮血。奪ってきた数多の命の重さが手の中に跳ね返る。苦悩《くのう》と後悔《こうかい》。心を塗り潰す罪悪感。他に道は無かった。少女が生きる場所を守るために、ただ座して死ぬわけにはいかなかった。

正しいでも間違いでもない。目の前にはいつだってどうしようもない現実があって、だけどその中で失われていく命を忘れたことは一度もなかった。

……だから……

左右の腰《こし》に佩《は》いた騎士剣を、鞘《さや》ごと外す。

振り返り、背後に立つイルの前に差し出す。

「これ、お願いしても良い？」

「お？」少年は目を瞬かせ、すぐに笑って「おう。……ほな、頼むで」

うん、とうなずき、もう一度少女に向き直る。

小さな手にそっと自分の手を重ね、青い瞳を見詰《みつ》めて、

「セラも、一緒に来てくれる？」

「……え？」

少女は驚いたように目を瞬かせ、こっちの顔をまじまじと見詰め返す。その瞳にじわりと涙《なみだ》が盛り上がるが。少女はすぐに両目をこすって「もちろんです」と勢いよくうなずく。

空間の裏に隠《かく》されていたD３が、残らず目の前に現れる。

イルの隣《となり》に立つ月夜《つきよ》が訳知り顔で両腕をのばし、十三個の正八面結晶体を受け止める。

「がんばんなさいよ」

「はいです」

うなずくセラと、互いに一度だけ、強く手を握り合わせる。

人垣を縫《ぬ》うようにして、広場の中央に進み出る。

白騎士だ、と頭上の通信画面で誰かが呟く。賢人会議の白騎士、最強の騎士。口々に囁く声を遠くに、防寒シートに座るルジュナの傍にまで歩を進める。

「……座っても良いですか?」

「もちろん」

どうぞ、とうなずくルジュナの隣でケイトと沙耶《さや》が少しだけ場所をずらし、二人分のスペースを空ける。セラの手をそっと引いてルジュナの隣に座らせ、自分はさらにその隣に腰を下ろす。

目の前には、シンガポール自治政府代表、リン・リー首相。

禿頭《とくとう》の男は、ふむ、とうなずき、視線で発言を促《うなが》す。

「……初めまして、皆さん」頭上の人々を見上げて、ゆっくりと口を開く。「ぼくは二重《デュアル》No.33。マサチューセッツのファクトリーで作られた魔法士。賢人会議の一員としてたくさんの人を殺し、マサチューセッツのファクトリーシステムを破壊し、指導者であるウェイン・リンドバーグ議長の命を奪った、皆さんの敵です」

空を覆う通信画面の向こうで、無数の敵意と悪意が膨《ふく》れあがるのを感じる。

降り注ぐ数多の視線に一瞬だけ顔を背《そむ》けそうになり、踏みとどまる。

……ここが、今のぼくの戦場……。

傍らに座ったセラがそっと身を寄せ、小さな手を傷だらけの手のひらに重ねてくれる。防寒用の手袋に包まれて体温などわからないはずの手を温かいと感じる。不安は消えない。それでも、この子が隣にいてくれれば大丈夫だと信じられる。

罪も、痛みも、全て背負って生きる。

きっと、この場所こそが、祐一《ゆういち》が教えてくれた自分の本当の戦いの舞台《ぶたい》なのだと思う。

「ぼくは今、組織を離れて世界再生機構に加わっています。今回の戦いでは、皆さんも見たあの船を無事に雲の上に旅立たせる役目を負いました。……賢人会議の中にはぼくを裏切り者と考える人もたくさんいると思います。それでもサクラが不在の今、賢人会議の地上での代表者はぼくです。今日までの人類と魔法士の争い、その何割かの責任はぼくにあります」

人々の間に満ちていた敵意が、少しずつ困惑に塗り変わっていく。

ディーはそんな人々をただ真っ直ぐに見上げ、

「だから話してください。この戦いで失われたたくさんの命のことを。どんな罵倒《ばとう》でもぼくは聞きます。ただ聞くだけで何も出来なくても、それでも聞きます。……誰でも、どんな立場の人でも構いません。どうか――」

剣を持たない傷だらけの手を、世界の全てに向けてさしのべる。

頭上の遠くには、ノイズにまみれた雲の彼方《かなた》の戦場。

衛星内部の闇を貫いて、また一つ、投擲ナイフの光が蛍火《ほたるび》のように瞬いた。

＊

（呼《call》：制御系・連弾《れんだん》・『仮想精神体制御・生物化』『電磁気学制御・銃身』『分子運動制御・鎖』『運動係数制御・加速』。呼《call》：並列・『踊る人形』連続起動。呼《call》：『分子運動制御』・付加処理・『生物化』。呼《call》、呼《call》、呼呼呼呼呼呼呼《callcallcallcallcallcallcall》――）

非常照明のわずかな明かりに切り取られた闇の通路をサクラは駆ける。二十倍加速の足がチタン合金の床を蹴りつけ、甲高い靴音が幾重にも折り重なって細い通路に残響《ざんきょう》する。視界の先、わずか三十メートルの位置には白いコートを翻して疾走を続ける少年。その背中に脳内の照準を合わせ、あらゆる情報制御演算を同時に解き放つ。

最高レベルの騎士に匹敵《ひってき》する速度で壁と床と天井から同時に突き出す三十六本のチタン合金の腕。

その隙間を埋めるようにして、数百の空気結晶の弾丸を容赦なく突き立てる。

少年が速度を殺すことなく空中に身を翻し、複数の空気結晶の刃を周囲に展開して四方八方から迫る腕を次々に弾く。同時に白いコートが一瞬だけ鳥の翼に姿を変え、襲い来る弾丸を薙ぎ払う。おそらく強炭素繊維《せんい》をベースに編まれた決戦用の複合素材。跳ね返った弾丸が通路の内壁《ないへき》に跳弾し、空間に複雑な幾何学模様《きかがくもよう》を描く。

その精緻《せいち》な紋様目がけて、六本の投擲ナイフを同時に投げ放つ。

電磁加速によって爆発的な速度を獲得《かくとく》したナイフが宙を漂《ただよ》う無数の空気結晶に次々に跳ね返り、有り得ない角度から同時に少年を襲う。

五本の刃が少年の周囲に出現したチタン合金の腕に弾かれ、最後の一本が翼に変じたコートの端を浅く斬《き》り裂く。同時に少年の周囲で空気結晶の盾が次々に爆ぜ、不可視の衝撃が通路に満ちる。新たな推力を獲得した投擲ナイフが一直線に連なってこちらの眉間《みけん》目がけて跳ね返る。

とっさに黒い外套を翼に変えてナイフを受け止める。

その間に、少年は三叉路《さんさろ》の通路を左に飛び込む。

（呼《call》：制御系・外部系統・接続）

情報の海を介して衛星の制御中枢《せいぎょちゅうすう》を呼び出し、構造図を脳内に描く。直径二百メートルの閉鎖《へいさ》空間に過ぎないはずの衛星は空間圧縮によって内部に押し込まれていた直径二十キロ以上の広大な領域を残らず展開され、いたるところで部屋と部屋、通路と通路の接続をねじ曲げられて、もはやサクラ自身にも全体像を完全に把握することが不可能になっている。

少年が飛び込んだ先は、かつてアルフレッド・ウィッテンが雲除去システムの研究を行っていた臨時の実験区画。

重厚《じゅうこう》な五重の隔壁にこじ開けられた穴をくぐり抜け、同時に通路の先から叩きつけられる数百の空気結晶の弾丸を壁から生成したチタン合金の腕で残らず打ち払う。

闇の向こうに翻る白いコートが通路の右手側、実験室に通じる扉《とびら》へと消える。後を追って踏み出した瞬間I―ブレインの警告。すでに少年が消えた通路に無数の空気結晶の弾丸が再び出現、それぞれの先端を刃のように鋭《するど》く尖《とが》らせ、音速の数十倍の速度で四方八方から同時に叩きつける。

とっさに生み出した同数の弾丸で降り注ぐ必殺の雨を一つ残らず撃ち落とし、すぐに攻撃の正体を悟《さと》る。おそらく仮想精神体制御を合成された分子運動制御による半自律的な空気結晶の砲台《ほうだい》。情報の海を漂うプログラムに直接ハッキングを仕掛けて動作を停止させ、速度を一切殺すことなく通路を駆け抜けて少年が消えた扉に転《ころ》がり込む。

目の前に広がるのは、役目を終えた幾つかの機器が転がる埃《ほこり》まみれの空間。

乱雑に積まれた紙資料の向こう、少年が奥の扉に体当たりして部屋の反対側に飛び出すのが見える。

後を追って走り出した瞬間、脳内に違和感《いわかん》。情報の海を介した衛星システムとの接続回線にわずかな揺らぎが走る。自分とは異なるもう一つの情報構造体がシステムのセキュリティを浸《しん》食《しょく》し始める。衛星全体に張り巡らされたネットワーク構造、外部の防衛システムを司《つかさど》る制御機構、何より全ての中枢である大規模演算機関とそこに接続された雲除去システムが端から少しずつ自分の支配を離れて中立の状態に戻っていく。

……気付いたか……！

この衛星は本来は最初の魔法士、アリス・リステルのために建造された物。自分がシステムを自由に操れるのはI―ブレインと遺伝子の基本構造が彼女に類似しているからに他ならない。

そして、同じことは天樹錬にも言える。

アリスの遺伝子とI―ブレインの構造をモデルにデザインされた少年の存在情報は、自分と同様に、この衛星に対する万能《ばんのう》の鍵《かぎ》として機能する。

一挙動に実験室を駆け抜け、扉を潜《もぐ》ると同時にI―ブレインの警告。降り注ぐ無数の空気結晶の弾《だん》体を翼に変えた黒い外套で打ち払う。正面にのびる通路に少年の姿は既《すで》に無い。虚空《こくう》を漂うのは仮想精神体《ゴースト》を付与《ふよ》された分子運動制御による不可視の自律砲台。跳躍と同時に逆手に構えたナイフを目の前の空間に突き立て、騎士の情報解体能力を模倣《もほう》。分子運動制御を維持《いじ》していたプログラムが情報の海から消失し、同時に衛星の制御システムが警告を発する。

脳内に描かれた衛星全体の見取り図の中で、通路の接続が次々に描き変わる。

すぐさま情報の海を介して空間構造の制御系にアクセス。変化した構造を自分が望む形で上書きし、システム全体により高度な防壁《ぼうへき》を張り巡らせる。

瞬時に体を反転、たった今自分が飛び出した扉に再び突入《とつにゅう》する。接続を書き換《か》えた扉の先に広がるのは先ほどの実験室ではなく分解された複数のフライヤーが雑多に置かれた倉庫区画の一つ。百メートルの距離を隔てた反対側の扉から真紅のナイフを構えた少年が飛び込んでくる。目を見開いた少年が踵《きびす》を返して倉庫を飛び出す。追いすがる目の前に叩きつけられる無数の空気結晶の弾丸。その全てを打ち払って部屋を飛び出した先に少年の姿は無く、本来あるべき通路の代わりに目の前には幾つかの調度品が置かれた居住スペースが出現する。

……やってくれる……！

すぐさま背後の扉に引き返し、同時に空間構造を書き換えて少年に先回りする位置の通路に飛び出す。五メートル先で少年が残した分子運動制御の砲台が弾丸をまき散らし、対処に要するほんの数秒の間に衛星内部の構造がまた少しだけ書き変わる。中枢の演算機関のサポートを受けた自分の方が演算速度は上、手数も上。だが、少年は逃げ回りながらこちらのわずかな隙を突いて衛星のシステムを浸食し、さらに内側、雲除去システムにまで手を伸《の》ばそうとする。

とっさの判断で、演算機関を自閉モードに設定。

雲除去システム諸共《もろとも》、衛星内のネットワークから一時的に切り離す。

中枢演算機関のサポートが失われたことで、I—ブレインの演算速度が一気に低下する。すぐさま副系の補助演算機関にアクセス、脳とのリンクを確立する。得られた追加の演算速度はせいぜい自分の一人分程度。その余剰《よじょう》の出力を使って体を限界以上に加速し、少年の後を追って全力で通路を疾走する。

……もっとだ、天樹錬……

今の状況も何もかも忘れて、そんな言葉を思《おも》い浮かべる。かつてこの衛星内で一度対峙した時とは全く違う。自分にとってこれまでで最も厳しい戦い。メルボルン跡地で幻影《イリュージョン》No.17と戦った時でさえこれほどでは無かった。

自分が今日まで培《つちか》ってきた戦術の全てをぶつけることが出来る相手。

それが最後に現れてくれたことを、嬉《うれ》しく思う気持ちを抑えることが出来ない。

……もっと見せてみろ、貴方の力を……！

通路の中央で一瞬だけ足を止め、衛星内部の構造を書き換える。通路の接続を随所《ずいしょ》で切断し、同時にI－ブレインの全能力を振り向《む》けて衛星システムのセキュリティを強化する。すぐさま疾走を再開、交差路を左に。目の前で開かれていく重厚なチタン合金の隔壁に迷いなく飛び込む。

空のコンテナが幾つか置かれた百メートル四方ほどの空間の先には、白いコートを翻す少年。

驚いたように見開かれたその視線が、すぐさま左手側の扉へと向かう。

一息に引き開けられた扉の先には本来在るべき食糧《しょくりょう》生産プラントはなく、代わりに切れ目のないチタン合金の壁が立ち塞がっている。瞬時に身を翻した少年が部屋の奥の隔壁を開き、同じく無骨な銀灰色《ぎんかいしょく》の壁に阻まれる。衛星システムに立て続けに数千回のアクセスがあり、その全てを先ほど強化した防壁がはね除《の》ける。

振り返った少年が真紅のナイフを逆手に構える。

その正面に無数の空気結晶の弾丸とチタン合金の腕を放ち、サクラは同時にI―ブレインに命令を叩き込む。

(呼《call》：制御系・並列・『魔弾《まだん》の射手』・『天の投網《とあみ》』・『幻楼《げんろう》の剣』)

左手の薬指で「賢者の石」がかすかに振動する。外套の裏に固定された専用の長大な投擲ナイフを左右の手に一本ずつ摑み出す。電磁場によって編まれた砲身《ほうしん》が目の前の空間に二つ同時に出現し、それぞれが自己複製による増殖《ぞうしょく》を繰り返して視界を軋《きし》ませる。大気が紫電をまとい、束ねた長い黒髪を揺らめかせる。帯電したコンテナがローレンツ力に巻き込まれ、周囲の壁に叩きつけられる。

ゆっくりと、ただ静かに、左右の手を放す。

零《こぼ》れ落ちたナイフが、圧倒的な密度の電磁場に囚《とら》われて瞬時に砕け散《ち》る。

あらゆる摩擦《まさつ》と重力の影響《えいきょう》を無視した無数の金属片《へん》が加速する。光速度の七十パーセント、八十パーセント、九十パーセントに達すると同時にまず右の砲身を解き放つ。放たれた無数の金属片が少年を取り囲み、新たに構成された電磁場のレールに沿って周囲を際限なく回転する。同時に床と天井から出現する数十のチタン合金の翼。刃のように先端を尖らせた翼が存在確率の書き換えによって飛び交う金属片の檻《おり》を透過し、四方と上下のあらゆる角度から少年を襲う。

本来は幻影《イリュージョン》No.17との戦いを想定して考案した複合攻撃。『天の投網』によって通常の移動を食い止め『幻楼の剣』によって量子力学的制御による透過を阻害《そがい》する必殺の陣《じん》。檻に囚われて身動き一つ出来ない少年目がけて、今度こそ最後の砲撃《ほうげき》を解き放つ。

少年の周囲に淡青色な空気結晶の盾が次々に出現し、チタン合金の腕が絡み合《あ》って壁を形成する。それを無視して掲げた右手を無造作に振り下ろす。コンマ一秒の内に砲身の内部を際限なく回転した金属片が光速度の九十九パーセントを超過《ちょうか》する。同時に脳内で衛星のシステムにアクセスし、部屋を構成する構造材に情報の側から可能な限りの強化を施《ほどこ》す。

放たれるのは、赤熱した光の奔流《ほんりゅう》。

何のためらいも、容赦も無く、飛行艦艇の装甲《そうこう》すらも跡形も無く消し飛ばす砲撃がたった一人の少年目がけて正面から叩きつけられる。

金属片の檻とチタン合金の翼を諸共に呑み込んで、光が身じろぎ一つ出来ない少年を塗り潰す。部屋を構成するチタン合金が軋み、砕け、表面から少しずつ崩壊《ほうかい》していく。融解《ゆうかい》を始める床と壁と天井の構造を情報の海の側からかろうじてつなぎ止める。

永遠とも思える数十秒。光は少しずつ薄らいでいき、やがて室内の全体が静寂を取り戻す。

沸騰《ふっとう》して陽炎《かげろう》のように揺らぐ大気の向こうに、少年の姿は無い。

砂状に粉砕《ふんさい》されたチタン合金の欠片《かけら》が、非常照明の薄闇《うすやみ》をゆったりと漂って落ちる。

……どうした……

油断なく身構えたまま、無意識に一歩踏み出す。

理不尽《りふじん》な怒《いか》りが、胸《むね》の奥に瞬時に膨れあがる。

「どうした……！　貴方の力はこんなもの――」

（文書《text》：警告・攻撃感知）

Ｉ－ブレインの警告は頭上から。とっさに見上げた視界を覆い隠して白いコートが翻る。振り上げた投擲ナイフを弾いて、喉元目がけて一直線に走る真紅の刃。皮一枚で身をかわし飛び退るサクラの目の前、自己領域の半透明な揺らぎを解いた少年は肩《かた》で大きく息をする。

随所で焼《や》け焦《こ》げ、ちぎれたコートが一瞬だけ鳥の翼に姿を変え、傷一つ無いコートへと巻き戻る。

真紅のナイフを目の前に掲げ、少年が挑むように身構える。

深呼吸を一つ、脳内で直前の戦闘《せんとう》をトレースし解析《かいせき》を試みる。自己領域で逃れた、などという単純な話では有り得ない。いかに時間を加速しようとも「魔弾の射手」の効果範囲は室内の全て。逃れる場所はどこにも無い。空気結晶の盾や真空の壁、ゴーストの腕で防いだなどということも有り得ない。光速に限りなく近い速度まで加速されたナイフの運動エネルギーと慣性質量はあらゆる防御《ぼうぎょ》を容易く打ち砕く。全ての防御と回避《かいひ》は意味を成さない。他に、少年に可能だった選択は――

……そうか……

周囲の空間に漂う空間曲率の微細《びさい》な揺らぎ、衛星内部の空間構造のねじれに紛《まぎ》れた重力変動の痕跡《こんせき》にようやく気付く。

I―ブレインが瞬時に解答を導き出す。

「魔弾の射手」が放たれた瞬間、おそらく少年は目の前に複数の空間曲率制御を、しかも曲率にわざと強弱を付けて展開した。空間の曲率とはすなわち距離の長短。部屋全体を呑み込む熱と衝撃も、曲率の異なる空間を進めばその到達《とうたつ》時刻には差異が生じ、攻撃の密度には濃淡《のうたん》が生まれる。

その密度が薄い領域を自己領域によって渡り歩《ある》き、回避することなど到底叶《とうていかな》わないはずの攻撃をくぐり抜ける。

そして、複数の空間曲率制御と自己領域を同時に展開するのに必要な膨大《ぼうだい》な演算速度は。

「……まったく、油断も隙も無い」

口元に笑みが浮かぶのを抑えることが出来ない。

サクラは新たな投擲ナイフを両手に摑み出し、

「全ては、貴方の計算通りというわけか」

少年は慎重《しんちょう》に身構えたまま、十数メートルの距離を跳躍して再び部屋の奥、隔壁の前にまで退く。開かれた隔壁の奥には空間接続の書き換えによって閉ざされたチタン合金の壁がそびえ立ち、その壁を隔て反対側は細い通路――少年がここまで移動して来た経路へと繋がっている。

最初に少年が降り立ったホールから、この部屋に至るまで。

分子運動制御の自律砲台に隠れるようにして点々と残されてきた小さなプログラムの存在を、サクラはようやく知覚する。

少年の新たな能力、疑似演算機関を構築する種となる「自律稼働するマクスウェルの悪魔」。だがプログラムの一つ一つは小さく、システムを拡大することはおろか自身の構造を維持し続けることさえ出来ない。

だから気付かなかった。

そのまま放置すれば十秒足らずで拡散し自然消滅《しょうめつ》するはずのプログラムが、少年がここまで敷設してきた通信用の素子を介して互いにリンクを確立し、クラスターを形成することで構造を維持し続けていることに気付かなかった。

一つ一つは何の力も持たないプログラムは戦いの最中に数を増やし続け、とうとう臨界を越えた。おそらく少年は衛星のシステムにアクセスした初期の段階で内部構造を把握し、この状況に至るための布石を打ち続けたのだ。こちらの攻撃を逃れて移動を続けながら衛星を構成する部屋と通路の接続構造に最小限の操作を加え、点として設置した数百の「マクスウェルの悪魔」を線で繋ぎ、全てが形を成すこの部屋に自ら飛び込んだ。

……見事だ……

感嘆《かんたん》の吐息と共に、ナイフを投擲体勢に構える。

ライトの薄明かりに煌めくのは無数の空気結晶の集合体によって編まれたフラクタル構造の虹色《にじいろ》の紋様。

滑るように踏み出した少年の足が、五十倍加速で地を蹴った。

＊

町の中央、飛行艦艇の発着場の方角から、人々の話し声が聞こえた。

フェイは生産プラントのステータス画面から顔を上げ、窓の向こうの通りに視覚の焦点《しょうてん》を合わせた。

一直線にのびる通りの先、雪原の広場には多くの人々が集い、空は無数の細かな通信画面に覆い尽くされている。世界中の全ての人々を映し出す画面のさらに上には数百メートル四方の巨大なディスプレイが展開され、今も南極衛星内部の戦いを映し出している。

ノイズにまみれた不鮮明な画像の中、白と黒との影が飛び交う。

その映像を機械の眼球によって電子補正された視界の先に見つめ、ゆっくりと立ち上がってスーツの膝の埃を払う。

修理を終えたプラントのカバーを両手で押し込み、再起動のスイッチに指を触《ふ》れる。汗《あせ》も流れていない額を人間だった頃の癖《くせ》で拭《ぬぐ》い、立体映像の作業手順書を呼び出して次のプラントに

向き直り、

「あんたは、行かんでええんかの」

不意に、背後から声。

振り返った先、にこやかに歩み寄る老人の姿を認めて、思わず動きを止める。

「広場の方は大騒《おおさわ》ぎじゃよ。世界中の人間が集まって、この先どうするか言い合っとる。……あんたはここの、世界再生機構っちゅうやつのリーダーなんじゃろ。こんな所で油を売っとってはいかんのじゃあないんか？」

ようやく老人に向き直る。

北極衛星の転送システムが隠された地下の町に暮らしていた老人。大戦中に魔法士の攻撃によって滅ぼされたシティ・オスロの生き残りであり、自分がまだ人間の体を持っていた頃に長い時を共に過ごした人であり、つまりは、

……親父《おやじ》……

「臨時の、暫定《ざんてい》的なリーダーだ」傍らに置かれた機材の空き箱に腰を下ろし、どうにか言葉を返す。「間もなく戦いは終わる。世界再生機構は人類と魔法士の融和《ゆうわ》を目指す組織として十二分な役目を果たし、作戦は雲除去システムの破壊という最後の段階に入った。……ここに至って、もはや私のすべき事は無い。作戦がどんな結末を迎《むか》え、世界がどう変化するにせよ、それを受け止め解釈《かいしゃく》するのは私の役目ではない」

天樹真昼の死に対する責務は、どうにか果たすことが出来たと思う。魔法士に対する憎悪と復讐の一心で生きてきた自分が青年との出会いをきっかけに節を曲げ、世界の平和と融和のための活動を始めた。志半ばで倒れた青年の願いは長い道の果てに実を結び、一人の少年の姿を借りてとうとう雲の彼方の衛星へと至った。

人々の前には、生き残りのために争うか、あるいは手を取り合うか、最後の結論が示されようとしている。

そして、自分はそのどちらの道も、共に歩むことは出来ない。

「そういうもんかの」老人は向かいの別な空き箱に座り、ふむ、と白いあご髭《ひげ》を撫で「まあ、あんたにも色々あるんじゃろうが。……そんで、もし本当に戦争が終わるとして、あんたはその後どうするんじゃ。ここに残ってこれからも平和のために働く、ちゅうわけじゃ無いんじゃろ？」

ああ、と街路の遠くに目を凝らす。町の中央の広場を眩く照らして、数え切れないほどの立体映像の通信画面が絶え間なく明滅《めいめつ》を繰り返す。少し前まで響いていた言い争いの声は今や鳴りを潜《ひそ》め、静かに、蕩々《とうとう》と語る誰かの声が途切れることなく聞こえる。

自分は、そこには居られない。

戦争と平和、いずれを良しとする人々の側にも、自分の居場所は無い。

かつての自分なら魔法士を滅ぼして人類だけの世界を作ることに諸手《もろて》を挙げて賛成しただろ

うと、ふと思う。戦争を止めた立役者の一人としては身勝手な言いぐさだろうが、フェイには今でも魔法士という存在を怖《おそ》れ、忌避《きひ》する人々の気持ちがよく分かる。その恐怖《きょうふ》が、憎悪こそが、生身の身体《からだ》を失い、名を失い、故郷を失い、機械の体に成り果てた自分を動かしてきた。

そんな自分は、けれども多くのことを知った。

世界再生機構の一員として多くの時間を魔法士と共に過ごした自分は、彼らが個々人として好ましい人格を持つことを学んでしまった。

魔法士に対する嫌悪《けんお》は今も消えない。その感情は心の奥底に深く根ざし、自分という存在を構成する基盤《きばん》となっている。だが、好むと好まざるとにかかわらず人類には魔法士が必要で、魔法士には人類が必要だ。この絶望に閉ざされた世界で、より良い未来を望むなら、二つの種族は必ず手を取り合わなければならない。

そう信じた青年の祈りが雲の彼方へと届いた今、自分の役目は終わった。

だから。

「……植物を、育てようと思っている」

空を見上げて、ゆっくりと言葉を吐き出す。

ほう、と身を乗り出す老人から視線を逸らしたまま、

「出来れば、食用に適した実をつける植物が良い。育成に手間と時間がかかる物ならなお良い。適当な地下施設《しせつ》を見つけて、そこで一人、静かに植物を育てる。実が生《な》ればそれを誰かに託《たく》し、

どこかの町で子供達に配ってもらう。そういう暮らしだ」

世捨て人のようだな、と内心で笑う。機械で構成されたこの体が機能を失うのは、いったいいつになるだろう。人間は脳だけなら二百年は生きられると言われるが、機械の補助を受けた自分の寿命はそれよりさらに長く続くかも知れない。三百年、四百年、衛星のサポートを失った遮光《しゃこう》性気体が自然分解し、世界が青空を取り戻し、自然環境《かんきょう》が回復するのに十分な時間。その頃、まだ人類の歴史は続いているだろうか。自分はいつの日か、魔法士という存在を心から受け入れることが出来るようになるのだろうか。

「そいつはまた、つまらん暮らしじゃの」

苦笑するように、老人がぽつりと呟く。

機材の空き箱から立ち上がり、しっかりとした足取りで歩み寄って、ほれ、と小さな袋《ふくろ》をフェイの前に差し出す。

「これは？」

「オレンジの種」老人はフェイの手に袋を強引《ごういん》に握らせ「地下でも育つように品種改良した物じゃ。枯《か》れることたあ無かろうが、実をつけるにゃ十年はかかる。……息子が生きてりゃ継《つ》がせたんじゃがなあ。餞別《せんべつ》じゃ。あんたにくれてやる」

息を呑み、手のひらの上に袋を広げる。透明な袋に入った、数十粒《つぶ》の小指の先ほどの白い種。それを見ているうちに、郷愁《きょうしゅう》に似た感情が胸の奥にわき上がるのを感じる。

この場で自分の正体を明かしてしまうのはどうだろう——頭に浮かんだそんな考えを否定する。

老人に深く頭を下げ、袋をスーツのポケットに押し込む。

シティ・オスロの市民であった若者は十数年前の大戦で死んだ。今の自分は昔とは背格好も、外見上の人種も、年齢《ねんれい》さえも違う。いや、それ以前に脳以外の体のあらゆるパーツを機械に置《お》き換えてしまった自分は厳密には『人』とは呼べない。魔法士と同様に、あるいはそれ以上に、今の自分は人類の定義を逸脱《いつだつ》してしまっている。

その事実こそが、自分が彼らに対して抱《いだ》く嫌悪感の正体であったのではないかと、唐突《とうとつ》に思い至る。

どこかで天樹真昼が笑った気がして、内心で肩をすくめる。

これから先の世界に自分の居場所は無い。だが父は違う。北極衛星の事件であの魔法士の子供達と友誼《ゆうぎ》を結んだ父は、これからの世界に必要な人材だ。軍属ではなく、政治家でもなく、世界に対して大きな影響力を持つわけでもない。そういう者が個人と個人という関係で魔法士とつながりを持つことが、世界には何よりも必要なのだ。

だから、父はこちら側に残るべき人間であり。

自分は、そんな父と共に生きていくことは出来ないのだ。

「責任を持って育てよう」老人の前に手を差し出し「実が生ればあなたの所に届けよう。世界のどこにいようとも、必ず」

「出来るだけ早く頼むでよ」老人はその手を取って破顔し「何しろ、老い先短い身の上じゃからなあ」

しわだらけの手が複合ポリマー素材に覆われた機械の手を握り、何度も上下に動かす。記憶にあるよりも少しだけ小さな老人の手。

十数年ぶりに握った手はくたびれて傷だらけで、けれども遠い日と同じく温かい。

街路の遠くでかすかなどよめき。手を放して振り返り、窓外の闇に目を凝らす。空の一角を切り取って映し出される数百メートル四方の立体映像ディスプレイ。ノイズにまみれたその映像が、不意に鮮明《せんめい》さを取り戻す。

培養槽《ばいようそう》らしき幾つかのガラス筒《つつ》が置かれた広い部屋の中央。

見つめる少年の視線の先で、黒い外套の少女が片膝《かたひざ》をつく。

機械によって高精度化された聴覚《ちょうかく》が広場の方角から悲鳴に似た複数の吐息を捉える。映像の向こう、踏み出す少年の前で、少女は瞬時に身を翻して部屋の奥へと走り出す。

飾り羽根のようにたなびく二筋の長い黒髪。

その後を追って、白いコートが虚空を駆けた。

＊

（疑似演算機関動作正常。加速率二百八十パーセントで安定）

非常照明に切り取られた闇の通路を錬は駆ける。背後に空気結晶のフラクタル構造を従え、周囲に無数の空気結晶の弾丸とチタン合金の腕を纏って。五十倍加速で駆ける視界をあらゆる物が高速で流れ去る。幾つもの扉と部屋が、目的もわからない多くの機材が、かつて誰かが暮らしたかも知れない居住区画が、何もかもが瞬きのうちに背後の彼方へと行き過ぎる。

行く手には、黒い外套を翻して駆ける少女の背中。

通常の運動係数制御に加えて分身運動制御と仮想精神体制御――全ての能力を駆使《くし》して疾走を続ける少女目がけて、およそありとあらゆる攻撃を絶え間なく叩き込む。

今や攻守《こうしゅ》は逆転した。衛星内のシステムを制御下に置いた少女はいまだに通常の二倍程度の演算速度を維持し続けているが、自分の能力はさらにそれを上回る。繰り出す攻撃の密度は少女の防御を凌駕《りょうが》し、防戦一方に追《お》い込まれた少女は先ほどからひたすらに移動を繰り返している。

正面から叩きつけられる数百の空気結晶の弾丸を完全に同数の弾丸で撃ち落とし、滑るように床を蹴って一息に三十メートルの距離を切り取る。至近に迫った少女の背中に紅蓮改の刀身を振り下ろし、少女の黒い外套から変じた黒い翼がその攻撃を阻む。

脳内に構築した接続回線の先、衛星の制御システムを守る防壁の強度が少しだけ弱まる。

開いたわずかな隙間に仮想の「手」を押し込み、空間構造をねじ曲げて通路の接続を書き換える。

衛星の内部構造はある程度把握できた。だが雲除去システム——あの春の庭園に至るルートはいまだに開かれない。おそらく少女はシステムを演算機関ごとネットワークから切り離し、どこかに隔離《かくり》しているのだろう。複雑に書き換えられてしまった空間構造の中、本来存在したはずの「庭園に至る経路」がどこに隠されているかはわからない。それを突き止《と》めるには衛星の状況を本来の、空間構造を書き換えられる前の状態に巻き戻していくしかない。

そのために、少女を追い、攻撃を繰り返す。

少女のI―ブレインに負荷をかけ、衛星システムの防壁に振り向けているリソースを低下させ、その隙にシステムの内部に侵入《しんにゅう》し空間構造を書き換える。

状況は確かにこちらに有利。だが、決定打には至らない。疑似演算機関の性能は純粋《じゅんすい》にその体積と密度に比例する。空気結晶の構造をさらに拡大するにはこの場所は狭《せま》すぎる。今の自分の能力は少女の五割増し程度。これでは戦いを有利に進めることは出来ても、防戦に徹する少女を打ち倒し、実力行使で戦いを終結させるには足りない。

ここまでの移動経路に敷設してきた「マクスウェルの悪魔」との接続はすでに断《た》たれた。そもそもあれは『アルフレッド・ウィッテン』の起動に必要な最小限の演算速度を確保するための物。広範囲《こうはんい》に移動しながらの戦闘では不安定な回線は役に立たない。今の自分にあるのはこの背中に構築した身長ほどのサイズの疑似演算機関だけ。それでさえ、脳内には時間の経過と共に有り得ない密度の蓄積疲労《ちくせきひろう》が積み上がっていく。

状況はいまだに、圧倒的な有利には足りない。

迅速《じんそく》に雲除去システムの元にたどり着き、この戦いを終わらせなければならない。

(南極衛星制御システムへの浸食率三十二パーセント。防壁強度低下)

通路の接続をパズルのように書き換えながら、少女に導かれるように闇の通路をひた走る。

隔壁を一つ越える度《たび》に区画が空間ごと切り替《か》わり、天井に埋め込まれた非常照明も緑、赤、橙《だいだい》、再び緑とめまぐるしく変化する。こんな物をいつか見た。幼い頃、兄と姉がクリスマスの飾りだと言って、どこからか拾ってきたイルミネーションで部屋を照らしてくれた。

二十メートル先、少女の背に再び空気結晶の弾丸を叩きつけ、衛星システムの内部にさらに深く侵入する。

脳内の知覚にわずかな違和感。

複雑に切り貼《は》りされ、つなぎ合わされた空間構造の中に、ほんのわずかな隙間を発見する。

……この先に……！

絡まり合った糸玉のような空間を解きほぐし、目的の区画をすぐ傍まで引き寄せる。異変に気付いたらしい少女が足を止め、振り返りざま六本の投擲ナイフを放つ。

その全てをかいくぐり、少女の傍をすり抜けて奥の隔壁へ。

脳内でスイッチを叩いて五重の隔壁のロックを解除し、開いた隙間に全速力で飛び込む。

床に一転して立ち上がり、淡い燐光《りんこう》に目を凝らす。ポケットから飛び出した通信用のデバイスが周囲をゆっくりと旋回する。視界に二重《にじゅう》映しに浮かぶシステムメッセージが地上との回線が安定したことを告げる。おそらくこの部屋の空間構造は切り貼りされる前の、本来あるべき状態に近いのだろう。直径百メートルほどのドーム型の円形の空間。外周には無数の機器が隙間無く敷《し》き詰《つ》められていて、室内を照らす燐光はそこから発せられている。

部屋の中央には、これまで通り過ぎた部屋に置かれていたのとは明らかに雰囲気《ふんいき》の異なる真新しい装置。

思わず動きを止め、巨大な装置の全容に視線を巡らせる。

「なに、これ……」

円筒ガラスの培養槽が全部で十二基、床に横たわる形で時計の文字盤《ばん》のように配置されている。培養槽はどれも空で、接続された複数の計器や操作端末《たんまつ》も全て休眠《きゅうみん》状態であることがわかる。

そんな機器が取り囲む中央には、一際大きな装置。

通常の培養槽とも、生命維持槽《いじそう》とも異なる円筒ガラスの容器を前に、錬は理由もなく肌《はだ》が粟《あわ》立《だ》つのを感じる。

……これ、もしかして……

周囲の機器とは異なり一つだけ薄桃色《うすももいろ》の羊水に満たされた無人の容器にはおびただしい数の機器が接続され、通常の怪我人《けがにん》の治療《ちりょう》や魔法士の育成では有り得ない規模の物々しい機械が幾つも併設《へいせつ》されて天井近くにまでそびえている。ガラス容器の表面には立体映像のステータス表示が浮かび、そこには「二三九九・一二・二四」と未来の日付らしき数字が書かれている。

無意識に手を伸ばそうとした瞬間、I―ブレインの警告。

振り返りざま紅蓮改を掲げる錬の視界を貫いて、逆手に構えた投擲ナイフの切っ先が一直線に突き込まれる。

同時に鳴り響く複数の異なる衝撃音。圧倒的な密度で叩きつけられる空気結晶とゴーストの腕の攻撃をとっさに展開した空気結晶の盾で受け止め、喉元まで迫ったナイフに紅蓮改の刃を合わせて鍔迫《つばぜ》り合いの形になる。

目の前には飾り羽根のような長い黒髪を振り乱《みだ》した少女の顔。これまで見せていたのとは全く異なる必死の形相に、思わず一歩後退る。

我に返って踏みとどまり、ナイフを振り抜く。

弾き飛ばされる形になった少女が宙に一転、着地と同時にバランスを失って床に片膝をつく。

少女は立ち上がりざま投擲ナイフを構えようとし、すぐに我に返った様子で目を瞬かせる。

身を翻した少女が一挙動に床を蹴り、部屋の奥、入ってきたのとは反対側の隔壁に飛び込む。

一瞬の自失から立ち直り、すぐさま後を追って駆け出す。半ばまで開かれた隔壁の隙間から暖かな光が細く差《さ》し込む。間違いない。この先。呼吸を忘れる。はやる心を必死に抑え、思いつく限りの攻撃手段を周囲に展開する。

踏み出す足が捉えるのは、柔《やわ》らかな草の感触。

眩く降り注ぐ人工の陽光に、錬は思わず目を細めた。

――暖かな風に吹かれて、色とりどりの花々が揺らめいた。

ざわめく木々の梢《こずえ》が、頭上を覆う人工の青空と溶け合って視界に鮮《あざ》やかなコントラストを描いた。

柔らかな春の香りが立ちこめる。赤と黄と紫《むらさき》と――思いつく限りのあらゆる色彩《しきさい》を詰め込んだ花壇《かだん》をタイルのように敷き詰めた半球型の庭園。空間圧縮を解除された影響なのだろう。見渡すドーム型の空間の直径は五百メートルほどで、二ヶ月前の北極での戦いで訪れた時よりも遙かに広い。花壇と花壇の間を縫うように敷かれた石畳《いしだたみ》の小道の先には以前には無かった一面の草原が青々と生い茂《お》り、丁寧《ていねい》に整えられた幾本もの果樹の枝先ではたわわに実った赤や黄色の果実が収穫《しゅうかく》の時を待っている。

ああ、と思わず吐息を漏らす。

この場所は、こんなにも、命に溢《あふ》れている。

(高密度情報制御を感知。危険)

I—ブレインの警告に我に返る。振り抜いた紅蓮改の刀身が澄んだ高い金属音を奏で、跳ね返った投擲ナイフの刃が光の中に翻る。

数十メートルの距離を隔てて降り立つ、黒髪の少女。

その背後で、歪《いびつ》に積み上げられた機械の尖塔《せんとう》と、少女によく似た女性が眠る生命維持槽のガラス筒が煌めく。

以前には直径百メートルほどの庭園の中央にあったはずの雲除去システムの中枢は、今は中心から大きく外れた草原の中に位置している。以前に見たのと同じ、無数の積み木を思いつくままに積み上げたような歪な機械の塔。根元に置かれたガラス筒の中では、長い黒髪の女性が眠るように目を閉じている。

家ほどもある巨大な機械の隣には、真っ直ぐにのびた桜の木。

開きかけた薄紅色《うすべに》のつぼみが、柔らかな風に揺れている。

「よく来た、天樹錬」

少女が薄く微笑む。

黒い手袋に包まれた指が、静かに頭上を示す。

脳内にかすかな違和感。頭上を覆うスクリーンに投影《とうえい》されていた青空の映像が、瞬きする間もなく透明な天蓋とその向こうに透ける本物の空に置き換わる。もはや空間構造の書き換えなど無意味と判断したのだろう。情報の海の内部に存在する衛星の制御システムとの接続回線、そこから返る内部構造のデータが本来在るべき正常の姿となっていることに気付く。

コートのポケットから指先ほどの小さな素子を数百個まとめて取り出し、頭上に投げ上げる。

この戦いの仕上げに必要な準備。

カメラを内蔵した小さな素子はドーム型の庭園の地表や内壁、天井、パイプの陰——およそありとあらゆる場所に貼《は》り付《つ》き、自分と少女の姿を正しく地上にまで伝達する。

「……鬼《おに》ごっこは、もうお仕舞《しま》い？」

「そうだ」

挑発《ちょうはつ》を込めて発した言葉に、思いがけなく真剣《しんけん》な眼差《まなざ》しが応える。

息を呑む錬の見つめる先、サクラは外套の裏から左右に三本ずつ投擲ナイフを掴み出し、

「ここが、私と貴方の最後の戦場だ」

(疑似演算機関拡大。演算倍率三百パーセントを超過)

少女が言い終わるより早く踏み出す。背後に展開した疑似演算機関の出力を残らずかき集め、周囲にありったけの空気結晶の弾丸と土塊《どかい》の腕を展開する。五十倍速で地を蹴った体が春の庭園を滑るように駆ける。接触《せっしょく》までわずか数秒。ありとあらゆる攻撃を少女目がけて叩きつけ、同時に大きく跳躍する。

少女は微動《びどう》だにしない。

手にしたナイフを放つことも、頭上を飛び越えるこちらの動きを止めることもせず、全ての攻撃を正面から受け止める。

爆ぜる無数の空気結晶が視界を塞ぐ。攻撃はどうなったのか、少女はどうなったのか。それを確認《かくにん》する間もなく少女の頭上を瞬時に飛び越えて背後の機械、雲除去システムの中枢へ。陽光に煌めくガラス筒の羊水の中、最初の魔法士、アリス・リステルが穏やかに目を閉じる。五十倍加速の運動量に任せて紅蓮改の刀身を振り上げる。背後で断続的な衝撃音。爆発にちぎれ飛んだ草の葉が視界の端を高速で流れ去る。

これで、全ての終わり。

錬は胸の奥に膨れ上がるあらゆる感情を押し潰し、ただ真っ直ぐにナイフを振り下ろし、

(攻撃感知)

——澄んだ高い金属音。

飛来した投擲ナイフの黒い刃が紅蓮改に突き立ち、頭上高くに跳ね上げた。

一瞬の自失から、立ち直る暇《ひま》も無かった。

空っぽの手を離れて緩やかな弧を描く真紅の刀身を、錬は呆然《ぼうぜん》と見上げた。

脳内にI—ブレインの警告。紅蓮改の補助を失ったことで疑似演算機関の構造が不安定にな

り、崩壊が始まる。とっさに地を蹴って跳躍、伸ばした右手にナイフを掴み取る。同時に視界に二重《にじゅう》映しに再度の警告。考えるよりも早く脳が反応し、背後から叩きつけられるおびただしい数の空気結晶の槍を淡青色の盾で次々に受け止める。

時間が速度を失ったような錯覚。

ゆっくりと流れる眼下の視界の中、黒髪の少女が右手をゆるやかに掲げる。

その周囲にすさまじい数と密度の空気結晶の槍が出現する。数百、数千、それ以上。一人の魔法士が生み出す物では有り得ない、途方《とほう》も無《な》い規模の弾体の群れが少女の頭上の空間を文字通り埋め尽くす。

「……感謝する、天樹錬」

小さな、独り言のような呟き。

目を見開く錬の視界の先、サクラは周囲の人工の大地から数千の土塊とチタン合金の腕を生み出し、

「おかげで、私にもやり方がわかった」

とっさに脳内で『世界面変換《サイバーグ》』を起動。自己領域を展開し、重力方向と時間単位の書き換えで自身の体を大きく後方に弾き飛ばす。一瞬まで自分が浮かんでいた空間を無数の空気結晶の槍があらゆる角度から滅多《めった》刺《ざ》しに刺《さ》し貫く。着地と同時にありったけの空気結晶の弾丸を生成し、降り注ぐ槍を一つ残らず撃ち落とす。

サクラが悠然《ゆうぜん》と振り返る。

少女の背後、微細な空気結晶の集合体によって編まれたフラクタルの紋様が、透明な天蓋の向こうから降り注ぐ陽光を浴びて虹色に煌めく。

「……そっか」呟き、白いコートの埃を払い「ここからが本番、ってことだよね」

「そういうことだ」

I―ブレインに命令。背後の疑似演算機関をさらに拡大する。

空中に生成した空気結晶制御用の極小のデーモンを取り込み、複雑さを増していく氷の紋様。それに呼応するように、少女の背にそびえるフラクタル構造もまた雄大《ゆうだい》さを増していく。

自分が生み出したのと同じ、空気結晶によって編まれた疑似演算機関――いや、少女が生み出したその構造体は、自分の『アルフレッド・ウィッテン』によって構成された物とは細部が異なっている。「並列」の能力で劣《おと》る少女が生み出した演算機関は構造の稠密《ちゆうみつ》さや複雑さで自分には遠く及ばない物。その不足を補うためにおそらく「合成」によって複数の機能が詰め込まれた少女の演算機関の内部を、虹色の光と共に紫電の瞬きが絶え間なく駆け巡る。

「すごいね。これ結構難しいのに、こんな短い時間で」

「賞賛には値《あたい》しない。良い見本、良い教師があればこそだ」

くすりと、少女が忍《しの》び笑《わら》いを漏らす。

交わす視線は一瞬。

二人は同時に息を吸《す》い込み、吐き出した。

「行くぞ、天樹錬。──決着の時だ」

第五章　未来　～Their story～

一度始まってしまった戦争を終わらせる物は、何だろう。

目の前で今まさに戦争が始まろうとしていて、それを止める術がどこにも無くて、それでも平和を望むなら、人は何をするべきなのだろう。

自分達が勝って、生き残って、世界が青空を取《と》り戻《もど》すならそれでも良《い》い。人類が滅《ほろ》び去り、この星の上には魔法士《まほうし》が新たな歴史を紡《つむ》いでいく。青年が願った未来からどれほど遠かろうと、それはあるべき一つの結末だ。

だが、同胞《どうほう》がその道を良しとせず、立ち止まることを望んだとしたら。

彼らを導く者として、自分はその選択《せんたく》の先にもまた別な結末を用意しなければならない。

方法は限られている。事態はもはや、自分が停戦を呼びかけて同胞《どうほう》達を説得すれば収まるような段階には無い。戦争を止めようとすれば組織は二つに割れる。最悪の場合、魔法士は内紛《ないふん》の隙《すき》を突《つ》かれて人類に滅ぼされる。

そうならないためには、綿密な手順と、幾《いく》つかの奇跡《きせき》が必要だ。

賢人会議《けんじんかいぎ》が勝利せず、敗北せず、青年の理想が再び蘇《よみがえ》る——そんな都合の良い結末にたどり着くには、誰《だれ》かが世界その物を動かすような偉業《いぎょう》を成《な》し遂《と》げなければならない。

そんな日は決してやっては来ないだろうと、心のどこかで分かってはいる。人類と魔法士は結局は互《たが》いに滅ぼし合って、残った方が歴史を紡いでいくのだと、I—ブレインのあらゆるシミュレーションはとっくにその結末を導き出している。

だけど、もしそんな奇跡が起きたら。全てのパズルのピースがあるべき場所に揃《そろ》い、平和を望む誰かがこの春の庭園にまでたどり着いたなら。

その時は自分もまた、あるべき役割を果たそうと思う。

旧《ふる》い者達を滅ぼし、自分達だけの新しい世界を築こうとする組織の指導者。その姿を見た地上の人類は、魔法士達は何を思うのだろう。憎悪《ぞうお》の対象、憎《にく》むべき敵、最後の希望、自分達を導く星——何でもいい。どんな姿であれ、彼らが望む形で自分は最後までこの場所に立ち続けようと思う。

……それが私の答。私の選択。

世界が変わるには、それに相応《ふさわ》しい儀式《ぎしき》が必要なのだ。

＊

（情報制御《せいぎょ》演算制御デーモン『アルフレッド・ウィッテン』常駐《じょうちゅう》。疑似《ぎじ》演算機関動作正常。演算倍率一五〇〇〇パーセントで安定）

際限なく連なる金属質の破砕《はさい》音が、ほとんど物理的な衝撃《しょうげき》を伴《ともな》って春の庭園を鳴動させた。

錬《れん》は紅蓮《ぐれん》改を胸の前に構えたまま微動《びどう》だにせず、ただ脳内の演算に意識を集中した。

庭園を構成する直径五百メートルのドームの内部空間を埋《う》め尽《つ》くして、数百万、数千万の空気結晶《けっしょう》が嵐《あらし》のように吹《ふ》き荒《あ》れる。弾丸《だんがん》、槍《やり》、刃《やいば》、鎖《くさり》、もはや一つ一つの形状を個別に認識《にんしき》することは無意味。空中のありとあらゆる場所から絶え間なく出現し、音速の数百倍の速度で叩《たた》きつける淡青色《たんせいしょく》の暴風めがけて、同じく空中から出現した同数の空気結晶が正面から激突《げきとつ》する。

砕《くだ》けた破片《はへん》が光の粉を振《ふ》りまいて宙に溶《と》け落ち、またすぐに結晶化して速度と威力《いりょく》を獲得《かくとく》する。絶え間なく繰《く》り返《かえ》す熱量の遷移《せんい》が大気をかき乱し、逆巻く風が双方《そうほう》の攻撃《こうげき》を呑《の》み込んで半球型のドームの空に凶暴《きょうぼう》な螺旋《らせん》を描《えが》く。

無限に連なる光と衝撃音の乱舞《らんぶ》。

その隙間《すきま》を縫《ぬ》うようにして、庭園を囲むチタン合金の内壁《ないへき》から突き出《だ》した数万の銀色の腕《うで》が走る。

一つ一つが最高レベルの騎士《きし》を上回る運動能力を与《あた》えられた腕は飛《と》び交《か》う空気結晶の間を縦横に駆《か》け巡《めぐ》り、互いに絶え間ない激突を繰り返す。わずか一秒の間に鳴《な》り響《ひび》く数十万の衝撃音と破砕音。砕けた無数の腕が瞬時《しゅんじ》に融《と》け合って元通りの腕の形状を獲得し、超《ちょう》高速の曲線軌《き》道《どう》を描いて互いの敵へと躍《おど》り掛《か》かる。

少女が立つのは円形の庭園の奥、雲除去システムの機械の尖塔《せんとう》とアリス・リステルが眠《ねむ》るガラス筒《つつ》の前。自分が立つのはそこから庭園の中心を挟《はさ》んだちょうど反対の位置。およそ三百メートルの距離《きょり》を隔《へだ》てて対峙《たいじ》する二人の間にはタイルのように敷《し》き詰《つ》められた花壇《かだん》と緑の草原が広がり、色とりどりの花々と幾本もの木が静かに戦いの趨勢《すうせい》を見守っている。

頭上で荒れ狂《くる》う暴風とは対照的に、春の庭園の地表付近を包むのは完全な凪《なぎ》。

少女と自分が互いにあらゆる種類の攻撃を繰り返し、激突と牽制《けんせい》を無数に積み重ねた果てに、庭園内には地表付近と頭上の空間を隔てる形でこの奇妙《きみょう》な膠着《こうちゃく》状態が発生している。

（モジュール S1238-S259A 破損、修復成功。動作安定）

脳内を駆け巡る疑似演算機関のシステムメッセージ。背後にそびえる高さ十メートルほどの空気結晶の高密度集積体が微細《びさい》な構造の変動によって鈴《すず》のようなかすかな音を奏《かな》でる。演算機関全体の心臓となる中央演算モジュール。空気結晶のフラクタル構造によって構成された疑似演算機関はそこから草原を覆《おお》う形で背後の地表一面に広がり、さらには直径五百メートルの半球型の庭園の内壁をも埋め尽くして頭上遠くのレンズ型の透明《とうめい》な天蓋《てんがい》にまで到達《とうたつ》している。

庭園の反対側に佇《たたず》む少女の背後にも鏡写しのように同じ形状の空気結晶の集合体が広がり、同様に背後の地表と壁《かべ》を覆い尽くして頭上の天蓋にまで到達している。絶え間なく流動を繰り返す双方の空気結晶は庭園を包むドームを正確に二分し、一直線に引かれた境界線の両側で互いに浸食《しんしょく》と再生成を際限なく繰り返す。

透明な天蓋の向こうに広がるかすかな藍色《あいいろ》の空の果てを、小さな太陽がゆるやかに巡る。降り注ぐ陽光が天蓋を覆う疑似演算機関の紋様《もんよう》の内部で複雑な屈折《くっせつ》と乱反射を繰り返し、絢爛《けんらん》たる虹色《にじいろ》の煌《きら》めきで眼下の庭園を照らす。

夜空を覆う星々よりも、昼の太陽よりもなお眩《まばゆ》い人工の星。

その輝《かがや》きを照り返して、二つのシティの全戦力にも匹敵《ひってき》する圧倒的《あっとうてき》な密度の情報制御の暴威《ぼうい》が庭園その物を打《う》ち砕かんばかりに荒れ狂う。

(モジュール P8780-P9128 破損、Y3280-4709 破損。修復まで三、二、一、成功)

今や優位は失われた。互いの能力は互角《ごかく》、疑似演算機関が生み出す演算速度も互角。衛星の制御システムに対するアクセス権も完全に互角で、情報の側から雲除去システムを攻撃する試みはすでに数百万回の失敗を数えている。いや、それどころか少女はこちらが衛星システムに振り向《む》ける演算リソースを少しでも増加させた瞬間《しゅんかん》に攻撃の密度を増大させ、疑似演算機関目がけて無数の弾丸と腕を容赦《ようしゃ》なく叩きつける。

互いの疑似演算機関を構成するモジュールの一つ一つは指先ほどの空気結晶の集合体——空気分子一つの有無《うむ》を制御する最小のプログラムを数兆連ねた集合体《クラスター》。それぞれに役割の異なる無数のモジュールの中から相手の弱点となる情報の結節点を見つけ出し、互いに攻撃と浸食を際限なく繰り返す。

庭園の内壁全体を一つの盤面《ばんめん》に、疑似演算機関を構成するモジュールの一つ一つを盤上の駒《こま》に見立てた超高速の陣取《じんと》り遊戯《ゆうぎ》。

透明な天蓋を正確に二分する境界線の周辺では毎秒数千、数万のモジュールが互いに崩壊《ほうかい》と再生を繰り返し、わずかな隙をついて相手の領土への侵入《しんにゅう》を試み続ける。

庭園内部の空に吹き荒れる無数の空気結晶の砲撃《ほうげき》はますます激しく、強く、ドームを構成するチタン合金の構造材その物を軋《きし》ませる。この衛星全体が情報の側から強化されていなければ何もかもがとうに崩壊しているはずの圧倒的な攻撃。ドームの内壁を覆う双方の疑似演算機関は周辺の空間に対して論理回路を拡大しようと何度となくクラスターの構築を繰り返すが、その度に互いの攻撃が成長途中《とちゅう》のクラスターを破壊《はかい》する。

いったいどれほどの間、こんな戦いを続けているのかわからない。

脳内時計は戦闘《せんとう》の開始からわずか一時間しか経過していないと主張するが、その一時間は錬には数日、あるいは数ヶ月にさえ感じられる。

(蓄積疲労《ちくせきひろう》七十パーセント、戦闘行動の停止を推奨《すいしょう》)

情報の海の内部に構築されたリンクを介《かい》して、疑似演算機関が行使する想像を絶する規模の情報制御演算のフィードバックが脳内に流入する。数百層のフィルターを通して最小限に絞《しぼ》られた膨大《ぼうだい》なデータに触《ふ》れているだけで、I－ブレインには際限なく蓄積疲労が積み上がる。赤熱した太陽に至近距離で身を曝《さら》しているよう。自分が持つ本来の能力のおよそ一五〇倍、圧倒的な情報構造が放つ圧力は「天樹錬《あまぎ》」という小さな存在を容易《たやす》く押し潰し、取るに足らないノイズとして押し流そうとする。

その暴力に抗《あらが》い、全ての情報を在るべき姿に統制し続ける。

視界の先に佇む少女。射貫《いぬ》くようなその黒い瞳《ひとみ》に意識の焦点《しょうてん》を突き付《つ》け続ける。

不意に、脳内のデータに違和感《いわかん》。頭上に荒れ狂う砲撃と腕による攻撃の嵐が少しずつ降下を始めたことに唐突《とうとつ》に気付く。自分ではない、おそらく少女による意図的なもの。庭園内でも最も背の高い桜の木の頂点が飛び交う無数の空気結晶の弾丸に接触《せっしょく》し、数本の枝が折れると同時に細かな粒子《りゅうし》に粉砕《ふんさい》されて大気の中に飛散する。頬《ほお》に触れる風の感触《かんしょく》が強さを増す。互いに激突した空気結晶の弾丸が空中で弾《はじ》けて、小さな破片が目の前をかすめる。

瞬間、少女が動く。

投擲《とうてき》ナイフを左右の手に一本ずつ近接戦に構え、一挙動に地を蹴《け》った黒い外套《がいとう》が加速された視界の先を滑《すべ》るように迫《せま》る。

少女が運動係数制御に演算速度を割り当てたことで、頭上で繰り広《ひろ》げられる疑似演算機関同士の勢力争いがわずかにこちらに有利に傾《かたむ》く。それを利用して領土を拡大すべきか、少女本体の攻撃に対抗《たいこう》すべきか一瞬《いっしゅん》の迷い。そのわずかな隙間に細身の投擲ナイフが滑り込む。

喉元《のどもと》目がけて一直線に突き込まれる黒い刃。間一髪《かんいっぱつ》で『運動係数制御《ラグランジュ》』を起動。通常の二七〇倍加速で迫る神速の斬撃《ざんげき》を全く同じ速度の運動でかいくぐり、少女の背後に回り込むと同時

に身を翻《ひるがえ》して反転、無防備な黒い外套の背中に紅蓮改を突き立《た》て、

——甲高《かんだか》い金属音。

空中に出現した淡青色な空気結晶の盾《たて》が、わずか数ミリの差で刃の切っ先を受け止める。

長い黒髪《くろかみ》が飾《かざ》り羽根のようにはためく。跳《は》ね返る紅蓮改の動きに任せて後方に跳躍《ちょうやく》、着地と同時に再度の疾走《しっそう》。正面から叩きつけられる数千の空気結晶の弾丸を同数の弾丸で叩き落《お》とし、少女に肉薄《にくはく》すると同時に紅蓮改を振り下ろす。

同時、少女の両手が幻《まぼろし》のように閃《ひらめ》く。

交差した二本の投擲ナイフが、迫り来る真紅《しんく》の刃を黒い瞳に突き立つ寸前で受け止める。

全身のあらゆる力を込めて紅蓮改を押し込む。頭上には煌めく光のタペストリー。暴風のように荒れ狂う無数の空気結晶が降り注ぐ陽光を透《す》かして七色の織り糸に変え、壮麗《そうれい》な一枚の絵画を描き出す。

軋んだ金属音を立てて擦《す》れ合《あ》う、一振りの真紅のナイフと二振りの黒いナイフ。

飛び散る火花の向こう、少女の唇《くちびる》の端《はし》が動く。

……笑ってる……？

意識をわずかに削《そ》がれそうになり、我に返ってナイフを持つ手と脳内の演算に集中する。見《み》間違《まちが》いではない。真紅の刃を受け止める少女の口元に確かに笑《え》みが浮《う》かぶ。嘲笑《ちょうしょう》や侮蔑《ぶべつ》の類いではない。獲物《えもの》を狙《ねら》う獣《けもの》とも違《ちが》う。穏《おだ》やかな、この時間その物を楽しむような笑みに、またし

ても思考が乱れそうになる。

その隙を見透《みす》かしたように、少女の手がわずかに角度を変える。

触れ合う刃と刃の力の均衡《きんこう》が崩《くず》れ、支えを失った真紅の刀身が軋んだ金属音と共に投擲ナイフの上を滑り始める。

バランスを崩した体がゆっくりと前方に流れる。視界の端には空間を円筒形《えんとう》に切り取る眩い紫電《しでん》の光。少女は右手のナイフで真紅の刃と鍔迫《つばぜ》り合いの形を維持《いじ》したまま、左のナイフだけを手から離《はな》す。

自由落下を開始した投擲ナイフの細い刃を電磁場の砲身《ほうしん》が絡《から》め取る。空間その物が軋むような衝撃音。爆発《ばくはつ》的な加速と共に至近距離から解き放たれた黒い刃がこちらの顔を目がけて一直線に走る。

とっさにナイフの軌道に空気結晶の盾を七層展開、同時に鍔迫り合いを弾《はじ》くようにして紅蓮改を強引《ごういん》に振り抜《ぬ》く。真紅の刃の切っ先が少女の頬を浅く薙《な》ぎ、淡青色の盾を四層突き通《とお》した投擲ナイフが軌道を逸《そ》れて耳の傍《そば》をすり抜ける。白磁のような少女の肌《はだ》をゆっくりと伝う鮮血《せんけつ》。勢いに任せて右足を強く踏《ふ》み込み、翻した紅蓮改の刀身が紫電の輝きを鈍《にぶ》く照り返し、

（攻撃感知、危険）

I―ブレインの仮想視界が捉《とら》えるのは、頭上二メートル、正確に後頭部を狙う位置に展開された電磁場の砲身。

彼方《かなた》へ飛び去るかと見えた投擲ナイフの軌跡《きせき》を不可視のレールがねじ曲げ、再び爆発的な加速をもって眼下の目標へと射出する。

とっさに回避《かいひ》運動を取ろうと右足を軸《じく》に身を翻し、その動きを遮《さえぎ》るように少女の黒い外套が視界に滑り込む。二条の長い髪《かみ》が飾り羽根のようにたなびく。間に合わない。頭上から飛来するナイフへの対応を放棄《ほうき》。残る三層の空気結晶の盾を数百の弾丸に変えて少女の目の前に叩きつけ、わずかに動きを止める少女目がけて真紅の刃を一直線に突き込み、

――焼け付くような衝撃。

互いの肩《かた》から飛び散った鮮血が、頭上に吹き荒れる暴風に呑まれて光の空を舞《ま》った。

＊

煌めく虹色の輝きが、闇空《やみ》の向こうから雪原の会議場を強く照らした。

セラは脳内で補正された視界の先に目を凝《こ》らし、白いコートを翻して駆ける少年と、黒い外套を翻して駆ける少女を見詰《みつ》めた。

衛星内部の庭園を映す映像は不鮮明《ふせんめい》で、演算で補わなければ何が起こっているのかを把握《はあく》することは出来ない。回線の不安定さがもたらすノイズではない。飛び交う攻撃のあまりの苛烈《かれつ》さに画面全体が塗《ぬ》り潰されてしまっているのだ。嵐のように吹き荒れる無数の空気結晶があら

ゆる物を白く染め上げ、絶えず変化する七色の光が闇空を艶《あで》やかに彩《いろど》る。I－ブレインを持たない人々はもちろん、演算速度が足りない多くの魔法士にとってもその光景は戦いというより色鮮《あざ》やかなある種の映像芸術としか見えないだろう。

多くの人々の意識は今、そんな幻のような戦いの光景には無い。

人々の視線は会議場の中央、セラの隣《となり》に座る銀髪《ぎんぱつ》の少年に注がれている。

「……それじゃあ、旦那《だんな》さんはベルリンの戦いで？」

『そうさ。あんたにやられたのか、あんたの仲間か、それはわからないけどね』

等身大に拡大された通信画面の向こう、女が疲《つか》れたように呟《つぶや》き、膝《ひざ》の上の赤《あか》ん坊《ぼう》を撫《な》でる。

ロンドン市民だという女は薄暗《うすぐら》い部屋で椅子《いす》に腰掛《こしか》け、時折思い出したようにため息を吐《つ》いている。

『いい人だったんだよ。生真面目《きまじめ》で、勇敢《ゆうかん》で。上官だって人が褒《ほ》めてくれた。……だから、もしかするとあんたの仲間も一人くらいは殺したかも知れないね』

「そう……ですか」

こんなやりとりを何度繰り返したか、もう数えてはいない。最初のうちは少年に対して剝《む》き出しの憎悪をぶつける人の方が多かったように思う。魔法士という存在その物に対する怒《いか》り、嫌悪《けんお》。失われた命に対する償《つぐな》いを求める嘆《なげ》きの声。なぜお前は生きているのかと問う絶望にまみれた叫《さけ》び。

だが、代わる代わるに多くの人が似たような言葉を口にするにつれて、空気は少しずつ変わり始めた。

人々はいつしか叫ぶことをやめ、少年に対してただ静かに語りかけるようになった。

少年は何も言わなかった。戦争だったのだからと言い訳をするのではなく、自分達も多くを失ったのだと悲しみを返すこともしなかった。さりとて謝罪の言葉を口にするのでもなく、自分達の否を認めることもしなかった。少年はただ静かに、何百人もの人の話を聞いた。毅然《きぜん》と顔を上げ、穏やかに微笑《ほほえ》んで、降り注ぐ無数の憎悪の前にただ座り続けた。

その姿に人々が何を感じたのかはわからない。

ただ、彼らは少年に失われたものへの贖《あがな》いを求めることを止め、代わりに在りし日の思い出を語るようになった。

「……ぼく達が、憎いですか？」

『そりゃあ、ね』女は力無く笑い『けど、誰かを憎み続けるっていうのは、それはそれで大変なもんさ。この子も育てていかなきゃならないし。……だからまあ、あんた達にこれ以上戦う気が無いってんなら、我慢《がまん》しないことも無いよ』

重い荷物を下ろしたように、女が息を吐く。

その視線がふと、少年から左隣《ひだりどなり》に、こっちの方に動き、

『……あんたは、マサチューセッツにいた、マリアさんの娘《むすめ》さんじゃないかい？』

息を呑む。

勢いよくうなずくセラに女は、やっぱり、と微笑《びしょう》し、

『旦那と出会う前に少しだけ第一階層にいたことがあってね、ずいぶん世話になったよ。……顔を合わせる度《たび》にあんたの自慢《じまん》するのには参ったけどね』

通信画面の向こう、女の膝の上に抱《だ》かれた赤ん坊が小さなあくびをする。

女は我が子の小さな体をそっと左右に揺《ゆ》らし、

『後から噂《うわさ》で聞いたよ。……マリアさんは魔法士で、あんたもそうだったんだね』

「……はい、です」

もう一度、今度はおそるおそるうなずく。

女は、そっか、と呟き、

『なら……うん、私は良いよ』赤ん坊の小さな手に自分の指を握《にぎ》らせ『マリアさんの娘のあんたとこの子が争わない世界なら、私はそっちの方が良い』

通信画面が縮小し、頭上をモザイク模様のように覆う無数の画面の間に収まる。ディーが視線で次の発言者を促《うなが》すが、進み出ようとする者はいない。

まるで、語るべきことを全て語り終えたとでもいうように。

人々はただ静かに、成り行きを見守っている。

もちろん、全ての人が納得《なっとく》してはいない。少年に向けられる視線には今も敵意や憎悪が多く

混ざり、かすかな囁き声《ささやごえ》の中には聞くに堪《た》えない罵倒《ばとう》も混ざっている。それはたぶん、この先も決して消える事はないのだろう。世界に多くの人がいる限り、その全てが一つの意思にまとまることなどありえないのだろう。

それでも、その事実を声高《こわだか》に主張する者は、この場にはいない。

人類の都合だけで魔法士を否定し、悪意をぶつける――そんな言動を寸前で思いとどまらせる何かが、確かにこの会議場には生まれつつある。

「ありがとうございます。じゃあ、ぼくはここまでで。続きは誰か別の人に……」

『待てよ』

立ち上がろうとするディーを遮る声。とっさに動きを止める少年の前で、一枚の通信画面が大映しになる。

黒地に銀の装飾《そうしょく》をあしらった、賢人会議の儀典《ぎてん》正装。

人形使い、カスパルは燃えるような視線を会議場の一同に投げ、

『ディーには悪いが、俺は全く納得しちゃいない。こんなに一方的に恨《うら》み言《ごと》を聞かされ続けて、黙《だま》っているつもりも無い。……何を勘違《かんちが》いしているのか知らないが、この戦争を始めたのは俺達じゃない、人類の方だ。そいつを誤魔化《ごまか》したまま停戦だのなんだの、冗談《じょうだん》も大概《たいがい》にしろ』

頭上を覆う通信画面の向こうでざわめきの声が大きくなる。シンガポールでの事件の顛末《てんまつ》と真昼《まひる》の死の真相については、この話し合いの最初の方ですでにリン・リー首相《しゅしょう》から説明がなさ

れている。

人々は互いに顔を見合わせ、プライベートな回線越《ご》しに何かを囁き合う。

そんな人々の片隅《かたすみ》で、賢人会議の魔法士達が口々に同様の声を上げ始める。

「カスパルさん……」

困ったような、どこか悲しそうなディーの声。セラはとっさに少年の手を強く握りしめる。

あくまでも人類を滅ぼして世界を取り戻すことを望み、組織に残る道を選んだ同胞。ディーと同じように、生まれた瞬間から多くを奪《うば》われ、奪われ続けた魔法士達。人類と同様に、彼らの、自分達の意思が一つにまとまることもまた決して有り得ないのだろう。

恨みは消えない。嘆きも、傷跡《きずあと》も決して消えない。

それでも彼らを前に進ませるには言葉が必要で、その言葉はきっと自分や少年の物では無くて、

「――ならばどうする、賢人会議の者よ」

不意に、正面から投げられる声。

とっさに顔を向けるセラの視線の先で、リン・リー首相は通信画面の青年を真っ直《ます》ぐに見上げ、

「貴公は、あくまでもシティとの決戦を望むか。失われた同胞の命の、奪われた尊厳の贖いを求めるか。雲除去システムが失われた世界で、人類と戦い、これを滅ぼし、その果てに自らの

衰退《すいたい》と滅亡《めつぼう》を望むか」

『知った風な口を——！』

見返すカスパルの顔が、一瞬、すさまじい殺気を孕《はら》む。

が、青年はすぐに自分の口元を手で覆い、肩を上下させて何度も深呼吸を繰り返し、

『……ああ、そうだな。貴様の言う通りだろうさ、シンガポール首相。どんなに憎くても割り切れなくても、生き残る道が一つしかないならそれに従うのが正解だ。……だが、それでも何もかもってわけにはいかない。たとえ自分達が滅びるとしても、通すべき筋ってもんがある。違うか』

「相違《そうい》あるまい」リン・リーはかすかにうなずき「ならばどうする。貴公は、この場の決着に何を望む？」

会議場に集《つど》う人々が、見下ろす無数の通信画面が静まりかえる。

数秒。

この世界の全ての視線を一身に受けて、人形使いの青年は真っ直ぐに顔を上げ、

『簡単な話だ』一度だけ目を閉じ、息を吐いて『真昼を殺した犯人——今の自治政府の連中と、最後に手を下した市民に対して、正当な裁きを求める』

……え？

とっさに何を言われたのかわからず、セラはディーと顔を見合わせる。それは周囲の人々も

同じであったらしく、頭上の二億の通信画面から無数のざわめきの声が上がる。

反感と敵意では無く、疑問と困惑《こんわく》を孕んだ数多《あまた》の声。

その全てを一身に受けて、カスパルはシンガポール自治政府首相に向かって身を乗り出し、

『ベルリンの戦いで俺達は多くの仲間を失ったが、今さらその話を蒸《む》し返そうとは思わない。あれは戦争で、お互いに撃《う》たれる覚悟《かくご》があっての話だからな。……だが、真昼のことは別だ。お前達人間同士だって、同盟国の要人を謀殺《ぼうさつ》すれば罪になるだろう？　なら、シンガポール自治政府はあいつの死に対して責任があるはずだ』

目を丸くするディーの隣で、セラもまた目を見開く。青年は賢人会議の魔法士の中でも特に人類に対する憎悪を募《つの》らせ、シティとの徹底抗戦《てっていこうせん》を訴《うった》えて最後まで組織に残った人物のはずだ。

その青年が同胞である魔法士のためではなく、仲間とはいえ通常人の真昼のために、人類に償いを求める。

二人の視線に気付いたのか、青年は、ああくそ、と髪をかき乱し、

『おかしいと思うか？　だろうな、俺もおかしいと思う。だが、俺には何よりもそいつらが許せない。同じＩ－ブレインを持たない人間のくせに、俺達じゃなく真昼に銃口《じゅうこう》を向けたそいつらのことが許せない。……俺達と手をつなごうと、一緒《いっしょ》に未来を築こうとしてくれたあいつを殺した連中がどうしようもなく憎い！』

頭上から降るざわめきの声が、大きさを増す。

青年はディスプレイの向こうからリン・リーを睨《にら》み付け、

『どうなんだ。お前達にそいつらを裁くことが出来るか。俺達魔法士のために、お前らの仲間の、ただ騒《さわ》ぎに踊《おど》らされて銃《じゅう》を手に取っただけの市民を法の裁きにかけることが出来るのか』

答えろ、と押し殺した青年の声。

突き刺《さ》すようなその視線を受けて、人類の指導者の一人である男は静かに口を開く。

「天樹真昼の死の状況《じょうきょう》については既《すで》に詳細《しょうさい》な調査が完了《かんりょう》している。実行犯が一名と、周囲で武装していた未遂《みすい》犯が八名。いずれも軍籍《ぐんせき》を持たない一般《いっぱん》市民であり、現在は軍施設《しせつ》に拘留《こうりゅう》されている」

リン・リーの目の前に、小さな立体映像の顔写真が数枚並ぶ。

男はそれをカスパルに示し、

「彼の者たちが裁きを免《まぬが》れているのは、天樹真昼の死と共にシンガポールが戦争状態に突入《とつにゅう》し、戦時特例が発令されたためだ。シティ連合と賢人会議との間に和平が成立すれば状況は巻《ま》き戻る。あの事件に関わった全ての者が以前の、前首相《ぜんしゅしょう》カリム・ジャマール統治下の法によって裁かれることになる。……無論、この私も含《ふく》めてだ」

思わず、目を見開く。

慌《あわ》てて視線を巡らせるセラの前、ルジュナがその場の全員を代表するように口を開き、

「首相の座を退くとおっしゃるのですか？」

「当然のことだ」リン・リーは静かにうなずき「仮に人類と魔法士の間に和平が成立するなら、開戦の引き金となったあの事件のことを曖昧《あいまい》にしたままでは済まされん。誰かが責任を取り、腹を切らねばならん。それが出来るのは、一連の工作を首謀《しゅぼう》した私だけだ」

男は頭上から見下ろす無数の通信画面に視線を巡らせ、最後に正面のディスプレイに映る人形使いの青年を見詰めて、

「無論、全ては雲除去システムが破壊されればの話だ。彼のシステムが生き残り、魔法士を滅ぼすという選択が人類の最善の道として残り続ける限り戦争は継続《けいぞく》される。……だが、その選択が失われるなら、ふさわしいけじめが必要だ。世界を戦争に導いた者の責任として、通すべき筋は必ず通す」

雪原の会議場に降りる沈黙《ちんもく》。

禿頭《とくとう》の男は青年を前に毅然と胸を張り、

「賢人会議の者よ、これで答になるか。これで、貴公は前に進むことが出来るか」

カスパルは答えない。立体映像ディスプレイに映る小さな通信室の中、青年がよろけるように一歩後退《あとずさ》る。

と、空の彼方のディスプレイから、一際《ひときわ》強い光。

その光に押されるように、青年が椅子の上に崩れ落ちる。

闇空を切り取る巨大《きょだい》なディスプレイに人々の視線が集中する。煌めく無数の空気結晶の向こ

う、白いコートの少年と黒い外套の少女が駆ける。少女の手元で円筒形の電磁場が紫電をまとい、放たれた投擲ナイフが陽光を裂《さ》いて庭園を駆け抜ける。少年が手にした真紅の刃が飛来するナイフのことごとくを弾き飛ばす。ドーム型の庭園の空に吹き荒れる砲撃の嵐の下、まるでそこだけが取り残されたように、穏やかな風に揺れる色とりどりの花々の上を、少年と少女が踊るように駆け巡る。

……あ。

息を吞む。

降り注ぐ光の中に、一瞬、ほんの一瞬だけ、少女の顔が大映しになる。

「どうしたの……？　セラ」

不意に、心配そうなディーの声。驚《おどろ》いて隣の少年に向き直り、拍子《ひょうし》に水滴《すいてき》が一粒零《つぶこぼ》れて、初めて自分が泣いているのに気付く。

慌てて手《て》の甲《こう》で涙《なみだ》を拭《ぬぐ》う。

少年を真っ直ぐに見上げて、精一杯《せいいっぱい》の笑顔《えがお》を作る。

「なんでもないです。……ただ」

「ただ？」

首を傾《かし》げる少年に答えず、闇の彼方に目を凝らす。

ディスプレイの向こうには、長い黒髪を飾り羽根のようにたなびかせる少女の姿。

「ただ……サクラさんが、なんだか嬉《うれ》しそうで」

駆ける少女の口元に浮かぶのは、小さな、柔《やわ》らかな笑み。

跳ね返った投擲ナイフの刃が、虹色の陽光を照り返して煌めいた。

＊

──空に向かって、手を伸《の》ばす。

弧《こ》を描いて落ちるナイフの細い刃を指先にすくい取り、踊るようにステップを刻んで春の庭園を駆け抜ける。

踏みしめる草は柔らかく、靴《くつ》の爪先《つまさき》に跳ね返る感触が心地《ここち》よい。運動の加速率はすでに通常の五百倍以上。これまで体験したこともない途方《とほう》もない速さで、あらゆる物が瞬《また》きの内に目の前を行き過ぎる。

揺らめく木々。丹精込《たんせいこ》めて育てた四季の花々。そびえる金属の尖塔。母が眠る羊水のガラス筒。全てが視界の中に溶け合って、互いの色を混ぜ合わせる。

頭上には、めくるめく光の洪水《こうずい》。

輪舞《りんぶ》する無数の空気結晶が互いにぶつかり合い、砕けて、散って、また集まって、また砕けて。その度に飛び散った虹色の欠片《かけら》が風に巻かれて、溶けて消える。

白いコートが翻る。風に舞う光の隙間をすり抜けて、少年が視界の先を高速で駆ける。立ち塞《ふさ》がる数千の淡青色の槍と金属質の腕をかいくぐり、自身も周囲に無数の空気結晶の弾丸を従えて。真紅の刃が降り注ぐ陽光を照り返して砲火《ほうか》の中に光の軌跡を描く。少年の決意を示すように、迷いなくただ真っ直ぐに。磨《みが》き抜かれた変異銀《ミスリル》の切っ先が、防御《ぼうぎょ》に展開した数十の小さな結晶を突き通して目の前、わずか数センチの位置にまで迫る。

ごく自然に、これまで経験したことがないほど滑《なめ》らかな動作で、体が動く。

ゆるやかに持ち上がった腕が投擲ナイフを目の前に掲《かか》げ、真紅の刃を高々と跳ね上《あ》げる。

少年の周囲から放たれた数千の槍が、空中を旋回《せんかい》してあらゆる角度から同時に降り注ぐ。一つ一つが意思と独自の運動機能を与えられたように、複雑な螺旋《らせん》軌道《きどう》を描いて突き立つ無数の槍。その行く手のことごとくに空気結晶の盾を合わせ、全ての攻撃を撃ち落とす。

鈴のような澄《す》んだ高い音が重なりあって鳴り響く。砕けて溶け落ちる数千の空気結晶。頭上に逆巻く風が光の粉のようなその粒子を巻き上げ、疑似演算機関を構成するクラスターへと取り込んでいく。

大きく後方に跳躍して距離を取り、頬を伝う汗《あせ》を拭う。自分がどれほど長い間戦い続けているのか、思い出そうとしてやめる。

頭上の透明な天蓋を覆う無数の結晶——自分と少年の双方が生み出した疑似演算機関のクラスターを見るともなしに見上げる。

（文書《text》：警告・『蓄積疲労八十二パーセント』）

微細な結晶の集合体が、陽光を照り返して空の全面に鮮やかな虹彩《こうさい》を描き出す。時と共に微細に構造を変化させ、色を変えていくフラクタル模様の芸術。光の眩《まぶ》しさに目を細める。柔らかな風が吹く春の庭園の中央。ナイフを持つ両手をふと下ろし、一度だけ深く息を吐く。

知らなかった。

空はこんなにも眩しくて、ここはこんなにも暖かい。

「……楽しいな、天樹錬」

「え……？」

無意識に呟いた言葉に、虚《きょ》を衝かれたような声が返る。

見詰めるサクラの視線の先、白いコートの少年は戸惑《とまど》ったようにナイフの切っ先を少し下げ、「何を、言って……」

「そうは思わないか？」少年を見詰め、唇の端に薄《うす》い笑みを浮かべて「互いに全く互角の相手と純粋《じゅんすい》に技《わざ》を比べ、力を競《きそ》い合う。これほどの力を持ってしまった今、貴方《あなた》とそんな戦いが出来る者は世界で私をおいて他には無い。——ここは私と貴方の舞台《ぶたい》。他の誰にも、幻影《イリュージョン》No.17でさえも立ち入ることが出来ない世界だ」

頭上を吹き荒れる嵐はいよいよ激しく、飛び交う無数の空気結晶の砲撃が陽光を散乱して煌びやかな七色の光で庭園を照らす。

幼い日に本で読んだ祭りの花火というのは、あるいはこんな物であったのかも知れない。多くの人の祈《いの》りを色とりどりの光に変えて、空の彼方へと羽ばたかせる。

「本当に……これがただの遊びなら、どんなに良かっただろうな」

小さな、自分でも聞き取れないほどの呟き。

目を見開く少年に、サクラは両手を大きく広げ、

「天樹錬。あえて一度だけ問おう。……ここで矛《ほこ》を収める気は無いか。今からでも賢人会議の一員として旧い人類を滅ぼし、共に魔法士の新たな世界を築いてくれないだろうか」

「……どうしたの？　今さら」少年は今度こそ困惑した様子で眉《まゆ》をひそめ「僕が何しに、どうやってここに来たか忘れたの？　たくさんの人に助けてもらって、地上の戦争を止めて、みんなの願いを預かって僕はここにいるんだ。今さらそんな話聞くはずがないって」

「わかっているとも」

少年の言葉を遮り、うなずく。

右手の投擲ナイフを外套の裏に収め、少年に向かって手を差《さ》し伸べ、

「だが、よく考えて欲しい。仮に私を打ち倒《たお》し、雲除去システムを破壊したとして、貴方はその手に何を得る？　なるほど、確かに平和を望む者たちは貴方に感謝し、人類と魔法士の間には協力関係が成立するかも知れない。……だが、世界にはまだ私のように、戦争によって雌雄《しゆう》を決し生き残って青空を手にすることを望む者も数限りなくいるはずだ」

言葉を切り、息を吐く。

飛び交う無数の空気結晶と疑似演算機関のさらに遠く、透明な天蓋の向こうに広がる青空を見上げ、

「そういった者達は貴方の行いを恨み、世界に残された唯一《ゆいいつ》の希望を断ち切《たき》った大罪人として憎むようになる。彼らの内で一人も、貴方の決断を、苦しみを理解する者などいない。……わかっているはずだ。本来なら世界再生機構という組織その物が背負うべきだった人々の悪意を、貴方は一人で全て背負うことに」

「知ってるよ」

静かな答。

とっさに言葉を呑み込むサクラに少年は笑い、足下《あしもと》の草むらから小さな機械――この庭園での戦いの最初に散布した映像記録デバイスの一つを拾い上げる。

指先ほどのデバイスの表面に埋め込まれた小さなレンズが、鈍く煌めく。

少年の手を離れたデバイスが宙に浮かび上がり、自分と少年、二人の悪魔《あくま》使いの姿を順に映す。

「だから、わざわざこんな物持ってきたんだ。……この戦いを地上の人達に見てもらうために。僕があんたに勝って、この手でシステムを壊《こわ》すのをちゃんと見届けてもらうためにね」

言葉が、すとんと胸《むね》の奥に落ちる。

予想外の、けれども予想出来たはずの解。

息を吐き、疑似演算機関に紛《まぎ》れてドームの内壁に貼《は》り付く幾つものデバイスを見上げる。

「覚悟の上、か」

「だって雲を無くすためのシステムだからね。シティにも賢人会議にも他の場所にも、それだけを心の支えに生きてる人はたくさんいると思うんだ。……それを無くそうっていうんだから、せめて誰がやったのかは世界中の人が知ってなきゃいけない。この戦いは、みんなが見なくちゃいけないんだ」

「……貴方は、それで良いのか？」

「あんまり良くないけど、でも仕方ないよね。他に誰にも出来なかったんだから」少年は困ったように頰をかき「それに僕なら大丈夫《だいじようぶ》。ほら、誰かが怒《おこ》って怒鳴《どな》り込んできても返り討《う》ちにできるし」

そう言って笑う少年に、心臓が止まりそうになる。

遠い日、考え足らずな自分の言葉を笑って許してくれた青年の、困ったような顔。

その姿を思う内に、ふと、涙が零《こぼ》れそうになる。

――これが、天樹錬という少年だ。

真昼は、こんな風に、自分の弟を育てたのだ。

「ならば、もはや言うべきことは無い」

もう一度、視線を上に向ける。

飛び交う無数の空気結晶の砲撃——互いの疑似演算機関を破壊しようと自律的に攻撃を繰り返す数百万のプログラムを見上げ、ため息交じりに肩をすくめる。

「これは、もういいか」

「そうだね」

うなずいた少年とタイミングを合わせ、同時に、空に向かって手をさしのべる。

傷だらけの少年の手と、指輪が煌めく自分の手。二つの手の動きに合わせて砲撃が勢いを失い、ほどなく、最後の二つがぶつかり合って光の粉を振りまいて落ちる。

残るのはドームの内壁を覆う互いの疑似演算機関と、差し込む虹色の陽光と、静寂《せいじゃく》。

少年と顔を見合わせ、どちらからともなく小さく笑う。

「……では、始めるか」

投擲ナイフを一本ずつ、左右の手に構える。

少年は、うん、とうなずき、

「そうだね。……始めて、終わりにしよう」

静かに、最初の一歩を踏み出す。

巻き起こる風に吹かれて、桜のつぼみが揺れた。

＊

二人分の足音が、春の庭園に跳ねた。

笑うように、遊ぶように。草を踏みしめる柔らかな音が澄んだ風の中に木霊《こだま》した。白いコートと黒い外套、二つの影《かげ》が光の中を行き過ぎる。青々と生《お》い茂《しげ》る草原を越《こ》え、石畳《いしだたみ》の小道を抜け、色鮮やかな花々の上を飛び越え、木々の梢《こずえ》の下をくぐって。一つ足跡《あしあと》を残す度に二人の周りにざわめきが生まれる。草の葉が、花が、梢が、互いに擦れ合って潮騒《しおさい》のような響きを奏でる。

空には万華鏡《まんげきょう》のように煌めく光。透明な天蓋を覆う細かな結晶のヴェールを通して、七色に分かれた陽光が人工の大地に降り注ぐ。見下ろす庭園に弧を描くのは冴《さ》え冴《ざ》えとした金属の輝き。揺らめく虹色の陽光を照り返して、真紅と黒の変異銀《ミスリル》が銀色の光の糸を引く。

ぶつかり、寄《よ》り添《そ》い、また離れて、また重なって。

光の行く先々で、切り取られた草の葉が、花びらの小さな欠片が、風に巻かれて空へと舞い上がる。

鈴を鳴らすような音が重なり合って幾度《いくど》も響き、その度に淡青色の結晶が弾けて光の粉を散らす。草原に、花園《はなぞの》に、木々の梢に、光は地上のオーロラのように舞い落ちる。瞬《まばた》く虹色の光を追《お》い越して、駆ける二人の背中は遙《はる》か遠《とお》く。剣戟《けんげき》の閃きも、息づかいも、何もかもを置き去りにして。翼《つばさ》のようにたなびく二つの影が広大な庭園に白と黒の壮麗な幾何学模様《きかがくもよう》を描く。

──それは、いつか彼女が見た夢の続き。

庭園の外れ、ガラス筒の羊水に眠り続ける彼女が願った、あり得たかも知れない幸福の形。

この空を雲が包むより少し昔、世界に唯一人の魔法士として彼女は生まれた。彼女は一人の少年と恋《こい》に落ち、将来を誓《ちか》い合った。青年になった少年は彼女のために空に星を浮かべ、世界から彼女を守ろうとした。誰の手も届かない彼方の星の、小さな家のテーブルで、二人はいつの日か生まれてくるかも知れない自分達の子供のことを思った。

……そうして、少年と少女は生まれた。

届くことのなかった彼女の夢は星から零れて地上に落ちて、多くの偶然《ぐうぜん》と誰かの後悔《こうかい》と幾つかの善意と優《やさ》しさに拾われて、この庭園へとたどり着いた。

戦いに関わることなく、ただ幸せであれと願って生み出された少女は、虐《しいた》げられる多くの同胞のために、世界と戦う道を選んだ。

旧い人類を駆逐《くちく》し、同胞のために未来を切り開けと願って生み出された少年は、誰もが手を取り合い、共に運命に立ち向かう世界を願った。

始祖たる魔法士、アリス・リステルの遺伝子から分かたれた、少女が一人と少年が一人。

駆ける靴音《くつおと》が、澄み切った庭園の空に響き渡《わた》る。

白と黒の影は巡る。踊るように、じゃれ合うように。砕けた無数の結晶が地上に七色の星座を描く。舞い散《ち》った花びらは庭園を流れる風に乗り、天蓋に覆われた空を緩《ゆる》やかに巡る。見下ろす草原、二つの影は触れあい、離れ、また触れ合ってを繰り返す。澄んだ高い金属音。弾ける火花が少年と少女の黒い瞳を鮮やかに照らす。

少女の左手の薬指で、真紅の指輪が柔らかく輝く。

閃く銀光と、繰り返す剣戟の響き。

途切《とぎ》れることなく木霊す、軽《かろ》やかな足音——

＊

闇空の彼方のディスプレイに、光が踊る。

見上げる月夜《つきよ》の視界の先、雪原の会議場の全てを照らして、虹色の光が星々のように瞬く。めまぐるしく交叉を繰り返す白いコートと黒い外套が、色鮮やかな春の庭園を縦横に駆け巡る。I—ブレインを持たない自分にはその姿を追うことは出来ない。走《はし》り抜ける二人の後に落ちた残像が、庭園を二色に塗り分ける。その後を追うように取り残された数千、数万の空気結晶の弾丸と土塊《どかい》と金属の腕が、次々に激突して降り注ぐ陽光を乱反射する。

人々は言葉を発することを忘れ、ただその光景を見上げる。決して手が届かない雲の上の、時の流れから取り残された常春《とこはる》の楽園で、世界の進むべき道を定める裁定の儀式を、この世界に生きる全ての人類と魔法士がただ見守る。

「……えらいことになっとるなー。なんやあれ」

傍《かたわ》らに座ったイルが、呆《あき》れたように呟く。円形の会議場の中央から少し離れた、整備途中の航空機が並ぶ一角。片足をギプスで固定された包帯まみれの少年は、作業員が残した簡素な椅子に腰掛けてため息交じりに天を仰《あお》ぐ。

「なに？　やっぱりあんたが行って、直接決着付けたかった？」

少年の小さなサングラスを見下ろし、からかうように声を投げる。

「いや、まあ、そういうのもちょっとは考えたけどな」

返るのは、苦笑《くしょう》混じりの声。

少年は無事な方の右手で短い白髪《しらが》をかき、

「あらあかん。おれじゃ、もう手に負えんわ」

飛び交う無数の空気結晶の砲撃の隙間を縫って、少女の手を離れた投擲ナイフが空を貫《つらぬ》く。身構える少年の周囲に紫電が散り、寸前に迫ったナイフが軌道を変えて少女の目の前に舞い戻る。瞬きの内にどれほどのナイフが行き来したのかわからない。駆ける少年と少女の周囲で人工の大地が次々に爆《は》ぜて、草や木や花々が空へと舞い上がる。

その光景に人々が何を思ったのかは、わからない。

ただ、会議場を取り囲む人垣《ひとがき》の頭上、二億の通信画面の幾つかから声が上がる。

『……そこにいらっしゃる世界再生機構の方。どなたでも構いません。聞いて下さい』

小さな画面が拡大しながら、会議場の中央、ルジュナとケイトの前に進み出る。どこかのシティの市民らしい、何《なん》の変哲《へんてつ》もない若い男。疲れたような、けれどもどこか晴れやかな笑顔がシティ・ニューデリーの指導者に、それから『計画者《プランナー》』と呼ばれた世界最高の作戦指揮官にそれぞれ一礼し、

『私は、見ての通りただの市民、プラント技術者です。皆《みな》さんのように特別な地位も能力もなく、今日まで人類と魔法士の関係やマザーシステムのことも真剣《しんけん》に考えたことがありませんでした。……世界はどうせなるようにしかならなくて、自分一人の行いには何の意味も無いのだと、漠然《ばくぜん》とそう考えて、今日まで生きてきました』

言葉が途切れる。

男は椅子の上で居住まいを正し、

『けれども、私は今、世界のために何かがしたい。……こんな私にも出来るでしょうか？　皆さんと、そこで共に生きることが』

異口同音の声が、頭上の通信画面から次々に零れる。ケイトが立ち上がり、礼の言葉を述べる。

多くの人々は、それでもやはり無言。

ある者は冷ややかに、またある者は苦しそうに、目の前のやり取りをただ見詰める。彼らの中には停戦を良しとしない者も数多くいるだろう。相手を滅ぼして自分達だけ生き残るのが唯一の正解だと信じる者は、人類の側にも魔法士の側にもまだ数え切れないほどいるだろう。

それでも、今日この場で、確かに何かが生まれた。

その火を絶やさず守っていくことが、戦争ではなく平和を選んだ自分達の責任なのだと思う。

「……そろそろやな」

独り言のようなイルの声。振り返り、闇の彼方の戦場を仰ぎ見《み》る。至る所で隆起《りゆうき》し、あるいは陥没《かんぼつ》して、原形を留《とど》めないほどに姿を変えてしまった春の庭園。その両端《りようたん》で黒い外套の少女と白いコートの少年が同時に動きを止める。

少女は、歪《いびつ》に積み上げられた機械の塔《とう》と、少女によく似た女性が眠るガラス筒の前に。

少年は、そこから庭園の中心を挟んだちょうど反対の位置に。

降り注ぐ暖かな陽光が、少女の左手の指輪と少年の手のナイフを照らす。舞い上がった色とりどりの花びらが、風に吹かれてゆっくりと地表に落ちてくる。舞台の終わりを告げるカーテンコールの紙吹雪《かみふぶき》のように。幾つもの花びらが二人の周囲を巡り、眠るように降り積もる。

二つの足が、同時に地を蹴る。

舞い散る花《はな》吹雪。

白と黒の影が、光の中を駆け抜けていく。

＊

（蓄積疲労九十七パーセント。I―ブレイン強制停止まで三十）

踏み出す足が、柔らかな大地を捉える。

地を蹴った体が滑るように空を泳いで、また柔らかな土の上に着地する。

庭園に点々と残された花畑の小さな名残《なごり》が、歌うように風に揺れる。チタン合金の腕が突き出す度、空気結晶の槍が傍をかすめる度、花は次々に空へと舞い上がっていく。赤、黄、青、紫《むらさき》、視界を彩る色とりどりの花びらは綺麗《きれい》で、少しだけ涙が出そうになる。舞い散る花吹雪の下をくぐって、ただ真っ直ぐに走り続ける。

光の先には黒い外套を翻した少女の微笑。リボンで束ねた二筋の長い黒髪を飾り羽根のようにたなびかせ、数千、数万の淡青色の砲弾《ほうだん》と、仮想精神体《ゴースト》の腕を従えて。少女の姿は見る間に近づき、気がつけば目の前に立っている。

ただ真っ直ぐに、真紅のナイフを振り下ろす。

透き通るような音が一つだけあって、ナイフが頭上高くに跳ね返る。

少女は何故《なぜ》だか少し驚いた顔をし、目の前に生み出した五本の空気結晶の槍をまとめてこっちに叩きつける。そうなるのは知っている。右腕《みぎうで》ごと跳ね上がってしまったナイフに周囲を漂《ただよ》う空気結晶の幾つかを叩きつけ、反動で引《ひ》き戻したナイフで槍をまとめて撃ち落とす。

感心したように、少女がうなずく。

数百、数千、数万と、数限りない淡青色の砲撃を生み出しながら、少女が大きく後方に飛び退《しさ》る。

優雅《ゆうが》に地に降り立つ少女の周囲を取り囲んで、何千もの金属の腕が土の下から突き出す。それぞれの手の先には、騎士《きし》剣《けん》を模して情報解体能力を与えた空気結晶の剣《けん》。振り下ろされる刃が少女を取り囲む空気結晶の盾を紙のように斬《き》り裂いて、ありとあらゆる角度から少女に迫る。

と、斬り裂かれた盾が集まって、数千の剣を形作る。

少女の足下から生まれた数千の腕が、手に手に剣を摑《つか》んでこちらの剣を一つ残らず受け止める。

(蓄積疲労九十八パーセント。I―ブレイン強制停止まで二十)

さすが、と少しだけ感心。全ての腕と空気結晶の剣を消し去り、大きく退いて距離を取る。

庭園の壁と頭上の天蓋を覆う疑似演算機関からありったけの演算速度をかき集める。右手のナイフを逆手に構え、強く握りしめる。

少女の周囲に浮かぶ無数の腕と空気結晶が、同じように消える。

細いナイフを両手に一本ずつ構え、地を蹴って飛び出す寸前の姿勢で、少女が笑う。

（蓄積疲労九十九パーセント。活動限界。Iーブレイン強制停止まで十、九、八）

駆け出す。

踏み込む足は通常の運動速度の千倍を超え、二千倍を超《こ》え、すぐに自分がどれほど速く走っているのかわからなくなる。

速く、もっと速く、煌めく光も、吹き抜ける風も、視界に映る何もかもを追い越して。

彼女の速度に、その瞳の輝きに負けないように。

降り注ぐ光の向こう、黒い少女の姿が見る見るうちに大きくなる。黒い手袋《てぶくろ》に包まれた右手がナイフの一本を投げ放ち、それを一刀に弾いた時にはたなびく長い黒髪はもう目の前。閃く左手のナイフが、薬指に光る「賢者《けんじゃ》の石」が、喉元目がけて緩やかな弧を描く。

構わず右足を強く踏み込む。

残されたありとあらゆる力をナイフに込める。

体がバラバラになりそうな錯覚《さっかく》。筋肉と骨と関節と、何もかもが悲鳴を上げる。それを無視してナイフを持つ右手を突き出す。速く、もっと速く、少女より一ナノ秒でも速く、一ナノメートルでも先に。少女のナイフが右肩《みぎかた》に食《く》い込む。力を失った右手から滑り落ちたナイフを、同時に突き出した左手が受け止める。目を見開く少女の横顔。脳内を駆け巡るエラーを意思の力で押し潰し、真紅の刀身を今度こそ振り抜き、

（――活動限界。「アルフレッド・ウィッテン」強制終了《しゅうりょう》）

糸が切れた人形のように、少女が地に倒れ伏《ふ》した。

左手に光る真紅の指輪が、二つに断ち割《わ》れて花びらの上に落ちた。

＊

ディスプレイの向こうに映る春の庭園を、静寂が包んだ。

静かに見守るルジュナの視線の先、人々は声もなく、舞い落ちる色鮮やかな花びらをただ見詰めた。

倒れ伏したまま動かない少女の傍をすり抜けて、白いコートの少年が歩き出す。力無く垂れ下がる右腕から血を滴《したた》らせ、疲れ切った足を引きずるようにして。一歩、また一歩。進み続ける少年の足はやがて庭園の奥、歪に積み上げられた機械の塔の前にたどり着く。

雲除去システム。アルフレッド・ウィッテンが残した、世界に青空を取り戻す唯一の希望。

少年が動く方の左手で真紅のナイフを逆手に構え、ゆっくりと振り下ろす。

煌めく変異銀《ミスリル》の刃が、機械の下に横たわる円筒ガラスの容器に突き刺さる。砕けた透明な容器から薄桃色《うすももいろ》の羊水が流れ出し、人工の大地に浸《し》みこんで消えていく。

容器の中に残されるのは、目を閉じて曖昧な笑みを浮かべる、長い黒髪の女性。

少年がゆっくりとナイフを動かし、女性と容器をつなぐ数本のケーブルを順に切断する。

最後の一本が切り離されると同時に、女性の体が崩れ始める。足の先から順に、海に溶ける泡《あわ》のように。曖昧な笑みが羊水に溶けて、残らず周囲の草原に染《し》みこんで消えていく。空になった容器の中には、ただ女性が纏《まと》っていた白い薄衣《うすぎぬ》だけが残される。

砕けた円筒容器の向こうで、歪な機械の塔がゆっくりと崩れ始める。かすかな地響《じひび》きを立てて、土埃《つちぼこり》を巻き上げながら。機械と機械をつなぐケーブルが次々に断線し、幾つもの火花を散らして、最後にはそれさえも消え去る。

庭園に再び降りる静寂。

それを、地上の人々はただ為《な》す術《すべ》なく見上げる。

ある者は悲嘆《ひたん》の涙を零し、ある者は立ち尽くす白いコートの少年に憎悪の視線を向ける。ある者は祈るように両手を組み、ある者は隣の誰かと手をつなぎ合わせる。

仮初《かりそ》めの希望は、ここに消える。

世界は、また、否応《いやおう》なしに前に進み始める。

「……審判《しんぱん》は下りました」

厳《おごそ》かに呟き、立ち上がる。周囲の視線が次々に集まるのを感じる。

地上に残された二億の人類と二千数百の魔法士。

肯定《こうてい》と否定、正と負、ありとあらゆる感情を一身に受けて、ルジュナは臆《おく》することなく言葉を発する。

「雲除去システムは破壊され、青空を取り戻す手段は永遠に失われました。もはや、人類と魔法士が互いを滅ぼし合う意味は無い。戦いの果てに待つのは、勝者もまた消え去る絶望の未来だけです」

応える声は無い。その代わりというように、ケイトが、リン・リーが、ディーが、セラがそれぞれにうなずく。

脳裏《のうり》に浮かぶのは、遠い日に見た兄の穏やかな微笑。

ルジュナは深く息を吸《す》い込み、世界の全ての人々に向けて両手を大きく広げた。

「今こそ、私達は共に手を取り合わねばなりません。――シティ・ニューデリー主席執政官《しっせいかん》の名と権限において、賢人会議に対して恒久《こうきゅう》的な停戦と、平和条約の締結《ていけつ》を提案します」

*

崩れ落ちた機械の塔の残骸《ざんがい》が、爪先に当たって動きを止めた。

錬は息を吐き、視線を上に向けた。

疑似演算機関を構成する無数の空気結晶を取り払《はら》われた透明な天蓋の向こう、空はどこまでも澄み渡って青い。その透明な色を見上げている内に、ふと涙が零れそうになる。

この空を取り戻す術を、希望を、この手で断ち切った。

世界には、共に手を取り合うという唯一の道だけが残された。

「……さて、と……」

呟き、頭上に手をさしのべる。ドームの壁に貼り付いていた数百の映像記録デバイスが残らず手のひらの上に戻る。

ガラス筒の残骸に背を向け、歩き出す。

ここから先のことは、地上の人達は知らなくて良い。

「そろそろ、起きても良いんじゃないかな」

「……何を考えている」

小さな、消えそうな少女の声。倒れ伏した黒い外套がわずかに持ち上がり、ゆっくりと転がって仰向《あおむ》けになる。降り注ぐ陽光の下、サクラは何度か呼吸を繰り返し、

「貴方は私を打ち倒し、雲除去システムを破壊することに成功した。ならば、とどめを刺すべきだ。世界を戦争に導こうとした狂気《きょうき》の指導者が消え、平和を願った者達が勝利する。それが、在るべき結末のはずだ」

淡々《たんたん》と呟く少女に歩み寄る。

答の代わりに、隣に腰《こし》を下ろす。

「聞いているのか？　天樹錬。私は」

「……ずっと考えてたんだ。あんたは本当はどうしたかったんだろうって」

少女の言葉を静かに遮る。

目を見開く少女を見下ろして小さく笑い、

「今から話すのは僕の勝手な思《おも》い込み。だから、合ってても間違《まちが》ってても何も言わなくていい。……ただ、黙って聞いて欲しい。僕が勝ったんだから、それくらい良いよね？」

真昼が死に、雲除去システムの存在が明かされて、世界に芽生えかけた希望の種は潰《つい》えた。

人類は魔法士を恐《おそ》るべき敵と認識し、魔法士もまた世界から突きつけられる悪意と青年の死に対する復讐《ふくしゅう》心によって戦いへと駆り立てられた。選択の余地は無かった。仮にいずれか片方の勢力が思いとどまろうとしても、相手の敵意を推《お》し量《はか》ることが出来ない以上、矛を収める術は無かった。

だから、少女が何を祈り、何を願ったとしても、あの瞬間、人類と魔法士の戦争を止めることは不可能だった。

けれども、少女はやはり、青年と共に見た夢を忘れることが出来なかった。

「たぶんだけど、あんたは両方の道を用意しようとしたんだ」降り注ぐ陽光の眩しさに目を細め「人類を滅ぼして青空を手に入れる道と、いつか滅びるかも知れないって分かってても人類と手を取り合う道。二つの答を同時に用意するために、あんたはこんな遠い場所に一人で閉じこもった。賢人会議の魔法士達が自分の目の届かないところで勝手に動けるように仕向けて、おまけにあんな物まで用意して」

ドーム型の庭園の奥、ここに入るために通った隔壁《かくへき》に視線を向ける。

隣の部屋には、巨大な機械と幾つものガラス筒。

魔法士を遺伝子レベルから育成するための培養槽《ばいようそう》と、中に入った者を数百年単位で生かし続けるための冷凍睡眠《れいとうすいみん》装置。

「あれは勝つための物じゃない。自分が負けて、戦争が終わって、それでもやっぱりどうしようもなくて最後はみんな滅びて——そうなった時のために、未来に種を残すための物だよね？」

少女は視線を逸らしたまま、答えない。

錬はどこか自分に似たその横顔を見下ろして微笑み、

「賢人会議が負けた時のための物じゃないよね？　だって、あんたがこの衛星に来た時、まだ人類側には雲除去システムを起動する方法は無かった。魔法士は一方的に人類を滅ぼす側で、逆に滅ぼされることなんか考えなくて良かったはずだよ。……だから、あんたが考えてたのは別の可能性。組織の誰かがやっぱり戦争は止めようって言って、その言葉を聞く人が人類の側にも現れて、そうやってみんなが手を取り合って、システムを壊しにここまで来る可能性」

そうだよね？　と問う声に、応える声は無い。

ただ、少女の長い黒髪が、かすかに揺れる。

「誰かが止めるかもしれないと思ったんじゃないの？　雲除去システムっていうわかりやすい

答を用意して、このまま戦争を続けるってことは相手を一人残らず滅ぼすってことだぞって見せびらかして。……そうすればそんな結末は嫌《いや》だって思う誰かが賢人会議の中に現れるかも知れない。そうなったら自分は身を引いて平和を願う誰かに道を譲《ゆず》って、みんなが失敗した時のために次の準備をしようって──」

「私はそれほど甘い人間では無い」

言葉を遮る、鋭《するど》い声。

口ごもる錬を、サクラは仰向けに倒れたまま視線だけで振り返り、

「組織を束ね、導き、戦争へと駆り立てる者が最初から仲間の裏切りを考えてどうする。私は人類を滅ぼし、魔法士の輝かしい未来を手にするために戦った。所詮《しょせん》はI－ブレインを持たない通常人に過ぎない真昼の夢や、彼の死に対する復讐など最初から眼中には無い。私は人類の敵、世界の敵。そうあるべき者と自分を定め、そのために今日まで戦ってきた。迷いは無い。怖《おそ》れも無い。貴方に哀《あわ》れみを受ける理由など何一つ無い。……だが」

少女の震《ふる》える手が、外套の裏にのびる。

見詰める錬の前、細い指が血にまみれた小さな携帯端末《けいたいたんまつ》を取り出す。

少女の視線が端末《たんまつ》の画面をそっとなぞる。端末が少女の手を滑り落ち、地表を覆う花びらの上を転がる。あの日、少女によって兄の亡骸《なきがら》と共に持ち去られた遺品。おそらくは兄が最後に残したのだろう、最後のメッセージ。

——それでも、明日を夢見るのを諦《あきら》めないこと——

サクラは笑った。

空を見上げて、微笑んだ。

「だが、そうだな。……確かに、こんな結末もあるかも知れないと、少しだけ、考えてはいた」

柔らかな風に吹かれて、小さな花びらが一つ、目の前をゆっくりと流れた。

無意識に差し伸べた手のひらの上、薄紅色《うすべに》の花びらは静かに落ちて、かすかに震えた。

するりという衣擦《きぬず》れの音。少女がゆっくりと身を起こし、苦しげに息を吐く。静かに見守る錬の前、サクラは何度か深呼吸を繰り返し、立ち上がって外套の土埃を払う。

「……もう、行くの？」

「いつまでもこうしてはいられないからな」呟き、空を見上げて「貴方もそろそろ行くべきだ。……迎《むか》えも来たようだしな」

透明な天蓋の向こうの空を、白銀色と銀灰色《ぎんかいしょく》の機影《きえい》が横切る。そのさらに遠くには真紅の装《そう》甲《こう》。視界の彼方に映るHunterPigeonの姿は、なぜかずいぶん小さくなってしまった気がする。

「冷凍睡眠の開始と共に、あの部屋は空間ごと衛星内に隔離される」立ち上がる錬を前に、サクラは庭園の奥の隔壁に視線を向け「内部から再接続しない限り解かれることの無い封印《ふういん》だ。

私はあの場所で、貴方達が失敗し、人類が滅びるのをただ待つことにする」

「ならないよ、そんなことには」少女の横顔を見詰め、小さく笑う。「あんたが目を覚ます頃《ころ》には、世界は今よりずっと良くなって、みんな幸せに暮らしてるよ。……あんたの出番なんか、もう残ってないかもね」

「世迷《よま》い言を」

唇の端を皮肉っぽくつり上げ、少女が黒い外套を翻す。

歩き出す少女の向かう先、重厚《じゅうこう》なチタン合金の隔壁がゆっくりと開かれる。

非常照明の薄明かりに照らされた室内にのぞく、ガラス容器の冷たい装置。

と、隔壁をくぐる寸前で少女が足を止める。

「……大切なことを忘れていた」視線は真っ直ぐに隔壁の向こうを見詰めたまま、少女は一度だけ深く息を吐き「天樹錬。最後に、勝利者たる貴方への贈《おく》り物《もの》だ」

淡々と、少女が告げる言葉。

その意味を理解した瞬間、心臓が跳ね上がる。

「待って……」無意識に少女に向かって駆けだし「待って！　じゃあ、あの時あんたは……！」

黒い外套の背中が、ゆっくりと隔壁をくぐる。

追いつけない。

振り返る少女と手を伸ばす自分。二人の間を遮るように重厚な隔壁がゆっくりと上下左右からせり出す。

少女が細い指を外套の裏に差し入れ、取り出した小さな何かを放り投げる。とっさに足を止めて両手をのばし、放物線を描いて落下するその物体を受け止める。小さな、黒い、一枚のデータディスク。目を見開き、我に返った時には、隔壁はすでに少女の姿を覆い隠す寸前にまで閉ざされている。

「ではな、天樹錬」

自分でも理解出来ない叫びが、喉《のど》の奥から零れる。

最後の瞬間。

少女は花が咲《さ》くように微笑んだ。

「――二百年後の未来で、待っている」

＊

地鳴りのような歓声《かんせい》が、窓の向こうから聞こえる。

雪原に開けた飛行艦艇《かんてい》の発着場。駆け寄った数万の人々が、手を振って帰還《きかん》を祝う。

ハッチが開くのももどかしく、ウィリアム・シェイクスピアの機内から飛び降りる。口々にねぎらいの言葉を述べる人々を置き去りに、立ち並ぶ仮設の兵舎の間を駆け抜ける。

目指すのは、地下のシェルターの一番奥。

少女が眠り続ける、ガラス筒の生命維持槽《いじそう》。

『……あの日。そう、シティ連合が雲除去システムを攻撃したあの日だ。彼女は制御を失ったマザーコアの膨大な情報にさらされて、危機的な状況にあった』

通路の暗がりを駆け抜け、隔壁の隙間に転げるように飛び込む。

疲れ切った足が、心臓が悲鳴を上げる。

それでも、片時も立ち止まることはしない。

『放っておけば間違いなく、彼女の脳は破壊されていた。それを止めるには彼女の脳と外界を繋《つな》ぐ全ての回線を強制的に破壊し、彼女の自我《じが》をI―ブレインの中に閉《と》じ込めるしかなかった』

ガラス筒が放つ燐光《りんこう》がほのかに視界を照らす。金糸を梳《す》いたような髪が薄桃色の羊水にたゆたう。

少女はエメラルドグリーンの瞳を閉じ、曖昧な笑みを浮かべたまま。

涙を堪えて、制御パネルに有機コードをつなぐ。

『破壊した回線の構造データは、私のI―ブレインの中に複製しておいた。……上手《うま》く行ったかはわからない。だが、成功していれば彼女の脳は保護され、マザーコアの暴走によって受けた損傷も時間と共に修復されているはずだ』

震える手でコートのポケットを探《さぐ》り、小さな、黒いディスクを取り出す。少女の脳機能を修復するためのバックアップデータ。何度も間違えそうになりながら、生命維持槽のシステムに膨大なデータを流し込む。脳内に繰り返し、固い壁を突き破《やぶ》るような感触。一秒のうちに数万回の処理を積み重ね、最後の一層を超えた瞬間、脳内の仮想視界に光が満ちる。

ゆっくりと書き換《か》わっていく、立体映像のステータス表示。

羊水が排出《はいしゅつ》されると共に、ガラス筒がゆっくりと開かれる。

『迎えに行くといい。……出来れば、彼女に謝罪と、祝福を』

両腕《りょううで》を精一杯広げて、少女の柔らかな体を抱き留《と》める。バランスを崩してその場に座り込み、少女を膝の上に横たえる。

かすかに、震える唇。

閉ざされた瞼《まぶた》が、少しずつ動き始める。

背後の扉《とびら》が勢いよく開き、幾つもの足音が立て続けに部屋に飛び込んでくる。最初にファンメイとエド、次にセラとディー。その後も次々に、数え切れないほど。少女の身を案じていた多くの人々が、固唾《かたず》を呑んで様子を見守る。

零れ落ちた涙が、一つ、また一つと少女の頬に落ちる。視界に映るその顔が滲《にじ》んでぼやけて、よく見えなくなる。

明滅《めいめつ》を繰り返す非常灯のほのかな明かりの中。

大きなエメラルドグリーンの瞳がゆっくりと開かれ、そして——

終章　旅路　～Winding road～

『……それからのことは、たくさんありすぎて日記にはとても書き切れません。

雲を無くすための機械が壊《こわ》れて、シティ連合も賢人会議もお互《たが》いを滅《ほろ》ぼす理由が無くなって、ベルリン跡地《あとち》にいた連合軍は次の日にはみんな自分のシティに帰って行って、戦争は終わりました。

世界再生機構が雪野原に作った町は、戦いの後も残り続けました。世界中から色んな人がやってきて、町は少しずつ大きくなりました。何もない場所にたくさんの飛行艦艇《かんてい》を並べて演算機関で気温制御《せいぎょ》しただけの町はすぐにエネルギーと生産プラントが足りなくなってしまって大人の人達はすごく大変そうだったけど、二ヶ月もするとそんな問題も片付いて、町はもっと、もっと大きくなっていきました。

わたしは最初はシスターと同じ部屋に住んで掃除《そうじ》なんかを手伝っていたけど、すぐに大人の人達が立派な学校と寮《りょう》と教会を作ってくれました。モスクワに残っていた孤児《こじ》院の子達をルジュナさんが連れてきてくれて、わたしはまた、みんなと一緒《いっしょ》に勉強したりご飯を食べたり出来るようになりました。

町には普通《ふつう》の人だけじゃなく賢人会議にいた魔法士の人達もたくさん住むようになって、誰《だれ》かが魔法《まほう》を使っている姿を見るのも当たり前になりました。新しく来た魔法士の人達は最初は上手《うま》くやっていけるのか不安そうだったけど、すぐにみんな仲良くなって、わたしも友達がたくさん出来ました。

窓の外の風景は一日ごとにどんどん変わって、建物もたくさん増えて、あの戦いがあった頃《ころ》の面影《おもかげ》はすっかりなくなってしまいました。気温制御用の大きな演算機関があちこちで動いていて、もう、雪が地面まで落ちてくることもほとんどなくなりました。どのくらい広いのかはよくわからないけど、シスターは最初の面積の三倍くらいになったと言ってました。もちろんシティの中の暮らしとは全然違《ちが》うし、防寒着をしっかり着ないと家から外には出られないけど、それでもこの町に暮らしている人達はみんな楽しそうで、今日は何をやろう、明日は何をやろうっていう元気にあふれている気がします。

シスターや、リチャード博士や、他の大人達は、毎日忙《いそが》しそうです。

雲除去システムが無くなって、もう人類と魔法士はお互いに仲良くするしかなくて、それでも、世界というのはそんなに簡単には変わらないのだそうです。

シティの市民や自治軍の兵隊さんたちは大体が偉《えら》い人の言う通りに戦争をやめたけど、中には勝手に武器や船を持ち出して自分達だけで戦争を続けようとする人がいて、世界中で何十万人もの人が逮捕《たいほ》されたそうです。賢人会議からも百人くらいの魔法士の人がいなくなって、みんなが必死に行方《ゆくえ》を探しているのだそうです。

この町でも先月の今頃《いまごろ》、大きな事件がありました。町外れにみんなで建てた慰霊碑《いれいひ》の除幕式に、誰かが爆弾《ばくだん》を投げ込んで。怪我《けが》をした人は誰もいなかったし、犯人もすぐに捕《つか》まったけど、みんなすごくびっくりして、何日かは魔法士の人達が交代で見回りをしていました。

それでも、そんなことがあっても、世界は少しずつ良《い》い方向に動いています。

平和な世界を作ろうと、みんなが自分に出来ることをやっています。

ニューデリーとシンガポールとモスクワでは、軍隊その物をちょっとずつ小さくして、いつかは無くそうという計画があるそうです。肝心《かんじん》のマザーシステムを無くすのは今はまだ難しいけど、そのための研究をする場所を作る計画も始まったのだそうです。この町に作られることになるんじゃないかってシスターは言ってました。この前も、どこかのシティの偉い人達がたくさん視察に来ていました。

色々なことが少しずつ動いて、少しずつ良くなって、ときどき足踏《あしぶ》みすることもあるけど、それでもみんながちゃんと前に進んで。

そうして、戦いからちょうど半年が過ぎた、今日。

この町では、ある大きなお祝いが始まります――』

入るよー、という明るい声が、部屋の外から聞こえた。

沙耶《さや》は立体映像の日記帳から手を離《はな》し、立ち上がって振《ふ》り返《かえ》った。

タイミングを計ったようにドアが開き、長い黒髪《くろかみ》を三つ編みに結《ゆ》わえたファンメイが息を切らせて飛び込んでくる。金糸で龍《りゅう》の刺繡《ししゅう》が施《ほどこ》された艶《あで》やかなチャイナドレスを翻《ひるがえ》し、頭の上と両肩《りょうかた》に器用に七匹《ひき》もの猫《ねこ》を乗せて。立ち止まって大きく深呼吸する少女の隣《となり》で、背中から蝙《こう》蝠《もり》の翼《つばさ》を生やした小さな黒猫姿の小龍がふわりと床《ゆか》に降り立つ。

＊

のびをするように大きく翼を広げ、勝手知ったる様子でベッドに飛び乗って丸くなる小龍。

その後を追って、七匹の猫が次々に少女の上から飛び降りる。

この半年の間にすっかり大きくなった猫達《ねこたち》は沙耶の足下《あしもと》をにぎやかに駆《か》け回《まわ》り、ベッドに駆け上《あ》がって小龍の周りに集まる。生物として成長することのない小龍は猫達に比べてずいぶん小さいが、猫達の方は自分達の面倒《めんどう》を見てくれた小龍のことを親だと思っているようでごろごろと甘えた声で喉《のど》を鳴らしている。

蝙蝠の翼から伸《の》びた黒い触手《しょくしゅ》が、七匹の猫を順に撫《な》でる。

沙耶も真似《まね》して茶色い子の背中の毛に手を置き、

「それで、どうしたの？　今日は朝から忙しいんだって言ってたのに」

この魔法士の少女とは、半年の間にすっかり仲良くなった。自分よりいくらか年上の外見で、自分よりずっとたくさん本を読んでいて、本当の歳《とし》は見た目よりもっと上なんじゃないかと思うのに、びっくりするくらい子供っぽくてはちゃめちゃなことをやる龍使いの少女。

こうやって勝手にドアを開けて入ってくるのも最初は驚《おどろ》いたけど、今ではもう慣れっこになってしまった。

世界再生機構の町に作られた孤児院の一つであるこの建物には、沙耶の他にもモスクワで一緒に暮らしていた子供達や賢人会議から来た魔法士の子供達、それ以外にも長い戦争で両親を亡《な》くした子達がたくさん暮らしている。同じ建物の中にはファンメイの部屋もあって、少女はそこでエドというあのいつも一緒にいる人形使いの男の子と暮らしている。

似たような建物がこの町には幾《いく》つもあって、今も新しい物がどんどん建てられている。戦争は終わったけど、やっぱりベルリンが丸ごと無くなった影響《えいきょう》は大きくて、家が無くて困っている子供はまだまだたくさんいるのだとシスターは言っていた。

「町の飾《かざ》りとか、教会の準備とか、他にもやることいっぱいなんでしょ？」

「うん、そう！　だから今のうちなの！」

首を傾《かし》げる沙耶に、ファンメイはにこにこと微笑《ほほえ》む。

ドアの前で半歩体をずらし、外の廊下《ろうか》を示して、

「じゃーん！　沙耶ちゃんにお客さんですっ！」

一人で勝手に拍手《はくしゅ》する少女に応えるように、二つの人影《ひとかげ》がおずおずと進み出る。

思わず、目を丸くする。

金髪《きんぱつ》をポニーテールに結わえた、黒と銀の軍服姿の少女。

隣で、白一色の立派な軍服を纏《まと》った銀髪《ぎんぱつ》の少年が柔《やわ》らかく微笑む。

「えっと……こんにちは、です」

ぺこっと頭を下げる少女の隣で、少年もまた会釈《えしゃく》する。

慌《あわ》ててこっちも頭を下げ、わけが分からなくなってファンメイに視線で問う。

もちろん二人のことは知っている。賢人会議の魔法士、セラとディー。半年前にはしばらくの時間をこの町や、今は無人になったロシア地方西部のあの地下施設《しせつ》で一緒に過ごした。だけど、自分には二人と直接のつながりは無くて、だから話したことも無くて……

「午後からは忙しくなるから、その前に会っておきたくてね。ファンメイさんにお願いしたんだ」ディーが穏《おだ》やかな微笑《びしょう》のまま目の前に歩み寄り「半年前はそれどころじゃなくて、全然話出来なかったしね」

悪魔《あくま》使いの少年が南極衛星から帰ってきて戦争が終わったあの日の後、二人は雲の上に消えた少女の代わりに賢人会議の臨時の代表になった。もちろん、組織を離れて世界再生機構に協力した少年と少女を再び迎《むか》え入《い》れる事に難色を示す魔法士はいたが、人類との協力関係を構築せざるを得ないという現状で他に相応《ふさわ》しい者がいないということになったらしい――と、これはシスターの受け売りだ。

以来半年、二人は組織の中からたくさんの魔法士をこの町に送り出し、その決意が持てない人達のために拠点《きよてん》を整備し、人類との共存に反対していなくなってしまった百人の魔法士の行方を今も探している。

たぶん、二人にとっては途方《とほう》も無く長かった半年。

その苦労がようやく実って、明日、ニューデリー、モスクワ、シンガポールの三つのシティと新しい賢人会議との間に平和条約が結ばれる。

「今日の午後はお祭りで、明日は調印式で、その後すぐに帰らないとだから、ディーくんがどうしても、って」セラもまた一歩進んで少年の隣に並び「二人で相談したです。沙耶さんに言わないといけないことがあるよね、って」

そうして、二人は揃《そろ》って、深く頭を下げる。

戸惑《とまど》う沙耶の前で同時に顔を上げ、小さく笑って、少年の方が口を開く。

「賢人会議の、ううん、魔法士の代表としてお礼を言うよ。ありがとう、結城沙耶《ゆうきさや》さん。君がモスクワの街で戦争を止めようと思わなければ、イルが生きてることを誰かに知らせようと走り出さなければ、戦争は続いてきっと今頃は人類と魔法士のどちらかが滅びてた。……今、世界が平和に向かって動いていけるのは君のおかげ。その事にお礼を言わせて欲しいんだ」

「……え？」

言葉の意味を理解するのにしばらく時間がかかる。

沙耶は何度も瞬《まばた》きし、慌てて首を左右に振り、

「ち、違う！　わたしは、だって、結局逃《に》げ回って助けてもらっただけで、イルが生きてるって話を広めて準備してくれたのは弥生《やよい》さんとかヴィドさんとかで、わたしは何も出来なくて、戦争を止めたのだって——」

「そうじゃないです」

と、セラがゆっくりと首を振る。

光使いの少女は唇《くちびる》の端《はし》だけを動かしてふわりと笑い、

「あの時、世界中のみんなが諦《あきら》めてたです。もう戦争をするしかない。どっちかが滅びるしかないって。だけど、沙耶さんは諦めなかった。諦めないで走ってくれた。だから色んな物が繋《つな》がって、みんなが立ち向かうことが出来たんです」

「大事なのはどんな力を持ってるかじゃない。どんな未来を思《おも》い描《えが》けるか、そのために最初の一歩を踏《ふ》み出《だ》せるかなんだ」ディーが隣のセラに少しだけ視線を落とし、その目をまっすぐこっちに向けて「すごいよ、君は。本当にすごい」

微笑む少年の隣で、セラが何度も強くうなずく。

なんだかものすごく恥《は》ずかしくなってしまい、沙耶は熱くなった頬《ほお》を両手で押さえ、

「わ……わたしも、お礼言わないといけなくて！」スカートの皺《しわ》を意味も無く伸ばし「モスクワの孤児院で、瓦礫《がれき》に潰《つぶ》されそうになった時に助けてもらったから」

「あ……」」

ディーとセラの声が重なる。見詰《みつ》める沙耶の前、二人は何故《なぜ》だか困ったように顔を伏《ふ》せ、互いに視線で相手の様子をうかがう。

「じゃあ、これでおあいこ！」と、ファンメイが勢いよく手を叩《たた》き「今日からセラちゃんと沙耶ちゃんは友達ね！　だって、どっちもわたしの友達なんだから！」

駆《か》け寄って二つの手を引き寄せ、強引《ごういん》に握手《あくしゅ》させる。

思わず、セラと顔を見合わせる。

すぐに、どちらからともなく、吹《ふ》き出してしまう。

「……あ……」

と、部屋の外から小さな声。振り返る四人の視線の先で、短い金髪の男の子がおそるおそるというふうに様子をうかがう。人形使い――エド。いつもの簡素な服の代わりに蝶《ちょう》ネクタイ付きの黒い礼服を着込んだ男の子は四人の顔を順に見比べてほんの少しだけ表情を和《やわ》らげ、ファンメイに歩み寄って、

「弥生さん」

「え？」少女は一度だけ瞬きし、困ったように頬をかいて「……そっか。じゃ、そろそろ行か

なきゃだね」

ディーとセラが顔を見合わせ、互いに強くうなずき合う。

沙耶もすぐに気づき、なんとなく視線を逸《そ》らして、

「お見舞《みま》い？」

「うん。……せっかくセラちゃん達が来てくれたし」

ゆっくりと手を離すセラの隣で、ディーがもう一度、ありがとう、と手を差し出す。その手をおずおずと摑《つか》み、握手を交《か》わす。

硬《かた》くて、けれどもどこか繊細《せんさい》な、傷だらけの手。

柔らかく微笑む少年に、自分の口元も自然とほころぶのを感じる。

ファンメイが、じゃあまた後でね、と手を振り、エドと並んで歩き出す。ディーとセラが小さく手を振り、七匹の猫を触手で抱《だ》きかかえた小龍が最後に続く。

静かに閉ざされる、木目調の扉《とびら》。

沙耶は小さく息を吐《は》き、部屋の奥に向き直る。

机の脇《わき》の小さな丸窓に顔を寄せ、孤児院の外、通りの様子をのぞき見る。この半年の間に雪が取《と》り払《はら》われ、強化コンクリートと石畳《いしだたみ》に覆《おお》われた通りをたくさんの人が忙しく行き来する。

半年前に会議が行われた飛行艦艇の発着場の広場は今も町の真ん中にあって、大きな通りは全てそこから放射状に広がっている。鉛色《なまりいろ》の空の下、非常照明の明かりに点々と切り取られた

暗い通り。その道は今、色とりどりの電飾《でんしょく》に飾られてセレモニーの始まりを待っている。

孤児院の隣にある教会の入り口には今日のために用意された赤い絨毯《じゅうたん》が敷《し》かれ、通りを真《ま》っ直《す》ぐ何百メートルか覆っている。絨毯の両側にはこちらも今日に合わせてプラントで生産された造花が並び、その中に点々と、自分や他の子供達が育てた本物の花が混ざっている。

通りを行《い》き交う人波の中にヴィドの姿を発見する。窓越《ご》しに手を振る沙耶に気付いて顔を上げ、白人の大男が手を振り返す。周囲には男と同じく神戸《こうべ》の近くの町で暮らしていたという人達がいて、少し離れた場所には北極の転送システムの町に住んでいたというおじいさんやおばあさんもいる。誰も彼もが忙しく動き回り、通りを色鮮《あざ》やかに飾り立《た》てていく。遠く離れた広場の方では、兵士の人達がパレードの練習にきびきびと動いている。

「あ、沙耶ちゃん！」

不意に、通りの少し離れた場所から声。沙耶より少し年下くらいの女の子が元気に両腕《りょううで》を広げて石畳の上を飛《と》び跳《は》ねる。エリンという名の人形使い。隣ではロランという炎《ほのお》使いの男の子が右腕《みぎうで》を何度も大きく振り、

「なにしてんだよ！　リハーサル始まるぞ！」

「うん！　すぐ行くから！」

勢いよくうなずいて振り返り、椅子《いす》の背の防寒着を引《ひ》っ摑んで走り出す。部屋の扉をぐって廊下をまっすぐに。階段を駆け下りて孤児院の玄関《げんかん》を飛び出す。鮮やかに彩《いろど》られた雪原の街

並み。情報制御によっていつもより少しだけ暖められた空気が、体を柔らかく包み込む。

暗く沈《しず》みかけていた気持ちが、少しだけ華《はな》やぐのを感じる。

そう、今日はとても嬉《うれ》しい日。

世界がまた一歩前に進む、大事な、とても大事な一日なのだから。

＊

龍使いの少女の案内でたどり着いたその場所は、清潔な空気と、かすかな甘い香りに満たされていた。

雪原の町に点在する病院の一つ、その最上階の一番奥。ディーは白塗《しろぬ》りの扉の前に片膝《かたひざ》をつき、透明《とうめい》なプラスチックのコップに一輪だけ生けられた薄桃色《うすももいろ》の小さな花に指を触《ふ》れた。

「沙耶ちゃん達がプラントの隅《すみ》っこに花壇《かだん》を作ってて、ときどき置いていってくれるの」ファンメイが背後から手をのばして花をコップごと取り上げ「がんばって、早く元気になって、って」

そう、と小さく呟《つぶや》き、立ち上がる。傍《かたわ》らのセラが心配そうにこっちを見上げ、応援《おうえん》するように強く手を握《にぎ》る。

少女の手を握り返し、一度だけ目を閉じる。

勇気を振り絞《しぼ》って、病室のドアをノックする。

「どうぞ」

静かな声と共に白い扉がスライドし、白衣を羽織った東洋人の女性が姿を現す。あらかじめ来客の存在を知らされていたのだろう、弥生という名のその女性はディーを見つめてなんだか困ったように微笑み、

「入って。……ちょうど今、目を覚ましたところよ」

隣のセラと視線を交わし、おずおずと足を踏み入れる。淡《あわ》い橙《だいだい》色《いろ》のライトに照らされた明るい病室。それほど広くない部屋には通常の医《い》療《りよう》機器の他に、I―ブレインの調整に必要な機材が幾つも並んでいる。

後ろから進み出たファンメイが、壁際《かべぎわ》のテーブルにコップの花を置く。小さなテーブルには他にも幾つか色と形の違う花が、いずれも今日咲《さ》いたばかりのような鮮やかさで空調のかすかな風に揺《ゆ》れている。テーブルの他にも作業机や収納棚《だな》、あるいは窓の枠《わく》や医療機器の操作パネルの上。花は至る所に飾られ、無機質な病室を温かく彩っている。

そんな色とりどりの花に囲まれた、部屋の奥のベッドの上。

エメラルドグリーンの瞳《ひとみ》の少女はぎこちない動きで上体を起こし、何度か小さく咳《せ》き込む。

ファンメイとエドが慌てた様子でベッドに駆け寄り、それぞれに少女の背中を支える。大《だい》丈夫《じようぶ》です、という小さな声。金糸を梳《す》いたような長い髪《かみ》が、チャイナドレスに刺繍された龍

の上を流れる。

枕元《まくらもと》に畳《たた》んで置かれた上着がひとりでに浮《う》き上がり、少女の肩《かた》にかかる。

息をすることを忘れる。

為《な》す術《すべ》なく見守るディーの前、少女──フィアは大きなエメラルドグリーンの瞳で何度か瞬きし、にっこり微笑んで、

「ありがとうございます。ディーさん、セラさん。わざわざお見舞いに来てくれて」

とっさに目を逸らしそうになり、寸前で踏みとどまる。勇気を振り絞ってベッドに歩み寄り、ただ、少女とまっすぐに向き合う。

病人着の裾《すそ》からのぞく少女の手は、細くて、弱々しい。

それが見ていられなくて、心の中で唇を嚙《か》む。

雲除去システムが破壊《はかい》され、戦争が終わったあの日、地下シェルターの生命維持槽《いじそう》の中で少女は目覚めた。ベルリンでの作戦の結果──いや、自分がマザーシステムを破壊した結果として脳機能の一部を失い、一時は二度と帰ってこないと思われていた少女。人々は少女の帰還《きかん》を祝い、涙《なみだ》を流して喜んだが、残念ながら何もかもが元通りとは行かなかった。

──生きていること自体が奇跡《きせき》のようなものだからな。これぱかりはどうしようもない──

主治医を担当したリチャードの言葉を借りるなら、そういうことだったらしい。マザーコアの暴走によって少女の脳が負った損傷はやはり容易《たやす》く回復するような物では無く、目覚めた少

女は情報制御を使うことはおろか自分の意思では指一本動かすことが出来ず、言葉さえ満足に発することが出来ない状態だった。

賢人会議に戻《もど》らなければならなかったディーはその後の経過を詳《くわ》しくは知らないが、ニューデリーの全面的な協力の下に始まった少女の治療《ちりょう》は困難を極《きわ》めたと聞いている。ちぎれて失われてしまった脳内のニューロン細胞《さいぼう》をつなぎ合わせ、あるべき形を取り戻すためのリハビリの毎日。少女は必死に戦い、人々はそんな少女のためにあらゆる手を尽《つ》くした。モスクワとシンガポールからも協力の申し出があり、少女は少しずつ、本当に少しずつ失われた自分を取り戻していった。

言葉を話せるようになるまで一ヶ月、体を動かせるようになるまでもう一ヶ月。そこから起き上がれるようになるまで二ヶ月。立って歩けるようになるまでさらにもう一ヶ月——長い、おそらく少女にとっては途方もなく長い半年。

そんな苦しい日々の果てに、少女がようやく情報制御を少しだけ使えるようになったという知らせを、ディーはつい先日、再建途中《とちゅう》の賢人会議の拠点で聞いた。

……ぼくは……

何か言葉を発しようとして失敗する。ここに来るまでの間に気が遠くなるほど考えたが、やはり相応しい言葉を見つけることは出来なかった。あの時はすまなかったと謝罪すれば良いのか、あるいはあれは戦争だったのだと胸を張れば良いのか。どちらも正しいような気がして、どちらも間違《まちが》っているような気がする。少女も自分も、ままならない世界で自分に出来る精一《せいいっ》杯《ぱい》の選択《せんたく》をした。だが、その結果として少女は傷つき、倒《たお》れ、今も苦しんでいる。その事を——

「大丈夫ですよ」

不意に、柔らかな少女の声。とっさに瞬きするディーの視界を、翼のような淡い光が横切る。

情報の海の中だけに存在する、イメージで編まれた天使の翼。

幼い子供をあやすように、頬にそっと触れた光はすぐに脳内の仮想視界に溶《と》けて消える。

「錬さん言ってました。ベルリンの事、全部許すことにしたって」

息を呑《の》む。

見つめるディーの目の前、エメラルドグリーンの瞳の少女は微笑み、

「あれは戦争で、あの時はああするしか無くて、だから、僕には責められないって。……私もそう思います。だから、全部無かったことにします。それじゃ、だめですか？」

天使の少女が纏う空気は暖かくて、柔らかい。

データベースの記録でしか知らない「春の日だまり」というのは、きっとこういう物なのだろうと思う。

「君は……それで良いの？」

「はい」フィアは小さく息を吐き、隣のセラに視線を向け「だから、ディーさんも苦しまない

で。セラさんと一緒に、これからの世界を良くすることだけを考えて下さい。私もここで、みんなと一緒にがんばります。がんばって、少しずつでも前に進みます。……錬さんが、少しでも安心出来るように」

セラが、あ、と声を上げ、すぐに悲しそうにうつむく。ベッドの傍《そば》のファンメイとエドが息を吐き、どちらからともなく視線を部屋の片隅《かたすみ》に向ける。

照明が届かない棚《たな》の陰《かげ》、ぽつんと取り残された小さな椅子。弥生が静かに歩み寄り、表面に薄《うす》く積もった埃《ほこり》を払う。

「……そうだね」

白塗りの冷たい天井《てんじょう》を見上げて、息を吐く。

彼は、もういない。

天樹錬は少女を残し、この町から、仲間達の前から姿を消してしまった。

雪原の町を南北に貫《つらぬ》く大通りは、七色に煌《きら》めくイルミネーションと、立体映像で描かれた無数の祝福のメッセージに彩られていた。

オーロラのように揺らめいて刻々と表示を変える数十、数百万の祝いの言葉の下を、ディーとセラは手を繋いで進んだ。

半歩先を行くファンメイとエドが不意に足を止める。町の中心からかなりの距離《きょり》を隔《へだ》てた、人々の喧噪《けんそう》から遠い場所。立ち並ぶ生産施設や集合住家から離れて広場になったその場所には、ディーの身長の何倍もある四角い石のモニュメントが一つだけ、ぽつんと置かれている。

シティと賢人会議の戦争で命を落とした多くの人々、シティの実験の犠牲《ぎせい》となった魔法士達、さらには十三年前の大戦とシティの崩壊《ほうかい》によって消えていった百数十億の命——世界が雲に覆われた後に失われた全てを悼《いた》んで建立《こんりゅう》された慰霊碑。

その根元に穿《うが》たれた爆発《ばくはつ》の痕《あと》はおそらく人形使いの情報制御によって巧妙《こうみょう》に修復され、ただ、I—ブレインの知覚でなければ認識《にんしき》出来ないわずかな石材の質感の差異だけが、この場所で起こった事件の名残《なごり》を留《とど》めている。

「……一ヶ月前、だよね？」

うっすらと氷が張った石の表面に手を当て、独り言のように問う。

「うん、そう」隣に進み出たファンメイが刻まれた文字を視線で辿《たど》り「みんなでこの周りを飾って、ニューデリーからルジュナさんも来て、ファンファーレとか鳴らして……それで、ちょうどこの場所に、天樹錬が立ってたの」

慰霊碑の除幕式を狙《ねら》ったそのテロ事件は、大きな被害《ひがい》をもたらすことなく解決したとディーは聞いている。数ヶ月前から町で暮らすようになっていた元ベルリン自治軍士官《ぐんし》の男が、自宅で密《ひそ》かに製造していた手製の爆弾を式典の会場に投げ込んだ。情報制御による感知をすり抜《ぬ》けるために論理回路による迷彩《めいさい》を施されたその爆弾は慰霊碑のすぐ傍で爆発。根元を砕《くだ》かれた慰霊碑は倒壊《とうかい》したものの、近くにいた魔法士の少年が衝撃《しょうげき》を抑《おさ》え込んだおかげで人的な被害は無く、犯人もすぐに取り押さえられた、と。

人類と魔法士の和平に反対する人間による、慰霊碑を狙った示威行為《じいこうい》——公《おおやけ》には、事件はそのように片付けられた。

その爆弾が本当は誰を狙ったものだったか、誰もがわかっていて、誰もあえて口にはしなかった。

「たぶんね、天樹錬は迷ってたんだと思うの」龍使いの少女は周囲に煌めくイルミネーションの向こう、鉛色の空から舞《ま》い落ちる雪の粒《つぶ》を見上げて「もしかしたら、この町でこのままずっと暮らしていけるんじゃないかって。怖《こわ》いことは何も起こらなくて、毎日フィアちゃんの看病して、それでフィアちゃんがいつか元気になって、世界もどんどん良くなって、何もかもめでたしめでたし、って。……でも、やっぱりそんなのはダメだった。雲除去システムを壊しちゃったあいつを恨《うら》んでる人が世界にはたくさんいて、どこにでもいて、だから、自分はやっぱりここにはいられないって気がついちゃったんだと思うの」

「……誰かに、相談とかしなかったですか？」

「リチャードさんとケイトさんは、こっそり話聞いてたみたい」歩み寄って問うセラに、ファンメイは背中を向けたまま「二人とも止めようと思ったけど、けっきょく諦めたって。今日のお祭りと明日の調印式は世界中に中継《ちゅうけい》される。そこに自分が映ったら、それを見た誰かが次は核爆弾《かくばくだん》でも持ってきたらどうするのって。……そんなこと言われたら、どうしようもなかったって」

そうして、少年は姿を消した。

一週間前のあるとても寒い夜、姉の月夜と二人、誰にも知られることなく、ひっそりと。

「錬君らしい、のかな」

呟き、石畳の地面に片膝をつく。慰霊碑の根元に手を当て、見えない傷跡《きずあと》を指でなぞる。

そうして、夢想する。

打《う》ち砕かれて倒れた慰霊碑の周囲に立ちこめる土煙《つちけむり》と、散乱した無数の瓦礫と、人々のざわめきの声を。

兵士達に取り押さえられた犯人を見つめる少年の、何かを諦めたような、澄《す》み切《き》った青空のような表情を。

「ほんとに、他にどうしようもなかったですか？」セラがかすかな、絞り出すような声で「雲除去システムを壊して戦争を止めるのは、みんなで相談して決めたです。なのに錬さんだけが悪者になって、いなくなって……」

「それが、錬君の決めたことだよ」立ち上がり、少女に歩み寄って小さな背中を両手で抱きしめ「世界が平和になって、みんなが仲良くなって、それでも消せない物とか取りこぼしてしまう物はたくさんあるんだ。悲しいこととか、苦しいこととか、どうしても許せないこととか。

錬君は、一人でそれを全部引き受ける道を選んでくれた。……だから、サクラも負けを認めて、道を譲《ゆず》ってくれたんだと思うよ」

あ、とセラの小さな声。ファンメイとエドが静かに歩み寄り、ためらいがちに少女の背中に手を当てる。

そうして、四人で揃って、同じ方角を見上げる。

空を覆う雲の彼方《かなた》、南極衛星で眠《ねむ》り続ける少女のことを思う。

あの日の戦いの最後に錬とサクラの間で交わされた会話は、ここにいる四人の他にはヘイズとクレアとイルとフィア、それにこのことを教えてくれた錬自身を含《ふく》めた九人だけが知っている。リチャードをはじめとした大人達は何かに気付いていたようだったが、あえて問《と》い質《ただ》すことはしなかった。

サクラの本当の気持ち、心のどこかで平和を願った少女が選んだ道。

その全てをそっと教えてくれた悪魔使いの少年は、最後に、悲しそうに微笑んだ。

『あの子が生きてることは、絶対に秘密にして欲しいんだ。じゃないと、全部無駄《むだ》になるから』

サクラの無事を知ってしまえば、賢人会議の魔法士達は再び希望を抱いてしまうかも知れない。少女を目覚めさせ、再び組織の長に頂き、人類との戦争を再開する――そんな夢に取り付かれる誰かが現れてしまうかも知れない。同様に、人類の側も再び魔法士を怖《おそ》れるようになるかもしれない。賢人会議が再び息を吹き返し、戦争を仕掛《しか》けてくるのでは無いかと、恐怖《きょうふ》に取り付かれる誰かが現れてしまうかも知れない。

だから、彼女はあの衛星で命を落としたことにしなければならないのだと。

静かに告げる錬に、ディーとセラはうなずくことしか出来なかった。

賢人会議の魔法士達は誰もが嘆《なげ》き悲《かな》しみ、サクラの死を悼んだ。中には少女の命を奪《うば》った天樹錬という少年にあからさまな害意を向ける者もいて、その多くが、人類との共存に反対する仲間と共に組織を離れて行方知れずとなった。

彼らの嘆きには行き先が必要で、放っておけばその嘆きは世界を壊してしまうかも知れない。

だから――

「なんや、お前らこんなとこにおったんか」

通りの向こうから聞き慣れた声。振り返った視線の先、花飾りを模した虹色《にじいろ》の電飾の下を、イルがゆったりとした足取りで歩み寄る。いつもの白いジャケットの代わりにモスクワ自治軍の儀典《ぎてん》正装を身に纏い、胸元《むなもと》には幾つかの勲章《くんしょう》をぶら下げている。

「そろそろ準備も大詰《おおづ》めやからな、挨拶《あいさつ》とか早めにやっとかんと……」

言葉が止まる。

白髪《はくはつ》の少年は四人のすぐ傍で足を止め、灰色の慰霊碑を見上げて、ああ、と息を吐き、

「心配せんでも、あいつはあいつなりに上手いことやるやろ」通りの遙《はる》か先、町の外に広がる

闇《やみ》の平原を見つめ「何しろシティと賢人会議の全部を相手にして一歩も引かんかった奴《やつ》やからな。簡単に折れるような奴やあらへん。せやから、おれらはあいつが心配せんでもええように仲良うして、世界をもっと良くしたらええねん。……そうやって、もう大丈夫やって思える日が来たら、あいつもひょっこり帰ってくるかもしれんやろ？」

「それで……良いのかな」

「ええかどうかはわからんけど、あいつやったらそうしてくれ言うやろ」

呟くディーの言葉に、イルは笑いを含んだ声で応える。

サングラス越しに視線を空に向け、雲の向こう、彼方の衛星を見透《みす》かすように目を細め、

「あの女もな。今頃、夢の中でおれらが失敗する未来でも眺《なが》めて、高笑いするか、顔真っ赤にして怒《おこ》るか、何にしても元気にしとるわ」何かに挑《いど》むように唇の端をつり上げ「どうせ二百年もしたら目ぇ覚まして下りてくるんや。そん時までになんもかんも解決して、雲をどないかする方法も見つけて、『もうお前の仕事なんか残っとらんわ』って笑ったったらええねん」

ほんとです、とセラが小さく笑う。

ディーの腕《うで》の中からするりと抜けだし、ファンメイの手を取って、

「それじゃあ、わたし達はそろそろクレアさんのところに行くです。お手伝いすることとかあるかもですし」

「じゃあ、ぼくは先にヘイズさんに挨拶してくるよ。……家族だから、いちおうちゃんとしな

いとね？」ディーはうなずき「イル、道案内、お願い出来る？」

任しとけ、と白髪の少年が笑う。

傍らの男の子を見下ろし、短い金髪をほわほわと撫で、

「お前も行くやろ？　ちびっ子」

「……はい」

そうして、二人の少女に手を振って、歩き出す。

見上げた空の向こう、舞い落ちた雪は七色の電飾を照り返して煌めき、町を覆う気温の境界面に触れて次々に溶けて消える。

「そういえば、月夜さんの書き置き見つけたって聞いたけど」

「せや。朝起きたら部屋に置いてあったわ。『旅の準備とか見送りとか終わったら帰ってくるから、新郎《しんろう》新婦には代わりに謝っといてくれ』て」

「前から思ってたけど、あの人すごいよね。本当は魔法士で、I―ブレイン持ってるとか、そういうの聞いてない？」

「せやなー。ほんまにそうやったら、おれももうちょい楽やねんけどなー」

世界を変えることは難しい。たとえ平和こそが唯一《ゆいいつ》の、最善の道に見えたとしても、奪われた幸福の贖《あがな》いを求める者は必ず現れてしまう。長い冬と、戦争と、失われた多くの命が生み出してしまった澱《おり》。本当ならその澱は、自分のように多くの命を奪った者に降りかかるものだっ

たはずだ。

悪魔使いの少年と少女は二人で、そんな澱の全てを引き受ける道を選んでくれた。

ならば、自分達は進まなければならない。

行く手にどんな困難が待ち受けていたとしても、真っ直ぐに、胸を張って、光の中を歩き続けなければならない。

「ところで……ぼく、クレアのドレス姿って全然想像出来ないんだけど」

「奇遇《きぐう》やな。おれもやわ」

だから、せめて今日だけは、悲しみに囚《とら》われるのは止めようと心に決める。失われた物、取りこぼしてしまった物、救われなかった物、報《むく》われなかった物、そんな全ては心の内に。顔を上げて、前だけを見つめて、幸福の中を進んでいこうと誓《ちか》う。

遠くから聞こえるのは、幾つもの楽器と祝福の歌の音。

もうすぐ始まるのだ。

クレアとヘイズの、結婚式《けっこんしき》が。

＊

通りの先に開けた広場の空に、七色の光が瞬《まばた》いた。

その光景を窓の向こうに見つめ、ヘイズは落ち着かない気持ちで頬をかいた。

立体映像で描き出された色鮮やかな電飾の下を、プラント技師と炎使いの一団が忙しく動き回る。今日の式と明日の調印式に向けた町の環境調整《かんきょうちょうせい》。防寒着無しでも屋外を歩けるよう、予備の発電プラントまで総動員して気温をシティの内部と同程度に保つのだという。

なんとなしに息を吐き、窓から離れる。

部屋の奥を振り返り、白衣の男に向かって指を一つ鳴らし、

「先生、この部屋禁煙《きんえん》だ。吸いたきゃ余所《よそ》行ってくれ」

「む？」

指先に挟《はさ》んだタバコに今まさに火を点《つ》けようという姿勢のまま、リチャードが動きを止める。

電子式のライターをゆっくりとポケットにしまい、深々とため息を吐いて、

「お前さん、いつからそんなつまらん話をするようになった？　情けない」

「一張羅《いっちょうら》にタバコの匂《にお》いつけたらオレが怒られんだよ！」男の前にずかずかと歩み寄り「大体、悪いのは先生だろーが！　騙《だま》し討《う》ちみてーな真似しやがって！」

「そりゃ、お前さんがいつまでもはっきりせんのが悪い」リチャードは火のついていないタバコを指先で何度か回し「あんな願ってもない相手がいて、しかも向こうはお前さんにべた惚《ほ》れだというのに、こうも煮《に》え切らんのでは先達としてはおせっかいの一つも焼きたくなる」

「あんた結婚《けっこん》したことねーだろーが！」男の指からタバコを摑み取《と》り「ってーか、式のことは

良いんだよ！　オレだって時期とかタイミングとかこう色々見計らってたからな！　……けど、なんでそいつが世界中に中継されることになるんだよ！　なんで調印式の前日祭ってことになって、人類も魔法士もみんなで祝うなんて話になったんだよ！」

　窓の向こうの通りをびしりと指さし、叫《さけ》ぶ。

　電飾に彩られた空を飛び交うのは、各国の報道機関が持ち込んだ無数のカメラ。

部屋の机に浮かぶ立体映像ディスプレイの向こうでは、シティの公共放送のニュースキャスターが、何故か自分とクレアの結婚について盛《さか》んに祝いの言葉を繰《く》り返している。

「だから、その件は何度も説明しただろう」リチャードはいかにも面倒くさそうにため息を吐き「象徴《しょうちょう》が必要なんだ。戦争が終わり、人類と魔法士が手を取り合う、そういう象徴が。お前さんとクレア嬢《じょう》をおいて、他に適任の者はおらん。知っとるか？　マサチューセッツでは今や、お前《まえ》さん達二人は祐一殿《ゆういちどの》以上の英雄扱《えいゆうあつか》いだ」

　シティ連合が『島』をマサチューセッツの上に落とそうとした一件については、この半年の間に各国と賢人会議の協力の下、幾つかの情報操作が行われた。あれが賢人会議の策謀《さくぼう》であったという自治政府の発表をそのままにしておくわけにはいかないが、シティによって意図的に引き起こされた物であることを今さら公表するわけにもいかない。自治軍と賢人会議の双方《そうほう》を攻撃《こうげき》した「全長数百メートルの正体不明の怪《かい》生物」の存在も含めて、全ては大戦前にシティ・北京《ぺきん》が建造した実験施設が引き起こした事故であり、それを身を挺《てい》して止めたのがヘイズとクレアの二人である――それが、歴史に記される公的な「物語」となった。

もちろん、魔法士でありながら人類のために戦った英雄《えいゆう》という意味ではイルもそうなのだが、あちらは最終的にモスクワ自治軍の離反《りはん》を促《うなが》し、戦争の終結の引き金となったということで、雲除去システムと引き替《か》えにもたらされた現在の平和を認めない人々の神経を逆なでしてしまう可能性がある。その点、「マサチューセッツの三千万人を救った」という話は純粋《じゅんすい》な人命救助の美談であり、彼らも表立って敵意を向けるのは難しい。

――飾りになっていただけませんか？ 未来を照らすための飾りに――

そう頭を下げるシスター・ケイトとルジュナに、ヘイズは否応《いやおう》なくうなずいた。空賊《ぞく》の青年と千里眼の少女はもう一人の人形使いの男の子と共に雲上航行艦《かん》のマスターという立場から切り離され、魔法士と人類の融和《ゆうわ》の象徴となった。半年前の戦いの最後の局面、悪魔使いの少年を南極衛星に運んだ三隻《せき》の雲上航行艦は無人機であり、全ては少年がたった一人で行ったこと――ありとあらゆる記録が巧妙に書き換《か》えられ、自分達は英雄となり、少年は人々の夢を断《た》ち切った無慈悲《むじひ》な裁定者となった。

それで良い、それこそが自分が望んだ結末なのだと。

少年は笑って、人々の前から姿を消した。

「……だいたい、こんな所で油売ってて良いのかよ」リチャードの隣の椅子に勢いよく腰《こし》を下ろし、男の顔を横目に睨《にら》んで「明日の調印式、世界再生機構代表して見届け人やるんだろ？

段取りとか、なんかあんじゃねーのかよ」

「飾りだ、あんな物は」今や組織の実質的なリーダーとなった男はこっちの指先からタバコを取り返そうと何度も手をのばしては失敗して「そもそも、本当ならこの役目はフェイ殿かケイト殿がやるべきだ。私の柄《がら》では無いと何度も断ったのに、誰も真面目に取り合わん！　私はただの学者だぞ？　世界の問題が片付いたからには本分たる学究の徒《と》に戻るつもりだと再三言っているのだがな！」

「あー……」

憮然《ぶぜん》とする男の前に、奪い取ったばかりのタバコを差し出す。

二人で顔を見合わせ、ため息を吐き、どちらからともなくふと笑う。

フェイ・ウィリアムズ・ウォン――世界再生機構の先代のリーダーを務めていたあの男は、雲除去システムが破壊された日に姿を消した。人々が戦いの終わりを祝い、互いに手を取り合って喜び、気がついた時には男は町どころか世界のあらゆる場所から煙《けむり》のようにかき消えてしまっていた。

残されたのは『ここからは君達の世界だ。好きにしろ』というぞんざいな書き置きだけ。

唯《ただ》一人、男と最後に言葉を交わしたという老人が、今頃はどこかでオレンジを育てているはずだと証言してくれた。

シスター・ケイトはリーダーの役目をちゃっかりとリチャードに押しつけ、モスクワにいた頃と同じ孤児院の管理人に収まってしまった。もちろん面倒を見なければならない子供達の数はその頃とは比較《ひかく》にならないし、軍事顧問《こもん》も兼務《けんむ》しているが、少なくとも組織の看板として表に立つつもりは無いらしい。

『世界はこれから、軍事力を必要としない形へと生まれ変わっていくのです。それを先導する組織のリーダーが「計画者《プランナー》」トルスタヤ中将では問題がありますから』

それが本人の弁だが、どこまでが建前かは疑わしい。

だが、この町に暮らす何万人かの孤児や魔法士の子供の養育、教育計画は今のところ順調そのもので、そういった仕事もまた軍事指揮官と同じく彼女の天職なのだという事実に関しては疑問を挟む余地は無い。

「まー、ここまで来たらオレも腹括《くく》ったけどよ」

呟き、なんとなしに指を一つ鳴らす。

傍らの大きな鏡に視線を向け、自分の服をしげしげと眺めて、

「落ち着かねぇなぁ。マジで今日一日、こんな格好してなきゃいけねーのか？」

白一色のタキシードの袖《そで》をなんとなく引っ張り、もう一度ため息を吐く。ネクタイも白。靴《くつ》も白。せめてもの抵抗《ていこう》で胸ポケットのハンカチだけは赤色にしてもらったが、まともに手入れしたことなど無い髪《け》の毛まで完璧《かんぺき》なオールバックに整えられてしまった。

「諦めろ。新郎の仕事だ」リチャードは戻ってきたタバコをしばらく眺めてから白衣のポケッ

トにしまい「私もそろそろ着替《きが》えんと、この格好ではまずい。何しろ、お前さんの親族という扱《あつか》いだから――」

男が言い終わるより早く目の前の空間に光が走り、小さな立体映像のディスプレイが出現する。

四角いフレームに描かれるのは、横線三本のマンガ顔。

ハリーは、なぜか少し落ち込んだ様子で、

『リチャード様。確認《かくにん》させていただきますが、ヘイズにとって第一の親族はこの私です』簡素な線一本だけの目で見事に恨みがましい視線を表現し『このような姿で付《つ》き添《そ》いは出来ませんので今回はお譲りしますが、どうぞ、その点をお間違えなきよう』

「わかっている！　もちろん、わかっているとも！」男は少し身をのけぞらせて立体映像の顔から距離を取り「代役、しっかり務めさせてもらう」

『ありがとうございます』

ハリーがフレームの角を曲げてお辞儀《じぎ》する。

と、横線の両目の下に、縦線で描かれた涙の痕が次々に出現し、

『本当に、この身が恨めしい！』四角い画面の周りに次々に水滴《すいてき》のアイコンが散り『私が……私が人工知能の立体映像でさえ無ければ、ヘイズの保護者として共にチャペルに立ったり、ご参列の皆《みな》さまにご挨拶差し上げたり出来ますのに！』

「あー……お前、けっこうこだわるやつだったんだな、そういうの」

呆《あき》れ半分、照れ半分で呟く。

と、部屋の扉をノックする小さな音。

リチャードとハリーと顔を見合わせ、「入ってくれ」と立ち上がる。

ゆっくりと開かれる扉の向こうに、ディーとイルが並んで姿をのぞかせる。二人の半歩後ろにはエド。三人とも式典に相応しいかしこまった服に身を包んでいる。

「失礼します」

「……ます」

並んで頭を下げるディーとエドの隣で、イルが突然大股《とつぜんおおまた》に歩き出す。何が嬉しいのか満面の笑《え》みを顔に貼《は》り付け、白髪の少年はこっちの周りを大げさに何度も巡《めぐ》ってしきりにうなずき、

「はー、なるほど……こらまた、上手いこと化けたもんやな」

「あ？　はったおすぞコラ」

わざとらしくにらみ合い、すぐに堪《こら》えきれなくなって同時に吹き出し、お互いの拳《こぶし》を軽くぶつけ合う。

「とにかく、おめでとさん。……めでたいよな？」

「まあ、めでてえ」首を傾げる少年に苦笑《くしょう》し「ありがとよ。こんなに盛大《せいだい》に祝ってくれて」

自分でも驚くほど素直《すなお》に、礼の言葉を述べる。

「は？　……あー、いや」イルは目を丸くし、照れたように天井を見上げて「ほら、おれはまあ、飾り付けとか照明の配線とか、他にもなんやかんや色々やっただけやし」

口の中で呟く少年を後に、ディーに向き直る。

この半年の間に少しだけ伸びた銀髪を首の後ろで束ねた少年は、へイズに向かって深く頭を下げ、

「おめでとうございます」顔を上げ、はにかむように微笑んで「ふつつかな姉ですが、どうぞよろしくお願いします」

何と答えれば良いかわからず、少年の顔をまじまじと見つめてしまう。

と、ディーは「……あれ？」と困ったように首を傾げ、

「いちおうクレアの親族代表らしくやってみたんですけど……変、ですか？」

「あー、悪ぃ。大丈夫だ、たぶんそれで合ってる」

慌てて手を振り、特に意味も無く指を一つ鳴らす。

その場の全員に順に視線を巡らせ、ふとライトの明かりに照らされた天井を見上げて、

「ただ……培養槽《ばいようそう》生まれで親もいねえオレ達が親族だの何のって、妙《みょう》な話だと思ってよ」

「確かに、そうですね」ディーは困ったように微笑み「ぼくらファクトリー生まれも本当は兄弟っていうわけじゃないんですけど、ただ、せっかく生き残った仲間ですから」

「せやな、なんせ、今も生きてるのはおれら三人だけやもんな」イルもしみじみと呟き「あい

つが七番で、おれが十七番で、お前が三十三番やから、あいつが一番年上の姉ちゃんいうことに……」

言葉が途切《とぎ》れる。

少年はぐるりとヘイズに向き直り、わざとらしく親指を立て、

「よろしく、義兄貴《あにき》！」

「マジでやめてくれ。何かこう、背中とかかゆくてやべぇ」

顔をしかめて首を左右に振り、急におかしくなって、声を上げて笑ってしまう。

と、いつの間にか頭上に移動してきたハリーがマンガ顔で満面の笑みを作り、

『ご機嫌《きげん》ですね、ヘイズ』

「そりゃ、まあな」呟き、ふと息を吐いて「半年前までは、この面子《めんつ》でこんな話することになるなんざ想像もつかなかったからな」

せやな、とうなずくイルの隣で、ディーが穏やかに微笑む。

が、エドは無言。

人形使いの男の子は一人、部屋の入り口に立ち尽くしたまま、窓外の通りのさらに遠く、町の外に広がる闇色の雪原に視線を向ける。

「なんや？　どないか……」

言いかけたイルの言葉が止まる。ディーがため息を吐いて男の子に歩み寄り、

「やっぱり気になる？　錬君のこと」

「……はい」

小さく呟いて、男の子が拳を握りしめる。二人の少年が困ったように顔を見合わせる。

と、こほん、とリチャードがわざとらしく咳払《せきばら》いする音。

立ち上がる男に視線を向け、頭上のハリーを見上げて、にやりと笑う。

一番近くのイルに大股《おおまた》に歩み寄り、肩を摑んでついてくるよう促す。続いてディー、最後にエド。三人の肩に両腕を無理やり回し、身をかがめて円陣《えんじん》を組む格好になる。

「ちょ、ちょい待て。なんやねん急に……」

「いや、錬の話なんだけどよ」

振り返り、窓外を飛び交うカメラの様子を一度だけ確認。

ヘイズは一つ指を鳴らし、声を潜《ひそ》めて、

「お前ら、ちっと耳貸せ――」

＊

おそるおそる覗《のぞ》き込んだ扉の向こうは、一面の白いレースの洪水《こうずい》だった。

ファンメイは思わず、わぁ、と声を上げ、床に広がるスカートの裾を踏まないように注意して部屋へと足を踏み入れた。

姿見の鏡が一つと椅子が幾つか置かれただけの室内には、髪結《かみゆ》いの道具や宝飾品《ほうしょく》の箱、それに色とりどりの造花が並んでいる。柑橘《かんきつ》系の香水《こうすい》がほのかに香る。天井の四隅《よすみ》に取り付けられたライトは眩《まぶ》しく、作業台に置かれた清楚《せいそ》なティアラを七色に煌めかせる。

そんな部屋の中央。

ブルネットの髪の少女は、細やかな刺繍が施された純白のドレスに押し込まれて、身じろぎ一つ出来ずに鏡の向こうの自分と向き合ってる。

「わ……」

後から部屋に入ってきたセラが、感嘆《かんたん》の吐息《といき》を漏《も》らす。

その声でようやく二人の存在に気付いた様子で、クレアは飾り物《もの》の瞳を正面に向けたまま、

「……た……たすけて……」

「ど、どうしたのクレアさん！」スカートを踏まないように注意して少女の前に回り込み「ウエディングドレスってそんなに大変なの……？　え、どうしよう。水とか飲む？」

「じゃなくて！」

返るのは、今にも泣き出しそうな声。

少女は、ああもう、と何度も瞬きし、

「そりゃ、あたしも結婚式っていうんだからそれなりにちゃんとしなきゃって思ってたけど！

でも調印式の前の日にやって、しかも世界中に中継するって、なんでそんな話になるのよ――！」

「わかりましたから、花嫁《はなよめ》は動かないで。髪が乱れてしまいます」

静かな、たしなめるような声はクレアの後ろから。

執政官《しっせいかん》の略礼服の袖を襷《たすき》で束ねたルジュナが少女の髪に清楚な色合いの宝石を飾り付け、

「先ほどもご説明しましたが、シティの市民の中にはまだ、いつ再び戦争が始まるかと不安を抱く方が多くいます。そんな方々に世界は良い方向に向かっているのだと示すために、平和の象徴となるセレモニーが必要なのです」

細い指が、何度か髪飾《かみかざ》りの角度を整える。

ルジュナは満足した様子でうなずき、

「せっかくの晴れの舞台《ぶたい》なのですから、多くの人に祝福されるに越《こ》したことはありません。そうは思われませんか？」

それは、と口ごもるクレアの姿に、吹き出しそうになる。

と、少女はガラス玉のような瞳でぎろりとファンメイを睨み、

「だいたい、なんでルジュナさんがこんなことやってるんですか！　主席の座は解かれたって言っても、まだニューデリーの執政官なんですよね？　シティの指導者なんですよね？　そんな人がこんな着付けの仕事なんかやってる暇《ひま》――！」

「準備は全て秘書官の皆さまに任せてあります。私は、いわばお飾り。明日の調印式でもっともらしくディーさんやセラさんと握手をするのだけが役目ですから」

それに、とため息交じりの声。

ルジュナはわざとらしく首を大きく左右に振り、

「勉強してくるようにと母にきつく言われてしまいまして。『ほらごらん、あの子は良い嫁《よめ》になるって言っただろ！』とそれはもう勝《か》ち誇《ほこ》った顔で。あんなに偉そうな母を見たのは、大戦前に兄が並み居る上官を残らず蹴落《けお》として祭典の国家代表になった時以来です」

クレアはまたしても、ああもう、とこの世の終わりのような声を上げ、

「ちょっと！　あんた達も何か言いなさいよ！」

え？　とセラと顔を見合わせる。

互いに何度も深くうなずき合い、揃ってクレアに向き直り、

「すごいね！　こんな美人の花嫁さん、お話でも見たことないの！」

「クレアさん、すごい綺麗《きれい》です！　ばっちりです！」

途端《とたん》に、う、と口ごもるクレア。

少女の白い頬にかすかに朱《しゅ》が差し、ガラス玉のような瞳が何度も右往左往し、

「……ホントに？」

「ほんとほんと！」意味も無く腰に手を当てて胸を張り「ヘイズはほんとに幸せだね。こんな

人と結婚出来るなんて！」

頭の上に座った黒猫姿の小龍が、同意するように、にゃあ、と鳴く。

クレアは「そう……かな」とますます赤くなった頬に両手を当て、

「じゃ、じゃあ……まあ、良いかな……」うつむき加減で今さらのようにこっちの様子をうかがい「えっと、ありがとね。こんな盛大にお祝いしてくれて」

うん、とうなずき、少女に歩み寄る。

レースの手袋《てぶくろ》に包まれた手を取り、一番良い笑顔《えがお》で、

「ヘイズのこと、お願いなの。あいつ、ほっとくとちゃんとご飯食べないし、こっそりお酒飲もうとするし、部屋もぜんぜん片付けないし、すぐ危ないことするし」

知ってるわよ、とクレアが笑う。

花が咲くように微笑み、ふと首を傾げて、

「っていうか、そんな他人行儀《たにんぎょうぎ》なこと言わないの。あんたはヘイズの家族みたいなもんなんだから、あたしにとっても家族ってことになるんだし」

「え……」

思わず、息を呑む。

理由もなく視線を逸らし、少女の顔を上目遣《うわめづか》いに覗き見て、

「良い……の？」

「良いに決まってんじゃない」クレアは何を今さらという顔でうなずき「だからあんたもあんまり無茶しないで、ちゃんと長生きするのよ？　いつかみんなで宇宙に行くんだから」

「うん……」

うなずいた拍子《ひょうし》に涙が零《こぼ》れそうになり、照《て》れ隠《かく》しにまた笑う。

「まあ。では皆さま、私にとっても身内ということになりますね」黙《だま》ってやり取りを聞いていたルジュナが手を叩き「困ったことがあればいつでも相談を。少しでよろしければ、ニューデリー自治政府の権力も私的に濫用《らんよう》いたしますので」

そうして、またわき起こる、笑い声。

と、クレアが不意に居住まいを正してセラに向き直り、

「そんなわけで、ディーのことはあんたに任せるわね。あたしは面倒見なきゃいけない奴がたくさんで、あいつのことまで手が回らないから」

え？　と少女が目を見開く。

ポニーテールに結わえた長い金髪が戸惑うように何度も左右に動き、最後に何かを決意するように強く縦に揺れて、

「任せて……任せてくださいです！　ディーくんのことは、わたしがぜったい幸せにするです！」

「なんかそれちょっと違う気がするけど、まあいいわ」

クレアがくすくすと笑う。

少女は飾り物の目を閉じ、一度だけうなずいて、

「ま、あんた達は大丈夫よ。……あと、問題はフィアだけね」

思わず、セラと顔を見合わせる。

少女と一緒に視線で問うと、クレアは、ん？　と首を傾げて背後のルジュナに一瞥《いちべつ》を投げ、

「なによ。あんた達、このままで良いと思ってんの？」

「良くないの！」

考えるよりも先に、叫ぶ。

自分の声に驚いて口元を手で覆い、逃げるようにうつむいて、

「……天樹錬は、すごいと思う。世界のために一人で戦って、嫌《きら》われても真っ直ぐ前向いて。……でも、あいつはそれで良くてもフィアちゃんは？　置いてけぼりにされて、ここでみんなと幸せになって、そんなの出来るはずないのに」

「ファンメイさん……」

セラの小さな手が、そっと背中に触れる。

と、クレアが「そうよ」と強くうなずき、

「こんな不公平なの、あたしは納得《なっとく》出来ない。お祝いの日に一人だけ誰かが泣いてるなんてつまんないわよ。ハッピーエンドは、みんながハッピーでなきゃ」

ふわりと、頬に柔らかな感触《かんしょく》。

クレアはレースの手袋に包まれた手を伸ばし、ファンメイとセラを順に撫で、

「だからね、あんた達もちょっとだけ手伝いなさい」

＊

たとえば、それは半年前の、目覚めたばかりの頃の記憶《きおく》。

ベッドの上で身動き一つ出来ない自分に、少年は優《やさ》しく語りかける。

──おはよう、フィア。よく眠れた？

枕元に置かれた小さな花が空調のかすかな風に揺れる。頭の中は霞《かすみ》がかかったようで、上手く言葉を作ることが出来ない。額に触れる少年の手の温かさを、少年が傍にいる心地《ここち》よさを、少年に伝えたいと思うのに、ベッドに横たわる自分の意識は頼《たよ》りなさすぎて、少年の瞳を視線で追うことしか出来ない。

──大丈夫、すぐに何でも話せるようになるよ。体だって、ちゃんと動くようになるから。

たとえば、それは何十日かが過ぎた、何気ない昼下がり。

細い指を両手で包み込み、少年は祈《いの》るように目を閉じる。

――がんばったね。リチャード博士も、すごく良くなってるって。

微笑む少年の顔には疲労《ひろう》の色が濃《こ》く浮かんでいて、身につけた作業着も少しだけ汚《よご》れてしまっている。ようやく動くようになった肘《ひじ》から先をなんとか動かして、少年の頰にそっと手のひらを触れる。少年は驚いたように目を丸くし、幸せその物という顔でその手に自分の手を重ねる。

窓の向こうから聞こえる、幾つものプラントの作動音。

少しだけ数を増した花が、風に揺れている。

――もうすぐだよ。心配しなくても、すぐに何でも出来るようになるから。

月日は巡る。緩《ゆる》やかに、水面に浮かぶ花びらのように。たくさんの助けを借りて、たくさんの優しさに包まれて、自分の体は少しずつ、少しずつ良くなっていく。傍にはいつも少年の姿があって、望めば必ず手をさしのべてくれる。朝も昼も夜も、いつ寝《ね》ているのかもわからないほど。出来なかったことが一つ出来るようになる度《たび》、少年は手を叩き、時には涙を流して喜んでくれる。

――フィアは元気になったら何がしたい？　どこに行きたい？

言葉を話せるようになって、手を動かせるようになって、足を動かせるようになって、起き上がれるようになって、立てるようになって。

そんな自分を見つめて、少年は穏やかに、いつか二人で見上げた空のように微笑む。

——何でも出来るよ。フィアは、もう自由なんだから。


そうして、何ヶ月かが過ぎた、あるとても寒い夜。

暗い部屋でふと目覚めた自分を、少年は穏やかな笑顔で見下ろす。

——ごめん、起こしたね。

起き上がろうとする自分の肩をそっと押しとどめ、少年は枕元の花に水を注ぐ。一つずつ、丁寧《ていねい》に、愛おしむように。ぼんやりと見つめる視線の先、全てをやり終えた少年が静かに微笑む。

泣いているような、何かを決意したような、輝《かがや》く夜空の星のような笑顔。

とっさにのばした自分の手をそっと取り、少年は静かにうなずく。

——大丈夫。フィアは元気になったから。もう少ししたら、今よりもっと元気になるから。ここにはフィアを責める人はいない。フィアを怖い目にあわせる人は誰もいない。友達がたくさんいて、弥生さんも、他のみんなもフィアを助けてくれるよ。だから——

幸せでいてね、と冷え切った指で頬を撫でて。

少年の背中は、夜の闇の向こうに消えた。

頬を伝う冷たい感触に、目が覚めた。指先で顔を拭《ぬぐ》った。

フィアはベッドの上に身を起こし、

「気分はどう？」

傍らの椅子でタッチパネルを叩いていた弥生が立ち上がり、コップに水を注いで薬と共に差し出す。口に含んだ錠剤《じょうざい》を適温に調整された水でゆっくりと飲み干し、ほう、と小さく息を吐く。

脳内時計が示す時刻は、午後一時。

窓の向こうに見下ろす煌びやかな通りを、いつもより少しだけ着飾《きかざ》った人々が教会に向かって歩いて行く。

「お見舞いが帰った後でね、またちょっと寝てたのよ」弥生は健康状態を表す立体映像のステータス表示を横目にうなずき「そろそろ準備するけど……起きられそう？」

はい、とうなずき、ゆっくりと体を動かす。萎《な》えた足で靴を履《は》き、母の手に支えられてベッドの縁《ふち》に腰掛《こしか》ける。

窓の隣の壁《かべ》には、今日のために町の人達が用意してくれた、柔らかな色彩《しきさい》のドレス。

それを嬉しそうに見上げていた少年の横顔を、ふと思い出す。

「おかあさん」

「何？」

「すごく久しぶりに、錬さんの夢を見ました」

ドレスに手をのばそうとしていた弥生が、動きを止める。

強《こわ》ばった笑顔で振り返る母に、「違うんです」と首を振り、

「ただ、錬さんは今頃どこまで行ったのかな、ちゃんとご飯を食べてるかな、と思って」

「……ねえ、フィア」

「大丈夫です」ためらいがちな母の言葉を遮《さえぎ》り「私、決めました。ここでがんばるって。がんばって、幸せになって、それで、この町を今よりもずっと良い場所にして。そうしたら、錬さんも安心して、いつか帰ってくるかもしれないですよね？」

「良いの？　あなたは、それで」

「はい」

強く、自分に言い聞かせる。

いまだに上手く力の入らない足で立ち上がり、

「だって、錬さんが悩《なや》んで、ものすごく苦しんで、それでも望んでくれたことだから」

「フィア……」

堪えきれなくなったように駆け寄った弥生が、両腕で背中を強く抱きしめる。

されるがままに、母の胸に顔を埋《うず》める。

誰にも見咎《みとが》められないように、一度だけ強く目を閉じる。少年と初めて出会ったあの日から、

今日まで歩いてきた長い、長い道のことを思う。世界を前に進ませるために、たった一人で全ての悲しみを引き受ける道を選んだ少年。本当はいつまでもこの町にいたかったはずだ。いつまでも自分の傍にいたいと、きっと思ってくれていたはずだ。

けれど、それでも少年は旅立った。

だから――

「だから、おかあさんも祈ってあげてください」

母の胸からそっと体を離し、真っ直ぐに顔を上げる。うつむかないように、くじけないように、あの人が大丈夫だと信じてくれるように。そうやってこの町でたくさんの優しい人達に囲まれて生き続ければ、その報《しら》せがいつかあの人の耳に届くかも知れない。自分が幸せでいることが、いつかあの人の背中を支えるかも知れない。信じて歩き続けた道に間違いは無かったのだと、あの人は顔を上げて、また歩き続けることが出来るかもしれない。

窓の向こうには、七色に煌めくイルミネーションの光。

フィアは母の泣き顔を見つめ、精一杯の笑顔で微笑んだ。

「錬さんが無事に、自分が決めたことをやり遂《と》げられますように、って」

＊

数ヶ月ぶりに訪《おとず》れた軍病院最上階の特別病室は、今日も変わらず花の香りに満ちていた。

驚いた様子でベッドから下りようとする男を、リン・リーは手で制した。

「元気そうで何よりだ」

おかげさまで、と男が会釈する。

元神戸自治軍情報部中尉《ちゅうい》、真田《さなだ》遙人《はると》。天樹真昼が命を落としたシンガポールでの事件でリーの配下として働き、自ら毒を飲んで記憶を失った男はベッドの上で居住まいを正し、もう一度、今度は深く頭を下げる。

「おめでとうございます」

「めでたい、とは？」

壁の立体映像ディスプレイから、ニュースキャスターの声が流れる。

男は、違うのですか？　と首を傾げ、

「シティ連合と賢人会議の戦争が終わって、明日平和条約が結ばれると。公共放送はその話題で持ちきりです」

「……そうか」

呟き、枕元にまで歩を進める。

以前より随分《ずいぶん》少なくなってしまった花瓶《かびん》の花から小さな赤い一本を取り上げ、天井のライトにかざして、

「そうだな。確かに、めでたい」花を元の位置にそっと差し入れ、病室の扉を振り返り「今日はな、貴殿《きでん》に客を連れてきた」

スライド式の扉が静かに開かれる。

何かを怖れるように、ゆっくりと近づく足音。

軍服姿の黒髪の女——元神戸自治軍少尉《しょうい》、一ノ瀬《いちのせ》日向《ひなた》が、ベッドの男を見つめて立ち尽くす。

「閣下？　この方は」

言いかけた男がゆっくりと首を左右に振る。

男は顔を伏せ、白い病人着姿の自分の両腕を見つめ、

「いえ、わかります。記憶を失う前の私と縁のある方なのですね？」白いシーツを握りしめ「わざわざ訪ねていただいたのにすみません。お聞きのこととは思いますが、私にはあなたが誰か、私とどんな関係の方だったのかは……」

「良いのです」

静かな声が、男の言葉を遮る。

顔を上げる男に、女は心の底から安堵《あんど》したように微笑み、

「何も思い出せなくても、私のことが何もわからなくても良いのです。戦争は終わり、我々の任務も終わりました。もう、あなたは戦わなくても良いのです」

一度だけ男の手に自分の手を重ね、ゆっくりと一歩、ベッドから遠ざかる。

「もう、良いか？」

「はい」背中越しに問うリーに、一ノ瀬《いちのせ》少尉《しょうい》はうなずき「わざわざお時間をいただきありがとうございました。では、失礼します」

「行かれるのですか？　もう少し……」ベッドの上の男が言いかけた言葉を呑み込み「いえ、どうぞお元気で。おそらく、私を知る誰かであった方」

リーの隣をすり抜けて、足音が遠ざかる。

最後の瞬間《しゅんかん》。

女は扉の前で振り返り、右手を掲《かか》げて最敬礼した。

「おさらばです、隊長。……どうか、末永くご健勝であられますよう」


行き交うフライヤーが生み出すかすかな風が、人工の街路樹をざわめかせた。

シティ・シンガポール第二十階層の大通り。軍病院の正面玄関からのびる階段の最後の一段を下り、リン・リーはパイプと構造材を剝《む》き出しにした鉛色の空を仰《あお》いだ。

一歩遅《おく》れて階段を下りた一ノ瀬少尉が隣に並ぶ。女は背後の四角い建物を振り返り、最上階の病室の窓に目を凝《こ》らして、

「隊長は、これからどうなるのですか？」

「どうもこうもない」首を振り、女と同じ方向を見上げて「記憶喪失者《きおくそうしつしゃ》に記憶を失う以前の罪を問う法はシンガポールには存在せぬ。本来であれば記憶を取り戻した時点で改めて裁判が行われるが、彼の者にそれを見込むことが不可能なのも立証済みだ。……近いうちに新たな名と市民IDを与《あた》えられ、このシンガポールの一員となるよう手続きも済んでいる」

感謝します、と一ノ瀬少尉が息を吐く。

と、女の腰のポーチから、機械合成の呼び出し音。

目の前に出現する二つの通信画面に、リーは思わず、ほう、と声を上げ、

「トルスタヤ中将、それにセルゲイ殿か」

『ご無沙汰《ぶさた》しています』

向かって左の画面、教会の礼拝堂らしき場所でシスター服姿のケイトが微笑む。世界再生機構の町の中に作られたのだろう礼拝堂は様々な種類の花に彩られ、床には赤い絨毯が敷かれている。

「準備は滞《とどこお》りなく進んでいるようだな」

『はい。万全《ばんぜん》に』ケイトはうなずき、ふと息を吐いて『本当は、お二方にもご列席を賜《たまわ》れれば良かったのですが』

そうも行くまい、と肩をすくめて笑う。

もう一方の画面の男――簡素な私服姿のシティ・モスクワの指導者に向き直り、

「そちらも息災のようで何よりだ。政権移行も順調と伺《うかが》っている」

『問題は山積みだがな』セルゲイは唇の端だけで笑い『長く続いた軍政を民主制に移行するのがこれほど面倒なこととは知らなんだ。……だが、私の進退を脇に置いてもこれは必要な措置《そち》だ。世界が平和へと向かうこれからの世においては、全ての武力は文民の統治下に置かれねばならん』

「セルゲイ殿は、指導者の座を議会に明《あ》け渡《わた》した後は？」

『楽隠居《らくいんきょ》を決め込む算段だ』男は安楽椅子《あんらくいす》の上で背中を伸ばし『いっそ、この機会にモスクワを離れようかとも考えている。私の影《かげ》がちらつく限り、完全な民主化など叶《かな》わぬからな。……これからは新しい者達の時代。老兵は、ただ静かに去るべきだ』

隣の画面のケイトが、閣下、と困ったように微笑む。

一ノ瀬少尉が、何やら神妙《しんみょう》な顔で口元に手を当て、

「ロンドンでは、世界再生機構への協力を肯定《こうてい》する派閥《はばつ》と否定する派閥で議会が二つに割れ、混乱が今も続いていると聞きます」その場の全員に問うような視線を向け「今後はマザーシステムの廃止《はいし》に向けた議論が始まり、賢人会議との戦争は過去の歴史になっていく。……人類は耐《た》えられるのでしょうか。それほど性急な変化に」

『耐えられねばただ滅びるのみ。……と、以前の私ならば言ったであろうが』返るのは巌《いわお》のような、それでいて幾らか穏やかな声。

セルゲイはディスプレイの向こうで息を吐き、表情を和らげて、

『なに、心配には及《およ》ばぬ。新しい芽は見事に育ち、すでに大輪の花を咲かせた。彼女ならば、上手く民衆を導いてくれよう』

「……そう願いたい物だな」

うなずき、おそらく男が考えているのと同じであろう人物を思い描く。ルジュナ・ジュレ。シティ・ニューデリーの元主席執政官。賢人会議との戦争にまつわる様々な事象の責任を取って自ら執政官の地位を捨てようとした彼女は、他の執政官全員と多くの国民に乞《こ》われ、主席の座こそ下りたものの執政官の末席として引き続き国政に携《たずさ》わることになった。

現在のニューデリーは主席執政官が不在のまま、十二名の執政官の合議によって運営されている。アニル・ジュレがマザーコアとして命を落とす以前の、六人の人類の執政官と、六人の魔法士の執政官によって構成された意思決定機関。そこで半年間シティと世界の変革に立ち向かってきたルジュナは、明日の賢人会議との条約締結《ていけつ》を契機《けいき》に再び主席の座に戻ることが決まっている。

おそらく彼女が今後の人類を、残された四つのシティを束ねていくのだろう。

新たな時代の到来《とうらい》は、もうすぐそこ。

自分やモスクワの男のような軍人上がりが強権をもって人々を導く時代は、終わるのだ。

『ではそろそろ失礼いたします。式の準備がありますので』

『私も失礼するとしよう。……リン・リー殿も、無事に役目を果たされるよう』

短い挨拶を残して、二つの画面が消える。一ノ瀬少尉がうなずき、傍らのフライヤーの操縦席に乗り込む。

「戻るか。世界再生機構に」

「はい」優《すぐ》れた軍人にふさわしく、完璧な角度で敬礼の形に右手を掲げ「お世話になりました。隊長のこと、重ね重ね感謝申し上げます」

うむ、とうなずき敬礼を返す。本来であれば残ってシンガポールのために働くよう誘《さそ》うべきなのかも知れないが、自分はもはやその立場には無い。

今はただ、彼女の前途《ぜんと》に祝福を。

ゆっくりと遠ざかる黒い機体を見上げ、昼間照明の眩しさにふと目を細め、

「……待たせたな」振り返り、離れた場所で見守る数十人の兵士に視線を巡らせ「全て滞りなく済んだ。行くとしよう」

駆け寄る隊長らしき兵士の前に、手錠《てじよう》を掛《か》けやすいように両腕を揃えて差し出す。

「閣下……」兵士は苦悶《くもん》に表情を歪《ゆが》め「本当によろしいのですか？　我々の手で閣下をシティの外にお連れすることも可能なのです。今ならまだ間に合います。ただ一言、好きにせよと命じていただければ」

「ならぬ」男の言葉を静かに否定し「世界を戦争に導いた責任は誰かが負わねばならぬ。……

貴官らも心せよ。カリム・ジャマールは去り、私もまた去る。そうして、シンガポールは生まれ変わるのだ」

兵士は絞り出すような声で、了解《りょうかい》しました、と呟く。金属の手錠の冷たい感触が両手を繋ぐ。道行く人々が立ち止まり、ある者は痛ましそうに、ある者は軽蔑《けいべつ》するように、様々な視線を投げる。

兵士達を促し、歩き出す。

頭上には、行き交う無数のフライヤーの、航空灯《とう》の光。

その輝きに、リン・リーは幼い日に見上げた夜空の星々を思った。

＊

「さぁ！　もうすぐ式が始まる。そいつが終わったら次はパーティーだ！　急がないと新郎と新婦が腹空かせて倒れちまうよ！」

雑多な調理器具が所狭《せま》しと並べられた広い厨房《ちゅうぼう》に、老婆《ろうば》のやかましい声が響《ひび》いた。

披露宴《ひろうえん》の準備のために町中からかき集められた何百人かの料理担当をぐるりと見回し、サティは景気よく両手を叩いた。

「今日のために電力もプラントの稼働《かどう》時間も切り詰《つ》めて食材かき集めたんだ！　遠慮《えんりょ》するこた

ぁない。ばーんと使っちまいな！」

フライヤーの倉庫を徹夜《てつや》で改装しただけの厨房にぐるりと視線を巡らせ、少し離れた場所に立つ白人の大男にぎろりと視線を向け、

「ほれそこ！　もっと手ぇ動かしな！　あんたがここの主役なんだ！　ウェディングケーキがなきゃ、パーティーが締《し》まらないじゃないかい！」

「人使いの荒《あら》い婆《ばあ》さんだな全く！」

白いコック帽《ぼう》を被《かぶ》ったヴィドが振り返りもせずに叫ぶ。

男は目の前に置かれた大鍋《おおなべ》を泡立《あわだ》て器で忙しくかき回し、

「大体、今何年だと思ってるんだ！　西暦《せいれき》二二〇〇年だぞ？　二十一世紀の大昔じゃないんだぞ！　粉と砂糖と卵からわざわざスポンジ焼いて手作業でクリーム塗《ぬ》る奴がどこにいるんだ！」

「形ってもんがあるんだよ！」サティは目の前に積まれた合成肉に豪快《ごうかい》に包丁を叩き下ろし「祝いの席には相応しい準備ともてなし！　そいつがあるから人間様の文化ってのは残り続けて——そこ！　手が止まってる！」

プラントから運び込まれたばかりの野菜の山の前で、何十人かのペンウッド教室の研究員がびくりと身を震《ふる》わせる。リチャードの指示で何の説明も無いまま送り込まれた研究員達は慣れない手つきで芋《いも》やニンジンを下処理しながら、

「なんで僕らがこんなことを？　細かい作業は得意だろって言われればそりゃその通りだけど、機械の配線いじるのとは話が……」

「サーストさんうるさい」

「そうよ！　気が散るから黙ってて！　……あれ？　これって薄く切るんだっけ？　厚く切るんだっけ？　ねえ、ちょっと！」

「みんなお待たせ！　出来たわよ！」

厨房の奥の大きな隔壁《かくへき》が勢いよく開き、両腕にいっぱいの野菜を抱《かか》えた妙齢《みょうれい》の女性が姿を現す。元・賢人会議の炎使いソニア。続いて現れた人形使いの少女サラは、コンクリートの巨《きょ》大《だい》な腕に抱えた合成肉の塊《かたまり》を作業台の上にぞんざいに置き、

「はい、追加ですよ。カスパル」

「あのなあ！」

金属の作業台から生えだした数十本の腕で調理器具を巧《たく》みに操《あやつ》っていた人形使いの青年がたまりかねた様子で叫ぶ。賢人会議の人形使い、カスパル。黒と銀の儀典正装に身を包んだ魔法士の青年は額に汗《あせ》を浮かべてゴーストの腕をせわしなく動かし、

「なんで俺がこんなことをしなきゃならないんだ！　俺は使節団の一員で、ディーとセラが式に出席している間の指令役だぞ？　それがこんなところでパーティーの準備なんぞ——お前達！　作業が遅《おそ》い、そいつを貸せ！」

新たに生えだした三本の金属の腕が、ペンウッド教室の研究員——サーストとメリルとセレナの手から次々に包丁を奪い取る。見る間に切り刻まれていく野菜を前に、研究員達が揃って拍手する。カスパルが釈然としない様子で下準備を終えた肉と野菜を大鍋に放り込む。そんな青年の横顔を見つめて、ソニアとサラが小さく笑う。

食物繊維《せんい》をプリントして作った野菜に、タンパク質を合成した肉。化学合成の小麦粉に、たっぷりの塩と砂糖。かき集められた食材を前に、人々は忙しく動き続ける。出来上がった料理が次々に広場のパーティー会場へと運び出される。隔壁の向こうに広がる闇色の空に、色鮮やかな電飾が煌めく。

時刻は、もう間もなく。

鮮やかに彩られた町の通りに、始まりを告げる鐘《かね》の音が高らかに鳴《な》り響いた。

＊

幾つもの燭台《しょくだい》に灯《とも》された蠟燭《ろうそく》の明かりが、祭壇《さいだん》の中央に飾られた十字架《じゅうじか》をほのかに照らした。

フィアは弥生と手を繋ぎ、初めて訪れた礼拝堂の扉をくぐった。

普通の建物の三階分はある吹き抜けの高い壁には昔の聖人の画像が幾つも飾られ、花のような細かな模様が壁に直接描かれている。入り口の扉からは正面の祭壇に向かって真っ直ぐに赤い絨毯が敷かれ、その両側に等間隔《とうかんかく》に木目調の椅子が置かれている。

百近く置かれた椅子には、すでにたくさんの人。

最前列に座るイルに促されるまま、少年の少し後ろ、新郎と新婦の最も親しい友人のための場所に腰を下ろす。

高く、澄み渡るような音楽がどこからか聞こえる。パイプオルガンというのだと弥生が教えてくれる。もちろん本物の楽器がここにあるわけではない。だが、礼拝堂の高い天井を巡る音は荘厳《そうごん》で、今日という日を祝福しているように感じられる。

祭壇の右側には、タキシード姿のヘイズと、完璧なスーツ姿のリチャード。

緊張《きんちょう》しきった様子のヘイズの背中を、リチャードが落ち着けとでも言うように何度か叩く。

「間に合ったぁ！」

息を切らせたファンメイが、勢いよく飛び込んでくる。少女は笑顔でフィアに手を振り、イルと同じ最前列、親族のために用意された席の新郎側に座る。

その後にはエドとサティとペンウッド教室の面々。彼らは礼拝堂の後ろの方にそれぞれの居場所を見つける。

最後に入ってきたソフィーが、困ったように周囲を見回し、

「本当に私も参列して良いのだろうか。私は新郎とも新婦ともそれほど親しいというわけで

は」

「いいから座る」

研究員のメリルに無理やり腕を引っ張られて、ソフィーが空いた椅子に座る。

ここに居るべき全ての人々を確認して、閉ざされる礼拝堂の扉。

祭壇の前に進み出たケイトが、穏やかに一同を見渡《みわた》す。

「本来は私の宗派とは少しやり方が違うのですが、こういう物は気持ちですから」普段《ふだん》より少し刺繍の多い衣装《いしょう》に身を包んだシスターは微笑み「謹《つつし》んで、進行を務めさせていただきます」

祭壇の脇に取り付けられたスピーカーから流れるハリーの声が、新婦入場を告げる。

再び開かれる、礼拝堂の扉。

その向こうで、純白のドレスが豊かに波打つ。

赤い絨毯を一歩ずつ踏みしめて、クレアがゆっくりと祭壇への道を進む。隣に立つディーに手を引かれて、後ろに従うセラに長いヴェールの裾を支えられて。胸の前に抱えたブーケが揺れる。見守る人々の視線に支えられて、弟の手に導かれて、少女はとうとう、祭壇で待つ青年の元にたどり着く。

見つめ合う二人の左右に子供達が進み出て、賛美歌が始まる。沙耶が、孤児院に暮らす子供達が、精一杯の声で祝福を歌う。人類も、魔法士も区別なく。何十人もの子供達が今日のため、二人のために練習してきた歌を捧《ささ》げる。

ケイトがうなずき、厳《おごそ》かに式の開始を告げる。ヘイズとクレアが揃って客席に向き直る。二人は頬を赤らめ、何度もつっかえそうになりながら、それぞれに誓いの言葉を、これから先の人生を相手と共に添い遂げるという約束を口にする。

リチャードが進み出て、ケイトに二つの指輪が入った小箱を手渡《てわた》す。新婦側の壁際の椅子から同様に進み出たルジュナが、クレアの手からブーケと手袋を預かる。

この日のためにサティによって作られた指輪を、互いが互いの指にはめる。

ファンメイが、ぐず、と鼻をすする。

シスター・ケイトが指輪の交換《こうかん》を終えた二人の顔を順に見比べ、聖書の一節を引用する。神はいつでもあなた達を見ているというケイトの言葉をどこか上の空で聞き流し、フィアは視線を自分の隣の椅子に向ける。

必要な物がすべて揃った礼拝堂の中に、そこだけぽっかりと開けた二人分の空席。

そこに座るはずだった少年と、その姉の姿だけが、ここには欠けている。

不意に涙が出そうになり、勢いよく顔をうつむかせる。祭壇の前、互いに手を繋いで、ヘイズとクレアは見つめ合う。青年の手が少女の顔を覆うヴェールをゆっくりと持ち上げる。照れたように笑う二人の唇が、ゆっくりと近づいていく。

湧《わ》き上がる拍手と歓声《かんせい》に、心が潰れそうになる。

世界はこんなに幸せで、未来はこんなに明るくて。

なのに、あの人だけが、ここにはいない。

「……フィア」

隣の席から弥生の声。慌てて顔を上げ、手のひらで涙を拭う。

前を向かなければならない。

だって、今日は二人の門出《かどで》の、めでたい日だから。

「大丈夫です。私、ちゃんと大丈夫ですから……」

言葉の代わりに返るのは、何かを諦めたようなため息。

弥生は周囲からは見えないように立体映像の小さな画面を差し出す。

「おかあさん？　これ……」

ほのかな光を放つのは、簡素な線で描かれた、町の周辺の地図。

「月夜の書き置きよ」囁《ささや》くような声と共に、細い指が画面の端、赤い点で示された小高い丘《おか》の上を示し「錬ちゃんが最後にお祝いしたいって言うから、今日もう一度、町の近くに帰ってくるかも知れないって」

息を呑む。

とっさに立ち上がろうとして、その足がすぐに力を失う。

「行きたいんじゃないの？」

「……わからないです」呟き、また涙が零れそうになって「だって、錬さんは私にここに残って欲しいって。自分が世界を守るから、ここで幸せになって欲しいって」

心が二つに裂《さ》かれるような錯覚《さっかく》。考えてはいけないと胸《むね》の奥にしまいこんでいた思いが、あふれて止められなくなる。自分のために戦って、世界を敵に回しても戦《たたか》い抜いて、最後には自分を目覚めさせてくれた少年。彼と共に生きたい。でも、彼の願いを叶えたい。自分が世界に残った多くの問題やそのための戦いに関わること無く、ただ幸せに生き続けること。それが少年のただ一つの願いだというのなら、自分はその願いを――

ケイトが再び礼拝堂を見渡し、結婚の成立を高らかに宣言する。

赤い絨毯の上を並んで歩き出す二人の頭上に、人々が手にした花びらを次々に振りまく。新郎と新婦の退場に続いて、客席の人々が立ち上がる。誰が、どんな順番で出て行ったのかはわからない。ただ、気がつけば礼拝堂は静かで、蠟燭の明かりの下には自分と母の二人だけが残される。

「……良いじゃない」

ぽつりと、独り言のような母の声。

え？　と顔を上げるフィアに弥生は微笑み、

「だから、良いじゃない。錬ちゃんが何をどう思ってても、フィアは自分のやりたいことを、やりたいようにやれば」

目を見開く。

と、母の細い指がそっと髪を撫で、

「確かに、錬ちゃんはすごく偉いと思う。世界中の恨みを自分一人で引き受けるなんて、簡単に出来ることじゃないと思うわ」

言葉の後に続くのは、ため息。

でもね、という静かな声と共に、柔らかな手のひらがそっと頬をなぞり、

「それはね、結局、錬ちゃんのわがままなの。自分が幾ら不幸になっても自分の好きな人だけは幸せでいて欲しいって、それはすごく素敵《すてき》なことかも知れないけど、でもやっぱりただのわがままなの」

「おかあさん……」

「良いじゃない。一度くらい、相手の気持ちなんか無視して自分のわがまま通したって」細い腕が、強く背中を抱きしめ「これは錬ちゃんの物語じゃない。あなたの物語なんだから。あなたが好きな人の傍にいたい、傍にいられれば他に何も無くても幸せだって思うなら、あの子が何を思ったってそれがあなたの正解なのよ」

言葉を忘れる。

母の胸に強く顔を押し当て、声にならない声で、ありがとうございます、と呟く。

母に手を引かれるまま立ち上がり、礼拝堂の扉をくぐって外に出る。赤い絨毯を敷かれた通りには人だかり。左右の建物を飾る色とりどりの電飾に照らされて、クレアのウェディングド

レスが揺れる。

と、街路にわき起こる歓声。

見上げた先、通りを彩る七色のイルミネーションの遙か遠《とお》く、一際眩《ひときわまばゆ》い輝きが鉛色の雲の天蓋《てんがい》を鮮やかな色彩に染め上げる。

空を覆い隠すように見渡す限りに展開された、無数の空気結晶《けっしょう》が織りなすプリズム模様。オーロラのように刻々と色彩を変える鮮やかな光の天幕が、闇の中に壮大《そうだい》な冬の花火を描き出す。揺らめく虹《にじ》が溶け合《あ》って、幾つもの祝福の言葉を形作る。無数の空気結晶が弾《はじ》けて、合わさって、また弾けて。いったいどれほどの数の情報制御演算が同時に行われているのか見当もつかない。感嘆の吐息と共に見上げる人々を、光は絶えることなく照らし続ける。

不意に、誰かに背中を押される感触。

振り返るフィアの両腕を満面の笑顔で胸に抱え、ファンメイとセラが人垣《ひとがき》をかき分けて走り出す。

「あ、やっと来た。じゃあ、始めるわよ」

気がつけば、そこは参列者達に取り囲まれてぽっかりと開いた通りの中央。少し離れた場所で、ブーケを片手に握りしめたクレアが、ヘイズと二人で手を振る。

踊《おど》るようにドレスのレースを翻して人々に背を向け、花嫁がブーケを高く、後ろに投げ上げる。

——光の中に下りる静寂《せいじゃく》。

とっさに広げた両手の上。

放物線を描いた小さな花束が、狙い澄ましたように、一直線に落ちた。

＊

（疑似《ぎじ》演算機関、接続解除。情報制御演算制御デーモン「アルフレッド・ウィッテン」終了《しゅうりょう》）

吹雪《ふぶき》に遮られた闇の空に、幾何学模様《きかがくもよう》の鮮やかな光が散った。

雲の天蓋を彩る虹色の輝きを仮想視界の彼方に見上げ、錬は小さく一つ、うなずいた。

「本当に、もう準備する物は無い？」

輸送フライヤーの後部のハッチから顔を突《つ》き出して、月夜が声を張り上げる。長旅に合わせて改造されたフライヤーの機内にはベッドや小さなテーブルが据《す》え付けられ、中で寝泊《ねと》まりが出来るように工夫《くふう》が施されている。

少し離れた場所に置かれたもう一台の小型のフライヤーは、月夜が町に帰るための物。

この、中型の移動式の家が、しばらくは自分の住処《すみか》になる。

「大丈夫。全部積み込んだし、数も確認したよ」

本当に？　と姉は眉根《まゆね》を寄せ、

「着替《きが》えは？」

「持った」

「折りたたみの生命維持《いじ》装置は？」

「それも持った」

「じゃあ、予備の携帯端末《けいたいたんまつ》は？」

「ちゃんと三つ持ったってば」

心配性《しよう》だなあと笑う錬に、月夜は腕組《うでぐ》みしてため息を吐き、

「そりゃ心配するわよ。あんた、ときどき変なところが抜けてるんだもの」フライヤーから飛び降り、防寒着に積もった雪を手のひらで払って「あー、やっぱり私もついていこうかしら」

「ダメだよ、月姉」くすくすと笑い、非常食のパックをフライヤーの助手席に放り込み「サティさんに弟子《でし》入りするんでしょ？　結婚祝いにHunterPigeonの代わり作るって約束した、って」

まーね、と月夜は頭をかき、

「五年だか十年だか知らないけど、技術全部叩き込むから覚悟《かくご》しな、だって。その間にシスターに頼《たの》まれた軍事訓練とかもやらなきゃいけないし、イルの奴もほっといたら何するかわかんないし」

あーもう大変、と月夜が両腕を大きくのばし、

「最初に行くところは決まった？」

「うん、ロンドン」フライヤーの演算機関のステータス表示を開いてチェック項目《こうもく》を一つ一つ確認しながら「あそこはまだ政府の方針も決まってなくて大変みたいだから。僕が行けば平和条約を良く思ってない人がたくさん釣《つ》れるんじゃないかな。その次はメルボルン跡地。あそこは賢人会議からいなくなった魔法士がたくさん潜伏《せんぷく》してるんじゃないかって話だから」

一つうなずいて立体映像の操作画面を閉じ、吹雪の彼方に目を凝らす。

町の上空に打ち上げた花火は、最後の瞬き。

I－ブレインの制御を離れて構造を失った疑似演算機関が、光の粉を振りまいて少しずつ闇に溶けて消えていく。

「……帰りたい？」

不意に、月夜の静かな声。

振り返る錬に、姉はいつになく優しい顔で、

「今からでも帰れるのよ？　あんたが全部一人で背負わなくたって、他のやり方はきっとある。みんなで相談して、考えて。……嫌《いや》だって言う奴なんてきっと一人もいない。あの町の人全員、あんたを手伝って、守ってくれるはずよ」

「そうだね。たぶん、そうだと思う」

「それでも、どうしても行くの？」

うん、とうなずく。

月夜は深くため息を吐き、

「わかった。じゃあもう余計なこと言わない」吹雪の向こう、自分では見えないはずの光の洪水を指さし「けど、最後にもう少しだけ見て行きなさい。あれが、あんたが守ったものなんだから」

もう一度うなずき、雪の上に座り込む。

隣に座る姉と二人、吹雪に白く霞《かす》んだ鉛色の空を見上げる。

途端にエメラルドグリーンの瞳の少女のことを思い出しそうになり、慌てて思考を閉《と》ざす。代わりに、衛星の中で別れたサクラの最期《さいご》の姿を思う。二百年先の未来、自分達が失敗して世界が滅びた時のために、少女は希望の種を残した。それは彼女が選んだ彼女の役目。そして、自分もまた自分の役目を選んだ。

雲除去システムを奪われ、青空を取り戻すという夢を奪われ、未来を閉ざされた人々。彼らの無念は、絶望は、叶えられなかった儚《はかな》い願いは、どんな形であれ誰かが贖わなければならない。

……大丈夫。きっと歩いて行ける……

「そうだよね、真昼兄」

涙が零れないように、真っ直ぐに空を見上げる。

考えないようにしなければと思うのに、どうしてもあの町の人々のことを、少女のことを考えてしまう。

フィアはもう十分、いやというほど悲しい目にあったはずだ。マザーコアとして死ぬために作られて、自分が助かったためにたくさんの命が失われて、その事で悩んで苦しんで、贖罪《しょくざい》を果たそうとして傷ついて、二度と目覚めないかも知れない体になって。今だって少しは元気になったけど、まだ後遺症《こういしょう》に苦しんでいる。あの町にいれば、たくさんの友人と大人達に守られて少女はきっと幸せになれる。だけど、自分と一緒に来れば、少女はいつまた危険な目に合うかわからない。

だからこれが正解だと思うのに。そのはずなのに。

どうしても、少女と共に歩めたかも知れない未来のことを考えてしまう。

……がんばらなきゃ……

何度も、強く、自分自身に言い聞かせる。くじけてしまわないように、心が欠けてしまわないように、真っ直ぐに歩き続けようと誓う。みんなが幸せになるように、少女が笑えるように、自分で決めた道。その道の果てにたとえ自分には何も残らないとしても、せめて最後まで胸を張り続けようと心に決める。

震える足に力を込《こ》めて、立ち上がる。

見上げた先、吹雪に閉ざされた、果ての無い闇の空の彼方。

滲《にじ》んでぼやけた視界の先に、フライヤーの航空灯が瞬いた。


——思考が止まる。


雪の大地を蹴《け》った体が、ひとりでに走り出す。

得体の知れない予感が胸の奥にわきあがる。考えるよりも早く体が加速する。世界を閉ざす吹雪のヴェールを貫いて駆け抜ける視界の先に、小型のフライヤーのナイフに似た機影《きえい》が一直線に迫《せま》る。

背後で通信素子の呼び出し音。月夜が慌てた様子で何事かを叫ぶ。風の向こうに遠ざかるのはたぶん弥生の声。ノイズ混じりの音声の背後に、幾つもの聞き慣れた声が混ざる。

その全てが意識の端をすり抜ける。

視界が狭《せば》まったような錯覚。

ほんの数百メートル先、間近に迫ったフライヤーの操縦席に、金糸を梳《す》いたような髪が躍《おど》る。

おそらく演算機関の性能限界をはるかに上回る速度で飛び続けたフライヤーが、唐突《とうとつ》に減速して落下を始める。同時に操縦席のドアが開き、小さな人影が飛び出す。

身に纏ったドレスが、吹雪に煽《あお》られてはためく。

とっさに広げた腕の中。

少女はふわりと、天使のように舞い降《お》りる。

バランスを取ろうとして失敗し、雪の上に仰向《あおむ》けに倒れ込んでしまう。細い体を両腕で抱きしめ、周囲の空気を暖めて、無我夢中《むがむちゅう》で少女を守る。

「……フィア……？」信じられない思いで、ようやく名を呼ぶ。「そんな、なんで……」

言葉の代わりに返るのは、小鳥のさえずりのような吐息。

凍《こご》えた大気に冷え切った唇が、熱を帯びた唇にふさがれる。

呆然《ぼうぜん》と目を見開く錬の前で、少女がゆっくりと顔を離す。金色の髪を頬に貼り付け、エメラルドグリーンの瞳で挑むように少年を見下ろして。柔らかな手が愛おしむように頬を撫でる。

言葉を失う錬に、少女はただ一言、はっきりと告げる。

「私、決めました」

「……え……？」

「錬に、ついて行きます」ゆっくりと、自分自身の声に押されるように「嫌って言われても、ダメって言われてもついて行きます。ぜったいに、何があっても離れないです」

「……待って……」少女に押し倒される格好のまま、震える手で細い肩を掴み「待ってよ。なんでそうなるの？　僕と一緒に来たら、どんな危ない目に遭《あ》うか分からないんだよ？　嫌なこともきっといっぱいある。……いいんだよ、そんなのは、僕一人だけで」

ありったけの力で少女を押しのけようとして、失敗する。

震える手で細い肩を支えたまま、耐えきれずにエメラルドグリーンの瞳から視線を逸らし、

「お願いだよ。すぐに町に帰って。あの町でみんなと、世界を良くしたいと思ってくれる人達と一緒に幸せになって。そしたら、僕もがんばれるから。誰かに嫌われても、きっと最後までがんばれるから」

「出来ないです」

返るのは、涙で滲んだ声。

潤《うる》んだ少女の瞳から水滴が一つ、また一つと錬の頬に落ち、

「幸せになんて、なれないです。どんなに楽しいことがあっても、どんなに未来が明るくても、錬がどこかで悲しい目に遭ってるかもしれないと思ったら、私は悲しくて、苦しくて、一人で真っ直ぐ立って歩くことなんて出来ないです。……だから、一緒にいさせて下さい。錬が辛《つら》かったり、苦しかったりするのを、私にも少しだけ分けてください」

金糸を梳いたような髪が風に揺れる。

少女の細い手が、愛おしむように頬を撫で、

「離ればなれは、もう嫌です」

息をすることを、忘れる。

震える手を動かして、少女の背中にぎこちなく触れる。

「……本当に、それで良いの？」

視界が涙でぼやけて、霞む。

少女の体を抱き寄せ、熱を帯びた頬に自分の頬を押し当てる。

「良いことなんか何も無いかもしれないよ？　明日食べる物も、今日食べる物も無くて。たくさんの人に嫌われて、憎《にく》まれて、夜も寝られなくて。そんな日がずっと続いて、それでも……」

「良いことならあります」

返るのは、静かな答。

少女は潤んだ瞳で少年を見つめ、もう一度唇を寄せて、

「だって、好きな人と、ずっと一緒にいられるんだから」

不意に、少し離れた場所から近づく足音。少女と互いに抱き合ったまま、ゆっくりと体を起こして振り返る。

次第《しだい》に勢いを増していく吹雪の中。

月夜は二人の隣に腰を下ろし、悪戯《いたずら》っぽく微笑む。

「やっぱり、最後はこうなった、か」防寒用の手袋に包まれた手をのばし、フィアの金色の髪をそっと撫で「諦めなさい。あんたの負けよ、錬」

姉の手元に浮かぶ立体映像の通信画面が拡大して、目の前に大映しになる。

ノイズ混じりのディスプレイに浮かぶのは、照明を落とされた荘厳な礼拝堂。

蠟燭のほのかな明かりに照らされて、ウェディングドレスの少女と白いタキシードの青年が四角い画面を何度も指でつつき、

『……あー、やっと映像繋がった。……ねえ！　これ聞こえてる？　ちゃんと見えてる――？』

『そっちはちゃんと着いたみてーだな。悪ぃ。オートパイロットできちっと飛ぶように設定はしたけど、お前がそこにいるのがバレんのはまずいだろ？　偏光迷彩《へんこうめいさい》やら情報防御《ぼうぎょ》やらつけたら出力足らなくてよ』

ようやくこっちの姿が確認出来たようで、クレアとヘイズが並んでうなずく。

そんな二人の後ろから、賢人会議の白と黒の軍服に身を包んだディーとセラがおそるおそるというふうに顔をのぞかせ、

『えっと……錬君の花嫁、届けるよ。ちゃんと受け取って、連れて行ってあげてね』

『もちろん返品は出来ないです。今度こそ、ぜったい、フィアさんのこと離しちゃだめです』

息を呑む。

通信画面に向き直り、何を言えばいいのか分からなくなって、

「みんな……」

『まあ、そういうこっちゃ』

言葉と共に姿を現すのは、モスクワ軍の軍服姿のイル。

隣では、沙耶とケイトが並んで手を振っている。

『お前らが心配せんでもええように、こっちは上手いことやるわ。人類と魔法士の戦争とか、もう二度と起こさせへんから心配すんな！』

『え、えっと！　がんばってね！』

『どうか健《すこ》やかに、末永くお元気で』ケイトが短く祈りの言葉を呟き、視線をふと隣に動かして『月夜さんは、真っ直ぐ帰ってきてくださいね？　私もサティさんも、お願いしたいことが山積みですから』

え、と顔をしかめる月夜に、画面の奥の方で聞いていたサティが親指を立てて見せる。

隣に立つルジュナが優雅《ゆうが》な所作で深く頭を下げ、

『お困りのことがあればニューデリーまで。内密にではありますが、歓迎しますので』

『フィア君の治療方針は、データ化して本人に預けてある』リチャードが横合いから顔を突き出し『何かあれば連絡《れんらく》を。回線は常にオープンにしておくからな』

続いて画面の向こうに現れるのは、弥生。

フィアが着ているドレスと良く合う色彩の礼服に身を包んだ女性は、ノイズ混じりの画面越しに娘《むすめ》を見つめて、

『……行ってらっしゃい』

「はい」

交わされる言葉は、ただそれだけ。

弥生はただ静かに微笑み、視線を隣の少年に移して、

『錬ちゃん。フィアのこと、よろしくね』息を吐き、ふと目を瞬かせて『あ。けど、何でも一人でやるのはダメよ？　二人で協力して、助け合って。うちの娘はそれが出来る子なんだから』

最後に現れるのは、エドとファンメイ。

よそ行きの礼服に身を包んだ男の子の隣で、チャイナドレスの少女は涙でぐしゃぐしゃの顔で何度も嗚咽《おえつ》を漏らし、

『フィアちゃん、幸せになってね！　うんと幸せになって、いつまでも幸せに暮らして、それで、いつかぜったい、ぜったい帰ってきてね！　わたし待ってる！　ずっと、いつまでもここで待ってるから！』

それから、挑むような視線でこっちを睨んで人差し指を突き付け、

『いい？　天樹錬！　一回だけよ！　今回だけは許したげる！　だから、今度こそぜったいにフィアちゃんの手を離したらダメなんだから！　もしまたフィアちゃん泣かせたら、その時はほんとのほんとに、ぜったいに許さないんだからぁ――！』

『れん、がんばれ』

言いたいだけ言い終えて肩で息をするファンメイの隣で、エドが右腕で小さくガッツポーズをして見せる。男の子がハンカチを差し出すと、龍使いの少女は、ありがと、と礼を言って盛

大に鼻をかむ。

礼拝堂を満たす、笑い声。

錬はフィアと顔を見合わせ、どちらからともなく微笑んだ。

瞬く花火の最後の一つが、吹雪の彼方に弾けて散った。

空気結晶で編まれた冬の花火は光に溶けて、空の闇に消えた。

「……じゃあ、私はそろそろ行くわね」

小型フライヤーの操縦席から顔を突き出し、月夜が手を振る。機体の後ろにワイヤーで牽引《けんいん》されているのは、フィアが乗ってきた機体の壊れた残骸《ざんがい》。こんな物でも修理すれば使えるかもしれないと、姉は当然のように胸を張る。

「月姉、ありがと。気をつけてね」

「ありがとうございました。……月夜さんも、いつまでも元気で！」

「私の台詞《せりふ》なんだけどね？　そういうの」

別れの言葉を口にする錬とフィアに、月夜が苦笑する。

二人の顔をじっと見つめ、うん、と一つうなずいて、

「それじゃ、フィア。錬のこと頼んだわよ」

「はい！」

「月姉、逆じゃないの？」

三人で顔を見合わせ、誰からともなく笑う。

遠いあの日に交わしたのと同じ言葉。

並んで手を振る錬とフィアの前で、今度こそフライヤーが浮上《ふじょう》を始める。

黒い機体が見る間に高度を増し、視界の彼方にかき消える。演算機関の駆動《くどう》音が遠ざかり、やがて、それさえも風の音に紛《まぎ》れて聞こえなくなる。

後に残るのは自分と、少女と、旅のために用意したフライヤーが一台、ただそれだけ。

空から舞い落ちる吹雪はいよいよ強く、果てしなく、世界の何もかもを鉛色に塗り込めて、絶えること無くどこまでも降り積もる。

「……行っちゃいましたね」

結婚式のドレスから旅に相応しい服装に着替えたフィアが、寂《さび》しそうに視線をうつむかせる。

そんな少女の細い手を取り、自分の手をそっと重ねる。

そうして、二人で並んで、空を見上げる。

視界の彼方、吹雪と雲のさらに遠く、世界を闇に閉ざした衛星の姿は、影も形も見えない。

衛星の制御を失い、自然分解を始めた雲が消え去るまであと二百年。対して、シティという器《うつわ》に残された寿命《じゅみょう》はあと三十年か、長くても五十年しかない。その先の長く果てしない時間のために、人類と魔法士は新たな生き残りの手段を見出《みいだ》さなければならない。

各国の政府と賢人会議、世界再生機構。三つの勢力は手を取り合い、可能な全ての手段を講じようと動き出している。ベルリン跡地に残された塔《とう》、いまだに雲との接続回線を保ち続けるあの構造物が突破口《とっぱこう》になるかもしれないとリチャードは言っていた。だが、それも全てはただの可能性だ。その道の先に何があるのか、本当に世界を救う術はあるのか。何もかもがこの吹雪の空のように未知数で、先を見通すことなど誰にも出来ない。

世界は、滅びるのかも知れない。

人類は消えて、残された魔法士も文明を失って、全ては冷たい雪の下に消えていくのかも知れない。

それでも、人は立ち止まることなく歩き続ける。傷つき、疲《つか》れ、倒れ、後に続く誰かに願いを託《たく》して。先行く者の祈りは光となって、追いかける誰かの行く道を照らす。果てしなく続くその道は、きっと、どこかに続くと信じている。

だから――

「じゃあ、そろそろ行こっか」

「はい！」

だから、僕らは今日も生きていく。

この、鉛色の空の下で、生きていく。

閉幕　光　～Her story～

……そうして、永い、永い眠《ねむ》りの果てに、私は目覚めた。

ガラス筒《つつ》の羊水の中で、差し込む朝の光に導かれて。

濡《ぬ》れた足で冷たい床《ゆか》を踏《ふ》みしめ、光の中を一歩、また一歩と進む。頭上に浮《う》かぶカレンダーの日付は『西暦《せいれき》二三九九年十二月二十四日』。自分が無事に二百年の時を超《こ》えたことに、心の中で安堵《あんど》する。

ゆっくりと進めた足が部屋の奥、庭園へと続く隔壁《かくへき》の前で立ち止まる。少しためらってから、意を決して隔壁をくぐる。

目の前には、一面の花畑。

二百年の間にロボットによって修復された春の庭園で、色とりどりの花が風に揺《ゆ》れる。

『――管理権限者「サクラ」の再起動を確認《かくにん》。再生シナリオを開始します』

頭上のスピーカーから響《ひび》く機械合成の柔《やわ》らかな声。透明《とうめい》な天蓋《てんがい》から射《さ》す暖かな光が石畳《いしだたみ》の小道を照らす。

躍《おど》るようにステップを踏んで、花壇《かだん》の間の小道を進む。

かつて母の亡骸《なきがら》が安置されていた場所には、草が生《お》い茂《しげ》る小高い丘《おか》。

見事な桜の大樹の枝先で、開き始めた桜のつぼみがほのかに香る。

光に包まれた春の庭園に、半透明の立体映像ディスプレイが次々に浮かぶ。衛星の外殻《がいかく》から放出された無数のセンサーが、地球の現在の様子を次々に知らせる。

『――平均気温、摂氏《せっし》十四度。日照量、正常値。大気組成、安定。……生命活動、探索《たんさく》中。

……文明痕跡《こんせき》、探索中』

システムの回答を待ちきれずに、Ｉ－ブレインを起動する。

重力を無視した体がふわりと浮き上《あ》がり、頭上の天蓋を目指して飛び始める。

花畑が、草原が、木々が見る間に小さくなる。たどり着いたプラスチックの天蓋に穴を開け、衛星の外に抜《ぬ》け出《で》る。

眩《まぶ》しさに、目を細める。

視界の彼方《かなた》には、水平線に沿って巡《めぐ》る小さな太陽。

その下、雲一つ無い青空の先に、広大な海と大地が広がる。

無意識に地を蹴《け》り、虚空《こくう》へと身を躍らせる。衛星を後に残し、眼下の地上を目指して。視界が急速に加速する。あらゆる情報制御《せいぎょ》を併用《へいよう》して飛び続けた体が、南極大陸を越《こ》え、海を渡《わた》り、とうとうオーストラリアの上空にまで到達《とうたつ》する。

地表を覆《おお》う雪が消え去り、降り注ぐ陽の光に照らされる大地。

芽吹《めぶ》き始めた草が、木々が、高らかに命の喜びを謳《うた》う。

さらに高度を下げ、地表すれすれの位置にまで降り立つ。上からではよく見えない。見間違《みまちが》いがあってはならない。水平線の彼方にまで目を懲《こ》らす。少しずつ場所を変えながら、彼らの姿を追い求める。

雲が消え去り、生命を取《と》り戻《もど》し始めた、遠い未来の地球。

そこに。

そこに、人々は――

ウィザーズ・ブレイン　完

あとがき

みなさまお待たせしました、三枝《さえぐさ》です。

ウィザーズ・ブレインX「光の空」、お届けします。

………………

ふ――――――――――――――――――――――――(ため息)

いやもう本当に、本当に長い時間がかかりました。二〇〇一年に始まったこのシリーズ、ライトノベルにあるまじきスローペースだったり(主に作者のせい)、途中《とちゅう》で三年止まったり九年止まったりと有り得ないことをやらかし(主に作者のせい)、一時期はさすがにこれもうダメなんじゃね? と思うこともありましたが、読者の皆様《みなさま》のおかげでどうにかここまでたどり着くことができました。

全部で十エピソード、文庫本二十冊。

こんなに立派な物が出来ました(深々お辞儀《じぎ》)。

とうとう完結を迎《むか》えた本作ですが、いかがだったでしょうか。期待通りという方も物足りないという方もいらっしゃるかと思いますが、これがこの物語のたどり着く場所です。彼らが長い旅をして、たくさんのことを考えて選んだ道。何もかもが上手《うま》くいって、みんなが幸せになるような都合の良《い》い答は無かったけど、それでも彼らは前を向いて歩き始めました。

その先に何があるのかは誰《だれ》にも、作者である私にもわかりません。

だから、せめて祈《いの》ろうと思います。

彼らが行く道の上に。

どうか、たくさんの幸せがありますように、と。


さて、本当ならここでお別れの挨拶《あいさつ》をすべきところなのですが、ちょっとだけ宣伝。

本編が好評だったおかげで、実はこの巻の後にもう一冊、短編集が出ることになりました。

過去に雑誌掲載《けいさい》された短編に加えて、幾《いく》つか書き下ろしもご用意する予定です。

前を向いて歩き始めた彼らの、その後の物語。

「ウィザーズ・ブレイン　アンコール（仮）」、どうぞご期待下さい。


七月某日《ぼうじつ》自宅にて。「星と命を巡《めぐ》る物語」を聞きながら。

三枝零一《さえぐされいいち》

本作執筆《しっぴつ》中のＢＧＭ：「空に光る」「明日に捧《ささ》げる聖戦」「絢爛《けんらん》/finality」「夏影《なつかげ》」

本書に対するご意見、ご感想をお寄せください。

ファンレターあて先
〒 102-8177　東京都千代田区富士見 2-13-3
電撃文庫編集部
「三枝零一先生」係
「純 珪一先生」係

本書は書き下ろしです。

電撃文庫

ウィザーズ・ブレインX
光《ひかり》の空《そら》

三枝零一《さえぐされいいち》

2023年9月10日　初版発行

発行者　山下直久
発行　株式会社KADOKAWA
〒102-8177　東京都千代田区富士見2-13-3
0570-002-301（ナビダイヤル）
装丁者　荻窪裕司（META＋MANIERA）
印刷　株式会社暁印刷
製本　株式会社暁印刷

●お問い合わせ
https://www.kadokawa.co.jp/（「お問い合わせ」へお進みください）
※内容によっては、お答えできない場合があります。
※サポートは日本国内のみとさせていただきます。
※ Japanese text only

※定価はカバーに表示してあります。

ISBN978-4-04-915126-8　C0193　Printed in Japan

電撃文庫　https://dengekibunko.jp/

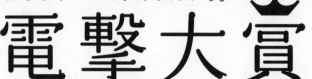